姚江平　杨建竹　著

山西出版传媒集团　北岳文艺出版社
·太原·

图书在版编目(CIP)数据

勇进 / 姚江平, 杨建竹著. -- 太原：北岳文艺出版社, 2025.7. -- ISBN 978-7-5378-7012-2

Ⅰ.I25

中国国家版本馆CIP数据核字第20256AU304号

勇进

姚江平　杨建竹　著

//

出品人
董利斌

选题策划
高海霞

责任编辑
高海霞

书名题写
钮宇大

插　图
郭雅敏

书籍设计
张永文

印装监制
郭　勇

出版发行：山西出版传媒集团·北岳文艺出版社
地址：山西省太原市并州南路57号
邮编：030012
电话：0351-5628696（发行部）　0351-5628688（总编室）
传真：0351-5628680
经销商：新华书店
印刷装订：山西基因包装印刷科技股份有限公司
成品尺寸：170 mm×240 mm
字数：389千字　印张：23.75
版次：2025年7月第1版
印次：2025年7月山西第1次印刷
书号：ISBN 978-7-5378-7012-2
定价：78.00元

本书版权为本社独家所有，未经本社同意不得转载、摘编或复制干,活。
想好好活,
就好好干。
　　——题记

目 录

第 一 章　新来的县委书记 …………………………………………001

第 二 章　历史的高光 ………………………………………………009

第 三 章　再修一条大渠 ……………………………………………019

第 四 章　高长春下定了决心 ………………………………………033

第 五 章　风铃声声 …………………………………………………047

第 六 章　省里给了一张准生证 ……………………………………060

第 七 章　鸡鸣东宁静 ………………………………………………066

第 八 章　阎王鼻上雏凤飞 …………………………………………082

第 九 章　高长春"跑路" …………………………………………094

第 十 章　"这荆条可是好东西" …………………………………100

第十一章　"烧灰可是个技术活儿" ………………………………106

第十二章　"俺是个公社的饲养员" ………………………………115

第十三章　张仁祥请缨 ……………………………………………125

第十四章　他亲自吹响了"集结号" ………………………………134

第十五章　"再难也得狠劲干"	144
第十六章　再战邯郸辿	162
第十七章　铁炉"叮叮当"	174
第十八章　浆砌这活儿	182
第十九章　办起水泥厂	189
第二十章　"迎来春色换人间"	199
第二十一章　慧眼识珠	206
第二十二章　初战告捷	223
第二十三章　飞虹在天	231
第二十四章　高崖飞鹰	247
第二十五章　连心父子	263
第二十六章　医生秦谦德	268
第二十七章　老英雄的悲剧	273
第二十八章　瞧这一家子	280
第二十九章　东阳关竖起"决心桩"	289
第三十章　东坡东进	304
第三十一章　马步流星	312
第三十二章　击掌"三皇垴"	326

第三十三章　洞中岁月 ································331
第三十四章　快马加鞭 ································352
第三十五章　通水东阳关 ······························362

第一章　新来的县委书记

1

　　山峦重叠，丘陵起伏。一辆载人的大客车，喘息着行驶在一条砂砾铺就的国道上。

　　1965年的初春，一个山西长治县的人来到黎城县。过浊漳河时，他的目光在浑浊的河面上停留了很久。车驶离河床很远了，他的思绪还停留在一瞬间的观感里。他知道，过了这条河，就到黎城地界了。即将成为他治下的黎城大地，等待他的将是什么？他和这条河将会以什么样的方式紧密地联系在一起？

　　这山、这水、这人，都在夕阳西下的时空里，被吸进了一座小城。三节楼——这座明代建筑风格的楼宇，是小城一处醒目的地标。眼下，它一如既往地以经年的沉默，追随着这个长治人的背影，跨进了中共黎城县委员会的办公地——城隍庙前的几排平房里。

　　这里是黎城县的庙堂。以庙设府，靠庙开堂，这在中国的府衙司空见惯。黎城县，这个太行山上的山区小县，自北魏太平真君十一年（450）置县，名曰刈陵县，隋开皇十八年（598），改刈陵县为黎城县。

　　城隍庙就是县域政治的中心，县人委就设在城隍庙的庙院里。城隍庙的门脸儿，是一座巍峨的三节楼。邑人靳惟精撰《重修城隍庙门楼记》载："予谓，天下城隍皆有庙，庙必有门。门未必皆有楼也。唯此黎庙之门有楼，意在饰庙云尔。"三节楼恢宏壮丽，巍然壮观。飞檐挑角，雕梁画栋，琉璃造顶，挺俊秀逸。三层重檐，高高耸立，有"群峰环翠"四个大字立于其上，这也一语中的地诠释呈现了黎城县的地理风貌。

太行山绵亘八百里，蜿蜒南进，快走出河北地界的时候，往上拱了拱腰，收了收腹。拱腰，山便高高地耸立了起来；收腹，就有了一个形似脸盆的凹地。这凹地，盆底盆帮也是贫瘠之地，盆里寒碜着呢！要说，这盆地虽然高低不平，也有一疙瘩一疙瘩的厚土，可是，金木水火土，五行缺啥都是难以圆满的。生于斯、长于斯的民众，依靠五谷杂粮维持生计。五谷杂粮虽然是在土里生长的，但倘若缺乏必要的辅助条件，必然难以有好收成。土、肥、水、种，乃是成就庄稼的基础，也是农耕产业的关键要素。在这四大要素里，水的重要性不言而喻，是不可或缺的。然而，在黎城这片土地上，最为匮乏的恰恰是水。

不对？你刚才不是提到一条河吗？是的，我确实提到一条河，而且还是一条大河，这大河还不止一条，有两条呐，而且都是大名鼎鼎的，都在黎城边上哟，一条曰清漳河，一条曰浊漳河，这两条漳河环绕着太行山，犹如玉带般系在黎城的腰身。两水环抱一县，这在北方地区是少有的，在太行山漳河流域更是绝无仅有。

俗话说：近水楼台先得月。这两条大河，一南一北，波浪翻滚着从黎城的身边流过，居中的黎城大地，左拥右抱，甚是风光，还能缺水？这岂不是痴人说梦？这不是瘦猪哼哼，胖猪也哼哼？唉，真是家家有本难念的经，这让我不得不向你诉说原委喽！

漳河，乃是天脊之水。漳河之水天脊流，何解？苏东坡说："上党从来天下脊。"与天为党的长治，拥有中国诸多神话传说的版权，如女娲补天、精卫填海、羿射九日，《列子·汤问》中的寓言故事《愚公移山》，更是让居住在太行山的愚公后人一代又一代扬眉吐气。

天脊之上，流过一条大河。而切开太行山向东奔涌的这条河，正是漳河。

漳河又分清漳河、浊漳河两支。宋代沈括在《梦溪笔谈》里说："予考其义，乃清浊相蹂者为漳。"漳河是一条古老的河流，也是上党人民的母亲河。这条大河从《山海经》流来："少山……清漳之水出焉"，"漳水出焉，东流注于河"；这条大河从《汉书·地理志》里流出："沾，大黾谷，清漳水所出。""长子……鹿谷山，浊漳水所出。"

> 漳河水，九十九道弯，
> 层层树，重重山，
> 层层绿树重重雾，
> 重重高山云断路。

这是诗人阮章竞眼里的漳河。漳河的两岸多是山峦和丘陵，穿行于崇山峻岭间的漳河，水性湍急而强悍，激流以高屋建瓴之势，穿峡谷，越断崖，奔腾而下，"漳水洪涛声闻千里"。就是这样一条河，给两岸民众留下的多是水患，而非福祉。河水带来梦魇，河水带走梦想。一条漳河的流淌历史，也是沿河两岸百姓胃里一直搅动的五味杂陈。兴利除弊，引水灌溉，一直是沿河两岸子民孜孜以求的执念。我国有文字记载的最早的古代大型引水灌溉渠系——引漳十二渠，就是战国时魏国人西门豹主持开凿的。在这里，我们有必要驻足，回望这段至今让百姓称颂的历史，仰望那位为民称道的好官。

引漳十二渠，是中国战国初期引漳水上岸兴修的一项大型水利工程。据《史记·滑稽列传》记载：公元前422年，魏文侯派西门豹来到邺地，任西门豹为邺令。"西门豹即发民凿十二渠，引河水灌民田。"也就是说，这件好事是邺县县令西门豹所为。他首开漳河变害为利的先河。西门豹当时的建渠方法是"磴流十二，同源异口"。这"磴"的意思，文本意义就是石头台阶，"磴流十二"，就是在漳河不同高度的河段上筑起12道拦河坝，每一道拦河坝都向外延伸成一条渠，漳河水就通过这12条渠流进了农田，所以是"同源异口"。据记载，每级磴相距300步，连续分布在10公里的河段上。第一渠首在邺西9公里、相沿10公里内有拦河低溢流堰12道，渠口都开在拦水坝的南端，漳水之南。西门豹在漳河上开渠引水，功莫大焉。河水顺渠而流，既能灌溉又能排涝，故有"蓄为屯云，泄为行雨"之说。据说这一举措，使粮食亩产可以提高数倍，邺地因而富庶起来。邺地百姓在漳河南岸修起西门祠，以千年的香火供奉西门豹，不得不说这是把他奉为神祇，真不枉来这人世走了一遭。

水兴城建，百业兴旺。东汉末年，曹魏时期有"五都"："去邺六七十里，远望苕亭，巍若仙居。魏因汉祚，复都洛阳，以谯为先人本国，许昌为汉之所居，长安为西京之遗迹，邺为王业之本基，故号五都也。"（《水经注》）曹操以邺为根据地，对十二渠进行了整修，将十二堰改名为天井堰。东魏天平二年（535），天井堰改建，渠首统一，改名为天平渠，灌区扩大，后也称万金渠。之后，隋代、唐代都对天平渠有所扩建和修缮，清代至民国时期还在修复利用天平渠。1959年国家在漳河上修建岳城水库，安阳市随后开挖漳南总干渠，引库水建成大型灌区——漳南灌区，代替了古灌区。不过，从引漳十二渠开篇的漳水上岸，均发生在清、浊两条漳河在河北合漳合流后，也就是漳水的下游，河流虽有落差，但流域多是平川之地，引渠上岸相对容易一些。逆流而上，漳河流经的区域，渐渐进入高山深谷，山壁粗砺，生态复杂而脆弱，引漳上岸的难度虽非登天之难，却也让人望而生畏。

还是让我们把目光聚焦在这位来到黎城的长治人身上吧。他敦实的身板，中等的个头，戴着一副高度近视眼镜和一顶灰帽子，穿一身当时流行的官装——蓝色的中山服，脚上穿一双"打掌鞋"，上衣口袋插着一支钢笔，脸上已有多道皱纹，透露出他的年龄似在五十岁开外。对了，他走路的姿势，不是四平八稳，稍稍有点儿颠，好像腿脚不太利索。

他叫李刘炳，1965年春，被晋东南地委任命为中共黎城县委书记。

2

就在李刘炳来到黎城的当儿，一位身形瘦长的汉子，正站在浊漳河上遥段的一处岸边发呆——此人就是高长春。

高长春在河边的一块石头上站立着，脚下浑浊的漳河水泛着浪花，从他眼前流过。漳河水让河边站着的高长春很是烦躁，让他总是彻夜难眠。每每下乡看到这河，他都有一番苦涩涌上心头，流水像一根坚硬的鱼刺，死死卡在他的喉咙里，拔不出，咽不下。

这是1965年的春天。农历正月二十五刚下了一场薄雪后的老天，就火烧火燎地顶着日头，从东山落到西山，连续八十五天没有下过一场透雨。干旱的土地，板结得没有一丝湿气。土壤的墒情极差，已经不足以让种子发芽。种下的苗出不了土，更遑论收成，这真让人对今年的光景忧心忡忡。

庄户人眼睁睁地看着一河春水向东流,也毫无办法。靠天吃饭的窘境始终如噩梦一般,缠绕在他们的房前屋后、身前身后。大人小孩、老人妇女,为了能让土地长出庄稼来,为了家居生活的日常饮用,不得不挑起水桶、抱着罐罐,甚至拿着脸盆,下到河沟里,挑水、提水、端水。深深的河沟,一对儿一对儿的人儿,洒下了一滴滴的汗水,留下了一声声的哀叹,发出了一缕缕的怨气。

也不是所有的土地都患上了"饥渴症",在他的身前身后,也就是浊漳河的两岸,有两条小渠一条大渠,一曰小漳南渠,二曰小漳北渠,三曰大漳北渠。大小三条渠,渠下渠上两重天。渠内流水潺潺,渠下耕地,禾苗顶土而出,田地生机勃勃。渠道流域之外的田野,地气蒸腾,板结的黄土地开始干裂,有风吹过来,卷起的尘土飞扬在空中。

三年前,高长春当选为黎城县副县长。1962年,他响应组织上加强基层建设的号召,主动提出申请,调到上遥公社,兼任公社党委书记。他到任之后,用了不到两个月的时间,戴着一顶草帽儿,挂着一根木棍儿,爬坡过沟,进村入户,跑遍了上遥的山山水水,了解到上遥公社15个行政村有10个分布在漳河两岸,土地挂在山坡上,漳河水从脚下流过,人畜吃水都靠肩挑手提,遑论用水浇地。他到任上遥四年,三年大旱,连年担水点种,连年粮食歉收,连年青黄不接,连年吃国家的返销粮。吃糠咽菜的饥饿是常态,对水贵如油的渴求是病态。眼看着漳水滔滔,百姓想水想成了病,他也是心急如焚,望水欲穿。

这不,他的旧蓝布裤腿上,有新溅的泥水水,有风干的泥点点,还有脱掉的泥印印。脚上的两只鞋,后跟和前脸已被泥巴挡得看不清鞋的成色。他和上遥公社的干部群众,同甘共苦,抗旱抢种、担水点种已有好些日子了。

他的眉头越皱越紧,皱纹越来越深,心情也越发沉重。他弯下腰捡起几个石块,用劲扔下河沟。远远地,石块落到河面上,没有激起一丝涟漪,他胸中的块垒,没有因此释放,反倒愈加沉重。

河西村党支部书记杨引奇悄悄来到他身后。几年的交往,老支书已经能揣摩出老高的心思。他和老高蹲在一块石头上,自言自语:"要是能把这河水引上岸来,这结啊,就一解百解了。"

老高转头定睛,看着老支书那被风霜利刃刮过的脸庞,一时没有作声。此时无声胜有声。其实,他心里何尝不是这样想的。

一冬无雪,接着是一春无雨。一方水土养活不了一方人,更让守着河水挨渴的河边人愁眉苦脸,愁肠百结。

"咱是守着漳河,旱死田禾啊!"老支书嘴唇抖动着,狠狠地吧嗒着旱烟袋,旱烟锅里的火苗急促促地闪了几下。老汉也被急抽的几口烟气呛得咳嗽起来,本来佝偻的身子,伴随着咳嗽,一阵儿抽搐,让人看着心疼。

老高这时也蹲下身子,一边给老支书捶打着后背,一边从他手里接过旱烟袋——

夕阳西下,烟雾从漳水两岸飘起,村庄上空升起了烟火气,在地里弯腰弓背劳作的人们,开始准备收工,回到那亲切的家里,去延续千年的生活气息,去做那一成不变的美梦。

3

黎城是一个山区小县,工业基础薄弱,以农耕经济为主。从1965年的产业结构看,农业占81.87%,工业占18.13%,其中工业体系中轻工业占16.55%。以手工作坊为主的工业,在整个经济结构比重较小。而作为顶梁柱的农业生产呢?以种植业为主,兼有少量的养殖业和采集业。以1965年为基点,全县耕地面积304 347亩,人均2.8亩,其中水浇地34 254亩,人均0.32亩;全县总人口108 000人,有全半劳力40 799人,其中男劳力26 406人。农作物的种植,也以粮食作物为主,约占播种面积的90%,在粮食作物里,夏粮作物以冬小麦为主,秋粮作物以玉米和谷子为主,其次是高粱、豆类、薯类以及少量的稻谷和糜黍等。以中华人民共和国成立以来历史上最好的年份为例,1962年风调雨顺,全县粮食播种面积318 302亩,总产3 350.5万公斤,平均亩产105.26公斤,其中小麦播种面积97 742亩,总产699万公斤,秋粮作物播种面积220 560亩,总产2651.5万公斤。我细细地研究了从1936年到20世纪60年代中期,黎城的粮食生产,年景好的情况下,每亩地也不过多收个三五斗,也就是亩产在100公斤左右徘徊。究其原因,主要是受限于生产条件。

依山傍水，按说应是发展农业生产的好条件。其实非也，黎城的这条漳水，海拔在700米左右，而黎城"傍水"的耕地大都挂在海拔750米以上的坡上。耳闻滔滔漳河水在峡谷里奔流，心里干着急，眼里冒火。

全县90%左右的旱地，脱不了靠天吃饭的困境。可以说，土地是农民的命根子，水是农业的咽喉，"卡脖子旱""埋脖子涝"，在黎城人的生活里始终是一个挥之不去的魔影。

水，水！水！

靠天吃饭，水在天上。仰首看天，天不作声，那太阳光直直地照射在地面上，不打一丝折扣。

水在地下，埋藏至深，除县城盆地中小东河河谷较浅，也在60米左右，其他地区埋深大都在100—250米之间。

水在地表，漳河水在深深的河谷里流淌着，人在岸边走，就是湿不了脚，徒奈其何？

这水啊，是千年的狐狸、万年的神仙，影影绰绰就在咱的身边，但总是像梦一样，虚无缥缈，让人抓瞎，使人懵懂，叫人心慌。

生活在天地之间的人啊，这缺水的生活，过得艰难喽！十年九旱，大地干硬，草木干枯，庄稼歉收，甚至颗粒无收。百姓食不果腹，青黄不接，忍饥挨饿。天灾造成的凄凉生活，让农人的日子过得恓惶难挨。

旱是灾，洪涝也是灾。在最需要水的时候，水在天边，水在远方，让蓬头垢面的百姓，欲哭无泪，满脸伤感；在庄稼成长和收获的季节，水，不期而至，劈头盖脸，恣肆泛滥，把辛辛苦苦用一滴滴汗水换来的果实蛮横地夺去。农人呼天抢地，却都无济于事。

"长太息以掩涕兮，哀民生之多艰。"楚国士大夫屈原的呐喊，不仅仅回响在汨罗江边，也在漳河两岸回荡。

有一首民谣唱出了黎民百姓心中的凄楚：

漳河怨

眼望漳河滚滚流，年年受旱年年愁。
要想旱涝保丰收，除非漳河上山头。

吃水难

有女不嫁西南村，担水压断脊梁筋。
有心放下歇一歇，又怕洒了他爹血。

  有一个成语"如饥似渴"，形容黎民百姓想水盼水的心理，恰如其分。还有一个流传于漳河两岸的故事，听来让人心酸。

  漳河岸上有一座山叫五尖山，五尖山下住着一对夫妻，二人勤劳持家。因连年闹旱灾，夫妻俩无法生活，就日夜幻想着凿石开渠，引漳水灌溉良田。故而他们每天挖山填沟不已。一天夜里，夫妻俩做了一个梦，听见外边有人喊："水来了，水来了！"夫妻俩大喜过望，出门观看，水却不见踪影，于是气急攻心，立马就气死在门前。人们为了纪念这一对夫妻，就在五尖山根刻了两个石人，分别取名为"石婆婆"和"石爷爷"。

  这两个石人望眼欲穿地引漳上岸，难道仅仅是"南柯一梦"吗？

第二章　历史的高光

4

李刘炳到黎城后，就一头扎进了乡下。这是1965年的春天。春天本来应是花红柳绿的季节，可这个春天里的黎城大地，却像个卧病在床的人，蔫蔫的，打不起一点儿精神来。

去冬无雪，开春无墒，今年的特大旱情已经显露无遗。一年之计在于春。春种秋收，春不种，秋无收，春天种不上、种不好，秋天肯定收不上、收不好。春种一粒粟，秋收万颗子。可是在这下种的当儿，土地干裂，能伸进拳头，田地干硬得用指甲抠都硌得慌。看天上的云彩，没有一丝儿要下雨的迹象。这要一直旱下去，就又误了一年的收成，便意味着又要闹饥荒。一想到闹饥荒，李刘炳就想到中国近代史上的一个特殊阶段。

进入1940年，可谓是天灾人祸、内忧外患、内外交困。东洋倭寇的铁蹄踏遍了大半个中国，时局危难艰险，全民抗战陷入困境。1940年中国北方大面积干旱，颗粒无收；1941年开春，干热的风持续地吹，吹干了空气，吹皱了树皮，吹死了草根，吹瞎了年景。1941年5月，倒是下了一场透雨。老百姓迎来久盼的甘霖，不禁喜出望外，纷纷赶紧抢墒下种。半个月后，小苗破土而出，民众的脸上也泛起了久违的喜色。可是，老天爷偏偏不给力。6月份，一场突如其来的特大冰雹把庄稼人的希望砸得稀巴烂。雹灾之后即洪涝，房屋倒塌，人畜伤亡。漳河水如脱缰的野马漫出河槽，漳河两岸变成一片泽国。1942年春季，又是持续数月的干旱。俗话说，一年遭灾不算灾，连年受灾才是灾。到了第三个年头，老天还是不开眼，这让受苦人怎么活？不过，太行山还是养人的地方,虽然连续三年受灾,老百姓还是利用山间盆地特有的"见苗三分收"的小气候,粮食不收瓜菜代,主粮歉收杂粮补,硬是从老天爷的嘴里"抠"出了一条活路。虽然难以足食,但尚可勉强度日,然而太行山下的河南、河北的情况就惨不忍睹了。大灾难带来的大饥荒、大逃荒应时而生了。成群结队的难民涌上了太行山,这让生活本就捉襟见肘的太行军民更加不堪重负。

无粮则乱。解决灾民的吃饭问题,防止流民生变,这是摆在边区政府面前一道亟须破解的难题。可是,巧妇难为无米之炊,旷日持久的战争消耗,边区政府也没有多余的粮食。况且,日本侵略者在占据了国土的大片富庶之地的同时,对根据地实行铁笼政策,日伪军长期封锁,频繁扫荡、蚕食和掠夺,再加上自然灾荒,边区军民的日子过得可就艰难喽。

当时,晋冀鲁豫边区总人口2 560万,其中太行、太岳450万,冀南700万,冀鲁豫1 410万。

一个小小的太行区,既要承担本区军民的一日三餐,还要承载蜂拥而来的"逃难客",这着实不是说句话就能办到的,也不是一朝一夕就可以解决的。

可总不能把苦难中的同胞亲人拒之门外吧,怎么办?

咱八路军是革命的武装、人民的军队,老百姓的难,就是他们的难。救民于水火,这是他们的责任。可这责任要履行起来却不是那么简单。

是啊,八路军虽然也是国民革命军的序列,但军需却是少之又少。抗战开始以来,129师除了御敌,还要千方百计为部队的给养大伤脑筋。因为随着全国抗战形势的深入,国土沦陷,民不聊生,物资匮乏,供给维艰,加之国共两党面和心不和,这从红军转隶而来的八路军,就像是"后娘"养的,不受待见,自然给养就大打折扣了。边区政府和八路军,因敌人频繁扫荡、围困,给养也经常青黄不接、捉襟见肘。

"挤!部队和边区政府再难,也要为民众着想,也要与民众一道共渡难关。"就是在这样的困境下,为了救灾度荒,太行区的党政军人员大幅度降低供给标准。军队作战人员每人每日口粮由一斤半降为一斤四两,党政机关人员每人由一斤四两降到一斤。副食品方面,每人每日由三钱油、三钱盐各减少一半或者全部取消,蔬菜由每日一斤改为大部或全部吃野菜。

"不能饿死一个人。"十几万斤粮食，从八路军129师将士和太行边区机关人员的嘴里狠狠地"抠"出来。赈灾的消息像长了翅膀一样，传遍了太行山区，传遍了黎城大地。

雪中送炭，这笔赈灾粮款给处于太行抗日腹地的黎城人民带来的不仅仅是福音，更是一剂强心剂。鸡生蛋，蛋生鸡，黎城县抗日政府几经讨论，决定利用这笔粮款，兴建一项水利工程。

引漳上岸，利国利民。八路军和边区政府的决心，是破天荒的。在决心变成行动之前，黎城县政府先派出一个调查小组来到浊漳河北岸的柏峪村。一石激起千层浪，修渠成为当地民众热议的话题。当时正是炎热的夏季，知了在树上鸣叫着。柏峪村一棵古槐树下，几十个村民或坐或站地正在听一位长者侃侃而谈。调查组的几个成员悄悄地走近，不露声色地听着他们的对话。只见一个穿土布对襟、年过六十、长着一绺胡须的长者双目炯炯，神采飞扬地说："谁说修不成渠的？修几十里长的渠道要多上些人力，也花不了多少钱，也用不了多长时间。"这时，人群里的一个年轻人高声发问："叔啊，照你说，修渠这么简单，那怎么到现在咱们连个渠影儿都见不着呢？"是啊，这年轻人的疑问，也是大家心里的一个结。站在漳河边，泪是苦的，身子是干的。日夜枕着漳河的涛声，却登不上幸福的船儿。老者抬头望天，一副高深莫测的样子。过了许久，他叹了一口气说："说难也难，说不难也不难啊。"这时在圈子外站着的县政府刘科长说话了："则圃老，你就把话挑明了吧。我们这次来，就是想听听你的高见。"被唤作"则圃老"的是当地的一名贤达名流，姓李，早年毕业于山西大学堂，学的是测绘专业，战前曾参加过山西省政府修建同蒲铁路的测量与设计。随着年老叶落归根，加之身处乱世，他也就归隐故里了。听说抗日政府要组织民众修渠，他心里早就盘算的"小九九"一下子活蹦乱跳起来。这不，借着饭市，他就忍不住打开了话匣子。

李则圃和县政府调查队在街头相遇，便开启了边区军民关于引漳上岸的一次富有成效的田园调查。随着调查的深入，还牵出了一桩历史公案。

民国时期，阎锡山主政山西，曾经在1931年11月14日的日记里写道：山西十年九旱，每遇旱时，政治的精神进行上即受其打击，且农民每虑其荒旱，肥料工作俱多迁就，关于社会经济及民食则更无论焉。以中国言，应以造产增人两事为觉悟。以山西言，应加防旱一事。若能在全省凿每秒钟流二加仑水之井十万眼，则山西亢旱问题可以解决。反而言之，不论开渠凿井凿泉蓄水，每秒钟能有二十万加仑之水量以灌地，则此项问题亦可解决。阎公所言可谓高瞻远瞩、一语中的。

1932年，阎锡山就任太原绥靖公署主任，负责晋绥军政。为了发展壮大地方经济实力，出台了一个雄心勃勃的振兴计划——《山西省政十年建设计划案》，其目的是要开发民智，催发民力，推动民治。说实在话，身为山西的主政者，阎锡山的这个方案是富有远见的，也是山西之所需、民众之所要的。为了让该计划深入人心，老阎还让秀才们把计划的核心内容编成通俗易懂的民歌，先在学堂里教给读书的学子们熟唱，大街小巷便飘送着这首名曰《将来希望》的"省歌"：

无山不树林，无田不水利。
无乡不工厂，无乡不职校。
无人不劳动，无人不入校。
无人不当兵，无人不公道。

正是在"无田不水利"的大旗下，阎锡山派员来到浊漳河畔。他想在浊漳河两岸修渠引水。工程未动，测绘先行。阎锡山从阎冯联手倒蒋的中原大战战败后的省库里，割肉似的拿出400块银圆作为前期费用。测绘大员拿着沉甸甸、白花花的银子，就直奔从地图上确定的引水枢纽——黎城县上遥村。地主王绍文是上遥村的村正，他热情地接待了来自省里的大员。好茶好酒的款待，使主客之间的谈话深入了一个龌龊的角落。存心不良的王地主，试探性地开口："张专员，这年头，兵荒马乱的，还修什么渠啊！依我看——"省里下来的张专员听王地主话里有话，就探起身侧过脸："愿闻其详，请王兄指教。"这时的王老财，沉吟片刻，眼珠子转了几圈，在张专员的方脸上定格："你想听真话，还是听假话？"专员一愣："真话怎讲？假话又是从何而来？""听真话，你不出一点儿气力就赚了钱；听假话，你就受苦受罪，这冷飕飕的西北风，够你喝一壶的喽。"王地主半是卖关子半是开导地说了这一番话，端起茶碗，慢吞吞地饮茶无声。听话听音，这张专员也不是一盏省油的灯，脑子也很灵光，从王地主的一番话里，他咂摸出了些许味道。酒足饭饱，打牌听曲，沐浴更衣，热炕暖被，任门外的西北风呼呼刮过，"朱门酒肉臭，路有冻死骨"，他们对民间的疾苦充耳不闻。这测绘大员和王地主沆瀣一气，达成了一笔肮脏的交易。二十天之后，这张专员打着饱嗝儿，一路消消停停地回到了太原，腰里揣着四六分成得手的240两银子，在平遥歇脚的夜晚，还和一位水灵灵的风尘女子，红烛轻摇，共织了一夜旖旎温柔的梦。绫翻帐销魂经夜。回到太原府官邸见到阎锡山，就把和王地主早就商量好的说辞，绘声绘色地诉说一番，说卑职怎么怎么辛辛苦苦经过多日的实地测量，浊漳河水急浪大，两岸山高谷深，根本不具备修渠的条件，云云。阎锡山看派去的专员言之凿凿，修渠不能，也就打消了引浊漳水的念头。问及批拨的400元大洋时，张专员一脸苦相："都花完了，还塌了饥荒。不是当地乡绅王老财的接济，恐怕连回程的盘缠都没了。"钱花完了？老阎心有所疼，稍有狐疑，但无可奈何，只好将此事按下不提。

唉，阴差阳错间，这400块银圆就在浊漳河路过的这个水湾里打了个黑色的"水漂"。

5

在李则圃的协助下，调查组很快向抗日县政府拿出了详尽的引渠方案，也把以李则圃为代表的两岸民众的意愿带到了抗日县政府。方案里论证了引水的完全可能性：浊漳河北岸的渠村和县城在同一海拔高度上，从大寺村引水到靳曲村，落差在百米左右。百米的落差，修渠引水，自流灌溉毫无问题。不仅浊漳河的北岸能修，而且南岸的上遥也能修。如果南岸、北岸有了两条渠，这一川的旱地就会变成几千亩水浇地。不过，前车之鉴，群众的隐忧也是存在的，主要担心有二：一是资金落实的问题；二是决心大不大？若要半途而废，势必劳民伤财，对处境本来就相当艰难的边区军民来说，可真是雪上加霜。

言之有理。不过，把赈济灾民的粮款变为工程费用，是大事，得请示边区政府。于是，黎城县抗日政府就郑重其事地给太行边区政府专门打了个报告。边区政府极为重视，觉得修渠这件事，只要运筹得当，是完全可行的。但如此大的工程，在太行山根据地和漳河流域是第一次，光有愿望是不够的，必须解决资金和技术问题。既然地方政府有这么大的决心，我们就做他们的后盾。共产党干的就是前所未有的事业，就让我们把不可能的事变成可能的吧。八路军129师从工兵连派出了技术人员，帮助前期的设计和指导施工期间的工程爆破，地方政府动员民众，组织难民，奔赴修渠工地。

1943年4月17日，《新华日报》第一版传递的信息，激荡着河流两岸民众的翘首渴盼：

政府贷款三十万　黎城开凿两大水渠

黎城讯：黎城五区成立开渠委员会，积极筹备开上遥至东社及大寺至靳曲两渠，前渠长二十里，约可灌田三千亩，后渠长二十五里，约可灌田四千亩，政府为帮助这一工程完成及救济灾民以工代赈，特贷款三十万元，农林局除派水利技术干部常驻工程地点指导外，并组织水利工作队具体领导。现组织工作大体就绪，定本月十五日开工，全部工程将于本年洪水期前完成。

兵马未动粮草先行，太行边区政府改变原来的赈济方案，决定分两期向黎城县抗日政府拨放148万元边币、26.4万斤小米。黎城县抗日政府根据工程设计方案，制定了以工代赈的施工方案：凡是桥涵工程，都交给从河南、河北的难民里优选出的石工完成；土渠的修建，由受益村的村民完成。凡参加修渠的受益区民工，每人每天自带小米8两，政府补贴1斤小米，管吃不管赚；外地难民参加修渠，每人每天3斤小米，吃1余2，他们把节约下来的小米带回给家里的老人小孩，掺糠煮野菜，勉强果腹，度过灾荒。所有修渠人员，一律实行军事化管理，集体食宿，吹集合号上工，吹休息号下工。工程的质量由129师的工兵全程负责，分段管理。凡是偷工减料或是出工不出力的，由各村负责人提出处理意见，报请工程指挥部批准，酌情扣发一定数量的小米。

开工的誓师大会分别在黎城县的西柏峪村和上遥村召开。两个会场上都贴上了五颜六色的宣传标语,上遥有一位老秀才自编自写了一副对联,贴在自家的门庭上,更是表达了民众引水的决心和高兴的心情。上联是"一颗红心两只手",下联是"牵住龙王上山走",横批是"共产党好"。

"要像打日本鬼子一样,决战修渠战场。"军民携手,上下齐心,前渠、后渠两条水渠同时竣工。前渠在浊漳河南岸,从岭口村下引水,流经上遥、西社、正社、东社村外到风洞山,全长10.5公里,可浇地3 000余亩;后渠在浊漳河北岸,从大寺村上引水,流经大寺、郎庄、东柏峪、西柏峪到五尖山下,全长13公里,可浇地4 000余亩。

两岸民众的福祉,是共产党八路军带来的。通水的那天,两岸民众比过年还高兴,敲锣打鼓,奔走相告,从四面八方涌向水渠。他们看着流水,流着泪水,感恩八路军,感谢共产党,圆了劳苦大众一个大大的梦。1943年7月,黎城人民为了感谢共产党的恩情,纪念边区政府和129师在引漳上岸发展生产中的卓越功勋,特意把前渠、后渠上建造的四座石头渡槽,以129师师长刘伯承、政委邓小平,边区政府主席杨秀峰,在修渠中英勇献身的东社村民工程省贤的名字,分别命名为"伯承桥""小平桥""秀峰桥""省贤桥",并请边区著名的书法家连次华,一口气题写了四幅大字,雇用石匠高手,把题字刻在青石上,分别镶嵌在四座渡桥的正中。这四座桥的命名,分别代表党政军民。

救民于水火,润泽当地百姓,是红色军民共建的一道亮丽的风景线。这两条改造山河、引漳上岸水渠的成功兴建,善莫大焉。漳河两岸的民众,用一颗虔诚的心,在五尖山下路边的石崖上,凿出一个石洞,立起了一块四边形的纪念碑。

这是太行人民感恩的一颗红心,也是一个政党和一支军队,在艰难岁月里,留在太行山上、漳河岸畔的历史见证。

这两大水渠的修建,意义非凡,是在上游河段引漳水上岸的一次成功尝试,是继古代引漳十二渠之后,时隔几千年,对桀骜漳河的又一次驯服。后来,当地老百姓给这两条渠起了两个名字,大寺至靳曲这条渠,位于漳河东北岸,就叫漳北渠;上遥这边这条渠,位于漳河西南岸,就叫漳南渠。这两条渠隔着一条漳河，遥相呼应，相得益彰。

渠成水到，五谷丰登，太行山上的"小江南"迎来了破天荒的一年两季的丰收年景。过去想都不敢想的两季收获，在上遥区和柏峪区的7 000多亩土地上，落地了、安家了。小麦，这漳河岸畔的农人过去望之兴叹的一种农作物，也随着漳北和漳南两渠的通水，丰收了。白面馍馍，这在地主老财的饭桌上极尽奢侈的美食，也走进了寻常百姓家。过年过节，白面馍馍的香甜味道，已经不是刺激农人神经的梦幻，而是可亲眼所见、亲口品尝的年节滋味。开花馍馍，这是垫着麦秆用发酵的黎城麦面蒸出的一种馍馍，香甜的味道诱人，成为上党地区舌尖上的一道美食。

6

骑着一辆自行车，风尘仆仆，在乡间跑来颠去的李刘炳，此刻，驻足在一座石拱渡槽前。这是跨越涧沟的一座渡槽。从地面到桥高足有20米，单拱桥洞有近10米，入深也有5米，渡槽的两侧是用石头砌就的双八字护墙。站在距离渡槽百来米的一条公路上远观，渡槽凌空飞架，很有气势。他和随行的县委办工作人员一起，扒开茅蒿，匍匐着沿渡槽旁的一条小路攀缘而上。及至半山腰，便见一条石渠迤逦而来。清清的渠水从眼前流淌而过，流过渡槽，流过另一座山岇。再看渠下的大田，一片绿意盎然。小麦正在扬花灌浆，玉米苗长得整整齐齐。有一只野鸡从不远的草丛里飞出，那一声声的鸣叫，透着欢畅。老李的眉头也开始舒展开来。是啊，跑了好几个月了，这场景，还是第一次见，这情景，真令人惬意啊！他从中山装的上衣口袋里掏出一支烟，划着火柴，点着纸烟，美美地抽了一口。"李书记，你看，那渡槽上还写着字呢。"其实，不用随员提醒，他在渡槽下面的时候就注意到了。渡槽的正中间，一块凹进去的石料上，刻着三个大字——伯承桥。

河里飞出了几只野鸭子，在桥的上空盘旋。李刘炳的目光也从渠水转移到了脚下的漳水。

襟衣玉带般的清、浊两条漳水，缠绕在黎城县域的腰间。北界的清漳水，水流平缓，河谷开阔，在黎城流域面积不过百十平方公里，控制耕地万余亩，主要涉及的也就两个村庄：一曰看后村，一曰清泉村。看后村在河的西岸，清泉村在河的东岸。河两岸的耕地与河床的落差不大，引漳水浇灌较为容易。但从清漳河引水往诸如东崖底、西井等地方实施灌溉，要穿越崇山峻岭、高山大壑，是根本不可能的，也是很不现实的。那么，浊漳河呢？这条河，从白水汕入黎城，绕了足足有二三十公里的大湾，才在南堡村出境，沿途虽然落差较大，一些地方水流湍急，但是，只要因势利导，完全可以化水患水害为水利。不过，不利因素也很多，主要是河水流经的河谷，沟沟壑壑，山山峁峁，给没有大型机械的施工造成了莫大的困难。就拿这开天辟地的漳南漳北这两条水渠来说，也是基于浊漳流域的地理地貌，大胆了一次，大干了一回，再要更进一步，更上一层，能成吗？

带着这些思考，李刘炳和随员在浊漳河的南岸和北岸，穿梭来穿梭去，走来走去，想的是修渠；问来问去，问的是引水；跑来跑去，跑的是水利。就在此间，一条大渠的来龙去脉，让他的思维开出了艳丽的鲜花。这就是大漳北渠。

大漳北渠是中华人民共和国成立后黎城人民兴修水利开发利用漳河水的一个大动作，它的时代背景，是在安定的国内环境里"鼓足干劲，力争上游，多快好省地建设社会主义"的氛围下，黎城人民举全县之力完成的一项中型水利工程。

李刘炳沿大漳北渠跑了好几个来回，爬坡过岭，荆棘拉破了皮肉他不觉，暑热濡湿了衣衫他不顾，他要在这一条渠上，找出破解黎城农业瓶颈的答案。

李刘炳站在观音汕半腰的一条盘山公路边，极目远眺，只见漳水从远方流过来，待河水流至观音汕下方时，激流素湍，奔腾咆哮，几十米的落差，让缓缓而流的河水，顷刻间露出狰狞的面孔，大有吞噬一切的气势。河流之上，一条水渠依偎着石壁，从容不迫的渠水长流不息。李刘炳心里知道，这就是当年大漳北渠上的咽喉工程，而今，勇士的身影已经定格在1958年的年历里，爆破的硝烟，也已经随着岁月的流逝而散尽，在他的眼前，是沿渠线边那满目的绿。

这绿，养眼。

这绿，养心。

这绿，养人啊！

在这一方绿的背后，有着几多的惊险和惊艳。

大漳北渠流经的地段，要劈开5座大山，岩石大部分是7至8级的石英岩和坚硬的花岗岩，施工条件的艰难不是用言语能述说的，而是要用意志和炸药来克服的。观音迦是这条渠线上最为麻烦的"卡脖子"工程。要在陡直的峭壁上，贯通一条长达300米、高50米的渠线，需要进行凌空作业。山体紧贴悬崖陡壁，下临激流深潭，河谷凛冽的风呼呼地吹着，别说施工，就连看一眼，都会让人心惊肉跳。这个时候，炮兵出身、经历过朝鲜战场枪林弹雨的刘全鼎站了出来，由他组建的246人的突击大队，在观音迦下安营扎寨了。第一个高空作业小组在老刘的带领下，出现在观音迦半山腰上。一条条绳索悬空而下，一个个青年突击队员凌空而舞。他们一人持钢钎，一人抡铁锤，在悬崖峭壁上，一个个炮眼被开凿而成，一声声炮响，震撼了人心，也炸开了人们畏惧的思想。其实，人们只看到老刘在悬崖峭壁上矫健的身姿，却没想到他在冰天雪地的朝鲜战场上落下的严重关节炎。每当他剧烈活动时，他的膝盖疼得钻心。跟随他一起下崖的年轻队员们哪里知道，老刘满身的汗水，竟是从骨节里"钻"出来的。

从渠村开始，到北坊沟为止，仅仅半年的时间，一条大渠就像一条小龙，卧在五尖山的山腰间。漳河水在黎城第一次穿越隧洞，第一次盘山而行，第一次从山的这面到了山的那面，山那面的一马平川，第一次把旱塬变水地，在县城边上，漳河水流进了一座叫塔坡的水库。黎城人初步实现了把水像其他物件一样，放在仓里，存在库里，调节旱涝，实现旱涝保收的愿望。

浊漳河上游的这一条大渠翻山越岭，流进了黎城盆地，而在浊漳河中游的河南林县，一个叫杨贵的年轻县委书记，带领10万民工，开赴山西平顺境内，开启了兴建后来被称为"世界第九大奇迹"的建渠大幕。

大漳北渠通水的当儿，一个从北京水利学校毕业的年轻人，背着铺盖卷来到黎城，他个子不高，瘦瘦弱弱的，不爱说话，但一双小小的眼睛却透出智慧的光芒。

这个年轻人叫曲庆祥，是山西阳泉人。

第三章　再修一条大渠

7

李刘炳的桌头已经被一大堆的报告和文件占满了，简陋的办公桌对面，坐着一位中年人。从屋里水汽弥漫、烟雾缭绕的程度，以及他们两人的神色和坐姿来看，两人已经交谈好久了。

阳光充足，从窗户直直地射进来。

"郑县长，你是本地人，对黎城的情况你吃得透。你说，咱们该怎么办？"老李一脸诚恳地对坐在对面的中年人说。

被唤作"郑县长"的中年人，正是时任黎城县县长的郑火炽。这郑县长在黎城的地面上也算是个响当当的人物，他于1914年出生在离县城二三里路的南桥沟村。虽然自幼家贫，仅仅读过两年小学就被迫辍学了，但他因家里离县城比较近，父母亲就把他送到县城的一家杂货铺当学徒。由于他机灵聪明，好学勤快，很受店主赏识，很快就出师了，成为一名正式店员。当了店员的小郑既机灵，又憨厚，活自然就干得好，深受店主赏识。正是在县城做事的当儿，抗战爆发，黎城来了共产党，共产党的宣传和主张，滋润活跃了一颗年轻的心，他成为组织外围的一名进步青年。当时，国共合作抗日，明面上，县级政权的官员大部分是由阎锡山委派的，共产党的精力和注意力，就着重放到村级基层政权的建设上。郑火炽就是在这样的情况下，身负使命回到南桥沟村，当上了抗日村长。1942年，他加入了中国共产党。经历过抗战和早期解放区的土改，郑火炽成长为一名优秀的基层干部，从村里到区上，从区里到县上，在第一个"五年计划"的中期，黎城县第二届人民代表大会第一次会议上，郑火炽就坐到了县长的位置上，这位置从1956年开始，历经三四五届"人民代表大会"，他都被选为黎城县县长。

他抬起那张轮廓分明的国字脸，炯炯有神的眼睛注视着来黎城上任不到百天的李书记，嘴唇翕动了一下，最终没有出声。好像是为了掩饰自己的尴尬，他用舌头舔了舔自己的干嘴唇。不是他不想说，也不是他不能说，更不是他不敢说，作为一个本土干部，他对引漳上岸、引漳入黎的事儿十分上心。他知道，目前围绕漳河而修筑的"一河三渠"，虽然让一部分旱地变成了水浇地，但也仅仅是一小部分，这仅占到黎城十分之一的耕地。他更清楚，这"一河三渠"，虽然是小打小闹，却也有着标志性的意义。在李书记到任之前，他心里也曾经有过再修一条大渠的念头，可作为一县之长，他比谁都清楚县里的家底。所以，这再修一条大渠的事，在他心里仅仅是个萌芽，要真作为一项建议提出来摆到台面上，他心里还真没谱，这没谱的事他还真是不能轻易说出口。况且，"再修一条大渠"也不是一年半载就能做成的事，这远水还真是解不了近渴。

沉默，还是沉默。

一阵急促的敲门声在门外响起，两人的注意力都被分散了。屋内稍显尴尬的气氛被打破了。敲门声还未落，门就被推开了，水利局局长杨辑的声音随之急速地传来："李书记，我有要紧事给你汇报。"话音未落，看到郑县长也在座，他就又补了一句："郑县长也在，正好，我就一起给你们汇报吧，这个高长春实在是太不像话了！"

高长春？是那个副县长兼上遥公社党委书记高长春吗？

还能有谁？就是他。

他怎么了？

这个时候的高长春也在县城的十字街口气哼哼地转圈儿。他时不时地抬头往南边张望着，好像在等什么人。

高长春确实在等人。他在等他的老伙计——上遥公社的二把手马沁山。

这时的马沁山正心急如焚地骑着一辆除了铃不响哪儿都响的破自行车，从四五十里以外的上遥公社往黎城县城赶路。

由于浊漳河的阻隔，地处河西南岸的上遥公社到河东北岸的黎城县城，骑车一般要绕道潞城县石梁公社的国道,有一座公路桥跨越浊漳河。在西柏峪村外,倒是有一座钢丝便桥,可以直接从上遥村跨河而过,到达漳河东北岸,比绕石梁的路线起码省下5公里多的路程。可这座便桥,一般人空手过都如荡秋千似的提心吊胆,就怕一不小心栽进下方十来米高的湍急的浊漳河里。

黄昏时候接到高长春书记的电话,马沁山也顾不得左右了,只想着早点儿赶到县城,与高书记见面。他风一般骑车到了漳河南岸,河面上笼罩着一层层薄雾,暮色也开始闭合。老马用手擦了把汗,扛起破自行车就上了便桥,也许是脚步用力过猛,便桥剧烈地晃动起来,猝不及防,马主任一个趔趄,破车从肩膀上滑了下来,他右手一把紧紧抓住身侧的钢丝,左手扶住车梁,稳住身子定定神,然后,长长地吸了一口气,重新把车子扛到左肩上,右手抓住便桥边的钢丝,一小步一小步地向河对岸挪动着。

好不容易过了河,马沁山没有停歇,就一偏腿骑上车子一阵猛蹬。天色已擦黑,路也变得朦朦胧胧的。尽管山路弯道很多,他的车子却骑得飞快。一些路段的两侧,不是石壁就是河道,马沁山全然不顾,只想着快点儿赶到县城,与高书记会合。从打来的电话里听出,老高很着急。一贯沉稳持重的高长春书记,不是大事不是急事,是不会在电话里急不可待地让他赶紧进城的。

到底发生了什么大事,马沁山未及细想,他只是想把车蹬得快点儿、快点儿再快点儿,尽快赶到高书记身边。

路面崎岖不平,干枯的草棒棒被飞速行驶的车轮溅起,又很快因车速带来的惯性甩到车身的两侧。一些过路的小昆虫、小动物,也被这一辆破自行车的势不可当所慑服,或驻足观望,或紧急避险,下意识地往路两边急急躲让。有一只野兔刚刚蹦到路中间,按正常的动作,它本应有一两秒的间歇。但似乎意识到危险瞬间到来,它本能地飞跃而起,车身擦着它的尾巴一闪而过,几根碰擦下的兔毛飘落在破自行车的一路绝尘里。

县委书记李刘炳的办公室里,杨辑像竹筒倒豆子一样,把事情的原委一股脑儿地向两位领导"哗哗哗"倒了个干净利落。

"这一下午,我再三给他解释,一再给他说,他就是不听,说我一根筋,死脑筋；说我官僚，眼睛只看上不看下；说我饱汉子不知饿汉饥，最后还动了粗口。你说气人不气人，两位大领导给评评理。"杨辑气不打一处来，说得口干舌燥，就一把端起郑火炽县长面前晾着的一杯白开水，"咕咚咕咚"喝了个底儿朝天。

"疯了，疯了，这个老高真是疯了！简直是个疯子！"杨辑因为气急，一张脸憋成了猪肝色。

正在为持续的干旱而焦虑不安的黎城县党政两位头头，突然被半路杀出的"程咬金"一阵子"板斧"砍断了思路，不得不把思维转移到杨辑带来的话题上，不得不把思想集中在矛盾骤然激化的人和事上。

而这个时候，马沁山骑着破自行车也以破天荒的速度来到高长春身边。车身未停稳当，高长春就一把薅住车把儿，一使劲儿，车身来了个九十度的大掉头："沁山，你可来了。走，咱俩一起去县委，去找李书记，去告这个光认死理不讲道理的杨辑。"

边往县委走，高长春边给马沁山比比画画，不一会儿就来到了一排平房前。如同杨辑一般，他俩也重重地敲响了县委书记李刘炳办公室的木头门。

这真是无事不登三宝殿，不是冤家不聚头。李刘炳书记的这两间简陋的办公室，一下子被烟味、火药味充满，大有一触即发就"爆炸"的可能。

夜幕里，巍然耸立的三节楼，静静地听了一场世纪争吵，默默地记下了几位共产党人的担当和为民请命的情怀。这里没有个人的恩恩怨怨，没有钩心斗角的羁羁绊绊，只有冲突，没有冲击；只有请命，没有请客；只有真理，没有妥协。

不过，这一场争吵，虽然最后还是不欢而散，但最终还是为黎城当代史上两件浓墨重彩的大事，正式拉开了继往开来的序幕。

没人记得那次争吵是怎么结束的。

那夜，李刘炳办公室的灯亮了一夜。

高长春和杨辑，一个公社书记，一个水利局局长，为了一方百姓的活路，竟然翻了脸，动了怒气。

按说，都是有资历的老同志了：高长春，1916年生人，城关公社下桂花村人，1938年参加革命工作，1942年加入中国共产党；杨辑，1930年生，停河铺公社大停河村人，1947年4月在县简师加入中国共产党，同年参加革命工作。

不该如此。

可不该发生的事就这样发生了。年届五十的高长春和年富力强的杨辑，都想为黎民百姓多做一些实事，为了一个"水"字，意见相左，大发雷霆，反目成仇。

这"官司"竟然打到了县委，打到了黎城这党政两个主官面前。

不成体统吗？不对，两人，或者说两家，虽然各执一词，但都是为了修渠，为了上马"修一条更大的渠"的项目。

这是两条泾渭分明的大渠。一条渠线在漳河西南岸，一条渠线在漳河东北岸。

这一夜，挂在办公室墙上的那张《黎城政区图》，被一个叫李刘炳的县委书记，盯得"生疼生疼"。

8

连续数月的田野调查，亲眼看到的兴水历史，群众的殷切期盼，旱象的肆虐，让李刘炳的内心有了一种时不我待的"再修一条大渠"紧迫感。

引漳上岸，再修一条更大的水渠，让漳水浇灌更多的土地，让黎城人的生活实现质的变化，这是黎城人孜孜以求的。人，战胜自然，向大自然索取更多的现实需求，是一种本能。

李刘炳之所以有了再次提议"修一条大渠"的构想，必须和当时国家以及山西的一些情况联系起来。内因和外因的结合，才是促成这件大事的条件。

《当代山西大事记》中记载：1965年8月30日，中共山西省委、省人民委员会向中共中央、国务院和中共中央华北局提交《关于生产救灾问题的报告》。报告称，全省遭受严重旱灾，受灾面积达3 820万亩，省内15条较大河流中有8条断流，36座大型水库中有13座干涸，许多地方水井水位下降，有的枯干，许多地方发生人畜饮水困难。

9月，全省遭受严重旱灾，成灾面积有2 560多万亩。据资料统计，1—9

月份累计降雨量256.2毫米,比历年同期减少48%。其中,整个伏天的降雨量只有78.6毫米,比历年同期减少58%。有的地方比光绪三年(1877)、民国九年(1920)的年降雨量还少。

光绪年间是个什么光景?《黎城县志》载:光绪元年,"赤地千里","桐木立槁",饥民之多实为二百年来所仅见。光绪三年,山西大旱,黎城为甚,饥民流散。知县郑灏请示获准,先后平粜仓谷2 130余石;同时,由商人捐款18 847缗(千文为一缗),动用地方公款1 460缗,设粥场,发放小米,赈济灾民。光绪四年,持续大旱,灾民众多,斗米价涨至1 800文,饿死者遍及村落道路。知县郑灏再次请求开仓获准,先后平粜常平仓谷3 257石;山西巡抚曾国荃拨给漕米1 700担,麦种银2 000两,棉衣200件,赈济灾民。光绪五年,春,朝廷又拨给黎城漕米1 800担,救济灾民。1920年的黎城呢?"旱灾严重,饥民成群,死者数百"。

可以看出,当时山西全境的旱情是何等严重,抗旱形势是何等严峻。

实现农业的水利化,对于山西来说,迫在眉睫。

时势使然,山西另一个重大决策的出台,也给黎城上马修建一条更大的渠的设想插上了翅膀。

1965年的严重旱灾,使山西高层认识到,必须从改变农业生产基础条件上下功夫,必须从根本上解决山西农业生产不稳不高的问题。在调查研究、总结历史经验的基础上,中共山西省委、山西省人民委员会制定了《关于动员全民,奋战五年,建设两个1 500万亩稳产高产田》的长远规划。这是一个集中了全省广大干部和群众智慧以及经验的战略性计划,在10月21日至30日召开的中共山西省委二届二次全委(扩大)会议上,省委书记传达了中共中央工作会议精神和毛泽东关于"备战、备荒、为人民"的指示,会议讨论了全省农田水利基本建设问题,通过了《关于动员全民,奋战五年,建设两个1 500万亩稳产高产田的决议》(以下简称《决议》)。

《决议》指出,山西省农业生产最大的威胁是旱灾,如何逐步战胜旱灾,已成为发展农业、增产粮食的关键。《决议》提出,在第三个五年计划期间,在有水源的地区,要兴修水利工程,发展保证水地,首先要从改(改建不合理的渠道)、配(渠系和设备配套)、整(平整土地)、排(排灌治碱)、管

（加强管理）五个方面入手，使全省的水浇地面积达到1 500万亩；在无水源的干旱地区大搞农田水利基本建设，建成大寨式农田1 500万亩。

这个《决议》，对于山西全局来讲，意义深远。对于当时只有10.8万人口的黎城来讲，这不啻是福音。因这个《决议》，黎城人摩拳擦掌厉兵秣马；因为这个《决议》，黎城人征山战水，终成正果。

黎城属于有水源的地区，清、浊两条漳河的水资源丰富，所以响应省委的号召是条件充分的。而且，从修建小漳北、小漳南以及1958年修建的大漳北渠，黎城人也尝到了引漳上岸的甜头，这是一个很好的民意基础。

这个机遇的到来，是伴随着李刘炳的到任以及随后展开的调查研究而深入黎城的。

这个机遇，也是黎城人厚积治水之利而蓄势待发。黎城抓住了这次机遇。这个机遇，客观上要对黎城山河进行一次重新安排。

在李刘炳的主持下，一次关于引水的专题常委会召开了。这次常委会开得很不平静，烟雾缭绕中，常委们被引水这个话题撩拨得难以安坐。

这次会议，一直开到凌晨5点多还没散。负责烧水供水倒水的县委交通员，困得实在顶不住了，抱着个竹编外皮的暖水瓶，在会议室门口睡着了。

可以想见，这决策、这决心下得何其难啊！

这样的会议在短短的时间里开了三次，也没有定下调来。

有人打趣地说："常委们喝了几十壶开水，就是尿不进一个壶里。"

"不行就先测量吧。"又是一个凌晨时分，参会人员一脸的疲倦。李刘炳看大家意见一时难以统一，就这样结束了会议桌边的争论。

林县人从1960年开工，历经数年时间，在浊漳河中游修筑的红旗渠，已经接近尾声，漳河水"哗啦啦"地流进了林县大地。

9

修与不修？常委会会议上难以决断。决策层的争论、坊间的热议日趋激烈，然而，测量队在野外的工作并没有因为"他们"的唇枪舌剑而放慢脚步。

在县委直接领导下，以黎城县水利局、漳北渠灌溉管理局的技术人员为骨干，吸收农民水利员、土专家以及在乡知识青年等29人组成的测量队成立了，测量队由漳北渠灌溉管理局的王鲜红主任和水利局的赵引河科长两个人负责。何宝珠、王江发、曲庆祥、常根山、王苏中等，这些当时貌似不起眼的青年小伙，被"再修一条大渠"的旗帜招引，聚集在一起，开始了他们的水利人生。

29个测量队员先在浊漳河边的靳曲村会合，接受短暂培训。靳曲村的一个四合院里有两棵梨树，其时已近深秋，熟透梨子的香甜味道，也盖不住这些青年人求知的欲望。

十多天的培训很快过去。1965年10月22日，秋风瑟瑟，测量队队员们背起行李和炊具，扛着仪器，向着茫茫的山野进发了。

在这支年轻的测量队里，何宝珠、王江发、曲庆祥都是二十出头的小伙子。何宝珠年长，王江发次之，曲庆祥年龄最小。这三个人中，何宝珠和王江发是本地人，曲庆祥是山西阳泉人。何宝珠和王江发都是1957年县里搞水利普查时，从当年黎城一中应届毕业的初中生中选拔的，从最初的水利普查开始，已经在水利战线摸爬滚打了七八年，也算是年轻的"老水利"了。曲庆祥是北京水利学校毕业的，凤毛麟角，算是真正的科班出身。

漳北渠的主任王鲜红是这支队伍的头儿，他这个"头儿"，重点是负责后勤保障，当然，也得一路跟着，做一些协调方面的工作。因为，溯漳而上，就进入了襄垣地界，王鲜红是襄垣人，由他直接出面，协调方方面面的关系，测量队就可以心无旁骛，专心于工程的初步测量了。

这个时候的"一条大渠"还只是人们心里的念想，前途未卜。为了这个念想，他们这支队伍就是"先遣队"，他们要先把"这一条大渠"落实到纸上，在纸上排兵布阵。

可这纸上作业，也不是小姐的闺房绣花，更不是秀才的捉笔书写，而是脚踏实地地行走，马不停蹄地奔波，更是夜以继日地测算。吃不尽的苦头，受不够的风吹，咬不动的玉米面疙瘩，喝不完的涧水、溪水、雨水和旱井水。测绘工作在艰难地推进着，他们心中只有一个意愿，就是在纸上早点儿完成"这一条大渠"的蓝图，让"这一条大渠"像模像样地进入决策者的眼帘，早点儿下定决心，早点儿开工，早点儿让滔滔的漳河水上山，早点儿让清粼粼的漳河水流进田野，流进家户。

好多地段，多是近乎陡直的山坡陡崖，只能手脚并用地攀爬，要是抓不牢石头和树枝荆棘，一不留神就会溜坡，跌进漳河，滑入深沟。

鞋带绷断了，鞋口裂开了，脚趾头露出来了。

皮肉豁开了，血痕道道；衣衫挂破了，棉絮裸露；额头碰肿了，肉包凸起。

苦矣，劳矣，无一人喊苦叫累，无一人打退堂鼓，野外的测绘工作在紧张有序地进行。

茶安岭拐过去了。

马鞍山爬过去了。

东坡的大沟迈过去了。

跨过了白水汕，闪过合河口，路过段堡，上了东岭，驻扎强计。走的是羊道，过的是沟壑，翻的是高山。这一路走来，看地形地貌，测海拔落差、河道情况、水流水速、立地条件、地质构造等。最后，他们在一个叫乐妥的地方停下了脚步。在这里忙碌了一整天，大家都觉得这是个理想的引水口。测量队就初步把乐妥作为引水的渠首确定下来，报到县里。县水利局的杨辑局长和从市里请来的技术专家，对乐妥进行了会诊。

乐妥峡谷段出口处左岸。河底高程为857米，需要抬高水位至867.2米，为了保证渠首进水量，拟建一座高10.2米、长80米的浆砌石滚水坝。

测量队就开始设计渠线。两点一线，渠首是乐妥，渠线的高点是东阳关的长宁川。这渠线过了石板沟，过了五尖山，过了茶安岭和一望无际的西仵川，再在阳南河一转弯，沿山皇垴下奔向长宁川，渠线在东阳关上的长宁川外停顿了。

水，难以自流入长宁川。也就是说，从乐妥引水，水只能在长宁川外转个弯，再流到陈村方向。这意味着几万亩的地块只能望水兴叹。

渠首还得上移。测量队继续溯漳水而上，最后在龙王山下西营村外驻足。这里漳水平缓，是个理想的引水口。河底高程也能确保渠水自流而上东阳关。

天寒地冻，临近年关。测量队暂时撤了回来。野外作业暂时停歇，室内的设计紧锣密鼓地进行。

本地人或者有家口的都回家过年了，曲庆祥是外地人，光棍一条，没地方住，就住进了刘全鼐的办公室。老刘是教育局的副局长，城隍庙东边的一间小房子是他在县城的办公室。老刘回家去住，曲庆祥就算在县城有了个落脚的地方。放假了，除了一个老头看门，就是曲庆祥，院里安静得很。小曲在年前和有关的几个人，如李方圆、杨辑、刘全鼐、何宝珠等议了议，春节这个假期，他就猫在屋里，写啊算啊想啊，把一条"渠"在纸上形成了个大概框架。等"破五"上班，他就把一份洋洋洒洒几十页有图表有文字的"勘测报告"搞出来了。

在这里，我有必要把几条渠的高程交代清楚。

流经黎城的浊漳河，在修建小漳南、小漳北、大漳北这几条水渠之前，基本无用且有害。浊漳河的河底高程在海拔650米到760米之间，而黎城境内的耕地大多分布在海拔720米到900米之间。这就是说，要实现漳水变害为利，就得引水上岸，就得抬高水线。在技术不发达的年代，就采用从上游引水，渠水自流，达到灌溉的目的。大小漳北渠和小漳南渠如此，大漳南渠和黎城的这条更大的渠也是如此。小漳南渠从峧口村下引水，小漳北渠从大寺村上引水，均抬高水线60余米，分别能浇地4 000亩和3 000亩，大漳北渠从渠村村下引水，平均抬高水线100多米，扩大水浇地20 000亩，而要上马的"这一条大渠"，自流灌溉，水流而上东阳关，而进长宁川，抬高水线200多米，盯住的目标是扩大水浇地10万亩。若加上大漳南渠的设想，总共是12万亩的水浇地。

天哪！12万亩啊！加上黎城原有的2万余亩水浇地，就是14万余亩啊！当时的黎城总人口，也就不过近11万人，也就是说，这前景，是让全县人民"实现人均一亩水浇地"。水地和旱地的粮食产量，那可是天壤之别啊！形象地说，从吃糠咽菜到能"天天吃面"。这生活，那不是天天过大年嘛！这日子没得说，不是共产主义，也是离共产主义不远了。

这条渠在哪儿？叫什么？

这条渠还在曲庆祥的桌子上放着呢。

曲庆祥出生在山西阳泉一个经商的家庭。他在家里排行老小，父亲是老来得子，五十岁才有了他。1955年从平定中学初中毕业后，他以优异的成绩考入北京水利学校。1958年9月毕业后，他被分配回山西。原来省里计划把他们几个留在省城，因晋东南地区水利发展相对较好一点儿，对专业人才的需求也就急迫一些，这样，他和他的几个同学就被分配到了晋东南地区专署水利局工作。他们是1958年的岁末来到长治的。一报到，领导就把他们领到了农业科研所，让他们加入刚刚成立的农业水利灌溉试验站。1959年这一年，他和试验站的同事把晋东南地区境内的大小水利设施跑了个遍。当时，晋东南地区划分了几个水利灌溉试验点，晋城是一个点，沁县是一个点，黎城也是一个点，曲庆祥就被派到黎城蹲点搞试验。1960年的春天，他来到黎城，一头扎到了乡下。曲庆祥在黎城的灌溉试验取得了初步的成果。1962年开始，大漳北渠因一些挂壁渠段和涵洞坍塌损坏，要进行改造，但是苦于缺乏专业技术人才。两年的工作交往，漳北渠的负责人王鲜红眼前一亮：这个小伙子人品好、技术好，不就是很好的人才吗？王鲜红就想把他留下来，和曲庆祥谈，向专署水利局请示，几经周折，王鲜红如愿把曲庆祥留在了黎城。

这一留就是二十多年，为黎城留住了一个以后派大用场的"人才"。

曲庆祥的手写体，钢笔字，五号铅笔绘图，百十页。县委机关的打字员小李一看惊呆了，说根本没见过也没打过这么多的东西，何况还有这么多的图图表表、曲曲线线。

那怎么办？这勘测报告，不但要上常委会，还要往专署和省里报，这不打印还真不行。李方圆说："全县总动员吧，分开打，粮食局、县社、公安局，只要有打印机的地方都承担打印任务。"李方圆亲自给有打印机的单位领导协调，手稿分开打印了，难题又出来了，打印遇到"拦路虎"。那个年代的打印机，不像现在用的是电脑，有各种应用软件。那个时候的打印机，怎么说呢，其实就和活字印刷差不多，一个字盘上有着几百个最多上千个常用字，用手敲打，一个一个的汉字打在蜡纸上，再用油印机油印。打字的过程中，遇到生僻字，只能刻上去。虽然说，这种打印设备简陋，可在当时，也是先进设备，只有大单位和重要单位才有。譬如，偌大的黎城县委、县政府，也只有一套打印设备。黎城县水利局，这在县里，也算得上个有头脸的部门，还没有这装备，自己职责范围内的一份报告书，还得动用国家权力，郑重其事地解决。打印员一般都是年轻人，每日打印的文件一般都很简短，一般都是文字，即使有个表格，也很简单；而这次的"文件"，量大不说，吃点苦加加班，这都没问题；可是，如同"天书"般的图表，却让这些见识不广的打字员们犯难了。

挠头归挠头，活还得干，而且不能有差错，这是县里的大事，马虎不得，懈怠不得。打印机操作不了，就用笨办法——手工绘制；而曲庆祥呢，就从这家出来到那家，穿梭其间，进行校对和指导。

正月的黎城街头，热热闹闹的。熙来攘往的人们没有注意到一个身材瘦小的年轻人在街上走过来穿过去，为黎城修一条大渠而奔忙。远在几百里之外的阳泉，亲人们的心为他牵挂着：庆祥的这个年是怎么过的呢？

这个年是怎么过的呢？曲庆祥几十年后还记得清清楚楚。一个人过年过得落寞孤寂，一个人过年过得兴高采烈。

过年。一个人。只能是孤孤单单，只能是孤苦伶仃，怎么能兴高采烈呢？你想，这么大一条渠的勘测报告，这么大一件事的阶段汇总，主要由曲庆祥完成了，这该是多大的荣幸啊！

面对着打印出来的蜡纸版，曲庆祥油然而生一种成就感。

而他这一生最大的成就感，都来自这一条大渠。

这条渠还没有名字呢！可给"这一条大渠"起名，兹事体大，不是他们测量队能定的。可总得有个名堂吧。李方圆说："咱们只管仔仔细细认认真真拿出勘测报告，决策和定名的事就交给领导们吧。"就这样，这份沉甸甸的"勘测报告"被端到了黎城县委常委会上。在这之前，杨辑曾经几次向水利局汇报过这个项目。地区对这个事儿也很上心，专门派人参加了会议。如前所述，当时全省的形势也是大干快上大搞水利，黎城县提出来的这个思路可以说是正逢其时，黎城人有这个决心，更是值得称道。所以就往省里报这个项目，求得国家和省里的支持。可起个啥名呢？这就不得不斟酌斟酌了。常委会专题讨论这一条大渠的名字，有的说，就叫第二条大漳北渠吧。不妥，不妥。林县在浊漳河的中游，不是修了一条红旗渠吗？引的都是浊漳河的水，浇的都是山区的地，一个在上游，一个在中游，上游中游是一体，咱也叫红旗渠，上游中游都是红旗渠，山西河南都是红旗渠。不行，不行，这名字听着别扭，更容易让人混淆。那时，林县的红旗渠已是如日中天，名声很大，而黎城的这一条大渠,也有着和林县的红旗渠诸多相像之处,但人家在先,已经打出了红旗渠的旗号,咱就叫小红旗渠吧。又有人说不妥,一条大渠的名字前面冠个"小"字,大渠小名,不好,不好。这时,有人提出叫"三五红旗渠"吧。这个名字激起了大多数人的兴趣。这个名字有两层含义:一是我们计划在三到五年内修成这一条大渠;二是这条大渠是在第三个"五年计划"内上马修建的。这个名字有扛起红旗、高举红旗的含义,鲜明而响亮的"红旗"前,又有了"三五计划"的时代属性。大家左右一对眼,好啊,这个名字既贴切又够味。

就叫"三五红旗渠"吧!李刘炳一锤定音,从此,这条大渠第一次有了一个正式的名字——"三五红旗渠"。

"三五红旗渠",似一个孕育中的婴儿,在1966年开春,第一次有了"胎动",这真是难抑的欣喜和欢愉。

襄垣西营大渠渠首 郭雅敏/图

第四章　高长春下定了决心

10

高长春铁了心要在漳河的西南岸修一条大渠,而且,他还真不是一时头脑发热。

人说五十而知天命,高长春这年刚好五十周岁。说起来,他也是个老革命了。1937年,他在出生地——下桂花村担任了副村长。1942年加入中国共产党。他从村到区,一路走来,深受群众拥戴。1960年,四十四岁的高长春在黎城县第四届人民代表大会上被选举为黎城县人民委员会副县长。1962年,组织下派他到上遥工作,他就开始谋划要修渠,他想修一条更大的渠,一劳永逸地解决漳河西南岸的缺水问题。修建"另一条大渠",一贯小心谨慎的高长春,是经历了长期思想斗争的。

上遥这个地方,除了后沟那些挂在半山上的村子,从青红底始,沿漳河南岸,一溜儿摆开了十几个村庄,这十几个村庄的居住人口,占到了上遥总人口的80%。老百姓进进出出都会看到河流,可就是干着急没办法,眼巴巴地看着水从河沟里哗哗地流去,心里的痛楚可想而知。有民谣唱道:

　　沙滩地,窟窿钻,靠下雨,愁煞天。
　　春天风,干结板,夏天热,卡脖旱。
　　守条大河眼瞪穿,河水滚滚苗枯干。
　　扯死败活受一年,到头还是干打干。

再看1943年修建的那条小渠，虽然只能浇几千亩地，可那绿油油的庄稼，总是撩拨得人心里痒痒。眼不见心净，可这眼见着的馋和这眼见着的焦灼，不是活生生地折磨人吗？

庄稼人想水想疯了。这老高啊，眼看着春旱下不了种，秋旱收不上粮，他眼里冒出的火，能把路边的草点着。

老高从八路军帮助修筑的这一条小渠上看到了希望，点燃了梦想。把渠线再抬高一些，引更多的漳河水来浇更多的地。在一次召开的社队干部会议上，他把自己的设想抛了出来："上遥的命脉就是水，有了水，我们就有了过'黄河'跨'长江'的资本，我们就可以理直气壮地向土地要粮食，向沙滩要瓜菜，我们还可以大力发展副业，手里有粮，腰里有票，吃穿不愁，我们的老百姓就能过上好日子了。"高长春书记越说越高兴，他干脆站起身来，挺了挺腰杆，扫视着眼眸发亮腮帮发热的社队干部，左手叉腰，右手举过头顶，一挥。

"党号召我们'学大寨'，大寨大队大战狼窝掌，修起了梯田，增产了粮食。我们也要学他们，大战漳河湾，让高山低头，让河流改道。"

他顿了顿，清了清嗓子，又一字一句地高声说："我知道，修这一条大渠，不是小孩过家家，不是伸伸手甩甩胳膊蹬蹬腿就能办到的。这困难不是小困难，可我们不能在困难面前退让、退坡、退路。"他一口气说了三个以"退"字打头的词，之后，又狠狠地跟了一句："我们坚决不退！"

"我们坚决不退！"社队干部的热情被他滚烫的言辞"轰"地点燃了。

"高书记，你说吧，咱啥时候动工？"

"高书记，你领着我们干吧！"

高书记要领着上遥人修渠的信息传播得很快："修渠了，修渠了。"可这渠怎么修呢？高长春和县水利局派来的技术员董伟，带着几个高小毕业的测量员，沿漳河西南岸，开始了工程选线、测量测设。因上遥境内河床砂砾坝高，回水面要淹没对岸平头公社的土地，协调起来难度大，这样就进一步往上游勘测，最后选定了襄垣县北底公社东宁静大队的青石崖下，为渠首引水的坝址。工程的初测结果，与高长春原先从境内引水的设想出入较大。一是渠线抬高，工程险关增多；二是境外引水，工程量增加了一倍多。这让高长春一时有些踌躇。

上吧，一个小小的公社，委实是心有余而力不足。

不上吧，群众的热情真是让人于心不忍。一拨一拨的老百姓来到公社，一次次打问："什么时候开工啊？"

高长春进退两难。

老高的作难，社队干部看在眼里，来访的群众也看在眼里。

高长春的身影在吴家庄水库废弃的坝址上徘徊，时间过去多年，当初削除的半个山坡，现在几株衰草摇动着，好似诉说着凄凉和哀伤。残留的几处围堰，已被漳河的泥沙淤没，流水在它们的身边打着漩涡，激荡的水花，提醒着路人。

年轻的公社主任早就来了，在离老高不远的地方一直站着。他没有走过来，是不想打断他敬重的高书记的思绪。

烟雾笼罩着老高的忧思。

炊烟在村庄里已开始弥漫。

这时，马沁山走近心事重重的高书记身边，轻轻地说："高书记，时候不早了，天快黑了，咱们回去吧。"

高长春抬了抬眼，看了看年轻的主任，一声没吭，也没动。

夜幕渐渐吞没了他俩的身影。

峧口村村口，一位老人佝偻着腰，艰难地挑着两桶水，摇摇晃晃地往村里走。冷冷清清的小路，老人踉踉跄跄的脚步、惝惝惶惶的身影，他一步一步地向前挪着，和从村口路过的高、马二人碰了个面对面。老人抬头的瞬间没有站稳，一个趔趄，扁担从肩头滑落，一担水洒了个精光。始料不及，高、马二人也愣住了。老人在黑夜里也没看清来人，自顾自一边收拾扁担水桶，嘴里一边嘟囔着："唉，又洒了。一直听说高书记要从上游修渠引水，到现在还没个影儿。要是能引来水，就不用我老汉跑这么远的路，去漳河担水吃了。唉！"

老人叹着气走过去了。黑夜里的叹息，如重锤，敲击着两位同是夜行人的胸膛。

其实，这样的情景，两人不是体验了一次两次，这样的遭遇，两人也不是第一次遇到。

在这困顿的夜里，这样的境遇，这样的境况，更是让高长春和马沁山的心"乱颤"不已。

而这一夜，注定他俩又要彻夜畅谈，而这样的畅谈已经不知进行了多少次了。只不过今夜的谈论，却有了些许悲壮和破釜沉舟的意味。

年轻的主任不知从哪里搞来了一瓶白酒和两个菜——白酒是"长治高粱白"，菜是一碟芥菜疙瘩腌的咸菜和红、白萝卜缨儿腌的酸菜。咸菜咸，酸菜酸，加上五十多度的"高粱白"，这味道也够足的。

老高书记坐在一把木头椅子上，小马主任也坐在一把木头椅子上。

这一老一小，一个坐在桌子的正面，一个坐在桌子的侧面。两个人都没有正襟危坐，都向对方微微侧着头，微微侧着腰。

两个人时而窃窃私语，时而沉默不语。

两个人面前都放了两个搪瓷缸子，一个里面是白开水，另一个里面是长治高粱酒。

酒也喝干了，水也喝没了，肚子也喝撑了，天也大亮了，决心也下定了。

11

高长春再次召开了公社党委会，郑重其事地以公社党委的名义，盖着公社党委红彤彤的公章，向县水利主管部门打了修建大漳南渠的请示报告。

请示报告送走了，高长春的心里没有底。他听说县里也要修一条大渠，而这条渠走的是漳河东北岸，重点是要把水引进黎城盆地。他也知道，两条大渠同时开工意味着什么？可是，他懂得民心，懂得上遥这5 000口父老乡亲心里憋着的这一把火，就等一纸批文，就要在严寒的冬日里释放。

报告连续打了三次，都没有批准。高长春急了，先在电话里和杨辑局长沟通，不行，他就立马起身跑到了水利局局长杨辑的办公室。杨辑看高长春满头大汗、心急火燎的样子，就热情地把他按到椅子上，亲自给他倒了一杯水，放在他面前，然后推心置腹地说："高书记，不是我不批，你这事体实在太大了。你说，你只有5 000来口人，就敢兴师动众地开工。这弓拉开了，可就不好往回收啊！上了马再下马，你老高咋给县委和群众交代？我不是不让修，是让你们等等，以后再修。现在国家没力量支援，你们的家底我知道，薄得很呢。"

老杨一边做着解释劝说的工作，一边从办公桌上拿起一份厚厚的材料，递给了高长春："老高，你看看这，县里计划再修一条大渠，而且是举全县之力。就这，县里领导的意见还不统一，还有很多顾虑。你说，你一个公社，就要干这么大的工程，我能批吗？我敢批吗？"

高长春听了杨局长的这一番话，心里的火气也消了消，他端起水喝了两口，说："老杨，我知道你说的不是不在理。我知道，县里也要修大渠，你是站在全县的角度来考虑问题。河南河北，都是黎民啊！我们站在河南岸，看着河北岸红红火火地修渠，你说，群众心里是啥滋味？"

高长春说着说着就又激动起来。他说："老杨啊，眼前的漳河两岸，村村都是盼水妈、盼水爹、盼水娃娃、盼水爷爷、盼水奶奶啊！"

说到这里，高长春再也忍不住，泪水流了下来。

杨辑局长的眼眶也有几分潮润。可即使这样，他也清楚，这报告还是不能批。这报告要是批了，说不定会闯大乱子呢？可眼前的这个状况，他又不忍心过度伤了老高的心。沉吟了足足有一刻钟，杨辑开了口："高书记，我理解你的心情，我何尝不想在漳河南岸好好地修一条大渠，多打些粮食，让老百姓早一天过上好日子。可是，困难也是明摆着的。再说，是你一个人的决心大，还是你们班子成员的决心都大呢？"

高长春抬起头，盯着杨辑的眼睛说："都大呢，大得很呢。"

为了缓解这难以打开的僵局，老杨站起来，走到高长春面前："老高，你看这样行不行？你让你的全体党委委员，在请示报告上，都签上字按上手印，我们再上会研究一下，给你答复。"

杨辑本是缓兵之计，要不，看这架势，这尊神注定今天是请不出去的。

可一门心思要修渠的高长春，不管这缓兵不缓兵，只要你露出一道缝，就要想法钻进去。

"哼，别说是叫委员们摁个手印，你就是让画上等身像，咱也要干。"

高长春旋即出了水利局的大门，杨辑摸着自己的胸脯，长长地舒了口气。

这口气没出完，一口气又吊了起来。他知道，这口气，不好缓。以他对老高的了解，至迟明天，这老兄还会找上门来。

果不其然，第二天下午，高长春就把杨辑堵在了办公室里。

高长春一脸干笑，杨辑一脸苦笑。

好尴尬呀！

这是一场躲不过去的"交锋"，也是一场没有输赢的"交会"。

双方心里都知道对方在想什么，对方不是敌人，但由于各自的立场不同，站在一条战壕里，却不能并肩作战，甚至，有着一场在所难免的冲突。

温和的寒暄里藏着机锋。

表面的客气下，露着锋芒。

12

李刘炳书记这边，高长春和杨辑争论得白热化，让他左右为难。

两个烫手的"山芋"，一起放在他的手里，扔又扔不得，放又放不下。

说实在的，上马一条大渠，县里还勉为其难，现在，半路又杀出个程咬金——高长春。一个只有5 000人口、劳力不足2 000人的上遥公社，竟然也要以微薄之力，开修一条大渠。

一年同时开工，上马两条大渠，这可不是闹着玩的事。放眼全中国，还真是无例可循。就是刚刚有所成效的林县红旗渠，也是以58万人口的底气，一下子能动员10万劳动力，历经数年，才在漳河的中游修成了一条环绕太行的大渠。而黎城只有10.8万人口，满打满算劳动力也不过三四万人，在不耽误当年农业生产的前提下，动员修渠的劳动力最多不过万人。财力更是捉襟见肘，活的是老山区的名分，靠的是吃救济粮。巧妇难为无米之炊，这穷得叮当的家底，还要"饿猫吃天"。

就在李刘炳苦苦思索的当儿，上遥公社的党委会正开得热火朝天。会上，高长春把这段时间的所有细枝末节一股脑儿说了出来。最后，他和马沁山对视了一眼，问大家："虽然上级领导的口气有所松动，但上级还是没有正式批准我们修这条渠，这次党委会，就是要最后决定，这条渠，我们修不修？"

会议陷入了长久的沉默。尽管高、马二人之前已有了默契，但在这个时候，他俩不能先入为主，毕竟，一个班子的意见决定着今后的劲能不能往一处使。可是，一直沉默下去也不是个办法呀！

班子里一个年龄稍长的委员站了起来，怯懦地说："上级不批准就修，这要是不听组织的话，可是犯纪律的，追究下来责任，是要个人承担的。"他重重地咳嗽了两声，略带感情色彩地说："俗话说'官不修衙，客不修店'，咱们又不在上遥待一辈子，没必要和上头较劲？还是听上头的吧！让咱修咱就修，不让咱修，咱既不用受那个活罪，又不用跟上头顶牛，更不用冒那么大的风险。"话说到最后，好像又有所顾忌，低着头往下坐，又嘟囔了两句："我再过两年就退休了，算我瞎说，党委定啥我都同意。"

这个时候，年轻的马沁山主任坐不住了，他担心会议的导向被这一番话带歪，就"嚯"地站了起来："一个共产党员，在最关键的时候不是考虑个人的得失，不是算计自己的进退。要说修这渠，有没有风险？有！因为有风险，我们就退缩了，就怕一片树叶下来砸破自己的头，这不是一个共产党员的态度。"因为说话急，他的脸憋得通红，脖子上的青筋也隐隐地跳动着。似乎感觉到了自己的猛和急，沁山放低了语调，说："其实，我也懂得，一座座的衙门流水的官，四平八稳地做官，不洗盘子也就不会打破'盘子'，打不破'盘子'，也就没有'辫子'。可是，这样的官，我们当得心安理得吗？反正我宁可伸脖子挨一刀，也不做缩头乌龟。"他一屁股重重地蹾在一条长板凳上，把另一头坐着的另一个委员震得不由得抬了抬屁股，板凳一下子失衡，猝不及防，小马主任一屁股坐在了地上。

突然的一幕，意外的插曲，给沉默和剑拔弩张的会场，吹进了一股"微风"，这时坐在一张桌子前面的高长春站起来，走到小马主任的身边，给他拍了拍屁股上的尘土，又按了按邻旁老委员的肩膀，走回桌前，用沉稳的口气说："同志们，马主任的话是有点儿冲，但是理不亏啊！有这样那样的担心，这心情我不但理解，而且我也是在心里边一直打转转。说实在话，我也五十多岁的人了，当副县长也多年了，来到上遥这个地方也工作了好几年了。要说，抬抬屁股走，随时可以。可是，我心不安啊！"说到这里，老高有些激动："组织上把我们派到上遥来，是来做事的，不是来做官的。做官和做事是两码事。做官,就是做客,你好我好大家都好。手攥两把泥,抹平抹上就行。做事,就要做主,就得好好干活,就要考虑'盖房子'的事。所有事情都要通盘考虑。修渠,就是'打地基'的事儿。"

老高说着说着,音调更加高亢:"修这么一条大渠,不但有上面不批准修的政治风险,还有力不从心、劳民伤财的下马风险,这点儿账我这些天一直在心里掂量来掂量去。我不是没有顾虑,不发怵,也不是没打过退堂鼓,我也前怕狼后怕虎。"顿了顿,老高的声调有点儿降低:"是啊,上边暂时不支持,是因为要在漳河的东北岸修一条更大的渠。一个小县,一下子上马两条大渠,都是从襄垣引水,这人力物力财力确实是捉襟见肘,难上加难啊!等把北岸那一条大渠修成,再来修我们南岸这条大渠,这是县里的意见。我们需要等,这一等就得好几年啊!"

"可是,我们等不起啊!"老高一侧身,右拳"咚"地砸在桌子上,说:"我们不能等,坚决不能等。"

"对,不能等,我们不要等。"窗外,有一群人的声音,齐刷刷地高声喊着,紧接着,一群老农掀起门帘挤了进来。原来,党委正在开会的时候,各村陆陆续续来了些群众,来打听修渠的事。公社的人告诉他们,正在开党委会,决定修渠的事。他们就悄悄聚集在窗根下"旁听"。会议室紧张的气氛,也让这些站在外边的群众心急火燎,可又不敢弄出声来,分散公社领导的注意力。屋里的两派意见,他们是听了个一清二楚的。当高书记那一拳砸下去的时候,也砸在了他们的心坎上,他们情不自禁地跟着高书记高声喊出了"我们不能等,坚决不能"。

不等,就是不等。不能等,不要等。

"高书记,干吧,一年干不成,两年;两年干不成,三年。我们跟着你干到底。"

"干吧!"

"干吧!"

群众热切的呼声和渴望的眼神,让党委班子成员血脉偾张,他们也和群众一样站到了老高的周围,并对高书记说:"高书记,你下决心吧,我们跟着你干。"

此时的高长春更是血脉偾张，他使劲地一挥右拳："干！"

13

高长春和他治下的上遥人民，为了修渠，为了生计，在大旱的1965年，仍然做了很多的准备工作：让八路军修建的小漳南渠发挥最大效益，在渠水利用不到的地块，咬紧牙关，靠两个肩膀担水点种保苗保成活保成长，硬是在大旱之年多收了九万斤粮食；广开生产门路，发动群众上山割荆条砍山，准备了200只抬筐、300副箩头、400条扁担、500个抬石头的木架、7 000斤木炭和1万斤糠，还特别动员本土的铁匠，打制了320把大小铁锤和53条钢钎。

在大漳南渠开工之前，高长春先派出公社干部同渠线所经过的襄垣县各大队进行协商，以期得到当地社队和百姓的支持和帮助。

高长春坚持不懈的努力也基本得到了地区和县里的认可。1966年的春节，在除夕夜的灯火和鞭炮声里，高长春才回到了下桂花村老家的窑洞里。初一早上，高长春和老人的老婆儿女一起吃了顿饺子，给年迈的老人磕了头，说："大、妈，儿子这个年就不能和你们在一起过了，我要回上遥领导群众修渠。等修成渠，我再回来尽孝。"说完，他起身，又把歉意的目光转向爱人，说："爱云，这个家就交给你了。"爱云从他翕动的嘴唇里读出了他心中所想。她没有说话，而是转身把已经放在炕头的那顶蓝帽子，用五个手指轻轻地弹了弹，一丝灰尘飞出来，飘荡在从门窗照进来的一束光线里。

帽子从一只手递到另一只手，被他端端正正地戴在了头发有些稀疏的头顶。他一转身，就出了窑洞的门，推上院子里的那辆自行车，要出院门时，听见妻子的一句嘱咐："老高，你可不要忘了吃药啊！"老高有高血压，经常忙起工作来就忘了吃药。老高的老婆不在他身边，这份对老高的牵挂只能放在心底。对此她也无可奈何，家里有老人和念书的儿女需要她照顾。

老高和公社主任马沁山按照昨天分手时的约定，在十字街口会合了。两人几乎是同时到达。相互一笑的两个好搭档，飞身上车，过河下街，过汽车站，过轴承厂，出了县城，沿砂砾铺装的207国道，一路骑行，两个多小时，他俩没有停留，穿过了上遥村，继续沿着一条乡村土路，使劲往前蹬着，直到中午，满身大汗的他俩才在青红底村外下了车。

青红底村的支部书记贾书贵早就在村口等着他俩了。

一看就是事先约好的。

大年初一，高长春和马沁山这两个上遥公社的一、二把手就骑车来到管辖最偏远的一个村。他们来干什么？不会是一次访贫问苦式的春节慰问吧？

青红底地处浊漳河西南岸，隔河和杨家庄遥遥相对，是浊漳河西南岸与襄垣交界的最后一个村庄。青红底独立成村的历史并不久远，1936年才有此村落，因村子坐落在青峰山脚下而得名，原名青峰底，居民多是河南河北的难民逃荒而来。

大渠开工在即，这小小村庄的作用就突显了出来。按照高、马二人的计议，一旦大渠开工，这物资的运送就是个大事儿。必须在某一个地方设立转运站。这青红底地处黎、襄交界，是渠线必经之地，把转运站设在这里，就成为高、马二人的共识。今天，他们就是来落实这件事的。

支书贾书贵觉得已近中午，就领着他们往自己家走。这时，马主任开口了："哎，咱们先别忙着吃饭，先把地方看好，这饭吃得才心里踏实。"支书知道这俩领导的想法，就领着老高和老马，前转后转，左看右看，边看边商议，边看边定夺，足足用了两个多小时，他们才最后走进了支书的家。这回可是真饿了，几人端起大碗来，吸溜吸溜吃了两海碗黎城肉扯面。老高放下碗，一抹嘴，从口袋里掏出一盒"牡丹"烟，递给支书贾书贵一根，说："来，抽支好烟。"坐在对面的主任马沁山，开玩笑地说："高书记啊，你平常抽的是'勤俭'牌，今天换上'牡丹'了。鸟枪换炮了。""嗨，今天不是过年吗？再说，下午咱俩不还要去走一家重要的亲戚吗？这过年去亲戚家走动，还能不带盒好烟？"说完这话时，他还向马沁山挤了挤眼，说："马主任，我准备了好烟，咱俩一起去走亲戚，你可不能空着手啊！"马主任心领神会地对高书记往院里努了努嘴："放心吧！高书记，咱有准备呢。"

这两人的一言一语，让支书贾书贵一头雾水，不知道这俩领导还要去哪个"亲戚"家。他俩在上遥工作了这么多年，还真没听说过谁是他们的亲戚。

也许下午两人是折返回城里"走亲戚"。不过，贾书贵就是随便那么一想，这亲戚不亲戚的事儿，似乎和他无关。他正琢磨着，送走两位领导后，得赶紧把转运站的事儿一件一件地落实到位。再过十天半个月就要开工了，这青红底大队可不能扯了修渠的后腿。

贾书贵和高长春的这"饭后一支烟"抽完了，时间也就到了大年初一的下午三点多。高长春站起身，说："大过年的，也让你们不安生，还在你家吃了一顿好饭。等修成渠，再好好谢你们啊。"老高抱拳给贾书贵和他那还在灶前洗锅刷碗的老婆打了个招呼，就和马沁山起身推车往外走。贾书贵送他们走到村前的路上，互相打了声招呼，只见两人飞身上了车，车头一偏，就往西去了。他急忙大喊："老高、老马，你们走错了，回城里该往这边走。"只听老高、老马一边骑行，一边回头说："没错，没错，我们去襄垣走亲戚。"

这是要去襄垣走亲戚？贾书贵不解地挠了挠后脑勺。

是的，他俩就是去襄垣"走亲戚"。说起来，黎城和襄垣还真是"亲戚"呢，这"亲戚"源于一个美丽的传说，这个故事就发生在漳河岸边。

据说在清代嘉庆年间，襄垣县城北关有一个王员外，年过半百，身边却只有一个十五岁的女儿，养得聪明伶俐、活泼俊俏，被王员外视为掌上明珠，娇惯之下有了几分任性。这年又到了农历四月十八，黎城广志山娲皇宫过庙会。王员外夫妇要去广志山烧香，想再求一子。两口子在夜间的谈话声被女儿听到了，吵闹着非要跟去不可。自古以来，广志山庙会有个严格的禁忌，那就是未婚少女不准上山。可这厢娇女非要去，夫妇俩怎么劝说也不顶事，好不为难。这两口子只好说山上有老虎和豹子出没。连蒙带骗，好歹把女儿唬住了，一夜无话。到了第二天，两口子早早地悄悄出了门，为防女儿跟来，还把房门锁上，把娇女锁在闺房后，两口子才放心地上路，奔广志山而去。可没想到这闺女心眼剔透，已存了心思，等父母亲出门，她也跳窗而出，跟在父母后头上了广志山，来到奶奶庙。王员外两口子进入女娲神殿，三拜九叩之后，一回头，大吃一惊，看见女儿站在身后。王夫人又气又急，失声喊道："哎呀，我的小奶奶！你怎么也来了？"随即一巴掌打向女儿。不料，巴掌还未落下，女儿却扑倒在地，气绝身亡。这时，庙中的住持走了过来，把小女儿的尸身扶坐在女娲神身边的座椅上，一边跪倒祭拜，一边口称："小奶奶大驾光临，在下接驾来迟。"拜毕起身，细说原委。这王员外的女儿是娲皇娘娘身边的侍女转世，她本与广志山上的小青龙有前世姻缘。这小青龙也曾转世到凡间，做了广志山下的一个放羊汉。这小青龙灵魂目前也已归天，而凡间的尸身就掩埋在广志山上。这小女儿今天上山就是来圆满这一段前世姻缘的。从此之后的两百年来，黎城、襄垣两县的民间，就成了儿女亲家，都以姻亲相待。黎城人见了襄垣人叫"小侄儿"，襄垣人见了黎城人则唤"小外甥"。这两县的民众嘴边的话说着顺溜，互相打打闹闹，却从不气恼。但若谁有了难事，双方都倾力相助。这真是中国风俗的一道独特风景线。而这传统民俗，在以后的修渠岁月里，黎襄两县民众更是发扬光大，情谊更是至深弥坚。

车骑行到青红底村外不到一公里处的一座铁索桥边，两人下得车来，站下，不约而同地侧身压在车座上，使劲压了压，又弯腰伸出手捏了捏车轮的前胎，把自己的自行车前后胎检查了一番后，两人把各自的自行车扛了起来，一前一后上了铁索桥。摇摇晃晃间，他俩过了铁索桥，把车从肩膀上放下来，靠在车上喘了几口气，就又推车上了一个大坡。上了坡，顺着一段坑坑洼洼的土路迤逦而行。从杨家庄村脚下经过，到了白水汕，再往前就是襄垣县界了。他俩看见白水汕上下的冰挂，晶莹剔透得赛似白玉，顾不得欣赏这美丽的景致，还是急着赶路。冬日天短，在天黑前必须赶到东宁静村，按照约定，他们要在那里和几家"亲戚"相会。这个时候，天上又飘起了雪花，大片大片的雪花从天而降，给他们的骑行增添了行色。路过合河口，往左一拐，就是往东宁静方向的路。这时的雪，越下越大，西北风也来凑热闹。风搅着大雪，大雪紧缠着冷风，两个路人的身影朦朦胧胧、踉踉跄跄。

终于在傍晚时分，他俩走进了东宁静村，走进了一户院落。他俩还未来得及把车支好，窑洞的棉门帘被掀开了，一行人的笑脸就冲他们而来。"哎呀，亲家，快进家，快进家。"说话之间，有的拉手，有的为他俩拍打身上的雪。这屋子暖烘烘的，这温暖不仅仅是物理意义上的温度，更是人心的贴近和热度。好一阵子的寒暄和问好后，炕桌上已经摆了四个凉菜。女主人已经把炉火捅旺，案板上切好的食材一目了然。特别是一条三斤多重的大鲤鱼，鱼嘴还一张一合的。不用说，这是漳河大鲤鱼，年前从漳河里打的，放在水缸里养着,刚刚从缸里捞出来。为了招待"亲戚",这亲家还破了大年初一不杀生的老规矩。此时此刻,踏雪而来的老高和老马能不感动吗?老马从肩上背着的褡裢里,一下子掏出五瓶酒——玻璃瓶汾酒,放在桌子上:"今儿个过年,咱们喝个痛快。"这五瓶汾酒,是老马亲自给上遥供销社的主任下的话,要他过年前特备的。当时,王孟北心里还嘀咕:在上遥工作多年了,老马还没搞过特殊,今年这是怎么了?一下子要给他批五瓶汾酒。当时,这汾酒可是紧俏货,就是县长,过年过节批上两三瓶,也算可以了,这上遥公社的主任开口就要批买五瓶汾酒,口气真是大得令人匪夷所思。王孟北心里虽然嘀咕,但也没问。不过,他要是知道马主任为了今天这个场合用,说不定还要给加批两瓶呢!

围着他俩的几个都是附近几个村里的主干。只听他们七嘴八舌地说:"干儿啊,这外甥来了姥姥家拜年,舅舅还管不起个酒,这是寒碜你大舅、二舅和三舅嘞。"马沁山是沁源人,没敢接嘴,也不能接嘴,因为这是黎城和襄垣人之间的"专利"。这老高就不一样了,他是地地道道的黎城人。只见他一脱棉鞋就上了炕,稳稳当当地盘腿坐在饭桌的正中间,对看着他的一圈儿人,摆了摆手说:"干儿们,来来来,都坐下,陪你姑父好好喝几杯。今儿黑来,咱们不醉不休。"

"好,小外甥,你别逗能,看舅舅怎么收拾你。"

你看这进门的一席对话,又是干儿,又是外甥舅舅,又是姑父的,嘻嘻哈哈,没大没小,都没个正形儿。就连主人家不满十岁的小孩子给老高端酒时,还是这样说:"老干儿,喝你小舅舅一杯酒,可别忘了一会儿给磕头。"

这头肯定是不会磕的,可这酒还是喝着高兴的。

老高乐呵呵地接过酒杯,一饮而尽。完了,咂吧咂吧嘴,对着一桌子的人说:"这酒还真好喝啊!"

满桌的人哈哈大笑。

屋外风雪交加,屋内其乐融融。此时,不是一家人,胜似一家人。

嘿,你看这算哪门子事。可这就是黎襄情缘,这就是民间奇俗。

这一场大酒喝得昏天黑地,修渠的若干事宜,压根儿就没有提。

半个月后,350名精壮劳力到达这里时,一项项生活需要都安排得妥妥帖帖。

说干就干。农历的正月十六,在上遥公社门口的土场上,大漳南渠开工的誓师大会召开了。

群情振奋,修渠的队伍打着红旗,扛着工具,喊着激昂的口号,冒着风雪,奔向修渠工地。

第五章　风铃声声

14

下乡回到县委大院的李刘炳，一身的困乏难掩心中的焦虑。连续两年的旱灾，令黎城的农业状况惨淡。庄稼的产量严重减少，有的村子连人畜饮水都很困难。地里打不上粮，国家征购任务完不成，老百姓口粮严重短缺，填不饱肚子。

民以食为天。要想让老百姓吃饱，就需要粮食。粮食从哪里来？从地里长出来呗。可这地也不是好侍弄的。靠天没雨，就要靠人工引水。这修渠就像一条人造的血脉，为贫血的人儿"输血"，才能让土地"怀孕"，生儿育女。何况，有些地方，在这大旱之年，连人畜吃水都成了迫在眉睫的头等大事。老百姓等着水浇地，等着水做饭，等着水洗脸，一句话，等着水活命。

放眼望去，从白发苍苍的老人到蹒跚学步的孩童，从操持家务的妇人到田间——盼水！满村遍野尽是奔波的壮汉，家家户户的眼神里都盛着同一个望眼欲穿的祈盼，连空气里都浮动着焦渴的呼唤。

夜色里的李刘炳，一脸凝重，站在窗前，望着天上的星星。他现在没有闲情逸致，来做一点点仰望星空的浪漫，他是为了排解心中的郁闷才推开窗户，不经意地看到了天上的星星。

他不知怎么突然就想起了两句儿歌：

天上的星星亮晶晶，
地下的猫儿眨眼睛。

这天上的星星倒是亮晶晶的,可地上的猫儿,不是在顽皮地眨眼睛,而是在干瞪眼,眼都快要瞪出火星儿来了。

真是要火烧眉毛了。他又想起了在这间不大的办公室里高长春和杨辑的一场争吵。

天上打雷雷对雷,
地下干仗锤对锤。

一个公社书记,一个水利局局长,全都没了平时的稳重和矜持,也不顾及往日的要好和情分,有的是嗓门和气血,有的是理由和反驳。一个说家底、讲大局;一个说实情、谈初心。都理直气壮,都言之凿凿,都言之有理。说一千道一万,都是围绕一个"水"字,都是为了引水。

说来说去,互不相让;吵来吵去,脸红脖子粗的。不过,引水是"霸王硬上弓",势在必行。可是,一下子上两条渠,这对于每年要吃返销粮的山区小县来说,是爬天梯摘月亮的举动。退一步讲,就是只修一条更大的渠,也非易事,也要使出吃奶的劲来。要同时上马两条大渠,能行吗?可能吗?

高长春的大漳南渠"霸王硬上弓"已经上马了。这个老高啊,他在心里不知是赞还是批,笔者不好猜度。既然开工了,就得尽力支持。他已经主持召开常委会,从捉襟见肘的县财政里挤了三万元给大漳南渠,又从六个公社抽调一部分劳力支援,帮助完成引水工程在襄垣的境外施工。

可这"三五红旗渠"的修建,从工程量来说,相当于五个大漳南渠的体量,这决心下得何其难啊!尽管是举全县之力,也是一步险棋啊!

常委会上,反对派和怀疑派的最主要论调:搞不好会劳民伤财,上马再下马,吴家庄水库已是前车之鉴。修渠要占用壮劳力,修渠用的工都要在各队的年终核算里体现。这用工用在了漳河的沟壑里,自然当下产生不了任何效益,但是在大队年终核算的账目上,要作为成本核算进去,"羊毛出在羊身上",自然就加大了各个社队当年群众的负担。这当年的"薅羊毛"让本来就十分艰苦的农人雪上加霜。至于这渠猴年马月才能修成,才能浇上地,才能多打粮食，一切都是未知数。反正，现下就影响分配。辛辛苦苦劳作一年，分配收益下降，拿口粮还要倒贴钱，这日子就没法过。这看不到希望的修渠事业还能往下继续吗？这要是修不成渠，塌的窟窿可是天大的窟窿，怕是好几辈都背不动哩！与其捅个大窟窿，不如及早收手。反正这漳河水白白流了几万年，这大山也矗立在眼前几万年。山还是那座山，水还是那条水，咱庄户人就认命吧！老一辈都认了，咱也没有孙悟空的本领，就低头吧！

不低头还能做甚？不低头还能干甚？不低头还有甚法？只有低头，才是正路；只有低头，才是出路。

是吗？就有不信邪的人。拥护派也是振振有词：过去有"愚公"，"愚公"就是我们太行人的祖宗，我们是"愚公"的子子孙孙。"愚公"祖宗能移山，到了我们这辈就认怂了？就退却了？就低头了？不，我们不认输，我们不退却，我们不低头。我们就是要让高山低头，就是要治服河流。黎城境内修建的"一河三渠"就是现实的例证。河南林县的"红旗渠"水流已经跨过分水岭。不能等，等是慢性自杀，必须大干快上，我们就是要用自己的双手创造出美好的生活。群山之间，回荡着不屈不挠的声音。这声音，拨开重重迷雾，坚定地呐喊着。

两种声音在李刘炳的胸腔里交锋着、厮杀着。

此时天色渐亮，街上已有行人。显然，今夜是睡不成了。索性到街上走走，这一屋子的烟味和汗臭，还真是让人透不过气来。

15

吴家庄水库的失败，是黎城兴修水利的一个疮疤。

1958年，在黎城人民集中力量修建大漳北渠之时，晋东南地委决定全面治理浊漳河，地委和专署成立了治漳总指挥部。首批工程就确定了襄垣县的西营水库和黎城县的吴家庄水库。按照总指挥部的部署，黎城建成漳北渠后，就调用6000个劳力转战吴家庄。

水库库址选定在吴家庄村东北的浊漳河干流上。河谷底宽250米，坝基为震旦系的石英砂岩。根据地形、地质、建筑材料和当时设备、技术条件，曾提出混凝土重力坝、连拱坝、大头坝、堆石坝、浸填法土坝等五个坝型方案。经过反反复复的比较，最后决定采用浸填法土坝。这个决定是有几分苦涩的。也就是说，在这五种坝型里，浸填法土坝最省工、最省钱，代价最小。设计这座水库的工程师们，基于这样的考虑：水库上游来水面积9 250平方公里，扣除上游拦蓄利用水量，加上工农业回流水，吴家庄水库的平均来水量为四亿零二百万立方米。大坝高度定为68.5米，总库容为两亿零八百万立方米。水库建成后，开输水渠三条：输水到黎城的高线干渠和低线干渠，输水到长治、壶关的干渠。黎城干渠列入第一期工程，长治、壶关干渠列入第二期工程。水库设计有效灌溉面积25万亩，供工业以及城市用水8790万立方米，发电1200万千瓦，共需投工1 500万个，其中水库工程投工780万个，干渠工程投工720万个，总投资1 514.1万元。

借修大漳北渠胜利的余威，黎城人兴修水利的热情空前高涨。"高峡出平湖"，想着要在漳河上修筑一条拦水大坝，把水蓄起来，平时蓄水，旱时保证供水充足，这该多好啊！

1958年8月，修建大漳北渠的民工转战吴家庄。

干什么事情，也讲究个天时地利人和。修建吴家庄水库，人和是没说的，但天时和地利却有欠缺。虽然有上级的运筹，但难以做到帷幄。何解？技术力量薄弱，勘测勘探仓促，对大坝的可行性是建立在七分热情、三分科学的基础上。要说根据漳河的流向，利用漳水流经河谷的高低海拔，高渠首，低流水，顺势而为，这是一种物理行为。从某种程度上讲，这是量的变化，不是质的变化。把漳河拦腰截断，这就不是物理意义上的事儿了，它要引起一系列的"化学反应"，从人力物力到移民搬迁，从施工组织到科技含量，从地质构造到生态气候。这一切，可不是闹着玩的，更不是拍拍脑袋就能解决的。赶鸭子能上架，让鸭子飞天就是野路子了。这野路子能不能走，就不得不讲求科学性了。否则，轻者是烂尾工程，劳民伤财；重者是天灾人祸。

当时的条件下，修成水库的可能性不是完全没有，但是微乎其微。既然有一种可能，为什么不能试一试呢？引漳上岸，修成的这几条渠，不是也充满了争议和猜疑吗？其实，居住在漳河岸边的人都知道，大旱是慢性病，大涝才是急性病。大涝之下，漳河水像脱缰的野马，瞬间爆发的摧毁性和颠覆性，真是一泻百里千里的摧枯拉朽。急性病和慢性病都要命，但绝对不可同日而语。

1958年10月，修建吴家庄水库最终被踩了刹车。时任省水利厅厅长康宇在晋东南浊漳总指挥部政委李生旺和地委副书记、军分区司令员袁建的陪同下，来到漳河围堰已经完成，河床清基消坡大半，一批工房竣工，水库附属工程准备动工的大坝工地，正式宣布工程下马。虽然领导者掷地有声："这么大的工程，边勘探边设计边施工，会造成返工浪费，后果不堪设想"，但是，面对着已经花费40多万元、投工7万多的"满目狼藉"，施工的直接组织者和民工们心中的痛楚可想而知。

长痛不如短痛，还是晚痛不如早痛，在这两种理论的博弈中，在两种观点的纠结里，黎城人对吴家庄水库的修建，永远是一个巨大的阴影，始终难以释怀，更是翘首期盼的跨世纪梦想。

但愿在21世纪的某一天，黎城人的梦想能成真。

更希望在时过整整一个甲子的今天，号称"基建狂魔"的中国，此水库的建设技术纯属"探囊取物"。以"不忘初心，砥砺前行"为使命，在新时代吹响进军号的一代共产党人，将这便利晋冀豫三省人民的工程尽快付诸实施。河北、河南、山西三地联手治水兴水，让漳河的水发挥其应有的效益。相信漳河水，能在老一代共产党人的眼里，救民于水火，也能在新一代共产党人的心里，成为心头的源泉，源头的活水！

16

郑火炽在县府自己的办公室里已经踱了不知多少圈了，还在一直踱着，没有丝毫停下来的意思。

郑火炽的家就在县城边上，可他已经有半个多月没有回家了。他也在下乡，下乡回到县里，就径直来到办公室。来到办公室，除了闷坐，就是转圈，一夜未眠。早起的交通员来他屋里，照料取暖的炉子，捅火、掏煤灰煤渣。一开门，看见屋子中间站着的郑县长，不免吓了一跳。他一边轻手轻脚地往里走,一边用眼瞟着一脸严肃的县长。他还没走几步,就看见郑县长用右手往外摆了几下,意思是让他不要进来了。交通员只好轻手轻脚地退了出去,稳稳地、轻轻地把门掩好。

交通员出去了,老郑的心神也一时从沉思中脱离。他走到窗前,拉开窗帘。晨雾蒙蒙,县城的好多建筑物都朦朦胧胧。这时的三节楼因其高度,作为地标的特征更为凸显。

风铃,好像是风铃的声音。这是从三节楼上的风铃传来的声音吗?他一把推开窗户,一阵冷冷的晨风从外面扑进来,他不但没有感觉到冷,反而觉得昏沉的头脑被这冷峭却清新的晨风一吹,从上到下涌起一阵清爽。

是的,是风铃的声音。三节楼上的风铃发出脆音,穿过浓重的晨雾,传进他的耳中。他忽然意识到,在这县府里出出进进二十多年,竟从未在这初冬的早晨,独自聆听这风铃的声音。

风铃的这边,是县政府,在三角楼的前方;风铃的那边,是县委,在三角楼的左前方。

"他在干什么呢?他也听到风铃的声音了吗?"他心里想。

他也听到了。此刻的他和"他"一样,同样一夜未眠,同样站在推开的窗前,听着三节楼上传过来的风铃脆音。

仿佛心有灵犀,两人同时跨出办公室的门,打算到县城的街上走一走,透透气。

在晨风里走一走,让烦乱的心绪平静下来,沉静下来。今天上午,"他"要找"他","他"也要找"他"。这个"他"和那个"他",要再长谈长谈。两人要谈的是同一件事:修渠,决定修渠,坚定修渠。他俩要再交换交换意见,进一步统一思想,而且都做好了准备——若对方意志不够坚决、态度还有摇摆,就尽力鼓劲。不过,通过一年多的共事,关于修渠的事,两人私下或多或少交流过,彼此对对方都有信心。用句土话形容,两人是能"尿进一个尿壶里"的人。

他俩都想干事,都想干一件为黎城百姓造福千秋万代的大事。他和他,决定要搏一搏——这一搏,是为了黎城的未来;这一搏,是两个老共产党员共同的心跳。

他没想到,他也没想到,他和他,在三节楼前,竟然走了个头碰头。

"李书记!"

"老郑!"

几乎是同时抬头的瞬间,两人看到了对方。惊讶之余,都有些喜出望外。

两个心意相通的党政干部并肩而行,热切地谈着话,好似一股暖流在寒风凛冽的街道上激荡。

两人议定黎城即将上马的这一条大渠,要"快马加鞭"全力推进了。

17

郑火炽和杨辑一起坐客车来到了太原,此行的目的就是争取把"这一条大渠"列入省里的重点扶持项目。

他俩来到黎城籍干部康丕烈的办公室,其实,康丕烈也在思谋这件事。

康丕烈是黎城县西庄头村人,也是从老区走出去的"老革命"。他是1937年在太原第一中学上学时投笔从戎的——那年抗日战争全面爆发,日军攻破忻口,危及太原。康丕烈刚刚从省立长治四中考进太原第一中学。风雨飘摇的国土难以放下一张安稳的书桌,面对国土沦陷、民族危亡,康丕烈毅然返回家乡参加了抗日救亡运动。同年11月,经八路军129师地方工作团团长李大清介绍,他加入中国共产党,任黎城牺盟会游击队四中队指导员。黎城是他的家乡,更是他革命的热土。如果说,他和他的战友把青春的血和泪洒在了黎城的山山峁峁里,一点儿也不为过。血,是救国救民的热血;泪,是看老百姓缺吃少穿、艰难度日的苦泪。

离开家乡快二十年了,那块土地还是那么贫瘠,那里的人民还在与旱魔抗争。他仿佛看到干裂的土地和蔫蔫的庄稼,冒烟的旱井、黏稠的黄泥汤,还有老百姓蜡黄的脸庞和皲裂的双手。

一行清泪挂在他已经步入知天命之年的脸颊上。

他闭上双眼,摇了摇头,又摇了摇头。过了好一阵,才将眼睛徐徐睁开。

眼前站着两个人,两双眼睛直直地盯着他。

他一时以为是眼花，下意识地用右手从右到左在脸上抹了一把，定定神，放眼细看，眼前确实站着两个大活人，且都是与他相熟的人。

这两个人，正是时任黎城县县长的郑火炽和县水利局局长杨辑。

他俩是专程来找康厅长的。康丕烈是山西省农业厅厅长，这事于公于私都和他有关联：于公，山西省建设两个1 500万亩稳产高产田，他这个农业厅厅长责无旁贷，找他汇报，名正言顺；于私，他老家是黎城的，修"这一条大渠"是"家"里的大事。他现在位高权重，说话有分量，找他帮忙也是理所应当。况且，康和郑年龄不差上下，原籍坡上坡下，算是多年的老相识、老朋友，郑每次到太原公差，都要来康这里坐坐。更何况，这次肩负重任，这道门他是非走不可了。

康丕烈喜出望外地把郑县长和杨局长按到沙发上："哎呀，这次又是哪阵风把你俩吹来的？好好好，快坐，快快坐。"

郑火炽和杨辑坐在了沙发上，看着康厅长转身沏了两杯茶，分别放在他俩的面前，康厅长坐在他俩的身边，三人笑眯眯地对视着。从他们的神情和现场氛围看，还真是老友老乡见了面，亲切得很。

郑火炽收回眼神，端起茶杯，吹了吹浮在水面上的茶叶，呷了一口还有点烫的茶水，又把茶杯放在茶几上，这才开口："我的大厅长，我这次可是找你要账来了。"

"要账？要啥账？"康一时蒙了，有点儿丈二和尚摸不着头脑。

看厅长一时惊愕的表情，郑县长"扑哧"一声笑了。旋即，他又微微伸出头，一本正经地对着康厅长，严肃地说："这可是一本大账，你必须还。"好像又怕眼前的这位康厅长推脱似的，他又加了这么一句："这个账你还也得还，不还也得还。"然后，这郑大县长把身子收回来，端起茶杯，靠在沙发上，喝了一口好茶，才慢吞吞地继续在厅长面前卖着关子说："我知道你现在有本事能还得了，才来找你。"说完，他对着一脸茫然的厅长，他狡黠地眨了眨眼，又忍不住笑了。

康厅长这时才回过神来："好你个郑大个，跳大神跳到我桌子上来了。你还真能！"

两人仰脖子一阵哈哈大笑。笑过之后，郑火炽用手在沙发扶手上拍了拍，神情凝重地说:"老康,我这次来找你可真是有件大事情,要你出力儿,出大力儿。"

"甚事?甚大事?你快详详细细说说,我急着听呢。"

郑火炽县长这才从提包里把请示报告和勘测报告拿出来,竹筒倒豆子,一五一十地把修大渠的事的原委给康丕烈厅长说了个明明白白。

"老康,你是咱县在外干部里能说得上话的,这事也归你管,你说,怎么办?"说毕,县长把目光盯在厅长聚精会神的脸上,久久没有移开。

屋里一片寂静。只有两个人的心跳声。

说实在话,听着"郑大个子"的讲述,看着手里的材料,康丕烈心里是百感交集。

少顷,康丕烈探身问:"今年的计划书报了吗?"

"你也知道,去年报过一次,没批。不过,省里让咱们参加了计划会。今年是第二次报,今年要是再批不下来,黄花菜怕都要凉了。"

看着默不作声的康丕烈,郑火炽也深深地叹了口气。沉闷的空气,被这一声叹息压得愈加沉重了。

顺着这声叹息,康丕烈从坐着的沙发上站了起来,在屋里踱了两圈,在他俩面前停下来,弯下腰,两只手托在沙发的两侧,目光炯炯,对着杨辑一字一句地说:"老郑、老杨,不管怎么样,我们要坚定信心,坚决争取,争取到最后一分钟。"

这最后一分钟,意味着什么,此时此刻,郑、杨心里明白。对着老康坚定的目光,他俩使劲儿地点了点头。

18

一条名曰"红旗渠"的大渠横空出世,气象壮观,令人震撼。这是58万林县儿女,花费了六年时间,硬是用双手在悬崖峭壁上抠出了"一条大渠",一举解决了林县几十万亩土地灌溉和几十万人吃水的现实问题。

历史可以借鉴,现实鼓舞人心。

红旗渠的胜利,就是黎城人学习的榜样。而林县修建红旗渠,引漳上岸,是不是受了上游修建"一河三渠"的启迪，虽未可知，但也不能说纯属无稽之谈。

郑火炽县长带着杨辑上太原跑项目刚刚回到县里，就和李刘炳书记带领着县乡三级干部百十号人，乘坐两辆"解放牌"大卡车，去林县参观刚刚修成的红旗渠。走的是黎（城）岩（井）线，过三省桥，一路南行。那时，县里仅有一辆客车，还是隶属于专署运输公司的，县里没有调度权。县运输公司派出了两辆大卡车，卡车的驾驶室里，除了司机还能再坐两个人。这次去林县参观红旗渠，县里去了上百人，一辆车拉了五十来人。正是冬天，大家头戴棉风帽，身穿棉衣，足蹬布棉鞋。路很难走，坑坑洼洼的，弯道也多，人在车上根本站立不稳，东倒西歪，前拥后挤。晕车的紧紧抓紧车框，趴着呕吐，不晕车的也是灰头土脸的。当大家来到红旗渠渠段时，虽然已经被颠簸得腰酸腿困、手脚麻木，但看着悬崖峭壁上，一道大渠蜿蜒而来，渠水"哗啦啦"地流过面前，大家萎靡不振的神情立马活泛起来。他们一个个弯下腰，掬起清凌凌的渠水，洗去一脸的尘垢，也清洗着心中的块垒和疑虑。

大伙一路走，一路看，一路感叹赞叹，一路议论争论，一路思索思谋。反正这么说吧，每个人心里都如一锅煮沸的开水，翻腾着，翻滚着。

不论是拥护派，还是反对派，还是中间的骑墙派，心里都不平静了。

参观的路上，按说，李刘炳是县委书记，郑火炽是县长，两人一前一后坐在两辆大卡车的驾驶室里，这是理所当然的。李刘炳没有，郑火炽也没有。他俩一前一后分坐在两辆大卡车的车斗里，一块儿受颠簸，一起吃土灰。

风尘仆仆的一行人，浩浩荡荡地，马不停蹄地，对红旗渠进行了全程考察。

沿着红旗渠，看了渠首看渠段，钻隧洞，跨渡槽。同样的情形看林县，想黎城：同样的地形地貌，同样的地理环境，因为有了新的思路，有了新的干劲，才有了不一样的格局，才有了不一样的结果。看着渠里哗哗的流水，想想自家的山地旱塬，现场参观的县乡干部心里像钻进了毛毛虫，十分不安。

他们一路看，一路想，也一路议论着。眼前的这一条大渠，和我们想修的那一条大渠，有很多相似之处：都是跨境引水，红旗渠是从山西平顺引水，我们想修的大渠是从山西襄垣引水；都是穿山过岭，把太行山谷底里的浊漳河水，引上太行山腰，形同一条腰带，环系在太行山的悬崖峭壁上。也有一路抬杠的，这杠抬得不是没有道理。从人力上来看，修红旗渠时林县有58万人口，工程上马之初，一下子就能动员10万劳力，简直要把那一带的河谷撑爆了。而黎城，满打满算10多万人口，全县的全半劳力加起来4万挂个零，男劳力也就2万多，按一半留守，一半修渠，最多能动员1万民工。林县劳力充足，红旗渠还修了这么多年，而且还有支斗渠的配套工程没有完成。我们的劳力充其量还不到人家的一个小指头，这渠修起来，还不知要修到猴年马月才能完工。现在劳力匮乏，财力更是捉襟见肘。财政收入说起来真是羞于启齿，满打满算一年不过150万元，连各项事业的刚性支出都保证不了。修建这么一条大渠，要花费的钱可不是小数目。

最保守的测算也得大几千万。奶奶个腿儿，这把黎城的锅碗瓢盆都卖了也达不到个零头。

樱桃小口能吞下个骆驼吗？一路走来，啧啧赞叹。羡慕之余，摩拳擦掌抓耳挠腮之间，一股无奈的情绪笼罩在大家心头。

想修，要修，可是，敢修、能修吗？李刘炳深深洞悉大家的心思，也知道，这个时候，不仅仅需要决心，更需要胆略；不仅仅需要决断，更需要谋略；不仅仅需要思想，更需要精神。

在这个问题上，他和高长春是心有灵犀。

高长春也在这支考察队伍里，只不过，他一直默不作声。而且，他一直落在队伍的后头，和走在前面的李刘炳书记始终拉开了好长一段距离。

尽管从表面上来看，这两个书记一前一后走着，但心里翻腾的却是一码事，不过也有所区别。

李刘炳想的是怎么开工，在开工前必须做好准备工作，首要的是思想工作。

高长春想的是已经开工的漳南渠怎么施工，施工过程中面临的诸多困难应该用什么样的办法解决。

现实就是这样困扰着人，但人就是在与现实的斗争中才有了方向和出路。虽然李刘炳和高长春现在都深陷其中，但共产党人肩负的责任和使命，让他们对脚下站着的这块土地有了更深的热爱，对这块土地上生存的穷苦民众有着更为坚定的担当。

其实,作为本土土生土长的干部——县长郑火炽,内劲也是憋得足足的。不过,作为"二把手",又是本土出身,他既要摆正位置,还要敲好边鼓,关键时候,还要紧锣密鼓地来几下子。响鼓也要重槌敲。在修渠这件事上,他历来是一个重要的推手。

在这里,我们还需要提到一个重要人物,他就是时任副县长的张仁祥。张仁祥虽然是个工农干部,但有眼光、有魄力、有能力,修大漳北渠时,他是总指挥。对修"三五红旗渠",他是坚定的拥护者。在来参观红旗渠之前,在李刘炳的办公室,他俩推心置腹谈过多次:"难是真难,但要等条件都具备了,再去干,还要我们费这心。干大事不能四平八稳,是要有风险的。这是为黎城老百姓造福的大好事,冒一些风险也是值得的。不过,只要我们下了决心,坚定不移,三年修不成,五年。五年修不成,八年、十年修。总有一天,这渠肯定能修成,一定能修成。"张仁祥说过这几句话,又意味深长地盯住李刘炳书记:"李书记,黎城有句土话叫松溜打蛋。要想干成事,松溜打蛋,甚也弄不成。修渠这件事,应该下决断了,大多数的干部和群众都在期盼着。"

张仁祥走了,李刘炳坐在椅子上,还一直玩味着这个黎城地方的土语。来黎城一年多了,这句土语他是听得懂的。松溜打蛋,意思是松松垮垮拖拖拉拉。

不能"松溜打蛋"了,必须下决心作决断。特别是从林县参观红旗渠回来,上下信心大增,拥护派已经占据上风。

趁热打铁,常委扩大会议又一次召开了,这一次的常委会扩大到了各公社、县里各个重要部门的一把手参加。一贯有民主作风的李刘炳,这次来了个"一言堂"。他长篇大论地足足讲了两个小时。从历史到现实,从古代到现代,从眼前到长远。特别是他下乡期间掌握的第一手资料更是信手拈来,最后,他斩钉截铁地说:"古有西门豹,林县有杨贵。下游的引漳十二渠漳河水能上岸,中游的红旗渠漳河水能上岸,我们上游的漳河水也能上岸,也必须上岸。黎城过去'一河三渠'就是现实例证。再修一条大渠,把漳河水引入黎城盆地,引入西仵川,引上东阳关,引进长宁川,引到范家庄,黎城就能增加十多万亩水浇地,就能多打上亿斤粮食,就能让老百姓吃饱肚子,就能为国家做大贡献。我们必须全县动员起来,向大山进军,向漳河进军!"

"我们不能再犹豫了,我们不能再患得患失了,我们不能再前怕狼后怕虎了。我们要为子孙后代负责,我们要为黎民百姓造福,我们要为国家建设贡献力量,开工修建'三五红旗渠',这是我们的决心和意志,这是我们的决策和决定。"

李刘炳铿锵有力的声音在会议室里久久地回响着。

三节楼上,一群群的鸟儿飞向高空。

这是世纪的决策,这是重新安排黎城河山的决定。

郑火炽直挺挺地站了起来!

张仁祥直挺挺地站了起来!

高长春直挺挺地站了起来!

一个又一个黎城的干部直挺挺地站了起来!

他们的身后,是巍巍的群山,是生活在黎城大地上的十万八千黎城儿女!

第六章　省里给了一张准生证

19

驻留太原紧盯项目申报的杨辑再次接到了书记和县长打来的电话,让他抓紧工作,争取把修"这一条大渠"列进山西省的重点项目,至于"家里"这边的争论,他就不要多想了,县委常委"扩大"会已经又开了两次,大家的思想已经统一,意见已经一致。现在,重要的一环是外援,如果上边能立项支持就更好了。

关于在太原跑项目的事,王江发在脑梗前,接受了我俩的专访:

> 那是在榆次召开的全省农业工作会议,我和杨辑出席了会议。晋城、晋南分两路,大家先进行参观,然后汇集到榆次开会。开会主要是确定重点项目。在这次会议上,我们的这个项目正式列入会议议程,刘开基省长亲自坐镇,参加会议的还有省农业厅厅长、水利厅厅长等。项目一家一家过。当时晋东南地区是刘计文副局长带队去的,论到长治的时候,就汇报了"三五红旗渠"。当时省里的原则是:只管一个工补贴一斤半粮食,这一斤半粮食,是在你自带口粮的基础上补贴的,按小米、玉米、白面的比例折下来一毛钱。一工补贴一毛钱。你敢上,你就上;不敢上,就不要上。当时,书记和县长有明确的态度,要争取把修这一条大渠列入省里的重点工程。我们可以出劳力,资金和材料主要靠上面的补贴。可是,补贴这么少,县里的财力能不能支撑得住?县里就我和杨辑两个人,也不敢擅自做主。往县里打电话请示根本来不及了,人家要现场拍

板，刘计文、杨辑和我拿不定主意，不敢表态。关键时刻，咱县的康丕烈使了个眼色，把我们三个叫出了会场。他说："干！肯定能干！咱先把项目拿到手，攥住把儿才能好好烧菜。"康丕烈硬邦邦的一席话，给了我们主心骨。就这样，我们返回会场，郑重表态，把项目拿了回来。

轻描淡写的背后，是担当和责任；娓娓道来的是继往开来。"三五红旗渠"的上马已成定局，箭在弦上。县委在1966年11月2日召开了一次不同寻常的常委会。这次常委会，应该用一支如椽之笔，把它记录在史，让它彪炳史册。因为，这个日子，为"三五红旗渠"的正式开工上马，拉开了序幕。

自然，李刘炳主持了这次不同寻常的常委会。

历史选择了李刘炳，李刘炳也亲手开创了历史。

之后的岁月里，一提到修渠引水这件事，黎城人都要把李刘炳挂在嘴上，认定他是黎城幸福未来的开拓者。

黎城人民永永远远感念着他的好！

为政者，只要你真正有一点儿好，老百姓就会永远记在心里！

真的！

当我穿行在街巷中、游走于田野上，与诸多人士交谈时，一个名字总是被大家提及，他就是李刘炳。黎城大地留下了他的足印，斯人"政声人去后"，他并没有亲手到修渠的工地动过一钎一镢，但他"功成不必在我"的精神留在了黎城人民心里。

好样的，李刘炳书记！

黎城人民永远记得你！

20

"三五红旗渠"领到了"准生证"。这计划内的"生育"和计划外的"生产"可是两重天。不过，从严格意义上讲，这个"准生证"还是口头上的。因为还有一些书面上的程序要走。这些程序直到1967年5月9日才算履行完毕。我手头有两份文件，一份是晋东南专署计划委员会和晋东南专署水利局联合上报的"关于'黎城县三五红旗渠工程任务计划任务书'审查意见的报告",一份是山西省农林委员会水利办公室的"关于黎城县设计及施工中若干问题的批复"。从这两份文件里可以看出,当时,县地省三方对工程的期待都是比较乐观的,也都计划在三年之内完成,具体的设想是:

1967年完成西营至渠村40公里;

1968年完成渠村至阳南河35公里;

1969年完成阳南河至范家庄27公里。

三年完成102公里的"引漳入黎"工程,一时成为省地县上下一致的共识。作为施工方和受益方的黎城县更是厉兵秣马。

"三五红旗渠"的开工准备紧锣密鼓地进入了快车道。县里正式成立了工程指挥部,在原来"三五红旗渠筹备小组"的基础上,抽调了大批干部成立了"黎城县'三五红旗渠'指挥部",并成立了党委,指挥部设立政工处、办公室、后勤处以及一工团、二工团、三工团,并于1966年12月23日正式启用"黎城县三五红旗渠指挥部"印章。1966年12月17日,黎城县人委会和黎城县人民武装部向受益的各公社、各公社武装部发出了联合通知。《通知》要求:

关于兴建"三五红旗渠"抽调劳力的联合通知

一、从受益区抽调劳力和民兵3 335名,分30个连队,以连设灶(具体情况后附表),每连设连长、指导员、统计保管员。

二、凡参加修渠的民兵,必须随身带上《毛主席语录》"老三篇",并按连队带上红旗、语录牌等宣传工具,并要带上党团关系,于本月23号到驻地报到。

三、各连队要带上一切生活用品(灶具、脸盆等),按本社队分配口粮标准,带足两个月以上的粮菜,每人每天带菜2斤,伙食费0.15元,每人带修渠工具一件,各大队按50%带镢、30%带锨、20%带箩头和担杖。

四、各连队人员确定后,先派一名负责人带上事务长和炊事员,20日到杨家庄安排食宿事宜。

全县民工组成了三个工团：城关、西仵、平头、柏官庄组成第一工团，劳力1 113名，组成10个连队，烘炉4盘，木工11名；程家山、柏峪、停河铺、洪井四个公社组成第二工团，劳力1 117名，组成10个连队，烘炉6盘，木工10名；东阳关、龙王庙、源庄、李庄四个公社组成第三工团，劳力1 085名，组成10个连，烘炉5盘，木工10名。

当时，黎城县17个人民公社，第一批有12个参加，上遥、西井、东崖底、南委泉、岩井没有参加，而参加了的柏官庄和源庄也非受益区，却也抽调民工参加了。

兵马未动，粮草先行。1966年12月22日，晋东南专员公署粮食局、水利局联合通知，预拨1967年民工口粮补助10万斤，使民工每完成一个定额工日，连同自带的口粮每日达到1.5斤。

"三五红旗渠"开工的日期确定为1966年12月25日，开工典礼大会的地点选在指挥部临时驻地杨家庄。

杨家庄，坐落在一面山坡上，隶属黎城县平头公社，是黎城和襄垣交界处的一个村庄。人口不足200人，耕地零零散散地分布在坡上、沟里。

"三五红旗渠"抽调劳力的通知下达以后，尽管已是冬季，尽管已临近过年，但各公社的行动总体上说还是积极而迅速的。从12月23日报到的统计情况来看，应到3 335人，实到2 979人。

各方民工报到的路程都比较远，最远的是源庄公社。早晨早早起来，天大黑才能赶到。住宿的地点就安排在从平头到杨家庄这一条河沟里的自然村里。各个生产队派了一辆马车，车上拉着民工们的行李、粮食和蔬菜，民工们扛着自带的工具跟在马车后面，沿着坑坑洼洼的路，蹒跚而行。一路的奔波颠簸，到了住宿地，都已累得精疲力竭，分散居住的地方，可以说是千差万别，最好的是窑洞，多的是羊圈和战争年代"逃反"时临时挖掘的"洞穴"。

1966年12月25日8时，民工们打着红旗，唱着红歌，背着背包，扛着工具，排着整齐的队伍，走进会场。会场内外，贴满了时代标语。会场布置得非常简陋，也就是靠地沿根搭了一个简易的台子。

在热烈的气氛里，副县长兼总指挥王乃云代表"三五红旗渠"总指挥部作了动员报告。

山沟沟里，一场声势浩大、规模宏大的引漳入黎工程开始了。

1966年年初岁末，黎城先后上马了两条大渠——大漳南渠和三五红旗渠。大漳南渠是从襄垣的东宁静引水，引的是南源水，渠线长33.5公里；三五红旗渠是从襄垣的西营引水，引的是西源水，渠线长102公里。

我的天哪！这个小小的县，这是发了哪门子的疯，竟敢一年上马两条大渠。

21

"三五红旗渠"的前奏是修路。施工要深入襄垣境内20多公里。

修渠先修路。黎城到襄垣是断头路。在漳河河谷的半山坡上，原来只有一条勉强能通平车的便道。要修渠，就必须先修路，没有路，人员的进出和物资的运输都成问题。当务之急是要先在黎城平头公社石板村和襄垣县强计公社东岭大队之间修通一条简易公路。

虽然是修一条简易路，但修起来却一点儿也不"简易"。

修路期间，是在数九寒天，开工不久，还下了一场大雪，这更给修路的民工壮了"行色"，添了"风采"。

5点钟，民工就听见了起床号声。每个公社连队设一个司号员，起床、出工、下工，甚至连工间休息，都要听从号音的指挥。起床后就急匆匆到灶房集合，舀点儿冷水互相倒着洗一把脸，就排起队唱歌，等待着挨个打饭。早饭是两个用玉米面蒸的谷乱（方言：玉米面蒸食），各人从锅里舀一碗蒸水，蒸水就着谷乱吃，就算是一顿早饭。

早饭后就带上工具往工地赶路。工地离食宿的地方还有好几里路呢。有扛着洋镐的，也有扛着镢头、铁锨的。这时，天还没有亮，走在路上深一脚浅一脚的，前前后后、左左右右，隐隐约约地只能看到黑影。当时各连队都有一个人扛着一面红旗走在队伍前面，大家都跟在红旗后面往工地进发。工地都分布在河沟东北面的半坡上。到了工地，天才刚刚发亮。

时令已进严冬，整个工地冻得硬邦邦的。当时也没有挖掘机、铲车之类的工具，只能靠手工用镢头刨。用力一镢头下去，虽然虎口震得生疼生疼，却也只能斩出个白印子。溅起的冰碴碎土直往脸上和脖子里飞钻。早上出工后，是一天劳动里最最难熬的时间。施工的地点，都在一条大致东西走向的河谷里。这顺着河沟而来的西北风，吹得坡上的荆棘和白茅草"嘶嘶"作响。施工环境和条件对修路人的意志和耐力都是严峻的考验。

这又疼又冷的滋味尽管难以忍受，但大家还是一镢一镢地硬是在严寒里艰苦地劳作着，手上都裂开了口子，殷红的血浸出，浸染在镢把镐把上。冻土层终于被揭开了一个个口子，拿铁锹的人就将下面的土挖出来。随着劳动的进展，他们找到了窍门，就是在冻土的上面，沿一条直线，每隔一尺左右就刨一个点，找准这个点用钢钎往下钻。几个点都有了破洞以后，就把钢钎别进去，一起使力，一大块的冻土就被撬起来了。这个时候，几个人合力，把这冻得像铁疙瘩一样的冻土块，推着、抬着、翻着，挪到了路沟里。

掀起一小段冻土，拿铁锹的人就能上手了。他们把土铲起来垫到路基上，里切外垫，整修整平。

3 000民工在二十六天里，东起黎城石板，西到襄垣东岭，动用土方9 597.1方、石方9 997.7方、砂砾层17 219.6方，填方1 038.9方，干砌120方，投工74 569个，修起了一条全长11 873米、宽4米到5米的简易山间公路。

这年的春节，是阳历1967年2月9日。

临近春节，修路任务业已完成，民工们都背上行李，陆陆续续地回家过年了。

曲庆祥也起身回了老家阳泉，临走时，他把自己的东西整理在一个皮箱里，放在了县招待所。

第七章　鸡鸣东宁静

22

高长春带领上遥公社的350名民工过青红底村外的漳河铁索桥，上杨家庄，沿着崎岖的山路，经白水汕进入襄垣境内，在合河口向西，直达引水口，安营扎寨。

一路红旗高举，红歌高唱，三轮车吱吱扭扭，民工们情绪饱满。虽然还是寒冬，寒风凛冽，漳河还结着冰，但这丝毫不影响人们对引水工程的殷切期望。

大漳南渠出境到襄垣引水，引的是浊漳河南源之水，也就是发源于发鸠山的水。

浊漳河有南源、北源和西源三个源头。南源出于长子县的发鸠山黑虎岭绛河里村，西源出于沁县的漳源镇漳源村，北源出于榆社县的柳树沟村。南浊漳河向北流，北浊漳河向南流，西浊漳河向东流，河流穿行在中太行峰峦叠嶂的沟谷里。

南浊漳、西浊漳在襄垣的甘村交汇，这是漳河源头之水的"第一次拥抱"，"亲密拥抱"之后的两源一路逶迤而行，东至襄垣县的合河口，三漳在此会师，水合一处，其势壮焉。

大漳南渠引水口在襄垣县北底乡东宁静村外的青石崖底。按照高长春亲自拟定的建渠方案，先突击渠首枢纽工程，上遥镇所属15个大队，按劳力的三分之一调动民工，三个月一换班；除钢钎和铁锤外，其他工具由各村自备；每个民工每天1.5斤粮，自带8两，队里补助7两，1毛钱伙食菜金；各大队按人口底数人均先垫支10元钱，用于购买炸药、钢材；由后五队（榆树村、长河村、大湾村、英里村、东峪村）抽10个劳力负责编箩筐，前四队（上遥村、正社村、西社村、东社村）负责抬架、扁担、抬杠；在青红底设立物资转运站，除后五社外，各村抽牲口平车，组成运输队，各村物资除自带外，其余都由转运站输送。

东宁静这个引水口的最终选定，也是费了一番周折。最初，高长春和马沁山的想法，是在境内引水，在浊漳河水流经上遥公社境内找个高点，是20世纪40年代八路军领导修建的小漳南渠的扩版。设想归设想，要真真正正地实施，还得有科学的态度。漳南渠渠线的选定和引水坝口的敲定，是地县两级水利技术人员认真勘测才确定的。

高长春和三个党委成员带领的这第一批350名民工来到渠首枢纽大坝工地——东宁静村东，他们要在洪水期到来之前，把这第一块骨头啃下来。

这不是一块好啃的"骨头"！引水口上，雪还没有消，冰还没有化，整个工地一片苍茫。

引水口下边一百米的地方，石崖下有个石龛子，丈把来深，七八尺宽，后边儿低，前脸儿高，像个老牛的嘴。石龛子的口上，一边分别整整齐齐地码了四捆玉茭秆，中间有个门，仅供一个人进出。这草门上吊着两片麻袋做成的门帘。门帘两边的玉茭秆上贴着一副对联，上联：水跟着人上山；下联：人引着水回家；横批：艰苦奋斗。

这就是高长春的指挥所。这指挥所的摆设，不是寒酸，而是寒碜。一层白草上面铺了一张席，席子上扔着几个铺盖卷。除此之外，就是不规则地摆了七八个不规整的石头座。

高长春丝毫没有在意这些身外之物，他忧心忡忡的是这出师不利的事儿。

在泥水里和石头打了三十多年交道、参加过大漳北渠修建的两个有经验的石匠——雷忠生和常喜存，以及几个社队的干部，聚在这简陋得不能再简陋的指挥所里，谋划着这渠首拦河大坝的施工。

县里派来的技术员董伟也在场。董伟是山西代县人，山西工学院水利专业毕业，1953年毕业被分配到黎城县水利局工作。这个同志学识高，工作严谨，对技术、施工要求严格，大家送他绰号"书呆子"。

还有两个本地的技术员也列席了这个会议，一个叫郭俊奇，东社村人，绰号"羊群"。他上过水利学校，1958年回村。从大漳南渠筹划之初到开工修建，他就被抽调参加，是一个土生土长的"技术员"。另外一个叫于贵宝，西社村人，1958年曾参加过大漳北渠的测量和施工，后调县农业建设局、工业局工作，又调长治地质队工作，"六二压"后回村务农。大漳南渠的测绘和之后的建设，他都全程参与。

按照设计，渠首枢纽大坝由拦河坝、冲沙闸和进水闸三个建筑物组成。

拦河坝为溢流滚水坝，呈梯形，长70米，坝底宽3.5米，坝高3.7米，坝顶宽1.2米。在洪水期，此坝能有效抵御每秒700立方米的洪流和每秒700立方米每秒流量的宣泄；枯水期，其长臂舒展，可以拦河挡水，抬高水位，引水入渠。为了护坝，坝的下游还要修一道宽2米、厚1.05米、长25米的砌石护坝，大坝北端有一高1.5米、长70米的浆砌石挡水墙。

冲刷闸为一孔拱券，高2.5米，宽2米，洪水期闸门全开可调节每秒十多个流量。枯水期将闸门关闭，河水便可以引入渠道。

进水闸也是一孔拱券，高2.5米，宽2米，正常放水量为两个流量，洪水到来时，可将进水闸关闭，防止泥沙淤积渠道。

建筑物需用的材料除了石头，还要用大同的500号水泥、河南的粗砂、太钢的钢筋。光材料费一项，就得15 000元。连运费，真是一笔大数目。可兜里钱紧，后续还有好多事要办，不能一下子就把钱花完了。况且，有钱也不能保证材料及时到位。

渠首工程必须在洪水期到来之前完成，只能提前，不能推后，5月1日是时间节点。根据采买物资的上遥供销社主任王孟北提供的消息，这水泥、沙子和钢材的供应链条，实在没有把握，完全不是钱的问题，有钱也得排队等待。咱一不是国家重点工程，二不是大用户，咱一个小小的公社，根本没被人家放在眼里，哪怕在眼皮底下也会被视而不见。

这不是意外的情况，是现实的难题，让大家从白天到晚上干瞪眼了好长时间，一筹莫展。

这开船就遭遇逆风，让老高紧皱眉头，让大家面面相觑。已经下半夜了，虽然全身发困，可还是全无睡意。旱烟、纸烟把指挥部熏得烟气弥漫，两盏悬挂在石壁上的马灯也被熏得朦朦胧胧。

石匠雷忠生几次站起来又坐下，几次话到嘴边又咽回去了。其实，在这之前，私下里，老高和他坐过，他也给老高提过建议，只不过，这事太重大了，不到万不得已是不能轻易揭锅的。

犹豫再三，踌躇许久，雷老汉把抽着的铜烟袋锅在座下的石头上狠劲儿地一磕，站起来说："我说个意见，大家看行不行？这里河床好，下边是石底子。在这个基础上垒石头坝，用石灰拌沙，再少掺一点儿红胶土，用水泥挂面勾缝，能顶得住河水的冲击。"他看大家仰起脖子认真地听，就继续说："钢筋水泥好，确实是好，咱也想用，可咱是个小公社，家底薄，满打满算兜里也没几个子儿。吃饭穿衣量家当。咱人穷志不短，高书记领着咱们来修渠，不能就这样折回头。再说这钢筋水泥，是想买也不是就能买得来。咱没钱没关系，弄不起买不到，就得就地取材，土打土闹。"为了佐证自己的办法，他把一个亲身参与的实践实例抛在现场："大家知道跨漳河的大寺桥吧，我在大寺打桥桩，就用的是这个办法，自己烧的石灰，用的当地河里的粗沙，只在表面勾缝时用了些水泥，这桥已经修成多年了，还好好的。"

老汉说完，一屁股又蹲到石座上，装好一锅旱烟，狠劲地抽了几口。烟袋锅里的火苗，急促地一阵闪亮。

一石激起千层浪。雷老汉的这一颗石子，立马让烟雾缭绕的石洞有了另一种景象。交头接耳的声音把被烟雾笼罩的世界撕开了一道道口子。那崖壁上挂着的两盏马灯，火苗在人们脸前连跳了几下。

"不行，不行！"县里派来的技术员董伟站了起来，"你那是顺水桩，这是横水坝，不是一码事。"他把脸又转向高长春坐的方位，对高书记说："高书记，我承认这位老石匠有实践经验，耍石头垒坝是把好手，可这坝这样垒起来，以后一旦出了问题，谁也负不起这个责。"

是啊，一旦出问题，这个责还真是负不起。这个责，是大几千口人的血汗付出啊！这个责，是望眼欲穿的百姓希望的破灭啊！

是用老石匠提出的石灰、黏土、沙掺和而成的"三合土"砌石，还是按照设计图纸上的大同水泥、河南沙、"太钢"的钢筋来构筑，这让高长春书记举棋不定。

老石匠说的是实情，董技术员坚持的是设计，这都不能说是"错"，可是，要走哪一条路，这步子还真是难以迈出啊！

一念之差！

一步之错！

这既考验着决策者的谋略，也考验着领路人的胆略。

高长春心里也有两种声音在打架，此消彼长，一时谁也战胜不了对方。在潜意识的深处，还有一股丹田之气在徐徐上升，充盈在胸腔和血脉里。

他披着一件黄大衣，走出了这沉闷的洞窟。

好宁静的夜啊！河流山川一片肃穆，村庄没有一丝灯火，连一声狗吠也没有。

仰头看天，他觉得脸上有点湿润。又下雪了，看来已经落了有一会儿，脚底下已经有一指多厚了。

他站在雪地里，头脑清醒了好多，纷乱的思绪也在这冰冷的雪景下渐渐地有了头绪。他迈开双腿，走出十多米，一行脚印深深地留在了雪地上。

他已站在漳河的冰面上。他用右脚在冰面上搓了几下，光洁的表面露出，他双脚的脚底已经和坚冰紧贴在一起，隐隐感觉到在这厚厚的冰层下，漳河水在流动。他俯下身子，几乎把耳朵贴在冰面上。他听到了这坚冰之下漳河水流动的声音，尽管这声音听起来是那样的微小，但在他胸腔里产生的共鸣，无异于黄钟大吕。

他站起身，抖了抖黄大衣上的雪，毅然决然地走回了那个石龛。他没有坐下来，而是用坚定的口气说："我们不能等，等就是退。我们更不能退。我们得充分挖掘自我的力量，就地取材，土打土闹。"说到这里，他的口气变缓了些，继续说，"土打土闹，也不是瞎干，更不是盲目。我也想过了，修长城时有没有钢筋水泥？修赵州桥、都江堰时也不知道水泥是何物，还有我们听说过的一些墓葬的修建，都不是靠钢筋水泥。而这些说明，我们这条大坝，只要方法运用得当，也不是只有钢筋水泥这一条路。"他把头转向县里来的技术员，诚恳地说，"这也是没有办法的办法，你也帮我们出出主意想想办法，咱把这造福百姓的事儿办好。我们不愿意也不能当罪人啊！"

老高把话说到这个份上，董技术员虽然心里一时还没有转过弯来，但也心有所动,说:"让我再好好想想,让我再好好想想吧。"

接下来的讨论就有了基点和方向,最后,包括技术员在内,大家议定了渠首枢纽一个新的施工方案:把坝底加宽一倍,修到七米宽,三米七高度不变,收顶一米二。

这等于说施工量加大了,投工也相应增多。

施工量加大了,可这工期不能推迟。"五一"以前必须完成。要不这样,汛期一到,洪水无情,大水过去,前功尽弃,劳民伤财,劳而无功,还得抹净桌子另起菜,这可就赔大发了。

高长春站在石窟中间,高声问大家:"这任务能不能按时完成?"

"能!"这异口同声的决心,震荡着石壁,一阵阵的嗡嗡回声激荡。

这时,一声嘹亮的鸡叫响彻天空。

23

修渠专业队的民工们开始了艰苦的劳动,他们迎着风抡锤砸钎,踏着雪开山取石,踩着冰抬石备料。在白茫茫的山上、冰上,双脚和汗水把积雪融化了,在高高的山顶上,插着一面鲜红的党旗,高空俯瞰,一条条雪道莲花般呈现在渠口工地上。雪道从山上、崖下、石窝、河滩、河面、村庄——四面八方延伸交叉。人声鼎沸,热气腾腾,劳动的号子声、工具的撞击声,把这一条山沟里的冷气寒气都赶跑了,赶出了河谷,赶出了九霄云外。

春暖花开,迎春花最先在山坡上展示出姣好的姿容,紧随其后的山桃花也不甘落后,为这热情洋溢的山野添上一抹粉红。河里的冰块也消融无形,漳河水也在此时露出了它的真容。河水清澈,小鱼小虾在此时欢快地嬉戏。蝌蚪也摆动着自己灵巧的尾巴,为劳动着的人们带来了亲人般的问候。

高长春和董技术员、两个老石匠带着几十个民工正在准备下河捞河沙。虽然说是土打土闹,但必须打好闹好。老石匠提议,不要用河滩上淤积的沙,最好下河里选沙捞沙,这河里的沙杂质相对要少,选上来后,再进行一次洗礼,洗掉泥土,这沙质就会大大提高。

而现在下河捞沙正是时候。初春季节,浊漳河不浊,清清的河流,一眼见底，看得见，捞得准。更何况，春季水量最少，水才半腿深，凡是有沙的地方，河床相对都宽。春寒料峭，河冰刚刚消融，河水冰凉，冰水刺骨，一般人下去，还是顶不住的。可是，工期已经卡死，工程使用在即，这备用的沙子不能往后拖延时间；再者，再往后，上游的来水量增加的同时，泥沙俱下，这河沙就不能捞了，这河沙的用场就"泡汤"了。没有了相对品质好的河沙，这"三合土"就是个"二货"了。难捞也得捞。高长春经和大家商议，意见是抓紧漳河这难得的空隙，赶紧把河沙捞在手里。河边的现场办公还做出三项决定：女劳力不能干；弱劳力不能干；每天午饭后突击两个钟头干。

决定做出，高长春就第一个挽起了棉裤腿，第一个走进了河里。他这一带头，就破坏了刚刚定下的规矩。站在岸上的民工们一看，高书记五十几岁的人，身患高血压等多种疾病，又是个老寒腿，都算强劳力，咱还有甚可说？二话不说，下。唉，这在河岸上刚刚定好的规矩，就被高书记这一迈腿踩在了"红线"上。结果是，好劳力下了，弱劳力下了，女劳力下了，连雷石匠这样的老人也挽起裤腿，紧跟着下了水，走到了河心。

这劲头、这场景，成为刚刚消融的漳河上一道亮丽的风景。

可是，这样的干劲是要付出代价的。头一天就有不少民工的腿被冻肿了。但为了己是倒计时的赶工期，民工们的干劲没有受到丝毫影响。第二天中午，大家都来到了河边，高长春只好措辞严厉地下了个死命令：腿肿了的坚决不能下水，老人坚决不能下水，妇女坚决不能下水。可他自己呢？还是一挽裤腿，又下了水。你说，他这命令还管用吗？根本不管用。老石匠就又跟在他身后，他回过头脸色发青，责怪老石匠不听话，破坏规矩，老雷也没给他好脸色："是你定的规矩，你不带头执行。"以子之矛攻子之盾，让老高说不起也说不出硬话来了，就只好说了句："干上一会儿就赶快上岸吧，以后用得着你的地方还有很多呢！"老雷笑笑："也是，你比我们更金贵，你可得多注意身体。我们还指望着你领导着把渠修成呢！"高长春和雷石匠两人的相互劝说，只是怼怼嘴罢了。因为这条渠这项事业在他们心里的分量太重了。

这之后几天，高长春也不再"约法三章"了，雷石匠也不和老高斗嘴了，大家中午一撂下碗筷，就往河边跑，为的是在这中午时光风小、有阳光且河水温度相对高一点点的情况下，尽可能地多捞点河沙。

这样，一连干了七八天，老高的身体出状况了。他本来就有高血压，一般情况下，高压是180，低压是120，可来到渠上，事务太多，方方面面的事都得他操心，上心的事本来就够多了，他还要亲自上手。劳动强度和身心的过度疲累，就是钢铁之躯也难以支撑。这天，他领着大家猫着腰身在冰水里泡着捞河沙。捞了半个多钟头，他感觉到头晕，他心里知道这是血压高到一定程度的症状。他怕身边一起劳作的民工看出来，就悄悄从裤兜里掏出一方小毛巾用河水一蘸，掖进帽檐里，随身带有高血压药，他就着冰凉的河水喝了两个小药片，继续若无其事地坚持干。后来，还是不断头晕，药片是不能一直吃了，他就频繁地用湿毛巾来进行物理性的"诊疗"。这法子开始还有些许作用，后来就一点儿也不顶事了。头部越打凉水越是发烫发蒙，腿脚也站不稳了，山河在他的眼前开始摇晃旋转——"扑通"一声，他再也挺不住了，摔在了冰凉冰凉的河水里。

"高书记出事了。"周边的民工紧急围拢过来，七手八脚地把他从河水里捞起来，急急忙忙地抬上岸，送到邻近的指挥部。一边给他换上干衣服，盖上被子，一边从野地里抱来玉米秆烧火给他烤。随队的医生秦谦德赶紧给他打了一支强心针，又推了两支葡萄糖注射液。

高书记昏迷不醒，围站着的人们束手无策。在这偏僻的地方，医疗条件十分有限，高书记要是有个三长两短，这可怎么是好？大家心急如焚，也有人想到把高书记送到襄垣县医院或者送回黎城县医院，可是，工地上连一辆拖拉机也没有，用驴车拉着高书记去医院，这路上的颠簸会不会给高书记的病情带来更大的危险？医生秦谦德也不敢保证，但他还是觉得暂时不送医院为好。据他判断，高书记是太累了，加之血压升高，导致晕厥。何况，不管是去襄垣还是黎城，都山高路远，路途颠簸，不利于病人的病情好转，稳妥的办法就是在这里观察观察再说。

时间一分一秒地过去了，等待是最最熬人的。五分钟过去了，十分钟过去了，十五分钟过去了，还没有动静，洞里洞外等着的人就按捺不住了。

公社卫生院随队的秦医生，手一直按着老高的脉搏，并时而用听诊器听着。在大家急不可耐的时刻，他摆了摆手，示意不要慌。

能不慌吗？可现在医生是权威，再慌也没用。

又是十多分钟过去了，一直把老高抱在怀里的老石匠雷忠生，第一时间感到了老高身体的微微变化，他用眼神和肢体告诉大家高书记的情况的同时，密切地注视着老高。开始，老高的身体动了几下，继而慢慢地睁开了眼睛。高书记总算醒过来了，洞里洞外的人都舒了一口气。老高的神志渐渐趋常，他看到身边围了一圈人，就用微弱的声音说："大家都去劳动吧，不要因为我耽搁了干活。我身体不好，出了点小毛病，不碍事，躺躺就好了。"看大家还没有离去的意思，他就强笑着说："去吧，大家都快去干活吧。不怕，我死不了，老天爷还不收我呢，他还要等我带着大家把大漳南渠修成嘞。"

老石匠看老高病倒了还给大家鼓气打劲，就一边扶着老高坐起来，一边用土瓷碗给他喂了几口白开水，说："是啊，我们还指望着你领导大家把水引回上遥呢。这往后你一定得注意自己的身体，顶不住的活儿你就不要强干。我们不缺你这一个劳力，需要的是你这个领头。"

"领头领头，就得带头。我要不领着干，就带不好这个头啊！"

这时，站在老高身边的民工说话了："高书记，你就听我们一回吧。你的那点儿活，我们每人多干一点点，就都赶补过来了。"

这时，就听见有人说："走走走，咱赶紧下河干活。让高书记休息休息，也做出个样子让高书记一百个放心。"

其实，高书记不是不放心，他想的是多一个人就多一份力量。而且，有他在现场，这本身就是号召，这本身也是动员，这本身还是说教。说一千道一万，不如自己做出样子来。党员干部时时刻刻都要走到群众前头，都要融入群众中间，火车跑得快，全凭车头带。

高书记仅仅在石洞里歇息了一天，第二天中午，他就拄着一根树枝做成的拐棍，照常出现在捞河沙的工地上。不过，他没有下水，而是和洗河沙的民工一起干活。县里派驻工地的董技术员也在这里，他领着高书记察看这几天洗好的沙子，兴奋地捧起一把河沙："高书记，你看，这就是从漳河里捞出的沙子，洗掉泥土，还真是好沙啊。我已经做过鉴定，没问题，够标准。"顿了顿，他有点儿羞涩地低下头说："高书记，我之前说过过头话，现在我承认错了。"

高长春拍了拍董技术员的后背，说："你没错，你也是为了咱这工程好啊！不过，这事也给了我们一个启发。群众是真正的英雄。这是个真理，群众的劳动实践，蕴藏着财富，闪现着智慧。从群众中来，到群众中去，我们能学到好多书本上没有的东西；而这些东西，恰恰是在有些情况下能起死回生的宝葫芦。"

"宝葫芦？"

"对，宝葫芦。"老高语气坚定，"群众就是我们的宝葫芦。过去我们干革命，靠的是这个宝葫芦，现在我们搞建设，更离不开这个宝葫芦。"他右手指着正在冰水里捞河沙的民工说："没有他们，我们的图纸就是一张纸；有了他们，这图纸就能变成一条大渠，这图纸就能长出庄稼长出花儿来。有了他们，这图纸终有一天会让我们吃上白面馍馍喝上牛奶的。"

听着高书记的话语，字里行间都洋溢着一种别样的浪漫与豪情，董技术员被他的话感染，也有了几分激动，说："高书记，你就领着我们干，我们就跟着你好好干。"

"对，咱一起干。干就干出他个样样来。"高长春不自觉地捏紧了技术员董伟的肩膀。

"幸福生活是干出来的，等是等不来的。"高长春仰头望天，若有所思，又像是对自己说，还像是在与老天对话。

正午的阳光暖洋洋的。

24

引水口的上游，已经顺流打好了一个临时的土坝，把河水挡到一边，露出河床，垒砌大坝正式开工，这已是3月中旬了，离指挥部确定大坝完工的期限也就五十来天了。

这时间够紧的。承建大坝任务的是河西大队民兵连，大队长是杨振玉，两个老石匠雷忠生、常喜存是技术总监。为了保证按期完成任务，指挥部决定80个民工三班倒，昼夜施工。

这白天的施工没得说，可这夜晚摸黑作业，哪能成？能成，这不，负责后勤的同志送来了108盏马灯。这在当时，也算是野外比较先进的照明设备了。我现在虽然无法统计当时整个上遥公社有多少盏马灯，但辖区大大小小15个村庄，能很快征集到108盏马灯，平均每个村七八盏，这也是一件很不容易的事，这也从一个小小的侧面看到，全公社的民众，对能引来漳河水，倾注了莫大的关心和支持。

一盏马灯见证了这一段让人敬仰的历史。

一盏马灯照亮了这一群可敬可爱的人。

民工上班可以三班倒，两个老石匠可就得连轴转顶三班了。垒坝是个技术活，和土打交道用锄头干活的民工，干起这活儿就干得很不顺手。这垒坝是玩石头的活儿，用的是瓦刀和水泥。隔行如隔山，老石匠要是不在场，这坝的质量就会大打折扣了。大伙垒不好弄不成，他俩的心也放不下。这可苦了两个老汉了。两个老汉一刻也不敢懈怠，就像两颗钉子一样，钉在工地上，从用料的石材，到施工的操作规程，两个老汉都一丝不苟，眼到手也到。一边示范一边传授：用料要先大后小；表面石是四面平一面光；坝心的石头要闸得实，泥浆要灌得饱；泥浆要和好，摊得匀；垒石要落稳，要严丝合缝，不能有针尖儿大的缝隙。一开始，民工们干得不顺手，有个心急的年轻人说："这与姑娘绣花有一比。"老石匠雷忠生听到这话，就一本正经地对大家说："我们就是要将这工程绣成一朵花，不但要耐看，更要耐用。我们就是要让这朵花开它个百儿八十年也不败。"他手里拿着的小铁锤熟练地在放好的石块上"咚咚咚"四面敲打了几下，又接着说："我老了，修这渠是为了造福子孙后代，你们年轻人是在为自己打点呢。这渠要是修成了，咱上遥公社就成了米粮川，这好姑娘啊，都抢着往咱这地儿跑，你们还愁说不上好媳妇？嘿，到时就怕你们都要挑花眼了。"

哈，这一番话把一帮愣小伙说得心花怒放，喜滋滋的美在心头。是啊，这渠水要是能早早地快快引回村，这庄稼喝足了水，还不可劲儿地长。夏天的油菜、小麦，秋天的玉米、高粱，添满了仓，装满了缸，谁不眼气，谁不羡慕。鸟儿都选高枝头站，花儿都愿意往好地方开。咱这上遥公社，有了水，还真成了一方风水宝地，别说是外公社的姑娘了，说不定还真有城里的姑娘也往咱这山沟沟里钻呢！

火车不是推的，牛皮不是吹的。眼下，就是踏踏实实地把眼前的活儿干好。

只有干，才能活。

只有好好干，才能好好生活。

勤劳扎根，懒汉讨饭。

实打实地干吧！

渠首大坝垒到两米多高了，有人捎信来，说石匠常喜存的老伴得了重病，想让他回去看看。常喜存心里作难了，一边是相依相伴几十年的老伴，一边是一刻也不能松手的施工。他有心回去看望看望老伴，却又不忍心丢下这工地上的活儿。这里只有他和雷忠生两个有经验的石匠，每个人名下都带着一帮徒弟，他要一走，光老雷一个人怕是有点儿招呼不过来。老汉迟迟没有动身回家，高长春亲自跑到了渠口，把正在砌石的常老汉叫到一边，让他回家一趟，招呼两天老伴再来。常喜存一摊手说："高书记，我也想回去看看，可是你看这工地上实在是离不开人手啊！我这一走，光老雷一个人顶不住这么重的活儿啊！"

"活儿再紧，你也必须回一趟家。你放心回，安心来。这工地上的事儿我来安排。"

"我还不知道老高你手里就捏着俩石匠，我走了，就缺了一只手，我还是留在这里，等这段工程完事后我再回去吧。"常石匠说。

"不行，这是命令。"高长春看难以说服老石匠，就板起脸，似乎动了气。

常老汉看高书记脸色严肃，也就不再争辩了。可他还是提出了一个要求："高书记，我按你说的回家一趟，我傍黑儿走行吗？我把手里的活儿安顿安顿。"

高长春洞悉了老石匠的心思，他是能干一天活儿就多干一天，能多搭把手就再搭把手，可他说的这个理由能站得住脚，也就不再多说什么了，叮嘱他："也行，不过傍黑走，黑灯瞎火的，不安全，你到指挥部借盏马灯。我现在就给你写个条，你走时去找保管员拿。"

随即，高长春就在一张烟盒纸上，写下了向常喜存借用一盏马灯的便条。

高长春转身往别的工地走了，常老汉边往坝上走，边把刚才书记给他写的便条一折叠，就随手扔进了河里，嘴里嘟囔着："走这二十多里山路，费这灯油做甚。修渠没钱，能省就省着点吧。"

常喜存回家看老伴了，这担子就都压在了雷石匠一个人的肩上。傍黑收工后，高长春就把老汉请到指挥部，给他从暖水瓶里倒了一茶缸白开水，端到面前。

"老雷啊，你知道我叫你来做甚？"高长春坐在他身边，扭过脸来笑眯眯地说。

"我知道，高书记，你放心。喜存不在，我一个人顶两个人，不会耽误事儿的。"

"我就知道你会这么说。不过，你猜错了，我叫你来不是这个意思。"

"不是这个意思？那是啥意思？"雷老汉一时有些茫然。

"我叫你来，是给你宣布指挥部的一项决定。"高长春一本正经地盯着雷石匠那张饱经风霜、布满皱纹的老脸。

宣布决定？还是指挥部的决定？这高书记葫芦里卖的是啥药？老汉一时"丈二和尚摸不着头脑"。

"高书记，我犯啥错儿啦？"常老汉疑惑地问。

"不是你现在犯了错，而是怕你以后犯错。"

"以后犯错？"这以后犯错的事儿，以后再说吧，何必今天整得这么个阵势，神神秘秘的。雷老汉嘴上没说，心里却在嘀咕。

老高站起身走了两步，正身面对雷石匠说："雷大哥，老常回家了，这坝上的活儿靠你一个人带领着大家干。指挥部决定，你每天只能上两个班，必须保证足够的睡眠时间。"

哎呀，绕了半天，是这么回事儿。老石匠这才明白了高书记的用心。他掏出旱烟袋，装好烟丝，用汽油打火机点着，抽了两口，站起来，把头伸到高书记的脸前，狡黠地看着高书记说："这是你的决定吧？"

两人脸对脸、眼对眼，看了半天，一起笑了。笑过之后，老高又用不放心的口气对雷老汉说："不管是指挥部的决定，还是我的决定，你都必须执行。执行，必须执行，你听明白了吗？"

雷石匠对高长春郑重其事宣布的所谓"决定"听明白了，嘴上也不得不连声应承。他心里清楚，不禁暗想：领导在关心他。领导关心他，也是在关心坝。人连着坝，坝用着人。人不能出事，坝更不能出事。人出了事，是一辈人的事；坝出了事，是好几辈人的事。不过，这人做事小心点，虽然累点，但也不至于出大事，可这筑坝就不一样了，一不小心，一个漏洞，"千里之堤，溃于蚁穴"，就会后患无穷，就会贻害子孙后代。何况，老常也不是一去不复返了，顶过这十来天，老常来了，就可以一如既往了。

老雷打定主意，领导的话不能不听，也不能全听。他听进了一半，打了一半折扣。他把睡觉的时间化整为零，每日三餐之后，他就抓紧时间和衣睡一会儿，睡上一两个小时，就去工地干活。他不在的这一两个小时，徒弟们干的活儿有瑕疵或者有问题，他也能及时纠正。这样一连坚持了三四天，他一天的有效睡眠时间也就四五个小时，因为是和衣睡觉，这睡眠的质量就更不敢保证了，何况，人老了，心里又装着事。

第五天的夜里，第三班的换班时间是晚上12点，小徒弟就跟雷石匠说："师傅，你就回去好好睡上一觉吧。这活儿我们跟着你干了一段时间了，也干得手熟了，不会出甚事的，你就放心回去睡一觉吧。"

老石匠用毛巾擦了擦脸，严厉地对徒弟说："你以为是垒猪圈的，这修大坝，一丝也马虎不得，一点儿也不能含糊。一块石头安不好，将来就会出大乱子。你是想让我犯错误？"看了看徒弟，他又觉得话说得过重了。他停下手中的活儿，把瓦刀和锤子递给徒弟："来，你来好好干，我去圪转圪转，歇一歇。"

他说是歇歇，其实是去巡查。老石匠提着马灯，瞪大眼睛，这里瞅瞅看看，那里指指点点，一点儿微小的细节他都看在眼里。还真让他发现了问题：有两块石头安得不合格，他就站在旁边盯着返工。在坝上走了两三个来回，他感觉眼涩脑胀，很困乏，就把马灯放在一边，坐在一块石头上歇息了几分钟，感觉好点儿了，就提过马灯，站起身，想继续去巡查。没想到，一站起身，他就忽然一阵眩晕，天旋地转，仰面朝天摔下坝底。

怕出事还就真出事了。当时，大坝已经垒到两米七高。老石匠这一摔下去，正好摔到坝底的一块大石头上，老石匠昏迷不醒，伤势看来很严重。

大家赶快把他抬回工地的临时医疗所，医生经过紧张的诊治，松了口气，确诊是腰部软组织重度损伤,但好在没有伤到骨头。病人极度疲劳困乏,加之受伤,处于昏睡状态。

高长春也闻讯而来。

老石匠连续昏睡了五个小时后,在剧烈的疼痛中醒了过来。他睁开眼就看见高书记坐在他的面前,左手端着碗,右手拿着汤勺往他嘴里喂红糖水。他想坐起来,一阵剧烈的疼痛让他只好放弃自己的举动。他连喝了几口高书记亲手给喂的红糖水,把头摇了摇,舔舔嘴唇说:"高书记,你看我这老没出息的,这下子可把坝上的事儿给耽搁了。"

高长春轻轻把碗放下,右手按了按老石匠的手臂,说:"不急,不急,一两天老常就来了。你还是好好休息休息。以后你的事儿还多着呢。"老高接着对老石匠说:"心急吃不了热豆腐。你就好好地把心放在肚里吧,有羊不愁赶不到坡上,有劲不愁用不到渠上。"

老石匠在驻地的"家"里休息了两天,就再也躺不定坐不住了,负责看护照顾他的小徒弟也顶不住他的软硬兼施,就背着他来到了工地现场。同志们看他腰腿还不利索,就劝他还是回去休息几天吧。他笑了笑,假装用嗔怪的口气说:"你们这帮浑小子是不是看我老汉不中用啦,就嫌弃我。告诉你们,老汉我腰还是有些疼,但嘴还顶一门大炮。你们哪个要是调皮捣蛋,看我怎么轰你。"接着,他就坐在一块石头上,虽然身子不能动,但嘴一点儿也不消闲,不是指点说"那一块石头没坐稳,要背个楔子",就是叮嘱"和泥要灰到沙到水到,可不敢做成'夹生饭'",还不断提醒"垒石头,耍的是一把泥,这泥要摊匀,还要灌饱,不能留一点空隙"。

这老汉在坝上一丝不苟地做着"监工",高长春从阎王鼻的工地上下来了,来到坝上,看见雷老汉带着伤痛拖着病身还在"干活",又是心疼又是生气。他在老汉面前板着脸站了两三分钟没吭声。老石匠被高书记的这般气势压得心里有些不自在,就说:"高书记,我在家里实在是闷得慌,来到这坝上坐一会儿还好受些。我要是实在顶不住了,就回去躺躺。"高书记一脸的严肃:"雷忠生同志,咱这渠才刚修开了个头,以后用得着你的地方还很多,这坝还没修成你就把自己作践了。你说,你这是对修渠负责还是不负责。我命令你现在就回去休息,休息好了再给你活儿干。不过你不听话也行,我现在就派人把你送回河西村。"一听说要把他"遣送"回河西村，这老汉可就急了，从石头上站起来，高书记怕他跌倒，就赶紧上前扶住他，他甩了甩臂膀，粗声大气地说："高书记，你不讲理。你病了，就能来工地，我们就不能来。你是书记，就能耍特权？要是说成个这，把我送回河西。好，你去找八抬大轿吧，我就坐在这里不走，看你能不能把我抬走？"这几句话，还真是击中了要害，正在干活的民工看老石匠和书记顶起"牛"来了，就往他俩这边看。高书记看这招不但不灵，还引火烧身，把火反烧到自己身上来了。看着一屁股又蹲在石头上的雷老汉，老高哈哈大笑道："你说你这个老倔，倒把我也套进来了。"老石匠是被老高说要把他"送回河西"的话惹急了。可不，能不急吗？一旦"送回河西"，这不是明摆着让老汉在老婆孩子村人面前丢人现眼吗？他在出门时说过，不把渠修到家门口，坚决不回家。这老高用这办法一"吓唬"他，可就把老汉吓得不得不急眼了。看老高态度好似有所转变，老汉也就坡下驴了："高书记，你只要不让我离开修渠工地，我干甚也行。我腰伤了，胳膊还在。我不在坝上干活，我到坝下去，我去给咱舀漏水，这总行吧。"话还没说完，他就从高坝上，往坝下面爬，小徒弟赶紧过来扶着他下了坝身，一步一步地来到舀漏水的地儿。

老高看着老石匠的背影，苦笑着，无奈地摇了摇头。

也就从这天起，老石匠就躺在河床里的石板上舀漏水。这漏水，是从上边的临时挡水坝渗漏出来的，虽然不成流，但也断不了。一天不舀，就会在新筑的坝里形成水潭。这坝是用土灰垒砌的，被水浸泡会导致凝固不好，所以每天得用人工把水舀出来。

老汉自己给自己找了这么个舀漏水的活儿。他怕一回到驻地，就没人敢把他背来工地了。老高一离开大坝，他就硬逼着几个徒弟用玉米秆给他在河床上搭了个窝棚。这样，一举两得，每天不用拖累人来背他，还不误舀漏水。每天上下工路过这里的民工们，看着老汉住在窝棚里养伤，趴在河床上舀水，这份油然而生的感动自不必说。

四月的太行山春光明媚，山花烂漫，春风怡人。这山、这水、这人，都好可爱哟！

第八章　阎王鼻上雏凤飞

25

渠首大坝激战正酣，阎王鼻峭壁工地也是硝烟弥漫。

阎王鼻峭壁位于渠首大坝的东侧，是和渠首大坝一起动工的。这是一个300余米长、40余米高的石圪嘴。从工程的艰险程度和当时人工作业的施工条件看，无疑是境外施工作业中遇到的第一个十分艰巨的工程。

当地的老百姓口口相传，阎王鼻是专门为了看守漳河的，如果动了它，漳河水就要泛滥成灾，淹房冲地，还有一首这样的民谣：

> 阎王鼻，阎王鼻，
> 自古以来动不得。
> 谁要动动阎王鼻，
> 阎王簿上把名立。

这个施工地段，上面是陡崖峭壁，下面是滔滔漳水。渠道要从这悬崖峭壁上过，就得炸出能进行施工作业的平台。可这直立陡峭的崖壁，别说施工啦，就连人站稳的地方都没有。

不搬掉半座山，这渠线是走不过的。二百来号民工来到山前，都有点儿傻眼了。仰望高山，俯瞰流水，看着一只老鹰在山顶盘旋，就心想着，咱要是能长上翅膀就好了。长上翅膀也无用，翅膀能让你飞过去，但翅膀不能给你一股神力，让你吹一口仙气，就能让眼前的大山让路，石头搬家。咱就是一只小小的蚂蚁，在这大山面前，不值一提。对，咱就是蚂蚁，咱这几百只蚂蚁就是来搬山的，就是来和石头决斗的。

这石头硬，咱的精神更硬。这石头是物质的，是形而下的；咱这精神可是形而上的。这以石头为骨骼的坚山和以咱精神为灵魂的血肉之躯"狭路相逢"，谁给谁低头，谁给谁礼让，这不是说说嘴的事儿，是要进行一番拼死拼活的"决斗"的。狭路相逢勇者胜，勇者的胆略，还要加上智者的谋略，才能战无不克，才能攻坚克难。高长春要带队的村干部找了几个过去打过五灵脂的壮汉，爬到山顶上，坐绳下崖，擂响了开山的第一锤，在半山腰里开凿出了撼山的第一个炮眼。

第一天的第一声炮响隆隆，让整个漳河河谷颤动了，就连一直盘旋在高高山顶上的那只山鹰，也被这从未听过的滚滚"雷声"吓得惊慌失措。它扑扇了几下翅膀，翅膀下，一群小人儿，蚂蚁般集结在一起，个个摩拳擦掌，人人志在必得。这阎王鼻千古的格局要改变了，这漳水的另一页历史要翻开了。

这山鹰围绕着这座山做了巡礼状的一次盘旋之后，绅士般地摆了摆翅膀，长鸣一声而去。据修渠的人讲，渠修成之后，这只鹰又飞回来了，还带着一只雏鹰，一大一小的两只鹰，落在渠岸边的一块石头上，双目凝视着流淌的清清渠水，雏鹰还下水洗了一个澡。

这或许是杜撰，但我更相信这是一种灵性的回归和回应。

不过，山顶上盘旋的老鹰飞走了，这"人鹰"却在阎王鼻的悬崖峭壁上"安营扎寨"了，而且，这一扎就是好几个月。他们也真是让阎王爷在阎王簿上给他们用朱笔重重地画了两道。据说，画一道，是立马要小鬼拘拿到案，这画两道啊，是人间凡世的好汉，等他们寿终正寝之时，到阴间阎王爷也要按上宾之礼敬重他们。

看来，这凡间和阴间，都通用一个理儿：种瓜得瓜，种豆得豆。阎王爷也不是横眉冷眼，也有侠肝义胆，也是性情中人，也有七情六欲，也是是非分明，也是食人间烟火，也是个好老头儿。

打住，阎王老爷的"高风亮节"我们按下不表，视线还得转回这施工的工地上来。这个时候，一个小女子进入了大家的视野。

她叫王爱新。可以说，她人生的第一课是在渠上学的，她人生的成长与修大漳南渠息息相关。刚参加修渠时，年龄不大，才十五岁。按我们现在的标准衡量，还是个未成年人。她个头长得不高，体重不过90斤，十岁时母亲去世，她在家里是上要照顾父亲，下要看管弟弟，洗刷缝补，蹬一打二，出里挡外，性格泼泼辣辣，做事风风火火。起初，按照公社党委的决定，第一期民工全部是男劳力，可名单报上来时，一些大队的女社员也很积极。仅仅上遥村积极报名参加修渠的一百多个民兵里，就有三十来个女的，其中有十几个十五六岁的小闺女。为报名的事儿，小爱新还和民兵营长吵了一架。民兵营长嫌她年龄小，说："这是去开山修渠，又不是去耍土和泥，我们是顾着修大渠，还是顾着照顾你们这些女娃娃。"王爱新是个倔脾气，从小就不服输，听民兵营长这一番话，就侧愣着脑袋，说："谁要你照顾，你人大可以抱西瓜，我人小也能抓芝麻。"这一来二去，"好男不和女斗"，民兵营长在这"小辣椒"面前悻悻地败下阵来，这事最后闹到了公社，惊动了高长春书记。高长春看他们决心大，也就不再坚持"原则"了。可以说，这一条在实际执行的过程中，就形同虚设，王爱新就这样作为第一期350个民工的一员来到了漳南渠上。第一期的民工，大多就近住在石堕村。石堕是个只有几十户人家的小小村庄，一下子要接纳了几百人的居住，不是勉为其难，而是确实难办，左挤右拼放不下，有一部分民工就睡在了山里的羊圈里和山上废弃的"逃反窑"里。王爱新就被安排住进了一所羊圈。

刚到工地时，带队的连长给他们十来个年龄小的民工安排了四件事：扫雪、修路、出渣、宣传。扫雪和修路，这两件事，都是阶段性的。有个半月二十天的也就完事了，这宣传和出渣是较为长久的活儿。这帮小女子就和大家一样，白天在工地上抬石头、开土方，晚上还到民工们住的地方：说快板的说快板，帮助缝补洗涮的缝补洗涮。缝补用的针线、麻绳都是自备的，这个也花不了多少钱，可是用布就困难了。一小块一小块的供销社不卖，买一大块又是浪费。她们就把自己的小手巾、小背袋拆开将就着用。后来，这些东西也用完了，蜡香就把自己棉衣里衬的一件半旧褂子脱下来，一拉几大片，小姐妹们看她毁了衣裳，就有些惋惜，她却说："衣裳也得让它为人民服务。我一个人穿上，它是为我一个人服务，缝补到大家身上，就是为大家服务。

这不是更有价值吗?"大家想想,她说得很有道理,都很信服她。那个年代,人们的思想就是这样朴实。

修渠是跟石头打交道,碰伤擦伤的事儿常见。在工地上,遇到同志们的手碰破了,小爱新就从自己的棉衣下边揪出点儿棉花,用火一烧,往伤者的伤口上一按,然后再从棉袄里撕下一条布,给伤者裹好。这是老人们告诉她的一个土办法,能止血,在实践中还挺管用。可是,坚持了不到半个月,小爱新穿的棉袄下半截就被掏空了。站着时还不暴露,一走路你看吧,风就把那个单片片往起一刮,那个架势,嘿,活像山坡坡上开的喇叭花,再加上她是工地的宣传员,大家就送她一个绰号——"小喇叭"。

这"小喇叭"可不简单呢,除了"嘀嘀嗒,嘀嘀嗒",她还真在工地上闹出了一个大动静!

26

动工兴建漳南渠,不光震动了黎城县方方面面,连邻近的潞城县也有相当强的震动。这不,与上遥公社唇齿相依的潞城县石梁公社的几个代表就来到了渠上,找见了高长春和马沁山,表达了他们的意愿。大漳南渠引水上遥之后,他们就想接着往下修这渠,让石梁公社也同时受益。这个突然而来的难题,让高长春头皮发紧。这意味着渠道必须加宽。原来设计渠道是一米宽,要延伸到潞城境内,这一米宽的引水渠道就显得窄了,就得对原设计方案进行修改。技术员粗略给他算过,要想顾及下游石梁公社的用水,渠道需要加宽,修成两米宽。这两米宽是个什么概念?光石方就得多增加25万立方米。这增加的工程量,能不让高长春头大吗?他能不抓脑袋吗?可是,邻县兄弟社队的殷切期望,他是感同身受有着切肤之感切身感受的。

拒绝不能,接受也难。高长春和马沁山两人左右为难。不答应兄弟社队的请求吧,人家张开口了,这闭嘴的景象实在不忍目睹,这拒绝的滋味如同打耳光。可是,要是答应下了,这等于给上遥公社的父老乡亲已经勒紧的裤带又加了一道紧箍咒。这能不能承受得了,不得不慎重考虑,不能没有顾虑。

最后,高长春终于下定决心将原定的一米宽渠道加修成两米宽,这之间他经历了怎样的心理过程，在时隔半个多世纪的今天，我们无从得知。好在这渠才刚刚动工，施工设计的图纸修改作业好做，但这实际施工任务的加大，不可等闲视之。

就是在这开炸石方工程量加大且男劳力不足的情况下，上遥村的这三十来个"丫头片子"站了出来，众人推选蜡香当队长，王爱苏为指导员，小爱新也在大家高举的拳头面前当选为副队长。

她们稚嫩的肩膀能担负起这副重担吗？

能不能行，走着瞧。反正这钢钎队的旗号扯出来了，就不能再折回去。原来打钢钎的几位男青年，见这伙女子领了钎准备打，就在一旁打趣说："哟，这小鸡崽也要下蛋了，真不简单哈。"王爱新和她的女伴们，嘴上也不饶人："看不起人是不是？小心闪了你们的舌头，说不出话来不打紧，说不上媳妇可就'啦啦啦'了。"不过，这男女青年逗趣打哏儿和实心帮助是两码事，男的就主动过来教她们。先是讲讲说说，后是示范操作，再是指指拨拨。这不大的工夫，打钢钎的要领她们就记在心里，比如抡锤要稳，打锤要狠，前腿弓，后腿紧蹬，眼睛瞧准，打一下还得"哼"上一"哼"。如果不"哼"，就会憋得肚子疼。小爱新和女伴们在一旁瞅摸了瞅摸，心想，看着了不起，其实也就这么回事。你们靠边吧，去干你们的吧，该我们的大锤亮相了。男同志看她们跃跃欲试，离开时还嘱咐她们：刚开始要悠着点儿，不要闪了细腰，砸了小手。去去去，闭上乌鸦嘴，别在这里给我们点眼药，说丧气话了。得得得，你们干，你们快来好好干，等收工时来听你们的好消息。

男同志走了，她们开始上手了。这真正地干起这活来，还真是别别扭扭的。"山岳老儿编簸篮，瞧着容易做着难。"捉钢钎的，老怕大锤打着手，结果越怕钢钎越晃荡；抡大锤的，老怕大锤打不准，结果越怕锤头越不稳。曾经看着男子甩开臂膀抡起大锤，虎虎生风，还真不是架势，而是真功夫哈。不过，咱这是刚开头，万事开头难。咱不能把锤头高高举起抡个大圆圈狠劲儿往下砸，咱就抱在胸前往下打，这样少出差错。就这样干。不过，这就不能叫"打钢钎"了，充其量就是"敲钢钎"。结果，叮叮当当敲了一上午，石头上打出的那个窝窝，不要说往里装炸药，就是装眼药也装不了几瓶儿。嫌人家男同志给"点眼药"，咱干了半天也不就是才打出了个眼窝窝。这下工了,眼瞅着几个男青年往咱这里来了,这明摆着是捂盖不住的,让这帮小子"捡着枪"了,损嘴的话儿张口就来了,什么"算了吧,不要往漳河里扔烧饼——假充鳖啦,还是老老实实,张开嘴当当喇叭,伸出手缝补洗刷,就干干这活儿吧。""不要逞能啦,这女的就是女的,要是兔子能拉犁,还要老牛做甚哩。"这风凉话说得一帮年轻女子面红耳赤地直跺脚,这要在往常,利呱呱的小嘴可轻饶不了他们。可现下,话把儿不在自己手里攥着,落在人家手里,受点儿奚落也只能噘着嘴,上下牙咬得吱吱响,也没有还嘴的资本。中午回到驻地,胡乱吃了点东西垫了垫肚子,就不约而同地聚在一起查找原因。原原本本学习了"老三篇",那句"下定决心,不怕牺牲,排除万难,去争取胜利"鼓起了她们的士气和斗志,真正的根由,落脚在一个"怕"字上。你怕我怕都在怕,怕来怕去就让这活儿给打趴在地上了。要想爬起来,就得先把思想里的"怕"字打掉。打掉这"怕"字,靠温和的捶打是不行的。

  下午一到工地,爱新就和蜡香队长说:"来,咱正副队长先上。你捉我打,你也不要怕我打着你的手,我也不要怕打不准,咱俩都把胆儿放得大大的,干吧。"蜡香点点头说:"行,打。"说打就打,小爱新照着男同志教给的方法,脚站稳,眼瞧准,把大锤从眼前向下往后一甩,举在头顶上,高高地向下猛砸。这第一锤还真是正点,紧接着第二锤也是正点,这往下连着好几锤都是稳稳的、准准的,两人配合得很好,就这样一直往下打。可打了不到十分钟,就出问题了。当时,爱新的个子还长得不高,年龄小,力气也小,手里抡着的大锤足足有八斤重。刚打的时候,力气足,是她抡着大锤;没过多久,两只胳膊就发酸了,这大锤就抡不动了。她把大锤往后一甩,惯力带得她两腿往后不自觉地移了一下,大锤顺势砸下去,没有打在钢钎上,下意识里想刹住锤已是不可能了,这锤就"啪"地打到她的腿上了,她不由自主地痛得跪了下去。看她被大锤砸了腿,姐妹们就一起拥过来看她。小爱新赶快向她们挤了挤眼。王爱苏机灵,明白她是怕在不远处干活的那帮男民工发现这里出了事,这又会成为他们挤对的话把儿。她强撑着站起来,抓起滑落在脚边的铁锤,想继续打下去。可体力和伤势让她暂时无力再抡锤了。这时,爱苏走过来接过她手里的大锤,继续打。爱新在旁边看着,一边揉腿,一边责怪自己:"不要因为自己这一锤,把铁姑娘队的招牌砸了。"正在想着,爱苏的状况也和她一样，一锤下去，打歪了，砸伤了蜡香的手。这带头的三员大将，挂彩了两个，但姐妹们就是不蒸馒头也要争口气，30个姑娘两盘钎，下来一个另一个又很快顶上去了，没有一个胆小鬼，没有一个退坡的，没有一个怯阵的。打钢钎的不歇工，其余的抬筐的抬筐，担担的担担，出渣、搬石，不显不露，遮掩得让男同志根本没有发现她们颇为尴尬的"虚弱"和"败绩"。

　　傍晚收工了，为了不让男同志发现她们这支队伍的窘态，她们就故意落在后边。回驻地的路上，蜡香在前边捏着个手，爱新在后边拐着个腿，小米英一边跑前顾后照料她俩，一边小嘴嘟囔着："才干了一天，就损了两员大将，这能干？"爱新说："能干。我俩受这点儿小伤，这是'万难'里的一个小数点，今后还会有难，不能见难就收，要迎难而上。咬着牙干吧。"爱苏扛着大锤说："光咬牙也不行啊，弄不好会把嘴咬破。咱们得想点办法，尽量少出事，争取不出事。"蜡香也放慢了脚步，仨人走在一起，算是在收工的路上，开了个"铁姑娘钢钎队"领导班子碰头会。

　　晚饭两碗稀菜汤落肚，一帮女子就又集中在石堕村开讨论会。七嘴八舌之后，大家的认知趋向一致：铁姑娘队的精神状态不错，就是心太急了，想一口吃掉一个烧饼，所以就出了问题。而这个问题的解决方法，在毛主席的语录本上找到了答案："在社会主义事业中，要想不经过艰难曲折，不付出极大努力，总是一帆风顺，容易得到成功，这是幻想。"铁姑娘队一口就想吃掉个烧饼，不就是个幻想吗？可这幻想也不是错误，"人总是要有一点儿精神的。"而这精神的组成部分里边，有着幻想的成分。在这里，实事求是地说，在那个"激情燃烧的岁月"，人们思考问题的方式方法就是这样的，不管是在思想深处，还是在实际行动上，都首先从领袖毛主席那里找"治病的药方"。这在我们今天或者很长一段时间内，被我们的一些所谓的精英讥讽为"诟病""教条""洗脑"，其实不然：一个国家、一个政党，需要有高贵的灵魂，需要"精神原子弹"。

　　我在采访的过程中，听到最多的一句话，就是四个字——"不可想象"。

　　真的，不可想象。梦境一般的，这两条大渠就在一个山区小县的民众手里，奇迹般地诞生了。

干他个热火朝天，干他个轰轰烈烈，干他个梦想成真！

干吧，小爱新攥紧了拳头；

干吧，蜡香也攥紧了拳头；

干吧，大家都攥紧了拳头。

27

俗话说："只要功夫深，铁杵磨成针。"要打好钢钎，必须苦练。练，决定了就立说立行。她们手中的这两盘钎连明彻夜地派上用场。白天在工地上边打边练，晚上回到驻地还要继续操练。就在自己住的房间里练，头一天晚上，就把房东家的地打了几个黑窟窿。这要让房东发现，还不怪罪？即便人家大度，不言语，自己也觉得不好意思。早上起来他们就主动找房东老大爷道歉，老大爷说："哈，为了修渠，你们能出这么大的力气，我还在乎个地，练吧，孩子们，没事。"房东的宽容，更给她们增添了精神上的支持和力量。连着三个晚上，她们借住的房间里，叮叮当当就没有停过。三天以后，她们的胳膊也顺了，眼神也准了，用力也匀了，这打钢钎的活儿自然也就干得有声有色了。这男同志看她们的目光和与她们说话的语气也发生了变化，说她们不是"半边天"了，是太阳从西边出来的"西霸天"了。管你们说甚哩，西霸天就西霸天，只要不说我们是"南霸天"就行。"南霸天"是欺负"红色娘子军"的，俺们与他不共戴天。至于说咱是"西霸天"，说明咱们妇女还是有力量。你们男人占了这东方一片天地，俺们妇女在西方也占了一片天，东西合璧，咱这修渠的大业何愁不成！

"铁姑娘钢钎队"硬铮铮的，也杠杠的，连队就给她们又发放了六盘钢钎，加上原来的两盘钎，一共是八盘钢钎。这八盘钎装备起来的"铁姑娘钢钎队"，英姿飒爽，在修渠工地上独树一帜。

精益求精。过了一段，又遇到新的困难。初学打钢钎，练的都是让大锤从人的右边往后甩，但是，一碰到半山崖，站人的地方只有尺把宽，还得打偏眼，就是钢钎偏着往里打。这样，就得两边站着两个人，一人朝身左抡锤，一人朝身右抡锤。她们不会朝左边抡锤，只能算是个"半把手"，还不是"全把式",一遇到半崖上的艰险工程,就得"靠边站",袖手旁观。这帮姑娘们不服输的劲头又上来了,不甘心当"半把手",要当"全把式"。在她们自身挑战自我、克服新的困难的时候,收到了几封解放军的来信。这是怎么回事啊?原来,她们这三十来个女的里,有四个人结了婚,是军属。一成立钢钎队,她们四个人就把这个消息告给了自己在部队服役的男人。这不,回信来了。蜡香也结婚了,爱人也在部队。她看爱人的回信很给力,就给大家念了一遍,其他三个人也把自家爱人鼓劲儿打气的信公开了。这几个解放军在信里都说得差不多,大意是:我们在外当兵是干革命,你们在渠上打钢钎也是干革命。为了一个共同的革命理想,咱们走到一起来了。小两口人不在一起,心却紧紧连在一起。

结了婚的军属喜滋滋的,没结婚的小姑娘们也被感染了。把打钢钎上升到革命的高度,就非同一般了。干革命,为革命,是最光荣和崇高的,所以说,她们在干活上更卖劲了。

这打钢钎的活儿既是个技术活,也是个体力活。年轻的女子们在上渠之前,连钢钎这物件都没摸过。所以,这细皮嫩肉的赤手空拳和铁器石头进行碰撞搏击,她们的胳膊、虎口,都让大锤给震肿了,还有的裂开了大血口,每到晚上一睡下,嘴里说的是"咬紧牙关不怕疼,挺一挺就好了",可这疼痛之下,谁也止不住要哼哼。这时,各位看客是不是有这样的想法:每人发一副手套,起码能起到一定的防护作用。我想也是。非也,其实不能。大漳南渠的上马,是在缺少外援的情况下,用自己想方设法筹集的15 000元起步的,这点儿钱,连买炸药都够紧张,别说配手套了,那纯粹是一种奢望,或者干脆说是空想。说白了是想也白想。可这疼痛是现实的,怎么能减小抡捶捉钎带来的伤害,大家就动手做手套,把自己穿破了的旧鞋找出来,割下鞋帮,去掉后跟,把前半截缝成个圆圈圈,套在钢钎上,别人是手上带套,她们是给钢钎带套,用着还有效果。就这点儿小小的改革,她们都很高兴。

又打了一段,这支女子钢钎队还真打出个眉眼和名堂来了。正手会打,反手也会打;平地能打,半山崖也能打;最重要的是耐力也上来了。之前,每打十几二十下,就得歇歇胳膊喘喘气,不能连续作战。这不行。她们就把八盘钢钎都用上，分成八个组。八盘钢钎一起开打，锤头都打在一个点上，谁要先停下来，谁就是个软蛋。这一段她们正是在坚硬的红石头上作业，钢钎打下后，石末少，出得少，只要捉钢钎的勤转勤圪倒（左右、上下活动钢钎），石眼里面的石粉就不用掏。这个条件正好帮她们锻炼耐力。刚开始咬着牙一口气能打40下不歇手，后来增加到80、120、200、300，最多时，石米英和王红霞能一口气打到540下。在工地一侧的男同志，始终关注着这些女豪杰的一举一动。见她们这几天一直是八盘钢钎往一个点上打，就很好奇，就抽空跑过来看是怎么回事。弄明白了她们是在练耐力，就问她们一口气已经能打到多少下了。结果令人吃惊。男同志不信，说是要眼见为实，并提出男女各出两盘钢钎，比试比试。夜长梦多，双方约定，比赛的日子就定在明天。

行，明天就明天，谁反悔谁就是大蛤蟆！铁姑娘队的姑娘们这次对来自男民工的"战书"欣然应战。男钢钎队的小伙子们暗暗窃喜，明天让这帮小丫头们看看咱男儿的风采。

明天输了可不要哭鼻子哟！走在收工的路上，这些年轻人还忘不了互相戏谑一番。

到时看看到底是谁哭鼻子瞪眼了。明天要不把你们这些愣头青急得尿了裤子，好好受受教育，本姑娘就不姓铁了。

伶牙俐齿的姑娘们，嘴上也不会轻饶这帮自以为是的大男人。

哈哈哈，有两个小伙子，为了证明自己是不可战胜的男神，还在路上连打了好几个"纺车"（类似于翻跟头）。

嘻嘻嘻，明天栽了跟头，看你们的脸往哪里搁。

夜幕徐徐降临，村庄雾气弥漫。

一夜无话，熟睡的男女都对明天的比赛有着必胜的信心。

只有流淌着的漳河水知道，这帮在崖头上成长起来的小闺女们，已经不负"铁姑娘"的称号了，已经是名副其实的"钢铁战士"了。

男神们，醒醒吧，你们还想着自己稳操胜券，其实，轻敌已经让你们"折戟沉沙"了。

第二天的早晨，在一声高亢悠长的鸡鸣声中到来了。

晨雾蒙蒙，日色渐露。修渠的民工从几个村庄赶来，打着一面面红旗，扛着各种工具，情绪饱满地开进了工地。

半崖上正在开凿的一处工地上，已经次第排开四盘钢钎，男女双方的选手已经确定，裁判员一共四个人：工地的两个专职炮手、男女双方各出一名民工，分成两组监督并报告比赛结果，总裁判是连长和指导员。一盘钎三个人：一个握钎的，两个抢锤的。四盘钢钎十二个男女队员。双方选手交叉在各自的钎点上立定，摆开架势，气闲神定的表面下都已经绷紧了心中的那根弦。只听总裁判刺破河谷的哨音一响，四盘钎"叮当"砸出了一致的音响。"叮当，叮当""哼"，"叮当，叮当""哼"，五分钟过去了，双方棋逢对手，不差毫厘。三分钟又过去了，双方抢锤的狠劲儿还是丝毫没减，但已隐隐约约察觉双方已经处于输赢的临界点。果不其然，男方的一组以三百八十下收局，先败下阵来。场上的态势明显对男队不利。另一组男队看自己的另一半已经铩羽，无形中增加了心理压力，而女子队，看着男子已有一盘钎败绩已定，"宜将剩勇追穷寇"，豪气和士气陡升。两三分钟后，留下那一组的男方也慢慢地呈现出颓势。看来，再使把劲，给他们施加点儿压力，就能把他们打垮了。只见女子队的六名选手，虽然没有进行言语交流，但一个眼神的交流，让她们的默契高度一致。女子队越打越勇，男子队越打越衰，女子队的气势成为压垮他们的"最后一根稻草"，男子队的最后一组最终不得不以一声衰微的锤声而认输。可这个时候，女子队并没有歇手，而是一口气又打了一百多下，才收锤而立。

还没等总裁判长宣布比赛结果，围观的民工已经用热烈的掌声，对女子钢钎队的神勇表现，不假思索地给予了隆重而真诚的礼赞。

男子队输得也心服口服，他们也扛起大铁锤，主动走到女子钢钎队这边来，向她们伸出大拇指，对这支女子钢钎队的"真铁"表示由衷的佩服。

"铁姑娘钢钎队"一战成名。高长春对她们也是刮目相看。

渠首大坝枢纽工程接近完工，阎王鼻工程也将完美收官，但接踵而来的困难还真是让高长春挠头。

老石匠雷中生坐在已经开炸出的渠线平台的一块石头上，抽着旱烟，烟气弥漫在他紧皱的眉头间。

老高已经从渠上走了两天了,还没有回来。不知老高多久能回来?
老高去了哪里?
雷石匠"吧嗒吧嗒"地抽着辛辣的旱烟,不时抬头望天。

第九章　高长春"跑路"

28

冬日清晨，黎城县城正街的一家国营杂货铺刚打开店门，一位年约五十岁、身形消瘦的男子就裹着一身旧棉袄匆匆走进来。他手里拿着一张16开粉连纸，上面列着购货清单：手套50副，垫肩20副，马灯10盏……

这分明不是一单"简单"的采购行为，这个"大单"的主儿也肯定非同寻常。

是的，他不是别人，正是高长春。

高长春已不是第一次来这里购置物品了，而且一买就是一大堆，这可不是家用的架势，应该是大集体的"采购"行为，这个买东西的老同志十有八九是会计或者保管的角色，也有可能是个"采购员"。从他的穿着和长相来分析，售货员觉得自己猜得差不离儿。也难怪，人是衣裳马是鞍，老高身上穿的这土布褂子，还真是与他这"老革命"的身份和每月领90多元的高工资不匹配。

老高身上的这件棉袄，说起来也有些年头了。1948年他调到区上当助理员的时候，老婆觉得他是个"公家人"了，不能穿着太寒碜，就用自己亲手织的土布，弹了一斤多的新棉花，穿针引线忙乎了整整一黑来，给他缝成了一件里表崭新的对襟袄。老高穿上高高兴兴地走了。1953年他调到二区当区长，老婆又给他缝了件吊兜中山式褂子。之后，对襟袄做了内袄，又穿了八年。到1960年，高长春到县里当了副县长的时候，老婆想给他里外换一身新衣服，替换掉老高已穿了十多年的棉袄，老高不依，对老婆说："咱刚回到县里工作,第一件事就换穿戴,有点儿不像话。让群众看了怎么想咱咧?"老婆这次也有理有据:"你这件棉袄穿了十几年了,早该换换了。换个衣服还扯上工作了?你又不是穿得特殊了?"两口子一番嘴来嘴去的,最终还是老婆先妥协了,老高也退了半步。老婆给老高的旧棉袄换了个布里子,外边打了几块补丁,里边新絮了半斤棉花,这就一直穿到了现在。昨天晚上,他从上遥半夜回到家。早上起床穿衣时,老婆又一次提出了给他换棉袄。老高起先没有言语,扯过旧棉袄往身上穿的当儿,还捉了只虱子。只见他拍打了几下旧棉袄才开口回答:"现在更不是换棉袄的时候,渠上开了工,用钱的地方还很多,做身新棉袄,得花好几块钱。有这钱,就又能给民工们买好多副手套呢!"老婆的道理比他更充分:"老高,你这棉袄实在是不得不换了,已经穿了十多年了,挡不得风,遮不住寒,这在野外跑来跑去的,你年纪大了,我怕你的身子骨受不了。你倒下了,不就会影响到修渠?"老婆知道他一门心思在渠上,也就顺坡下驴,拿修渠的事来给他说这换袄的事。

老高把旧棉袄穿在身上,把衣襟扣扣好,起身下了土炕,站在老婆的面前说:"你不要担心了,我这身子骨还行。现在咱手头紧一紧,等修成渠以后,我出钱买块好料子,你给咱做件皮袄穿穿,咱也抖抖威风。"

老婆被他的这一"幽默"逗笑了,知道这一次为他换棉袄的事儿又"泡汤"了,也只好无可奈何地说:"你可要说话算数。"

"算数,算数,一定算数。"老高边说话,边走到锅灶前,掀开锅盖,老婆给他做的是玉米面切疙瘩。这是他喜欢的。他从锅里捞了五个切疙瘩,问老婆:"有软柿子没有?"老婆把在煤火边温着的一个碗给他端到面前,里面有五个红红的软柿子。这玉米面切疙瘩配软柿子,是太行山老百姓特有的一种吃法。老高吃得忒过瘾。五个切疙瘩和几个软柿子下肚,又喝了一碗煮疙瘩的热汤,老高很惬意地连打了几个饱嗝。吃饱喝足的老高,推着自家的独轮车出了家门。老高的老家——下桂花村,就在县城边上,进城也就三四里路。

老高把买来的东西都装到独轮车上,满满当当的,路途遥远,为了防止路上丢失,他还用两条绳子捆了捆系了系。一切停当后,他就一弯腰,两手撑起车把,两肩挑起车带,独轮车"吱吱呀呀"的声音,就伴随着冬日的冷风，穿行在狭窄的街巷里。街上有人认出了老高，就和他打招呼。老高一边推车往城外走，一边频频点头回应。

傍黑时分，老高的这辆独轮车才到了渠上。正坐在村边一块石头上抽烟的石匠雷忠生第一个看到，他估摸着是不是高书记？因为这辆独轮车似曾相识。他边想边起身迎了过去。果不其然，车后正是一身疲惫的高长春书记。"高书记回来了，高书记回来了。"他高兴得喊出了声，赶紧从高书记手里夺过独轮车。这一声喊不要紧，惊动了正在为高书记不知所终担忧的民工，独轮车前一下子围拢了好多人。看高书记又回到渠上了，民工们都喜出望外："高书记，你可回来了。""高书记，你没事吧。"民工们的热情，倒让漆黑的天放出了躲在云层里的月光。

"走走走，大家劳累了一天了，快回去吃饭，歇息歇息，有话咱随后再说。"高长春给大伙挥挥手，就被众多民工簇拥着回到了指挥部。

29

从开渠以来，好多困难和问题都接踵而至。这运输问题就让人十分头疼。从渠首坝到青红底，这10公里的渠段，深沟峡谷，乱石丛生，不要说是走车，走人都难行。渠上所用的物资，都得由人肩扛背驮。

需求量最大的是石灰和烧石灰用的炭。胶皮车只能把物资送到青红底，再往上就只能靠人担。人工担，也不是个稀罕事，问题是用量太大，捎带担不能保证供求，误整工担又劳力紧缺，这让高长春和马沁山又愁又急。领导着急，群众排难，提出了黑夜加班，每天晚上加班担一趟。这黑灯瞎火地走山路挑重担，来回好几十里，其艰辛可想而知，可这一坚持就是好几个月。这边的供货问题解决了，担担的扁担却又发生了恐慌。来渠上的时候，是准备了400条扁担，按常理预计，可以使用一年多。可是，这运输量大了，加之大家在挑东西的时候，使劲儿加压，一般担个一百斤左右，有的担到了200斤，结果，这扁担不承压，三个月压断了300多根。修渠工地出现"扁担荒"，指挥部虽然组织了五个木匠，住在青红底村专门做扁担，可是，因为材料是从山上新砍的，原料太湿，每天平均只能做八根扁担，难解工地的燃眉之急。

老高心急如焚，就把马沁山找来："马主任，你在工地上招呼几天，我到青红底给咱做扁担。"

"你做扁担？你行？"

"行，我父亲是个木匠，我十五六岁时跟着他做过两年的活儿，算个半把手。"

老高来到青红底，把木匠召集在一起商量，几个木工都说材料棘手，顶多每天只能加工个十来根，高长春斩钉截铁地说："不行，无论如何，每天至少要做够二十根。没有二十根的量，工地的活儿就要停工了。"看木工们面有难色，他缓和了一下口气，说："我做过木工活，我知道大家的难处。这样行不行，咱这扁担不图外观好看，做得粗糙点儿，结实耐用就行，连上我这个半把刀，大伙努努力，给工地救救急。"

就这样，高长春和五个木工连明彻夜干了三天，做成了64根扁担，送到工地，暂时缓解了工地上的"扁担荒"。到了第四天，老高感到很疲劳，做工时出手慢了，动作也迟钝了。也真是的，自打来到渠上，别人干活他干活，别人休息他熬夜，不是找人商量工作，就是辗转反侧地想问题，操心比任何人都多。现在，人在木工房，心却在渠上。想工程进度，想材料供应，想民工生活。这与修渠工程有关的事务，千丝万缕，没有一件他不过脑过心。这不，做的是一根扁担，想的是修渠大局。这一心不可二用啊，何况是一颗疲累的心，意外就在他分心想这想那的时候发生了，一锛头下去，左脚面被砍开了一个大血口，顿时，鲜血"咕嘟咕嘟"地直往外冒，瞬间，在他脚下流了一大片血。

大家赶快找来医生给老高包扎伤口，把他抬到邻近的一个屋里休息。医生再三嘱咐他，伤口较重，需要好好静养。可他人躺在屋里，伤口还在剧烈疼痛，心却不能安静，思想总是在渠上转。"羊角湾那个渠台，根基打得怎么样？能顶得住洪水冲击吗？""扁担荒暂时缓解了，那抬筐和箩头是不是也要多准备些呢？""这靠人力挑担的运输能持续多久呢？同志们白天干一天，晚上再挑半夜炭，能顶得住吗？"这一件件的事都不是小事，这一个个的问题都耽误不得，都得解决妥当。

这天晚上，他躺在炕上，翻来覆去睡不着，越想事越多，越想心越重。干脆，他就从炕上爬起来，起身下了地，到门后拖出一根锹把，两只手用力拄着，在地上试走了几步。还行，他在心里对自己说。他又跛着腿走了两圈，似乎对自己的表现满意，于是，推开门，一瘸一拐地走进了夜幕之中。

这大黑的天，他要去哪里？这个老高啊，真是让人不省心啊！

老高走出了青红底村，往西走进了一条河谷。夜深人静，天地一片漆黑。说是伸手不见五指，有些夸张；说是天地万物静寂，那是真切。冬日的夜，这山路更是萧瑟。高长春沿着熟悉的河边小道，一瘸一拐地一步一步地往前走着，他心里想着要去工地看一看。走了有二里多，就累得直喘气，汗水也湿透了内衣。山路石头多，那只伤腿尽管老高有意识地提得老高，但也不免被碰撞被挤压，伤口又开始出血，血一点一滴地滴落到老高走过的山路上。又走了约莫三四里路，是汗滴还是血滴，根本分不清了，可老高还是跌跌撞撞地往前走，他想赶去工地："只要到工地，躺着坐着都行。老马身边多张嘴，也算是给他帮助。"就这样想着，走着；走着，想着。后来实在走不动了，就靠着路边的树歇歇，再走。走一阵儿，歇一阵儿，最后在伤痛和劳累的双重作用下，体力透支，他再也迈不动腿了，就一屁股蹲在了半道上。这冷飕飕的天，这黑黢黢的夜，这五十多岁的人，还脚上有伤身上有高血压病，在这前不着村后不见人的地方一直蹲下去，可是不妙啊！好人有救，合该老高得救。说来也巧，马沁山这时来到他身边。

原来，这马主任在工地上听说老高伤了脚，就一直惦记着，可是，工地上杂七杂八的事多，他实在脱不开身。晚饭后，他把第二天的工作安排好，就走出指挥部，到青红底看老高。马沁山走着走着，看路边有个人，定睛一看是老高，很吃惊："老高你怎么在这里？"老高此时是连说话的气力都没有了，只是翕动着嘴，说了什么，马沁山根本没听清。但看老高拄着锹把，他就明白了：老高是要去工地。"你这个老高啊！"马主任一边叹气一边弯腰把高长春背在背上。

马沁山把老高背回青红底，又找了一辆平车，把老高连夜送到了上遥卫生院。这时，高长春的伤口已经严重感染，腿脚都肿得不成样子了，体温烧到四十多摄氏度。老高一时陷入昏迷状态。好在用药及时，老高连累带病，昏睡了七八个小时，终于醒过来了。高长春看见马沁山在病床前站着，就对他说："我不碍事，你快回渠上，咱俩都不在，那可不行。你去渠上，我在后方，咱俩分头做事。"马主任知道劝说的话是多余的，也就不再多说什么，只是说："老高，你要保重，大家伙还等着你来渠上领头呢。"说毕，马沁山扭头回了渠上。

老高啊，你能在病床上躺得住吗？

第十章　"这荆条可是好东西"

30

老高虽然在病床上躺着输液，思想还在琢磨着与修渠有关的几件事。他让人去找上遥供销社主任王孟北。这时王孟北正在接县里打来的电话，一听说老高住了卫生院，打发人来叫他，就知道不是有急事就是有大事，反正这事十有八九和修渠有关。放下电话，这供销社的主任就一溜儿小跑来到了老高的病床前。老高一看孟北来了，就招呼他坐在床边。老高左手扎着针管，右手比画着，向供销社主任讲物资采购和供应的事。

王孟北，三十出头，中等个子，敦实的身板，大而圆的脸盘，粗壮的四肢。从长相看，他好像是个粗人，实则办事利利落落。大漳南渠开工后，主要的物资供应，都是他带领供销社的几个职工操持的。王孟北的扑闹劲儿很得高长春的赏识。现在渠上最缺的是尖镢和抬筐，老高找来王孟北，就是和他商量这个事儿。其实，不说，王孟北心里也清楚。一直往来跑渠上，渠上缺啥，他心里忒清楚。不过，他也有难言的苦楚——就在来见高书记之前，县社领导打电话过来，劈头盖脸一顿痛骂。不过，这话他没对高书记讲，不想让高书记为难。高书记的难处太多了。

不讲，并不代表这道坎儿他能过去。原来啊，这供销社竭尽全力给渠上供货，货是供上了，账却是欠下了，累积久了，这社里的资金链就出了问题，说断裂有点儿严重，说周转不开是实情。也就因为这个，王孟北今天早上挨了县社领导的一顿批评。王孟北出了卫生院的门，就一路寻思着，怎么来落实高书记交代的任务。在进供销社大门时，和一个急匆匆来的人撞了个满怀。

抬头一看，是供销社的曹会计。这曹会计昨天就被他安排进城了，去找领导请求贷一笔款。

这款要是贷不下来，这渠上的物资就要断供。王孟北指望着曹会计能给他带来好消息。不过，看曹会计虎着脸，王孟北就察觉不妙。果不其然，一进办公室门，曹会计就把身上背着的黄挎包撂在破旧的办公桌上，气哼哼地坐到一把椅子上，看也没看王孟北一眼，只顾自己生闷气。

王孟北看这个架势，心里知道事情没办成，但还是问了一句："怎么样？"

"还能怎么样？不怎么样？这回咱是背着萝卜找擦床——吃了个家什。"

"不给贷就不给贷吧，还给家什吃？"

"谁说不是，都是为了公家的事。上面对咱很有看法。说咱不务正业，占用了资金，影响了统购统销，是个反面典型。"说着，就拿过黄挎包，从里面掏出几张纸："你看看，上面可是动真格的了，把咱作为反面典型，通报下发给全县了。"

还有这等事。这要上升到政治层面，追究责任，王孟北和上遥供销社都吃不了兜着走。

真有这等事。红头文件，白纸黑字，措辞严厉批评上遥供销社，偏离供销政策，不按方针办事，致使供销资金被占用，影响供销社运转。

"你没给领导解释清楚，我们是支援了修渠，办的是大事是正事，况且，是临时占用，资金将来肯定能收回来。"

"临时占用？人家可不这么认为。人家说了，这大漳南渠就是个无底洞，有多少钱也填不满填不起，让咱们赶快刹车，否则，要犯大错误的。还说，你王孟北瞎干，到时候怕是要连累上遥社的职工，都丢了饭碗。"

王孟北一听这话，就腾地蹦了起来。"我们的供销社，是公社党委领导下的供销社，是为人民服务的供销社。修渠是全上遥的大事，我们为修渠服务，就是为上遥的老百姓服务，我们为公社党委分忧，就是讲政治，这既符合党的路线，又顾及群众利益，'发展经济，保障供给'，这是我们供销社的宗旨。修大漳南渠就是发展经济，我们保障供给，我们有甚错误？说我们有错误的人，才是真正地犯了错误。"

"渠上没钱，我们供了货收不回款来，被上面通报批评。这下一步又会咋地，谁知道？你说人家有错误，可人家有权利，你急也没用。你又不能给上级倒发个通报批评。"曹会计看王主任急红了脸，就这样嘟囔了一句。

"发个批评通报就能把人吓住？"王孟北自言自语。

重要的是要把高书记交代的供货任务完成了。可是，巧妇难为无米之炊，又该怎么完成呢？

这一夜，王孟北彻夜难眠，一支接一支地抽烟，到第二天早上，烟头扫了大半簸箕。这大半簸箕的烟头扔在地上，王孟北的锦囊妙计呼之欲出了。

31

王孟北此刻挑着二十把尖镢，出了上遥村，绕过龙角湾，又翻过青红岭下了黑虎背，爬上了轿子顶前的黄鹿坡。

起早不歇脚走了十多公里路的王孟北，在山顶的一处平坦地放下肩上的重担子，他的嘴里、鼻子里以及身体上的各个毛孔都散发着热气。

大漳南渠开渠伊始，县里驻上遥公社的各个单位都八仙过海各显神通，尽其所能支援修渠：卫生院医护人员背着药箱到了工地；邮电所的职工埋电杆拉电话线，还踏着积雪给渠上送报送信；粮站的同志挨门挨户收谷糠，支援工地造炸药；学校的师生也在节假日组成宣传队到工地进行慰问演出，帮助运送物资。供销社是物资供应的主渠道，更是不遗余力，全心全意"保障供给"。在这方面，说他们绞尽脑汁，一点儿也不为过。就拿铁锤这一物件来说吧，开渠动工之初，主要是开山凿石，垒坝砌岸，和石头打交道，钢钎和铁锤唱主角。可最初渠上只有少量的钢钎铁锤，干活顶手，有的民工就从家里带来了垒地堰用的手抓锤。这显而易见的困窘，王孟北看在眼里、记在心里，他和供销社的几个同志商量后，就派采购员王逢奇到邻近的河北涉县去采购。王逢奇到涉县一询问，每颗铁锤八元四角，价钱太贵买不起用不起。他又往东跑到邯郸市，和涉县差不多。漳南渠建设是白手起家，自力更生，连买把尺子都要细细掂量，花这么大的价钱买铁锤，真是比割自己的肉还疼。在外地采购铁锤的王逢奇四处打听哪里能买到便宜货，真是功夫不负有心人，一天黑夜，一条偶然得来的信息让他眼前一亮：河南林县修完红旗渠可能有废铁锤。第二天一大早,他便上路往林县赶,沿山架岭,一天跑了一百多里,他找到林县的红旗渠指挥部,买了130把废铁锤、800根废钢钎、30辆独轮车,一共才花了380元。东西运回上遥供销社后,老天又下了一场大雪。这雪下下停停,停停下下,一连下了七八天。大雪封路,有货也送不到渠上。可这下雪天给王孟北们争取了"变废为宝"的时间,他找了几个铁匠,日夜突击加工修理,把废钢钎、旧铁锤、破平板车等,半个月就全部改头换面。供销社的职工扁担队突击五天,踏雪把货全部及时送到渠上,派上了大用场。领导表扬,民工称赞,王孟北和供销社职工扁担队都喜笑颜开。

从上遥到渠口,往返足有百十里路,而且走的尽是些羊肠小道,车不能拉,驴不能驮,供销社的供货,一直靠一根扁担两条腿。

供销社的扁担队到渠上送货还有个约定俗成的惯例,就是要趁空隙参加劳动,到工地和民工中间听取意见和建议,为精准服务修渠搜集第一手的情报。王孟北一次在柏后工地参加劳动,他发现好多民工的鞋都磨破了底,鞋帮也张开了嘴,前边露出了脚趾,后边露着脚后跟。就这样,他们仍然精神头十足地站在雪地里打钢钎、出石碴。他在工地上还听到民工口口相传的一个"老高让鞋"的故事:老高在工地看见祁进魁的鞋烂得实在不成样子了,就坐在雪地上,脱下自己的鞋子给进魁穿,进魁死活不肯。这有关鞋的事就让王孟北在返回的路上脑子里直打转,民工们磨破的鞋、冻肿的脚一直在他的脑海萦绕眼前晃悠,挥之不去。扁担队的同志们回到供销社,一边吃晚饭,一边讨论着怎么解决鞋的问题。商讨中,大家就提到了捐献,你一双我两双地捐了十几双。大家都尽心尽力了,可总觉得差强人意。这时,老保管郭福生一拍大腿说:"我有个办法。""你有啥办法?快说,快说。"老郭没说,而是站起身,提着一盏马灯,引着大家来到一个房门前,用钥匙打开房门,一股腐臭味扑鼻而来。大家跟随老郭走进房间,老郭从自己收购的破鞋堆里好一阵子地翻腾,同志们也帮忙,拣出了一百多双有加工基础的破鞋,有些没有加工基础,但也有可用之处的也被他们"拧"了出来。办法就在这些破鞋里,供货就在变废为宝的加工上。同志们有的找洋钉,有的搓麻绳,门市上的拿来了几块包装布,老保管到街上的钉鞋铺借来了两套钉鞋的家伙。男的钉底,女的缝帮,六个人这一连两个晚上的补补纳纳、钉钉修修,熬红了双眼、熬皱了皮肤，就这样一百多双结实耐用的"大头鞋"诞生了。这一百多双鞋送到工地上，可救了大急，民工们穿上了这式样难看但虎头憨脑结实耐穿的鞋，对王孟北和他的扁担队大加赞誉。高长春和马沁山还专门让人做了一面锦旗，两人亲自送到上遥公社供销社。

这边夸赞，那边坐蜡，王孟北的心头是苦甜相交。挨批评给通告王孟北不怕，他坚信自己的做法没错，上级领导一时的误解和怪罪，总有一天会云消雾散，拨开云雾见晴天。可眼前的物资困境，让他"巧妇难为无米之炊"。

这个不眠之夜，他这个大活人还真没让尿给憋死。他想起每次送货的路上，经过的几处地方，那长得一片一片旺生生的荆条。今天，他和扁担队的同志既是给工地送货，更是来进一步实地勘察。

这次勘察，和他心里正在酝酿的一个大的"搞活经济"的计划有关。

这是他一路走来看到的最大的，也是长得最为旺盛的一片荆条林。

"这荆条可是好东西，抓到手里就是钱。"王孟北兴致勃勃地讲着。

"可抓不到手里还是债啊。"曹会计心里还是念念不忘供销社账上那看不到结算希望的漳南渠"呆账"。就拿今天扁担队担着的这八十把尖锄来说吧，这可是他豁出在供销系统混了将近一辈子的老脸，连哄骗带央告才赊到手的。他当时信誓旦旦地跟人家说，就是让人家帮帮手挪挪肩膀，半个月以内结清账款。话是这样说了，可钱哪能从石头缝里生出来呢，还真是希望渺茫。这要是黑窟窿送碗菜，那可就抓瞎了，老会计一辈子的英名就被这一锤子买卖给砸晕了。今儿早上王孟北主任给他挤眉弄眼地说："有办法了。"他将信将疑。这一路上，主任选择的挑担歇息的地儿，都是长荆条的地儿，这已是第四个歇息点了。不过，和王孟北相处了也有十来年了，这小子说话做事一向靠谱，不是那种老百姓常说的"不靠谱"之类的货色。

这一蓬一蓬的荆条长得让人喜爱，叶子清新秀丽，花儿清雅馨香。王孟北们拨拉着长五六尺高的荆条，直说"好东西，好东西"。他折下一枝荆条，用手折断，放在鼻子下闻了闻，一股清香沁人心脾。

下轿子顶，过了琉璃坪，就到了渠口工地，王孟北把尖镢交给公社党委委员李文堂，就问高书记在不在渠上。高书记是在，但现在去了石灰窑。王孟北就安顿其他同志先回去，他下河过沟，径直来到了石灰场。老高正在和三个烧石灰的师傅商量事情。王孟北把高书记叫到石灰窑外的一处空地上，一五一十地把相关情况，包括抓货、受通报等作了简要汇报。

"高书记，我找你不是单单说这码事。我有个新想法，想和你说说，要是做好了，可望缓解一下我们的困境，也为我们修渠的物资供应走出一条活路。"

一听王孟北说有新思维，老高的眉头扬了扬："哦，快说来听听。"

王孟北就把这些天的思谋和盘托出，告诉了高长春。高长春听着听着，情不自禁地拍了一下大腿："好你个王孟北，还真是个金刚钻。这事我亲自落实，我把人召集起来开个会，你给咱讲讲，咱要在这个把月（一个多月）时间里干出个子丑寅卯来。"

第二天，老高就回上遥公社主持召开了社队干部参加的"割荆条"会议，发动全公社的半劳力和辅助劳力，在不影响当年生产的前提下，大搞群众运动，上山割马荆条。供销社发挥主渠道作用，从群众手里收购马荆条，但因资金问题，不能立马兑现，就按队结算，给各个生产队打下欠条，待销售后再结清。

第三天，群众很快就发动起来了，一捆捆的马荆条被送进了供销社的大院。王孟北这一刻可不清闲，他辗转于襄垣的几家煤矿，推销他收购的马荆条。短短的四个月时间，全公社共收下马荆条45万斤，全部外销给了襄垣的几家煤矿，一下子收获了27 000元现款。这样，当年的生产有了开支，修渠有了资金，供销社收回了欠款。

与此同时，王孟北还让供销社的职工把夹杂在马荆条中的山荆条挑拣出来，留在供销社。之后，他组织六名职工，利用休息的时间，请来一位会编箩头的老编匠，手把手教，面对面学，边学边编，连着加了二十多个晚上的班，编出了170副新箩头，核算成本下来，每只才一毛八分钱。

箩头送到渠上，让老高不禁感叹：正是我们有了王孟北这样谋事和干事的人，修渠事业才能披荆斩棘。

第十一章 "烧灰可是个技术活儿"

32

在高长春的眼里,只要有关修渠的事,都是大事,都不能忽略。不是他不放手,而是他不放心别人。在那个困难的年代里,物资匮乏,囊中羞涩,当家才知柴米油盐贵。修渠这一点儿可怜的家底,高长春比谁都清楚。这修渠的事儿哪一件都不轻松,里里外外都得精打细算,时时处处都要自力更生。

随着渠线的开挖,浆砌开始,需要大量的石灰。因为财力有限,高长春没有买石灰的打算,想着自己烧石灰。这烧石灰是个技术活,一般人还干不了。可上遥这边没有会烧石灰的灰匠师傅。东社的江金廷就是在这种情况下进入了高长春的视野。

江金廷,东社村人,共产党员。中华人民共和国成立前,他在地主家当长工的时候,烧过两年石灰。那个时候,他年纪小,才十七岁。名义上是个烧石灰的,实际是个拉炭的。烧石灰需要炭块,他和另外一个长工负责架着一辆平板车,从襄垣的煤窑往石灰窑运炭。烧石灰的技术活都是大长工干,虽然耳濡目染,他也仅仅是知道些皮毛,自己并没有单独上过手。用老百姓的话来说是没吃过猪肉,但见过猪跑。可就是这样的"人才",也是难得。因此在招揽烧石灰的人员时,社队都把他作为人选推到了前台。原先,指挥部的计划是,先从外地雇上两个师傅"传、帮、带",慢慢培养自己的灰匠。挂起招兵旗,就有吃粮人。这不,外地的两个石灰匠闻讯来到指挥部。指挥部的一个同志就把这两个石灰匠交给了准备学习烧石灰的江金廷,让江金廷领着他们先熟悉熟悉环境,顺便也摸摸他们的底细,听听他们有什么要求。

两个烧石灰的匠人跟着江金廷到工地走了一趟，认为自己奇货可居，胃口和口气也够大的：烧一斤石灰要一斤炭，见一斤石灰要一分钱工资，工地要另外起小灶，伙食标准还要达到每天半斤面，三天要有一次肉蛋改善，逢年过节要有酒上菜。

这可不是"小菜一碟"。在那个时候，这生活的标准就属于奢侈级别了。要知道，工地上的民工累死累活，一天的主食都是粗粮，而且还吃不饱，饿着肚子干活。

可人家就是吃的技术这碗饭，也不能完全说是括外（方言：无理要求）。

江金廷已经年过半百，急性子。他听着这两个石灰匠的口气，看着这两人的来头，气不打一处来："两位师傅，你们要能跟咱一块艰苦奋斗搞建设，传授技术，咱拍手欢迎，至于工资由渠上和你们生产队公对公结算，绝不亏待，你们要是想来这里挣大钱，怕是够呛。"

两个匠人和江金廷话不投机，但也自认为缺者为贵，渠上正等着用石灰，是不会把他们拒之门外的，最终会答应他们提出的条件，也就对江金廷的话嗤之以鼻不屑一顾，而且还以退为进对江金廷说："你们要真不需要，我们就走了。只要有技术，哪里也不愁抓挖俩钱，还能在你这一棵树上吊死？不过把话说清楚，靠你们自己根本就烧不出石灰，如果以后再来求咱，那回头的话可不好说。"

这话里话外透着的意味让江金廷难以忍受了，这老汉也是个急客加倔客，当下就回敬了这两个在他看来心术不正的投机客："照你们这样说，没有张屠夫，还只能吃浑毛猪了。咱这山沟里树小，看来是容不下你们这凤凰鸟啊！要是这样，咱们井水不犯河水，你们趁早起身，我们另外打道吧。"

这两个人看这桩"买卖"做不成，就无趣地转身离开了。

打发走两个石灰匠，老江扭转身就来到指挥部，找高长春说："高书记，前晌来的那俩石灰客靠不住，指望不上，我把他们顶走了。以后，咱也不要再提请师傅的事儿了，这石灰我来给咱烧吧。"

"你能烧？前几天问你，你还支支吾吾的，这可不是说笑啊，老江！"

"我是心里没有十足的把握，才不敢应允你。就是现在我也不敢说十拿九稳。我是咽不下这口气，不想让他们借机拿捏咱、敲诈咱。我真不相信天底下还有办不成的事儿。"

老江这个时候还真有了点儿"老夫聊发少年狂"的架势。

老高无声地直视着站在他面前和他年龄不差上下的干瘦老汉。稍许，他用右手抓紧老江的臂膀，摇了摇："我也相信。人，你来挑，大家一起干，可以到外边参观学习学习。路是人一步一步走出来的。"

"行，我一定想办法干好。"

江金廷主动承担了烧石灰的任务，就一点儿也不敢含糊。从指挥部出来，他就开始选人。最后，在上遥大队选了两个人：一个是七十三岁的三老汉，一个是六十三岁的大老王。老江把他俩叫到一起说了说情况，两个老汉满口答应："只要是渠上需要，干啥活都行，还要保证干好。"

三个老汉组成的石灰组就这样成立了。数江金廷年龄小，时年五十二岁，三个老汉平均年龄六十二岁。三人推选江金廷为石灰组的组长。

这渠线上的第一个石灰窑就建在襄垣洪洞脚的河滩里。在这河滩里开挖石灰窑，也不是顺顺当当的。上午挖了三尺半，下午就遇到了青石蛋，方圆足有2.3米，没法移动没法搬。协助施工的几个民工建议，干脆叫来钢钎队，"轰隆"一声炸个粉碎。三两生铁还得烘一回炉。老江这时朝手心唾了几口唾沫，搓了搓手，抡起了大锤，使劲儿地夯起来，一边夯，一边喊着："石头好比脑瓜壳，狠狠敲来狠狠打，把它砸个稀巴烂！"话音落，石头开，夯了十来下，大的抬走，小的搬去，一会儿一块大石头就被彻底清除了。

因为是初试，没把握，就打了个能烧几千斤石灰的小窑。窑打好了，石头也装进去了，火也点着了，三人不敢有一点儿马虎，一直守在火口前，看火候，揣摩煅烧的要领。

可毕竟经验不足、技术欠缺，第一窑灰烧出来了，并不理想，可以说是吃了"夹生饭"了。一窑的石灰，大的石块没烧透，里面有硬邦邦的石头蛋蛋，还需要过一次细筛。就是晒下的石灰面面，颜色看着也不正，不是雪白雪白的，而是白中带着黄，这说明石灰的质量不咋的。这修渠是百年大计，这样质量的石灰用在渠上，以后出了问题，让晚生后辈奚落，人死了到了地下，这老脸也搁不住。

仨老汉垂头丧气地蹲在石灰窑前，"吧嗒吧嗒"地抽着旱烟闷不作声，大老王时而唉声叹气。江金廷"嚯"地从地上站起，走到两位伙计的面前，开始并没有说话，而是定定地看着他们愁眉苦脸的样子。看了一会儿，他直起腰来哈哈大笑："这就泄气了，咱这是没经验，第一次能把这石头蛋烧成面面已经是进步了。唐僧取经还经历了九九八十一难，咱这算个甚？"

"说得好，失败了重新开始，只要有信心，办法总比困难多。"

高长春总是在关键的时候出现在关键的地方。这个时候，他恰好从饲养室出来，来到石灰窑场，刚走近，就听到江金廷的话。

听到高书记略带沙哑的声音，三人都站立起来，把目光投向用一根干树枝做拐杖、一瘸一拐走来的上遥公社的当家人。

高书记和蔼可亲地来到他们中间，一起坐了下来。"我今天就是来给大家鼓劲的，咱这烧石灰的事儿遇到了挫折，是坏事也是好事。"

烧石灰烧得塌火（方言：失败）了，还是好事？你这是安慰我们，我们又不是三岁的小孩，哄哄就过去了。

高书记接下来的一番话，让这三个老汉的眉头渐渐舒展开来。

"不可否认，我们把石灰烧成了'夹生饭'，客观上是一次失败。失败是成功之母。伟大领袖毛主席教导我们说：'困难是暂时的，前途是光明的。只有战胜困难，才能走向胜利。'我们都是从旧社会走过来的人，经历过多少艰难，我们不是都挺过来了？我们修这一条大渠，要是顺顺当当的，早就有先人做在我们前头了，还轮得着我们今天在这里甩开膀子拼死拼活地干。但我们干起来了，就要干到底。要正视这一路干来遇到的这样那样的困难。而这克服困难和战胜困难的过程，就是我们留给后辈的精神财富。我们今天干的，不是仅仅修了一条渠，而是培养了一种百折不挠的精神。再过几十年，我们都老了，都作古了，但渠还在，精神还在，你说说，我们在后辈眼里不也是光光彩彩神神气气的吗？"

老高这一席话，又给这三个老头提起了心气。是啊，还是人家老高当干部的，站得高，看得远。咱这不能被一块石头绊倒了就永远趴下了。重要的是要好好总结一下教训，看问题到底出在哪里，以后好好烧。

老高离开了石灰场，三个老汉头碰头在一起找原因，还带着那些没烧透的石头蛋蛋到邻近襄垣县的几个大队，向有经验的石灰匠拜师请教，最后弄明白了问题的症结，找到了失败的根源。对症下药，针对性地补课，又烧了一窑灰，虽然还是不理想，但是比第一窑的灰好多了。接下来的第三窑、第四窑、第五窑灰烧出来都没问题，都是好灰。

石灰烧制的成功，让三个老汉松了口气，总算没有坐蜡，落个灰头土脸。但他们很快就不满足于烧成灰、烧好灰，而是如何降低烧灰成本，既要烧好灰，还要节省炭。开始，他们是一门心思要把灰烧好，每十斤炭里配二斤煤，后来，他们慢慢尝试着提高煤的配额，最后达到了四炭六煤，烧出的灰还保质保量。别瞧这一小小的革新，对于这捉襟见肘的修渠事业来说，可不是杯水车薪，而是开源节流。

烧石灰用的引火柴，初始是斤对斤用煤和附近村庄的老百姓兑换。一般情况下，烧一窑石灰要用四五百斤引火柴。烧窑的间歇，江金廷就琢磨着用柴的事儿，一窑灰几百斤柴火，也就是几百斤煤，这一年下来也不是个小数目。江金廷常年生活在山区，他知道这山上荆棘丛生，割柴打柴唾手可得。何不自己动手上山割柴，这就能为渠上节省下引火柴这笔开支。江金廷的提议得到了另外两个老汉的积极响应。他们就轮流守窑，轮流上山割柴。割回的柴是湿的，不能用，他们就把湿柴放在石灰窑的周边，用烧窑的余热烤干。这样子做下来，引火柴自给自足，一年至少可以节约上万斤煤。

随着工程的进展，石灰用量逐渐加大，小石灰窑的供给已经不能满足需求了，需要更大的石灰窑来进行石灰生产。

对于这仨老汉来讲，这又是一个新课题，又是一次考验。

33

人常说烧石灰有三道工序最紧要。

第一道工序：装窑。石灰，石灰，就是把石头烧成灰。顾名思义，石头是原材料。但也并不是所有的石头都能烧成灰的。烧制石灰的主要原料是石灰石，化学名叫碳酸钙（$CaCO_3$），烧成石灰后叫氧化钙（CaO）。这种石头在太行山区多的是，一般情况下，小用量的话，可以就地取材；要是大用量的话，就得有专门的石料场。这石料场离石灰窑还有一段距离。从石料场把料石开采出来，再运输到石灰窑进行装窑，这可不是一件容易的事。往往石料场到石灰窑的路途，是没有路的路，能用平车推拉已经是幸运的了，更多的是靠肩扛背驮。一趟一趟地往返，硬生生地把一块块石头运到石灰窑，这不仅拼的是体力，流的更是血汗。冬日里的冰天雪地、夏日的酷暑烈日，都让人苦不堪言。运料大的抬、小的搬，烧窑的三个师傅一块块地往窑里装，累得胳膊疼腰腿酸，劳作一天下来，黑夜躺下浑身疼得连翻身都困难。装窑期间最怕下雨。有一次，窑刚装到一层，忽然下起了大雨，得赶紧用席子把窑口封住，否则雨水就会把底下的引火柴淋湿和风道冲坏。可是在渠上要找一领席子，那还真是难。江金廷急了，就冒雨跑回石灰场的临时住所，一把抱起自己的被褥，一口气又跑回窑上，用箩头和工具支撑起个架子，把被褥覆盖在上头，又用铁锨在四周压上了一圈湿土，这才放心地躲到一棵大树下避雨。这样的情况司空见惯了，也就见怪不怪了。

大漳南渠工程大、战线长，石灰窑跟着渠线走，石灰的用量也逐渐加大，开始用小窑烧灰，每一窑只能烧三五千斤，后来增加到一万斤、两三万斤。再后来，小窑烧的石灰赶不上用，江金廷就想着如何进行技术革新——开大窑。干中学，学中干，在河南村，他们打了一个大窑，一丈八尺深，窑口直径两丈五，三尺宽的风道五尺高，起了个名字叫"革新窑"。这是开渠以来的第一个大窑，首先遇到的问题就是怎么装窑，三个老汉合计了许久，琢磨了几日，心里有了谱。首先是底下增加了引火柴，保证点窑引火顺利；接着是精心装好料石，从下往上层层加厚，最厚的达到一尺八九。以前的小窑装料，多是一个人能搬得动的小石块，一斤炭能烧三斤石灰，这次把五六个人抬的大圆蛋石头，也装进了窑里，封顶的窑头足有丈把高。

第二道工序：点窑糊顶。装好料石后，要边点窑边糊顶。要是预先抹住顶，怕的是通风不畅，烧窑过程造成"夹生饭"，可是，点着火，再抹顶，在满顶冒烟的情况下抹顶，困难很大。点着窑一团烟，团团的黑烟"突突突"地往上冒，在上边糊顶看不清不说，这烟熏热气腾，让人闭住两眼睁不开，恶心呕吐直打战。要知道这烟雾里弥漫的是有毒气体，人若在这样的状况下干活，燃煤产生的一氧化碳会给人以毒害，危及生命。江金廷亲身经历过一次中毒。他回忆说："刚抹完窑顶，只觉得天旋地转，一下子晕倒在地，等我清醒过来，已是在自己的临时住处。医生要给我打针吃药，我说，咱这病既不用打针也不用吃药，只用站在高处透透风，再用冷水碴一碴。哪知这次烟熏中毒太严重，第二天，水不喝，眼不睁，圪脑（方言：头）疼得吃不住劲。为了不连累渠上，就坐俺生产大队到渠上给民工送粮的胶车把我捎回了家。回到家，就让家里人在门楼道底下支起一块木板，躺在风口上祛毒。老婆子用农村常用的土办法，给我在头上拔了个风罐，还用缝衣针扎了九个指头放了放血，又给我熬了一锅生姜水。就这样，摆弄了一夜，第二天身上感觉到轻了，也能吃进去饭了，还能慢慢起来走几步。到了第三天，我就在家待不住了，一直记着烧窑的活儿。老婆不放心我的身体，劝我歇两天再走，我不听，一早起来披了件衣服，拄了根拐棍，跑回了灰窑上。到窑上上下前后转了转，看灰窑安然无恙，这才放下心来。"

第三道工序：出窑。于谦有一首诗《石灰吟》："千锤万凿出深山，烈火焚烧若等闲。粉骨碎身浑不怕，要留清白在人间。"于谦之诗托物言志，借物喻人，不是我等在此着意观瞻的，只单说这出自"深山"的石块，经过1 000摄氏度左右的高温"烈火焚烧"，"粉骨碎身"，一朝成灰，要面见天日，也就是"终成正果"，有了"出头之日"，这"出头之日"就是出窑。刚刚焚烧过的灰窑，虽然温度降低，高温已经散去，但余温却不可小觑，何况这石灰是高浓度弥漫物。因此，这出窑的场景也够让人惊心动魄的了。石灰呛，头发晕，鼻孔一直打喷嚏；遇到刮风天，两眼瞧不清；双手搬石灰块，皮肤蜕了一层又一层。这里，有人不禁要问，何不弄些风镜、口罩、防尘衣之类的防护品。唉，凡是经过那个时代的劳动者，对于"一穷二白"的光景，这些都是想都没想过也不敢想的。

正常的烧灰按着装窑、点窑、出窑的工序走，也就罢了，有时还有预料不及的事态发生。这不，老高皱着眉头来灰窑上转了两遍，也没吭一声。这老高可不是个"闷葫芦"，肯定是有难以启齿的事。果不其然，在老窑匠的再三追问下，他才将心里的"症结"说出口。原来是琉璃坪一段工程急需要万把斤石灰。没有这万把斤的灰，这段工程在汛期到来之前就完不成，这山洪冲下来，前期的施工就白搭了。可是，老高来了灰窑一看，窑里的火才刚烧到上半截，三尺高的火苗昼夜往外冒。这种情况下要石灰，他知道提是提不得的，提也白提，干着急也没辙。

知晓了老高的心思和工地急需石灰的实情，老江心里也是一阵翻腾。按说，这次烧的是个大窑，从底到尖有三丈高，已经烧了六七天了，虽然顶上还在冒火，但底下已经烧成了灰。可是，这底下的温度太高，又没个正经的淘灰路道，有灰也难以淘得出来。

不过，老江还是有些不死心。他就从风洞里慢慢爬进去，看了看，试了试，出来对老高说："咱从这风洞里慢慢往外挖吧，这么大个石灰窑，从下边淘个万儿八千斤，也许能行。"

老高不放心，亲自爬进风洞看了一遍，回头对江师傅说："这太危险。里边的温度很高，风洞的作业面只有三尺来宽，回旋余地小，一旦在淘挖过程中发生坍塌，后果不堪设想。"

老江师傅心里也清楚："知道这从下边淘灰有危险，可工地上没有石灰供应，工程有被山洪冲垮的危险，这两险都是险，与其眼睁睁看着工地迫在眉睫的危险，不如冒点儿险淘石灰。干吧，只要咱小心点儿，慢点儿来，这险值得冒一冒。"

老江的决心和勇气，也让老高感动，想想这工地上一旦因石灰供应不上而导致可能的溃决后果，老高不寒而栗。

"那就干吧，我和你轮流到里面淘灰，再叫上几个年轻人在窑口往外倒灰。"老高一锤定音。

"你可不能进去，里面的底细你摸不清。还是由我来吧。你给咱在外组织好倒手的活儿就行了。里面的活儿我一个人来完成。"老江不容置疑地阻止了老高替换淘灰的建议，拖了一根钢钎和一根捅火棍，就弓腰爬进了风洞。用钢钎别开炉支，用捅火棍轻轻地小心地往上捅。石灰顺着捅点，扑簌簌地往下流。一开始，他每干十来分钟，就出来擦把汗，透透气，凉凉身子。后来，随着开挖的空隙越来越大，窑里的火炭就一个劲儿地往下掉，狭窄的空间里，温度也越来越高。当他干到第十几次跑出来时，脸上身上都是汗，胡子眉毛和脑门顶上的头发被燎得焦黄焦黄。后来，用毛巾一擦汗，胡子、眉毛就擦掉了。

老高不忍心让老江一个人承受这活儿的摧残了，他夺过铁棒就要往里钻。

113

老江死拖住老高不让进:"你有高血压,顶不住里面的火烤,你不能进,还是我来吧。"

旁边运灰的几个年轻小伙,也站了出来:"我们身板好,让我们进去干吧。"

老江用左手一横,挡住了几个小伙的热情:"不行,你们毛手毛脚的,要是在里面乱吃捞(方言:捣鼓),就怕上边塌下来,不但要出人命,这一窑的石灰也会半途而废。谁也不能进,还是我一个人来,我老汉还能顶得住。"说罢,把毛巾在冷水里蘸了蘸,包裹在头上,又把身上穿的土布褂子脱下来,放到水里浸湿,穿上就折身进去了。

就这样,他每隔一会儿出来到冷水里蘸蘸毛巾、衣衫,再义无反顾地进了风洞。咬住牙坚持着干了一整天,上午淘出六千多斤,下午淘出五千多斤,可把老汉累坏了,也让老高心疼得直抹眼泪。晚饭时,老高特意吩咐灶上给老江师傅做了一大碗荷包鸡蛋角片汤,烙了三张葱花饼,他亲自给江老汉端到面前。

老汉的所作所为,也感动了在石灰场劳动的年轻民工,他们边吃饭边给"石灰大叔"恰如其分地戴上了一顶高帽,说:"你真是当代的活愚公!"

喝了老高端在面前的荷包鸡蛋角片汤,吃了葱花饼,老汉又美美地抽了一袋烟。面对年轻民工不吝其美的贴心恭维,他又恢复了自己的幽默:"新愚公咱可不敢当,我这是:洗衣服不上肥皂,刮胡子不用剃刀。只要渠上需要,我就贡献个秃瓢,当个秃头和尚,好不好啊!"老汉的一番自我调侃更是引得在场的民工们笑得肚子疼。

第十二章　"俺是个公社的饲养员"

34

高长春为了解决渠上的物资运输问题，邀请了上遥村杨老三等几个老党员进行座谈。"三个臭皮匠，赛过诸葛亮"，这一上午你一言我一语，还真说出了个名堂——买驴。

买驴？

是的，买驴。根据资金紧缺和山路狭窄的现实，小毛驴不多费草料，还能爬山。只要有条小路，毛驴车就能通行无阻。

"小平车好解决，可是各大队的牲口都紧张，就怕这毛驴不好弄。买驴又得一大笔钱啊。"老高又不得不挠头了。

"高书记，我听说屠宰场最近收了一批菜驴，有三头还能将就用，场里也决定要卖，一头驴50元，三头驴要150元。"

"150元？行，我来找钱，你们赶紧去联系买驴的事儿。"

几个老党员出门去屠宰场看驴谈价去了，老高开始凑钱。他把自己身上的钱都掏出来，又把公社的秘书叫来，打条预支了一个月的工资，两下加在一起，是146元，还差4元。

就在老高想着再从那里借上4元钱的时候，有一个人一掀门帘进来了。

是谁进来了？是高长春的老婆。

看是老婆进来了，老高眼睛一亮，心想：嘿，真是想瞌睡就有枕头来了。他伸出右手对老婆说："你可是真给救急了。来来来，快给咱掏4元钱。"

上遥公社的秘书给高书记的爱人捎信"高书记受了伤"，她就赶紧到城里让人给等了个顺车，来到了上遥卫生院。临出家门，她从箱底拿出10元钱装到身上，想着来了上遥，给老高买些副食品补补，可这一进门，老高不分青红皂白地就向她伸手要4元钱，老婆愣怔着站在门口。

看老婆一脸的愣怔，高长春也感到自己一时的唐突。

老高热情地招呼老婆坐在床边，一五一十地就把买驴的事给她说了一通。老婆听着听着，就把手伸进了口袋，拿出两张两元的钞票，放到了老高手里。

这钱有了，驴也牵回来了。老高也迫不及待地出院了，满打满算他在卫生院住了不到三天。老婆来上遥也就住了一个晚上，贴了4块钱，第二天就被老高"哄"走了。他惦记着刚买来的这三头毛驴。一分价钱一分货，从屠宰场买回的这三头毛驴，说白了是"废物回收"。高长春第一次见这三头老驴，心头自然一凉：瘦得皮包骨，皮松毛长，一副老态龙钟的样子，牙口也不好，上点好草好料，咀嚼半天也难以吃到肚里。

没驴想驴，有驴了反而成了愁事。高长春看着这"剜心割肉"买来的老驴是这么个蔫蔫的架势，他也吃不好睡不稳。几天来，他在槽头转悠，思谋着有什么好法子，能让这几头老驴焕发青春。

一个不速之客的到来，让高长春郁闷的脸上泛起了喜色。

他叫李九旦，时年六十五岁，是英里大队的一个老党员。他拄着拐棍来到渠上找到高长春，自告奋勇，要喂好这三头老驴。

李九旦，高长春是熟悉的。他于1940年入党，曾参加过修建小漳南渠的劳动。中华人民共和国成立前，他二十二岁到地主家当长工，因为天生有点儿驼背，主家怕他干别的活儿干不好，就把他领进了马棚，让他专事喂牲口。他在地主家当了十五年长工，就喂了十五年牲口，是个喂牲口的行家里手。不管是骡子，还是马、牛、驴，什么脾性，到什么时候该喂什么草，这草要喂到什么程度最佳，他心里都有数。土改后，村里在给他分房子分地的同时，还特意满足了他的一个特殊要求，让他从地主的牲口棚里，牵回一头黑驴和一头老牛。1953年村里办起了初级社，他二话没说，就牵着两头养得膘肥体壮的牲口入了社，主动申请当了集体的饲养员，这一干又是十来年，经他手喂养的牲口，都是壮实的。六十三岁时，他因积劳成疾，落下了哮喘病，一到冬天，就咳得喘不上气来，无奈之下，他才心不甘情不愿地把草筛和搅料棍交给了年轻的后生,一步三回头,恋恋不舍地离开了他长年厮守的饲养院。

渠上开工了,他很想出把力,可是,掂量了掂量,还真没有适合他干的活儿。他和牲口打了三十多年的交道,牲口打个喷嚏他都知道是咋回事儿,从牲口屙屎拉尿的迹象中他都能八九不离十地判断出其中的隐情。养牲口养得久了,这和牲口就亲了,自然对有关牲口的信息就格外关注了。高长春花150元钱从屠宰场买了三头老驴的消息不胫而走,自然也就传到了老汉的耳朵里。这可让老汉动了心思,寻思着这可是自己拿手的活儿,也是自己这个老党员为修渠效力的一个好机会。

"找高书记去。"李九旦老汉背着铺盖卷就来到了青红底村。

找到高长春时,高长春正在驴圈里沉思。李老汉放下铺盖卷,径直走进驴圈。他逐一拨开驴嘴看了看,随后又牵着毛驴在院里转了两圈,这才回过头来对高长春说:"这是我的活儿,我来吧。"

"能行?"

"能行。"

"把驴交给你我倒是很放心,问题是你的身体吃得消吗?"

"高书记,你就放心吧,就这三头驴,还累不倒我,我能顶得住。"

"这驴就交给你了。不过,你毕竟年纪大了,还有气喘病,一定要注意保重身体。赶牲口的还有三个人,其中一个叫李庆芳的,年轻点儿,让他多出出力,你多动动嘴就行。"高长春说着,就把老饲养员的铺盖卷抱在怀里,"走,我给你先安排个住处。"

"别,别,别。"老汉上前一把从老高怀里把铺盖卷拽回来,说:"不用到别处了,我得和驴住在一起,这样方便照看它们。"说着,就把铺盖卷搬进驴圈,在门后的窗台底下铺了一层干草,就地搭了个铺。

就这一个举动,高长春是既感动又放心。他一边帮老饲养员搭铺,一边对他说:"这三头驴就是咱的运输队,渠上的短途运输就指望它们了。这个任务交给你,担子可不轻啊!"

"你放心吧!高书记,我能喂好。"

老高用手拍了拍老饲养员的右肩,目光里满是赞许。

35

送走了老高，老饲养员回到了驴圈，准备给驴上草料。他拿着草筛子去取草，发现全是些干白草，而且切得也比较长，愣了一愣，就问跟在他身后的李庆芳："这些天喂的就是这草？没有别的草了？"

"没有啊。"庆芳接嘴回答，"这还没开春，青黄不接，只能将就了，等开春了有了青草就好了。"

"这可不是个将就的事儿。牲口跟人一样，是个张嘴的吃货，一天三顿饭，少一顿，肚里就要闹活。咱养的是老牲口，吃东西更得对胃口。不能咱有甚让它吃甚，得它想吃甚咱就得弄甚。喂驴得对准驴的胃口。"说着，这老李就提起一只筐，拿了把镰刀，一边咳嗽一边往外走，他要去给这三头老驴弄吃的。

庆芳看着老汉背着草筐往外走，就劝他说："你跑了二十多里路来，水还没顾上喝一口，还是歇口气吃过午饭再去吧。这牲口一时半会儿饿不了也吃不胖，还在乎耽搁这点工夫？"

"不行。"老饲养员一边往外走一边说，"几十年来我就落下个毛病。不先给牲口扪闹好吃的，我就吃不下睡不好。我还是先给牲口去找吃的吧。你把饭给我放在锅里，我甚时候回来甚时候吃。"

走出村外，老汉停住脚步，先看了看山势，心里盘算着：这河南岸是个背阴坡，青草返青晚，要抓得好草，得过河上北山。他抬腿动脚就到了河边，春季水量倒是不大，但河水刚刚消融，还带着些冰碴子。老饲养员不顾水的冰凉，绾起裤腿，脱下鞋袜放进筐里，就开始蹚水过河。哮喘病人最怕着凉受寒。这一去二来，老汉的身体能受得了？

过得河来，他来到一道阳坡，找到一处向阳的洼地，扒拉开表层的白草，除去浮土，就看见草根上已经吐出了嫩芽。老汉内心一喜，就跪在地上，让身体与地面几近平行接近于草丛，镰刀擦地，一片一片地往起刮。刚露尖尖角的嫩草芽，割起来挺费事的，这老饲养员跪得久了，身体有些吃不消，就换个姿势，坐在地上小心翼翼地割。这一干，两三个小时不知不觉就过去了，才收获了大半筐。老李起身活动了活动麻木的腿脚，又跑到附近耕地的土塄子上，找了一些小芦苇苗子，还挖了一些萱草头。这三样草打满一筐已是太阳移到西山顶上的时候了。这满筐的草足有四十多斤重，老李提了提，很沉，他怕提着这重筐过河有闪失，就把裤腰带解下来，绑在筐子上，草筐成了背篓，他背起来往回走。

及至走到河边，遇着两个修渠的青年民工。他们看见老李身后背着的草筐，就问他："你是不是英里大队来渠上喂牲口的老李大爷？"

"我是。"

"哎呀，刚才李庆芳叔还到处寻你，说你刚到工地就出工，不吃不喝先打草。这老半天了也不见你回来。来，我们送你过河。"两个青年民工帮衬着老人把沉甸甸的一筐草抬过了河，又殷勤地背起草筐，扶着老人，送他回到了饲养室。

进了饲养室，李庆芳在等他，小砂锅里已经熬好了米汤，火上的铁锅还专门给他馏着俩玉茭面谷乱。

人是铁，饭是钢，可也真是饿了。老汉坐在一个小板凳上歇了口气，庆芳把米汤和谷乱给他端到面前。他吃饭，庆芳就蹲下身翻看着老饲养员打回来的草。

"这尽是些白草根根，能行？"他边翻边带着狐疑的口气问。

老饲养员大大地喝了一口热乎乎的米汤，咬了一口谷乱，嚼了嚼，咽下了肚，才开口说："能行。这春天的白草刚吐芽的时候，精沫都在这五杈股上，那小芦芽子更是好东西。老早以前穷人家都是拿它当料豆用的，牲口吃了上膘快。"

这李庆芳也已四十出头的人了，听老饲养员这么一说，还真是道行深，打心眼里佩服。以后跟着这弯腰驼背的老把式，还真能学两手，修渠还能长本事，一举两得。

等老饲养员吃罢饭，庆芳挑回了两担水。两人把草上的泥土洗干净，堆在院子里。接着，两人又用手抓起两根木棒，把这些草好好地捶了一遍，弄得又细又柔。这一番侍弄，这草被他们弄得清清爽爽的，不要说牲口吃着甜，看着就很养眼。

草并没有急着送到驴槽里。吃晚饭的时候，老饲养员挑着两只小桶，跑到三个民工灶房，亲自帮着刷洗大锅，把头遍的刷锅水倒进小桶担回来，稠的拌草，稀的饮驴。

老饲养员把好草放进驴槽里，用饭渣渣一拌。这晚上的三头驴可是逮住了好吃食，脑袋拱在驴槽里，老嘴不停歇地咀嚼，还不时地摇头摆尾，踢腿蹬蹄。李庆芳噙着个旱烟袋，一边美滋滋地抽着旱烟，一边开心地说："这牲口今晚可是享福了。以后，你们算是敬老爷遇见了真菩萨，交了好运啦。这福是有得享喽。"

也就半个来月的时间，这三头老驴都有了起色，与刚从屠宰场买回来时判若两样，拉着车走起路来，已是劲抓抓（方言：浑身是劲）的了。变化最大的是那头老黑驴，可这头老黑驴身上，有着老饲养员日日夜夜更多的偏心和关爱。

这头老黑驴买回时，体质最差，病恹恹的，拉车走路四条腿不是一个劲儿，左撇右歪的，站没个站相，走没个正样，一进驴圈，就想卧倒，一卧下你不提尾巴它就不想站起来，吃草也不上心，散漫不在意，好似这草有毒似的，吃几口就顾左右而不恋槽。

老饲养员第一次给这三头驴喂草，就注意上它了，这之后，对它的照料更上心，经常给它开小灶。那时候，人吃得还困难，哪有多余的粮食来喂牲口，没有好草好料的加持，这牲口要想喂好养起膘来，还真很费脑筋的，还真是煞费苦心。

36

吃过晚饭，老高圪转着来到了饲养院。掀开草帘走进门，看见老饲养员端着一个粗笨大碗往黑驴前的槽里倒东西。李老汉专心致志地做活，低头倒饭，根本没有注意到有人走近。走近槽前，老高看老饲养员把自己从灶上打来的一碗稀饭喂给了驴，不禁发问："老李，你这是做甚？"老饲养员被突然的话语声吓了一跳，扭脸一看是高书记，不禁慌了神，下意识地试图掩饰自己的举动。扭转身子，遮挡了一下槽身，一边假装扒拉着碗里的余粒，一边跟高书记打招呼:"高书记,您咋来了?这驴刚拉了粪,臭烘烘的,走走走,咱去前边说话。"不待高书记反应,他就擦着老高的身子,径直走回门口自己的榻铺,顺手还把火台上的一个小砂锅端到窗台上,又着急忙慌地盖上了一张报纸。这一系列慌急的动作还没做完全,老汉就好一阵子地喘气咳嗽。

一切都被老高看在眼里。他走到黑驴的槽头看了看,槽里是一个小铁盆,盆里是饭,驴正吃得香;他又走回门口,掀开报纸,把窗台上的小砂锅端起来瞧了瞧,里面是刚煮好的荠菜;再看看身边的老饲养员,佝偻着身子不断地气喘咳嗽。高长春好大一会儿没有言语。

老饲养员边咳嗽,还边用眼角的余光,偷偷地圪眈(偷看)着高书记的脸色。这时的他,像一个做错了事的学生,被老师发现,一时不知该如何应对,只好继续狠狠地咳嗽,似乎这是掩饰他"过错"的最佳选择。

两人的这种有声无言的冷对抗持续了足足一刻多钟,但两人心里都很不平静,感情在隔空碰撞着。

"老李啊,喂驴固然重要,可你的身体也同等重要。你是个上了年岁的人啦,怎么能够把自己的饭喂给牲口吃,自己却煮野菜吃?你要是有个三长两短,我怎么向大家交代。你千万不能倒下啊,咱这几头驴还指望着你喂养呢!"

"老高,我没事,身子骨还能熬得住。我这嘴吃惯了野菜,隔两天尝尝鲜,好着呢!我饭量也不大,给驴分吃点儿,饿不着,驴吃了说不定能顶个事。我是个老党员,把驴喂好,是党交给我的任务,我不把这任务完成好,心里总是不安啊!"

"不行,党的喂驴任务要完成,但不能用这样的方法,你的身体也是党的,喂壮驴的料食我来想办法吧。"

老高说罢转身走出了饲养室。

他拿出自己结余下来的粮票,专门打发人回上遥,到粮站兑了十斤白面、一斤花生油,又到两个生产大队找了三斗小黑豆,还到供销社购买了一斤红糖、四两山楂片。货物购齐送来渠上,他抽空再一次来到饲养室,把庆芳也叫到一起,用近似命令的口气对老饲养员说:"这些黑豆是用来给驴壮身的,这面和油是给你的,晚上夜深劳累了,你喝口热汤。这红糖和山楂,你熬水喝，能治咳嗽。"回过头来，又叮嘱庆芳："你要给我看着，他要是不按我说的来做，你就来渠指挥部告我。我打发他回村，这驴就不让他喂了。"

老饲养员一时为老高给自己和驴拿来了这么多吃食而感动，甚至为自己的"不慎"，被老高抓了现行之后引发了后续的事儿而自责，可听到老高连唬带吓地要打发他回村，不让他养驴，就急了："高书记，你不要灯下黑，光用亮儿来照别人，自己却独断专行。"

我独断专行。老高也被老饲养员的这句话说得一下蒙了。

看老高一脸蒙样，老饲养员就进一步提高了声嗓："对啊，你自己拿出了多少钱，给渠上和我们买这买那，你的钱又不是大风刮来的，也是要养家糊口的，这花钱的时候你和谁商议过？你买来的东西我们不要，你还黑虎着脸，以党委的名义下令；再说，你高血压，也是五十大几的人啦，还和年轻的小伙儿爬上攀下，跳沟过岭地忙活，你的身体就不是党的了，你就能任意作践自己了吗？"

老汉这一番话说来"义正词严"，还真让老高当场有点儿难以应对。

一旁的庆芳看着老饲养员与高书记"针尖对麦芒"地杠上了，也有些束手无策。

看老汉脸红脖子粗的样子，老高也不得不把姿态放低，上前拉了拉老饲养员的左臂，说："老李啊，我说了几句实话，你倒跟我较上劲儿了。来，消消气，消消气。"

"是你不让我喂驴，才把我给惹急了。"老头看老高语气缓和了，也不好意思地这样嘟囔着。

庆芳看着剑拔弩张的局面，一时风清雨静，就赶快把话题接过来："高书记，你俩谁也不要记怪了。老李大哥就是这么一个人。他自打来到工地，就一刻也不歇息。白天老驴出车人上坡，黑来是老驴吃草他守槽。这驴啊，比他儿子还亲呢。"

老高何尝不知，他用手狠劲地捏了捏老饲养员干瘦的胳膊："明天，我让秦医生再来给你好好看看病。"

老饲养员看着脚下的油和面，怀里的红糖和山楂片，眼前一脸微笑的高书记，激动得嘴唇直嚅动，他连连咳了好几声，喘了几口粗气，说："我老汉喂了大半辈子牲口了，就数高书记你最关心我。我才来渠上动了没多少天，你放心吧高书记，只要我这把老骨头还在地上戳着，我就不会给咱耽搁事。"顿了顿，老饲养员望着老高说："你肩上的担子重着呢，你快忙去吧，我也该去喂驴了。"

老高走了，老饲养员和庆芳转身回到饲养室。他一边用簸箕拣簸着高书记刻意从几个大队找来的这三斗小黑豆，一边寻思：这小黑豆可是个好东西，用它拌料，是牲口的上等吃食。东西好是好，但总有个吃完的时候。一颗一颗地数着吃，也支应不了多长时间，也终究有个完。这东西金贵着呢，怎么才能让这三斗小黑豆真真正正地派上大用场，这是李老汉一整个下午都在脑子里挥之不去的课题。

吃罢晚饭，老饲养员就把另外三个赶牲口的叫在了一起，把他日间的想法给大家透了个底："高书记给驴送来了三斗小黑豆，目的是给牲口壮膘。这渠上的活计看来也不是三天两日就能完的，咱也得做长久的打算。这小黑豆就三斗，最多个把月就吃完了。吃完了，就没有了，可这驴还得干活，还需要好草好料。我数算了数算，这三斗黑豆分开来用。"

"咋个分法？"围聚在老李周围的几个人，都抬起了脸，紧盯着老饲养员。

只见他把烟袋锅在鞋底磕了磕，又重重地咳嗽了一阵儿，才有板有眼地把他的打算和盘托出："这三斗小黑豆咱不要全都喂了驴，一斗半喂驴，留下一斗半当种子，在周边开荒地种上。青苗出来了，牲口需要吃小灶，咱就薅些青苗喂它。春种秋收，只要种到地里，咱再下些功夫，从漳河里多挑几担水浇浇，这秋收回的可就不是一斗两斗了。这也是自力更生的办法，跟咱这修渠的精神一样。如果大家觉得还行，就都搭把手出点儿力，把这个事儿弄成弄好。"

敢情是这么个办法。这主意真高。几个老汉一边吧嗒着旱烟袋，一边频频点头。

这个事儿一定下后，第二天起，他们这几个赶牲口的，在完成运输任务的同时，就又多了一项工作——开荒种地。他们起早，见缝插针，在野外开垦出了四亩荒地，趁雨赶晌下了种。

四亩地下了一斗半种子，种苗长出来了，稠密密的。这都是李老汉的有意为之。自从绿色的小豆瓣拱出土的那一刻起,这豆地就成为老饲养员喂驴随时提取美好饲料的"后院",每隔几天,李老汉都要提着个篮子到地里间苗拔青,给老驴"改善生活"。这三头老驴,三天两头地尝鲜换口味,刺激味蕾,胃口大开,自然而然地就逐渐壮实起来。就这样,牲口吃了大半年的青,秋罢还收回一石三斗的小黑豆。

豆也多收了,驴也喂好了。这三头毛驴,养得溜光水滑、膘满肉肥的,精神头儿十足,走起路来一溜风,拉起货来顶呱呱。渠上送灰、运炭等活计,一趟又一趟地拉,趟趟满载。

运货到工地,往回返时,这三挂平车一溜烟地走在路上。三个赶牲口的人坐在驾辕的位置上,情不自禁地唱起来:

俺是个公社的饲呀么饲养员,
俺养的小毛驴儿真有劲儿呀,
跑起路来赛马驹,
车车物资送工地,
哎呀呀嗨,哎呀呀嗨。

歌声一路飞扬,与紧密、匀称的驴蹄声交织在一起,回响在漳河岸畔、群山深处。

第十三章　张仁祥请缨

37

1966年冬的修路任务完成后，"三五红旗渠"指挥部就从黎城的杨家庄迁移到襄垣县下良公社的水碾村。指挥部选中这里，是有缘由的。一来这里临近西营、下良、强计，处于渠首到黎襄交界中间，居中易于指挥调度；二来此村人口近千，是"三五红旗渠"引水入黎流域范围内比较大的一个村落，租赁房屋相对好办；三来交通较为便利，指挥部设在水碾村，也是物资的集散地，黎城运送的物资易于运进来，并及时往各个施工工地分发。许多必要的生活物资要在当地解决，也便于采购，易于分发。

修渠工程穿山越岭，跨越漳河，最难的是渠首截流、劈山切崖、跨越漳河、填沟架桥、隧洞开掘，而在襄垣境内，这五大难工程一应俱全。

境外施工，民工的调用也不尽理想。1967年，前半年征调了两期民工，加起来有6 000人之多，但窝工现象严重。这一年的冬季，正值农闲时节，全县计划抽调8 000民工，实际报到工地的不足1 000人。4个工团60个连队，散居在27个村庄，漳河阻隔，驻地分散，工地路远，民工思想不稳。后方的保障难，前方的施工条件和生活环境差，生产和生活物资就出现了"恐慌"，真是"屋漏偏逢连夜雨"。施工期间，接连发生的几起民工死亡事件，给本来就有畏难情绪的民工心里笼罩上了一层阴影。

四十岁的李义廷是因公牺牲在修渠工地上的第一位民工。1967年5月27日下午5点10分左右，三团四连的民工在位于襄垣县强计村对岸的陡崖上开凿平台，平台距河底45米，经过一段时间的施工，河底的碎石已经堆高了三四米。东阳关公社后峧村的民工李义廷在距离崖边约一米之地，面朝里去搬一块被炮炸开的一块有缝的石头，由于一时不慎，用力过猛，又因石头被炮击碎，将石头搬散，身子往后一仰，脚底一滑，一个趔趄，连人带手里搬着的半块石头，掉落在了崖下的石堆上。在李义廷身边一米多远的是李乃玉正在往外出石碴，看到李义廷摔到崖边，就赶紧往过跑，试图抓住李义廷的手，但没有抓住，李义廷已经滚落下崖了。他大喊着救人，连长郭天财、指导员申虎财急忙下去抢救，团部医生杨金路也急忙赶来。摔下崖的李义廷，惨不忍睹，头部摔碎大半，左半身肋骨折断，当即死亡。

1967年7月12日上午10时，二团九连工地采用二层作业。上层修路出渣，下层4米处李文堂埋头用镢头干活，因修路离开洞口向右侧3米之外，修复人员未看清下面情况，照常出渣，一块渣石掉下来，正中他的头部，他当即晕倒，掉到了60多米深的崖下，虽然经过及时抢救，但是也因伤势过重死亡了。

工程最为险要的西邯郸汕大陡崖频出意外，更是让境外施工的民工胆战心惊。

西邯郸汕大陡崖，长1 000多米，高130米，开挖高为38米。这西邯郸汕，往上看，悬崖峭壁；往下看，浊漳河水滚滚流。为全渠开工40公里之内，工程量最大、工地最险要的绝壁之一。

正因为这段工程艰巨，指挥部把三个公社——平头公社、城关公社、东崖底公社的十几个连队，摆在了这里，一同来啃这块"硬骨头"。1967年3月，三个公社的数百名民工，肩扛钢钎、铁锤和大绳，跨过冰冻的漳河，开上了悬崖峭壁之顶。腰系大绳，悬空打钎，凌空装药点炮。漳河河谷，炮声隆隆，硝烟弥漫。但大自然的属性并没有被民工的热情驱跑，冷风刺骨，寒气逼人，大陡崖上劈山的民工的艰险和艰苦难以言述。

春来夏至，炎热和酷暑也让陡崖上施工的民工汗流浃背，苦不堪言。到7月份，民工们流血流汗，开出了一个宽6米、长七八百米的大平台。

可谁也没有想到，一个深夜，大陡崖半山腰开辟出的渠线平台，突然塌了130多米长。幸亏是在深夜坍塌，民工收工了，才没有造成重大伤亡。如果坍塌发生在白天，陡崖上可是有好几百名民工在埋头干活啊！

几百条人命啊！

后果真是不堪设想！

开崖凿平台，没有别的办法，只能开炮从山顶一层一层剥离，声声炮响后，绝壁残崖上，块块大大小小的石头，龇牙咧嘴，随时都会落下。山风一起，活石乱掉乱飞。平头公社女民工白桂英就是在被一块落石击中后牺牲的。白桂英在塌方不远处的渠道工地劳动。放完炮，民工开始出渣，一只鸟儿飞过来，落在刚刚崩裂的石崖上，鸟儿或许也意识到了脚下的危险，下意识地扇动翅膀，这一飞，就飞出了事儿。鸟儿蹬下了一块鸡蛋大的石头，此时，正在紧张劳动的民工，根本不知道危险"从天而降"，这块石头正好落在低头劳动的白桂英头上。

山太高了，核桃大的石块就能让人毙命，悲剧就这样发生了，鸟儿的一次落脚和起飞，一次意外的事故，让她付出了年轻的生命。

西邯郸汕塌方和白桂英之死，震动全渠。种种原因，"三五红旗渠"被迫停工。民工们撤离工地，曲庆祥也回到了阳泉老家。

"三五红旗渠"复工是1968年5月25日，复工通知抽调民工2 102人，实际报到民工1 537人，只占计划的73.1%。到了8月25日换班时，仍未完成指挥部下达的施工任务，23个连队中，只有9个连队超额完成生产计划，有7个连队仅完成计划的50%。由于交通不便等多种原因，运粮、运菜、备燃等物资，运输占用劳力较多，直接影响了第一线的生产进度。这一年一共抽调三期民工，平均抽调民工2 813人，占计划的70%；完成投工43万个，占计划的60%；完成混合工程量25.49万立方米，占计划的45.5%。

虽然修渠事业不尽如人意，一波三折，"千里姻缘一线牵"，曲庆祥却桃花运当头，一个叫徐新华的江苏女子来到水碾。在这漳河河谷里的相遇相知，成就了他们一生一世的美满婚姻。找到了人生另一半的曲庆祥，在之后的岁月里，以渠为家，渠修到哪里就把家安到哪里，靠着扎实的专业知识和聪明才智，为黎城的兴水事业，尤其是渡槽工程建设作出贡献。

38

两年多的时间过去了,渠线还在襄垣徘徊,民工还在襄垣摇摆,这"三天打鱼两天晒网"的建渠业态,说是三年修成这一条大渠,已经根本不可能了,要是照这样的干法,嘿,这渠还真说不定在猴年马月才能完工呢!或许又是一个"吴家庄水库"的翻版,无疾而终。

劳民伤财啊!有人急得眼里冒出了火。他一遍遍拍打着自己的屁股,不知在他住的土窑洞里转了几个晚上,彻夜不眠,眼圈熬得通红通红。老婆也被他转得晕头转向,不知发生了什么天大的事。究竟是甚事让这个五十多岁的老汉心神不定、坐卧不安呢?蜷在被窝里的老伴,也是难以入睡,双眼微闭,担惊受怕地陪伴着他。

这个人就是张仁祥。

张仁祥作为一个本土干部,亲自组织兴建了黎城最大的水利工程,亲身体验了工程给灌区内百姓带来的丰厚收益,也目睹了吴家庄水库的败北,眼看着黎城人民几年的心血付诸东流。他是个工农干部,没有读过春秋时期左丘明的《左传·庄公十年·曹刿论战》,但他深谙"一鼓作气,再而衰,三而竭"的道理。他去过几次渠上,和指挥部的一些同志交谈过,刘全鼐、蔡乾元、张德成等都跟着他修过大漳北渠,共过患难,一个锅里搅过稀稠(方言:有交往),也就给他吐露实情。他到过几个工地,工地的现状让他忧心忡忡。"白天乱哄哄,民工一窝蜂;黑夜嗡嗡嗡,评工吵不清。""干不干,十分工;动不动,斤半粮。"熬日头,磨洋工,出工不出力。工程深入襄垣境内几十公里,民工们从黎城到襄垣修渠,最远的要走百十多里的路,翻过十多座山,才能到工地。三月一换班,吃住的地方和工地,条件都很差,施工半死不活,空气沉闷,民工情绪低落,扳着指头数算,看着老家的方向发呆,苦苦等待着换班日子的快快到来。

这样的施工现状,何日才能修成渠?何时才能引来水?天不知道,鬼不晓得。

这也就是他这连续几夜坐卧不宁、彻夜不眠的原因。用他老伴的话说就是"两只手都快把两瓣屁股拍烂了"。熟悉张仁祥的人都知道,他的喜怒哀乐就在两个习惯的动作上:要是他用左手在自己的肚子上慢悠悠地转圈,伴着弥勒佛般的笑脸,这说明老张心情好;如果他两只手拍打着屁股,这肯定是遇上了难事、愁事、烦心事。

不过,像这样连续几夜地折腾,和他生活了几十年的老伴还是头一次见。几次她想爬起来问问他,到底发生了什么天大的事,但透过煤油灯微弱的火苗,看到老张苦皱着眉头和唬着的大脸,她就不得不又缩回去了。

"不行,我得去找他们。"这天早上,张仁祥突然一下撂下刚刚吃了一半的玉米面煮疙瘩,"嚯"地站起身来,抓起放在土炕上的黄大衣,"噔噔噔"就大步走出了家门,老伴一时没有回过神来,他的身影就已消失在院门之外。因他出窑洞时,开门的力道过大,门扇往回反弹时带来的一股冷空气,让老伴不禁打了一个大大的寒战。

天哪,这老头子是发了哪门子疯,连口热饭都没吃完,就风风火火地出去了。老伴百思不得其解,只好把他没有吃完的那半碗玉米面煮疙瘩倒进锅里,默默地听着门窗外面"呼呼"刮着的西北风。

这老张到底去了哪里?

他连续找到了两个人,分别是一把手李才顺、二把手王乃云。他向两个人表达了同一个意思:让我去襄垣修渠吧,我要当修渠的总指挥。面对着这两位黎城的党政主干,他立下了军令状:修不成"三五红旗渠",我张仁祥就回家去种地。

"三五红旗渠"在李、王二人手上,弃之不得,进之艰难。如今,一个有着三十多年党龄,年龄已知天命的张仁祥,站在面前,挺直腰杆请战,主动请缨上阵,他俩如释重负,很快决定召开核心小组会议,任命张仁祥为"三五红旗渠"总指挥。

这一次成功的"要官",挽救了这条大渠的生命,成就了黎城人民一项伟大的事业,也使张仁祥的人生达到了辉煌的顶峰。

张仁祥在修渠事业陷于困境之际,挺立起了他高大魁梧的身躯。

他有过顾虑吗?有过。他想过后果吗?想过。可他还是站出来了,站到了风口浪尖上。他要征服狂风巨浪,他要在刀尖上舞蹈。

人生能有几回搏。张仁祥在年过五十的时候，豁出去了，主动请缨，又一次披挂上阵。

他要带领黎城儿女亲手开创幸福美好的未来。

他想让黎城的后人每天都能吃上白面馍馍。

这真理，那真理，能让老百姓过上好日子才是真理；

这道理，那道理，把事干好干成让群众认可才是硬道理。

老当益壮的张仁祥豁出去了，主动自觉把自己和这一条大渠捆绑在一起。

他义无反顾，他坚定坚毅，他高大的个子、魁梧的体魄，行走在风雨里，奔波在坎坷中。

时间即将进入1969年。这修渠的事儿，又会面临什么呢？

让我们记住，这位老将再次披挂上阵，是在1968年年底，这一年，他五十三周岁了。

张仁祥，1915年出生于黎城县下村，1938年参加革命，同年加入中国共产党。1939年4月—1944年，他担任下村农会主席，和支部的其他同志一起，积极参加了清债退押运动、减租减息运动。1945年，他担任下村村长，村里政权建设卓有成效。在1946年到1947年的土地改革运动中，张仁祥一马当先，领导贫下中农斗地主分土地，动员支前，他立场坚定，爱憎分明，各项工作都搞得有声有色。1947年，张仁祥调到二区，后又调到四区任联社社长，1950年调到县社先后任业务股长、社长等职。1953年调县委任财贸部长，不久又提拔为县委副书记，亲自领导开凿了漳北渠。1962年，他以代县长的身份到北京参加了七千人大会，受到了毛主席等党和国家领导人的接见。1967年，他担任县核心小组五人成员之一，任县委常委、革委会副主任。

39

他迫不及待地要尽快到达自己的工作岗位。他坐上往渠上运送物资的一辆大卡车出发了。卡车驶过207国道，一个大拐弯就进入了一条沟谷，漳河水道曲曲弯弯，乡村道路坑坑洼洼。车颠簸着一路前行，他的思想也在翻腾着不得安宁。前路是吉是凶，他好似全然不顾，他的目光总是在漳河对岸那一条蜿蜒曲折隐隐可见的渠线上飘移。过了上遥村进入大寺地面的时候，他突然喊了一声："停车"。驾车的师傅被这猛不丁的一声喝叫吓了一跳，但还是迅速反应过来，一个急刹车，把车停了下来，转头，眼神怔怔地看着一脸严肃的老张。只见他目不转睛地盯着浊漳河的对岸，一言不发。足足过了十几分钟，才听他自言自语地说："老刘就是在这里第一个下崖的。那年的冬天也是很冷啊！"

老刘是谁？老刘就是刘全鼐。

对面是啥？是观音汕，是大漳北渠的攻坚所在。

车在大寺村外的一座桥前又停了下来，这次又是总指挥的意思。司机又一次摸不着头脑了。按说，车应该过大寺村、过渠村、过石板村、过杨家庄村、过合河口，一直到达指挥部所在地水碾村。左手倒是有一条路，经峧口村、河南村、河西村、青红底村，然后要过漳河，上杨家庄。那桥是一座钢丝桥，仅供人通行，大卡车是过不去的。老张是本地人，他不是不知道，可他还是让车停下来，这又是唱的哪出戏？

老张下了卡车，走到桥边，一边往峧口方向望着，一边看着桥下流过的漳河水。

他好像在等人，又好像在看水。

他确实在等人，也在看水。

他在等高长春。不消一刻工夫，高长春从峧口方向，骑着一辆破自行车风风火火地赶来了。他俩没有握手，而是在桥边一边比比画画一边热烈地交谈着，毋庸置疑，两人肯定谈的是修渠的事。

大概有一个小时的时间过去了，俩人才互相挥了挥手道别。老高骑着他那辆除了车铃不响全身都响的破自行车原路返回，老张一把拉开车门，一脚跨进车里，边关车门边说："走。"

走，车又开始在崎岖的山路上抽筋般地扭起了"忠字舞"。

车刚过白水汕，就见有四五个人等在路边。这时，老张又叫了这一路之上的第三次"暂停"；而这一次"暂停"，他没有再上车，而是让司机自己开车继续前行，他和在路边等着的几个人寒暄着打了个招呼，就一起往山坡上攀爬。这一行人就有他在路上念叨过的老刘——刘全鼎，还有工程处的王江发，测量队的何宝珠、曲庆祥，后勤上的蔡乾元、张德成。当然，还有在渠上苦撑危局两年多的副总指挥李方圆。

这一行人在这寒风萧瑟的季节，爬上了一座山。身旁一条溪水飞瀑形成的天然冰挂，晶莹剔透，美轮美奂，可这一点也没有引起他们的兴致。

他们不是游山玩水的。张仁祥更是心里沉甸甸的，心急如焚。

他要尽快吃透工程的每个环节，了解每处工地的详细情况。一个优秀的指挥员，只有掌握第一手资料，才能"知己知彼，百战不殆"。他和指挥部的同志们来到了最近的一处工地。

在工地上走了几个来回，和指挥部的同志座谈，和民工们交流，张仁祥的心愈来愈沉重。工地推行的"一把尺子量到底"的评工记工方法弊端甚多，在严格意义上讲，是有悖于多劳多得原则的，是和人性里深深隐藏的东西对立的，在具体实践中往往会背离制度设置的初衷，在实际操作中有着"你好我好大家都好"的平均主义倾向。具体到修"这一条大渠"，工地情况千差万别，有的是切崖的，有的是填沟的，有的是架桥的，有的是浆砌的；民工组成差异性较大，年轻力壮的，年老体弱的；民工的分工也是各异的，有的是打钢钎的，有的是点炮的，有的是抡镢的，有的是挥镐的，有的是担沙的，有的是推车的；有的是单干的，有的是协作的；有的是一次性的，有的是长久性的；有的是临时性的，有的是持久性的；有的是粗放性的，有的是精细性的；有的活儿看着轻松，实则危险；有的活儿貌似轻快，实则要的是内力和技巧；铁匠木匠石匠都是匠人，手工技工民工都是劳工；加之战线长，一个公社十几二十多个大队一个营，大多是几个大队一个连，连下有排，排下有班，横比，营与营之间，连与连之间，排与排之间，班与班之间；纵看，营连排班上下之间，到底谁应该一天挣多少工分？纵横之间有工种，上下之间有分工，高低之间见工分。所以，大家把心思用在黑夜的评工挣工分上，白天磨洋工混日子就不足为怪了。久而久之，先前的"小吵天天有，大吵三六九"，吵来吵去，这工分吵得大家连吵的力气都没有了，除特殊原因和情况外，工分都挣成十分吧。反正在渠上熬上三个月，一换班，哪来哪去，开上工分回生产队报账，谁也不碍谁，谁也不妨谁，乐得大家在一起"晒了三个月日头,一锅里搅了三个月稀稠",混个脸熟,不伤感情,就逐渐成为共识。评工的方法就成为一个过程,成为念报纸打呼噜的一种既定模式。你说,这样的修渠方式,结果可想而知。

张仁祥面对这样的现状,能不心急如焚吗?能不着急上火吗?

而这还不是当务之急,当务之急是缺人,缺劳力,缺技工。

指挥部的一所院落里,一座窑洞的灯光彻夜通明,张仁祥高大的身影映照在窗户纸上。

山风呼呼地吹过漳河河谷。

山风又一次吹过漳河河谷。

山风再一次吹过漳河河谷。

第十四章　他亲自吹响了"集结号"

40

一盏煤油灯，映照着张仁祥那张方正严肃的大脸。他在白纸上亲自起草着这样一个通知。他先在纸的抬头写下了这样几个字：最高指示。然后，他不假思索地写下了一条"最高指示"：

"水利是农业的命脉。"

"最高指示"打头是"标配"，但"最高指示"的内容可根据发文内容的需要而定。他之所以选用"水利是农业的命脉"，其用意不言而喻，有着高举"尚方宝剑"的意味。之后，他又往下写了两行字：

黎城县"三五红旗渠"指挥部
给各公社革命委员会的一封信

两行字后，他似有腹稿在心，笔走龙蛇，一口气写下了这样一行行文字：

我们的战斗口号是"高举毛泽东思想伟大旗帜，紧跟毛主席的伟大战略部署，以战天斗地的革命精神，苦战一年出襄垣，奋战二年入盆地，大干三年浇地十二万亩"，为此，"三五红旗渠"指挥部要求：

一、用毛泽东思想统率施工工作。在今年过革命化春节休整期间，各社、队都要举办修渠队伍培训学习班，做到"统一认识，统一政策，统一计划,统一指挥,统一行动"。使这支队伍成为一支思想革命化、行动军事化、作风战斗化的水利建设大军。

二、施工任务已下达各社,工地不变,要充分发动群众、相信群众、依靠群众,在计划指标内保证完成任务。

三、坚定走毛主席提出的"奋发图强""自力更生""群众治水"的无产阶级革命路线。针对工地实际需要,每人携带工具一件,并以社、队为单位,搞好工具改革,力争运输车子化。同时,要搭配好技术力量,坚决杜绝在家乱许工分的错误做法,切实做好施工的一切准备工作。

四、队伍要纯洁、精壮。指挥部下达你社的民工数额,务必于农历正月初六,集体到原住地报到,连长、事务长、炊事员和社干一名,必须在正月初四提前到驻地报到。

五、生活问题。由各大队集体转粮,从正月初六起,按本大队应到人数50%转两个月粮,50%转六个月粮,蔬菜自带,前后方拧成一股劲,以"只争朝夕"的革命精神,迎接新的战斗。

紧跟伟大领袖毛主席奋勇前进,胜利一定是属于我们!

这封信透露出的机锋和信息,足以让各个公社革委会主要成员"震动"了。再看看这封信发出的日期,阳历二月九日,也就是阴历的腊月二十三。腊月二十三,这信是过小年的这一天发出的。

"一口吃不成胖子。"千头万绪,人是决定成败的首要因素。民工的严重缺额,是他首要解决的问题。只有先按计划把人足额调集到渠上来,劳力到位,才能施展下一步的"拳脚"。

当天深夜,张仁祥就把手稿交给了打字员小李。打字员小李连夜打印好,交给了在指挥部办公室一直等待着的张总指挥。

张总指挥拿到打印好的信件,认真地在每封信的两个空白处,填上了各公社的名字和应到民工的数量。做完这一切,已经听到公鸡打鸣了。张仁祥走出窑洞,走进了指挥部办公室主任高廷良的窑洞。高廷良也是一夜未睡,就是在等待着总指挥交办的这件"重要的事"。高廷良接过总指挥手里厚厚的一摞信封,立马骑了一辆车,往西营疾驰而去。西营有个邮电所,他要赶早把这封"鸡毛信"寄出去。

这可真是要把"鸡毛当令箭"。高廷良去西营寄信的路上是这样想的。

张仁祥亲自起草这封信的用意也是如此。

直到今天,我在档案馆读到这封信,心里是振奋和激动的。"胜利一定是属于我们的",我想到了有着三十多年党龄的五十三岁再披战袍的张仁祥,在纸上落下"胜利一定是属于我们的"这几个字时,心里激荡着怎样的情怀。

在发出了这份意义不寻常的"信件"后,张仁祥没有入睡。他能睡得着吗?

这天上午,他站在指挥部仅有的一部手摇电话机旁,亲自要通了16个公社的电话。他要求必须是公社"一把手"接电话,而且他在给各公社"一把手"通话时,连声强调"必须保证":保证劳力、保证时间、保证后勤。一句话,必须不折不扣地按照通知的要求执行。"《通知》很快就到你们手上,我不要过程,只要结果。如果民工缺额,一把手亲自来渠上。"来渠上干什么?是给他一个交代还是充当民工,他没有明言,只是又说了一句:"这不是我张仁祥个人的事,这是黎城人民的大事,知道了吗?懂了吗?"

"知道知道,懂得懂得,保证保证!"电话那头的公社"一把手",听着张仁祥的大嗓门,仿佛张仁祥塔一般的身躯就站在他们面前,双目炯炯,一道电光聚焦而来,令他们肃然起敬。

几天后,接到这封"特殊来信"的各公社的头头们,都坐不住了。一通电话、一封信让他们"醍醐灌顶"般地清醒了过来。修渠是贯彻毛泽东思想的,修渠是紧跟毛主席的,修渠是政治的、革命的,修渠是黎城人民的大事。不把思想扭转到"修渠"上来,就是不高举毛泽东思想伟大旗帜,就是不讲政治不紧跟,就是不为黎城人民负责。嘿,这姜还是老的辣。张总指挥虽然是个工农干部,但他的机敏和胆识让人不得不佩服啊!

仅以非受益区——东崖底公社为例,就足以看到这封"鸡毛信"在当时所发挥的作用。

一、加强公社领导,把派遣民兵(民工)参加修渠列为领导的重要事务,定措施,定办法;

二、认真选拔领导成员,加强工地施工领导。公社革委会确定4名强有力的社干,2名医生,2名统计保管,共8人组成施工班子,并对5个连队的

15名主干进行了认真的审定；

三、前方有困难，后方大力支援。往渠上调遣民工时，公社革委会召开了各队主任和三代会会议，举行了两天学习班，还从企事业单位抽出23人，深入各队办学习班，督促民工按时足额报到工地；

四、加强工地慰问，做好后勤保障。开工之初，公社派副主任杨纯季亲自到工地给民工安排住处，指挥搭锅垒灶。工地缺工具，就发动全公社大力支援；工地缺灶具，公社派车送来了大锅、木料，每个连都做上了新蒸笼。全社23个大队，队队写慰问信，派人亲临工地慰问，赠送《毛主席语录》250本、"老三篇"300本、毛主席像章626枚，还送来了好多日用品；

五、做好民工家属工作，保证前方民工安心生产。上河民兵王喜还，家里女人生了病，大队请了医生给她治疗。谷钻大队参加修渠的10个民兵，大队派人给每个民工家属割柴2 000斤，南陌大队派胶车给40名民工家属运煤40 000斤。民工原小三，全家7口人，家庭困难，本人到渠上没有被子，大队给他发放了救济款，解决了布票问题，他带着一床崭新的被子上渠了。

六、公社革委会统一规定，修渠民工口粮不下户，由队集中办理吃粮手续。

七、三个月一换班，做不够者一律补齐；各大队民兵转工一律以工地评工计分为准，不得随意变更；民工因事请假，必须持有公社革委会证明信件，否则工地不予准假。

如果说，全县各公社的头头脑脑们这个年过得忙碌，那么张仁祥这个年过得更不轻松。

这个春节，张仁祥和指挥部的其他成员都没回家，都在襄垣县的水碾村，过了个"革命化的春节"。

张仁祥是1969年元旦之后上的渠。其实，在春节前发出那封有着"鸡毛信"意义的"令箭"之前，张仁祥到任的一个礼拜内，就召开了一次"拨乱反正"式的重要会议。

1月12日到16日，张仁祥亲自主持召开了由民工代表、活学活用毛泽东思想积极分子、指挥部以及连级以上干部参加的政治建渠工作会议。

这是张仁祥到渠上召开的第一次高规格会议,这次会议有着"整顿"和"拨乱"的意味。在当时的时代背景下,老张的策略不可谓不高明。张总指挥在会议开始,开门见山的一番讲话,让大家就可以看出其中的端倪。

这次会议要高举毛泽东思想伟大旗帜,鼓干劲,争上游,掀起革命、生产新高潮;反浪费,查漏洞,自力更生,多快好省地完成施工任务。要认真总结1968年的工作成绩与经验教训,民主制定1969年1月"开门红"和"月月红"的施工计划,研究保证这一计划的有效措施。

这次会议的一个重大成果是树立一个理念:"建渠是毛泽东思想的体现,修渠就是最大的政治",这对于一直争议不休的"政治"和"修渠"做出了一个结论性的"定论",把思想统一到"好好修渠"这个重要的具体事务上来。就是在这历时三天的大会上,他"精兵简政",将指挥部一室四处合并为三组,即政工组、工程组、服务组,将原来的四个工团合并为三个工团,并报请县委重新任命了各机构领导人员,重新修改了各项规章制度并迅速印发给各连、各组。他把诸多的制度规章整合精减为四个制度:《政治工作制度》要求活学活用毛泽东思想,突出一个"活"字,在"活学活用"上大做文章;《劳动管理制度》主要是实行定额管理,对于施工统计上报、劳动纪律进一步做出了更为具体、更为严格、更有可操作性的规定;《财务、物资、粮食管理制度》明确规定,受益区民工生活费按实际投工日每人每工补助生活费0.3元,月终由公社统一结算,由公社分发给各连队;非受益区民工工资,每工补助工资0.7元,结算办法与受益区相同。民工因雨雪等自然原因停工时,只发给生活补助费0.3元,请假、旷工者不发生活补助,工伤者需要有医生证明,每工补助生活费0.3元。铁匠、木匠按出勤工日每日增补生活费0.1元,并补自带工具折旧费,铁匠每天0.3元,木匠每天0.2元,砍山技工每天0.1元。临时抽调受益大队平车每天付运费1.5元,二套车为每天4元,三套车为每天5元,直接付给大队,赶车人员随车每人每天分别补助0.5元、0.6元、0.7元。《安全保卫制度》规定,各级设立安全保卫机构和人员,做好安全思想教育工作,贯彻安全施工操作规则,建立工伤事故登记制度,完善安全设施等。

这次会议可以说在"三五红旗渠"的建渠史上至关重要，说它是一次"里程碑式"的会议也不为过，更有人形象地称之为"三五红旗渠"建设的"遵义会议"。

2月份，指挥部成员全部下沉一线，落实"水碾会议"的精神，各自带着"口粮"，做到了亲自宣讲，要把修渠的意义和前景讲明讲透，让全渠人人都知晓是为革命修渠，为国家作更大的贡献修渠，为黎城人民将来的幸福生活修渠。渠修成后，将来的幸福生活是什么？张仁祥形象地把他归纳为"早上馍馍晌午面，黑来鸡蛋炒角片"；亲自上手，就是和民工一起动手干活，一起劳动。吃住在一线，民工住哪里，干部住哪里；民工吃什么，干部就吃什么。深刻体验一线民工吃和住的艰苦，干部和民工的汗水流在一起，苦乐融在一起，内心贴在一起。这身体力行的带动，张仁祥更是一马当先。五十多岁的人了，他的身手不输一个壮劳力。没入民工队伍里，他就是一个苦力，谁也看不出他是"渠上最大的官"。

3月份，指挥部经过精心的筹备，于3月24日召开了全渠"抓革命促生产誓师大会"，张仁祥登台，慷慨激昂地做了《高举毛泽东思想伟大旗帜，狠抓革命，猛促生产，迅速掀起建渠新高潮》的报告。在这个会议上，21位代表交流了经验。树典型，发扬自力更生、艰苦奋斗精神，可以说张仁祥自我加压，亲自吹响了征服高山、征服自然、"奋战一年出襄垣"的大进军号角。

张仁祥说："摆在我们面前的1969年的任务是十分繁重而艰巨的，其特点是工程量大、时间性强、建筑物多、技术质量要求高。全年计划投工180万个，投资300万元，完成混合工程量1 188 840方，都分别要超过前两年实际投工的50%，投资总额的1.5倍。今年要全部完成襄垣境内20公里的干渠开挖、浆砌渠岸的任务，仅浆砌工程量就达72 035方，需投工50万个。将要完成各项建筑物80余件，其中，有钢筋混凝土大渡槽3个，土石隧洞11个，石拱渡槽20个，填土大坝等。要完成这些大型建筑物和浆砌成这一绕山蜿蜒的大渠岸，必须保证钢筋水泥、白灰、木材等物资的供给，必须在上冻前保质保量地全部竣工。"

谁说张仁祥是个大老粗，他精明着呢！从以下"六个必须"中，就可以"窥一斑而知全豹"。

第一，必须活学活用毛泽东思想。学了就要用，要在用字上下功夫，修渠就是用的具体表现，落脚点是修渠。

第二，必须保持思想统一。在当前，就是要坚决克服部分干部中存在的怕字当头，不敢放手发动群众，右倾保守，分散主义、保守主义、尾巴主义；要坚决克服民工中存在的怕苦、怕累，拈轻怕重、等待换班和无组织无纪律现象。

第三，必须充分发动群众。"参加建渠的广大贫下中农和党团员、积极分子都要担负起抓革命、促生产的重担，以主人翁的姿态发挥模范带头作用。"

第四，必须狠抓计划的落实。1969年的工程任务，必须迅速贯彻到营、连，层层向群众交底，发动群众讨论任务，使广大民工胸中有数，方向明确，找出关键，订出措施，积极完成任务。

第五，必须坚定地走自力更生、自主创业的道路，就地取材，群策群力，让创业精神之花盛开在全渠各地。

第六，领导干部必须做到胸中有全局、手中有典型，以取得促修渠的主动权。经常表彰先进，带动一般，鞭策落后，把劳动光荣的氛围搞得浓浓的，把民工的干劲鼓得足足的。坚持领导干部参加集体生产劳动，与修渠民工实行五同，当官的更要当好老百姓。

这"六个必须"不是仅仅写在纸上，而是落实到修渠的具体行动上，落实到征山战水的一锤一錾一锹一镬里。

"大风起兮云飞扬"，属于"三五红旗渠"建设如火如荼的轰轰烈烈，激荡在漳河河谷的山山峁峁沟沟壑壑。

"多少事，从来急。天地转，光阴迫。一万年太久，只争朝夕。""聚焦修渠促生产，天大困难脚下踩，哪管山高石头硬，今年定要回黎城。"

在这之后的月份里，张仁祥领导下的修渠队伍月月有新招，月月见实效。一步一步地往下看，慢慢你就看出了门道。

4月初，中国共产党第九次全国代表大会召开，指挥部发出号召，建渠工地适时而动，掀起了向"九大"献礼的热潮。检验各个连队的一个标准是"工效"，革命不革命的一个尺度是"生产"，革命觉悟和革命行动的落实点在于是不是真正地在"干活"，是不是真真正正地好好干活。山高人为峰。这些动作的背后，站着的是张仁祥。后来有人在言说张仁祥此时的状态和姿态时，说这正是他的聪明之处：高举红旗弯下腰，落地生根修大渠。

5月份之后的三个月，在全渠掀起学习、贯彻、落实"九大"精神的热潮，大战"红五月""红六月""红七月"，月月红，人人红，全渠到处一片红。民工小病不请假，小事不回家，换季衣服统一捎，保证劳动时间，提高劳动工效。

6月份，修渠劳力增加到5 000人，各公社的二把手到建渠工地带队劳动，16日至17日，用两天时间召开了全渠"活学活用""九大"光辉文献积极分子代表会议，被选中参加会议的都是工地上劳动突出、干活卖力的民工，这样的导向不言而喻。7月下旬，指挥部召开前半年总结表彰大会，表彰了好八连、红四连、硬骨头二连等"四好连队"70个，各类先进模范人物678名。这70个"四好连队"都是完成或超额完成了生产任务的连队，各类模范人物都是修渠工地的劳动尖子。连队红不红，就看生产行不行；模范不模范，干活干劲比比看。

8月庆祝"建军节"，向解放军学习，敢于"亮剑"，敢于拼命，刺刀见红，能打硬仗，集中力量攻坚克难；

9月份，"迎国庆，献厚礼"，这自然又是"革命加拼命"的"九月红"；

10月6日至8日，又召开了全渠第三次活学活用毛泽东思想积极分子代表讲用会，有26名代表登台交流经验。学以致用，关键是用好了没有？毫无疑问，登台的都是干活的好手、劳动的标兵。

11月和12月，虽然寒风凛冽，冰天雪地，但这是农闲季节，是劳力上的最多、突击力度最大的月份。张仁祥更是不会放过这"黄金季节"和"流金岁月"，他身先士卒，殚精竭虑，马不停蹄，不是往来各个工地督导，就是撸起袖子和民工一起劳动。衣襟鞋帮上沾满了尘土和泥巴，石头和铁锤上留下了汗水和血迹。

这个过了"知天命"之年的张总指挥，葫芦里卖的还真是"灵丹妙药"啊！

也真难为了这位披荆斩棘、勇往直前的"开道者"。修"这一条大渠"困难重重，犹如在刀尖上舞蹈。就有好事者来到渠上，质问他，问他为什么只促生产，不抓革命，还给他扣了个"两面三刀"的大帽子，意思是说他是

"骑墙派"。这张仁祥竟然戏谑地说:"我不是两面三刀,我是七面八刀。不管几面几刀,有一面一刀就是修渠引水。这一刀砍下去,要是砍好了,就是一条渠,渠到水来,这就能多种小麦多打粮食,黎城人就能天天吃到白面馍馍。谁不想吃白面馍馍?你们说,是白面馍馍好吃,还是糠疙瘩好吃?"

有一个成语:画饼充饥。张仁祥就给修渠的民工画了一张大饼:早晨馍馍晌午面,晚上鸡蛋炒角片。

这是修成这条大渠后,黎城人民每天的幸福生活。

幸福的生活比蜜甜。张仁祥掰着指头给大家算账:这一条大渠修成后,黎城能有十几万亩水浇地。这水浇地打的粮与旱地产量可不是同日而语的。有了水,这种植结构就大变了,过去种玉米,只能收一季,用上水,就能种小麦,收两季。光种小麦,保守说,12万亩水浇地,最起码能打小麦8 000万斤,再加上多收一季玉米,玉米产量高,能收上亿斤。光这水地,就能有近两亿斤粮食进项。黎城满打满算也就十来万人,除了上交国家的征购粮,留足提留,黎城人均光小麦最少也能分四五百斤。这不变着花样天天吃面,还能怎的!

有了水,不仅仅是土地得到滋润,这人啊,精神面貌也大变了。外表上,我们洗手洗脸,内里啊,这水,能让我们细皮嫩肉,小伙子机灵帅气,姑娘们水灵娇嫩。黎城人,站在人面前,体体面面。

有了水,五谷飘香之外,还能猪羊满圈,六畜兴旺。再往好里想,有了水,咱还能大力兴办企业,咱的子孙们就能进城当工人,楼上楼下电灯电话的日子不就在眼前吗?

修渠立命护甘甜,血汗浇出子孙田。

苦干为荣偷生耻,铁锹震碎懒汉颜。

渠成水到千山笑,麦浪翻时万代绵。

张仁祥和民工一起劳动 郭雅敏/图

第十五章　"再难也得狠劲干"

42

切崖，是渠线在襄垣境内修筑的最难干的活儿。

丰曲大陡崖，是渠线从西营而来的第一个大陡崖。

时隔三个多月，张步亨第二次上渠，进驻襄垣县西营公社丰曲村。

丰曲地处浊漳河北岸，因地形高高低低、弯弯曲曲而得名。

第一次是1966年隆冬。

修路工程完结后，按照指挥部的部署，民工们进驻襄垣县境内。张步亨所在的西仵公社民工营移驻丰曲村。

张步亨早起推着一辆自行车，驮着他和福田、宽心三人的铺盖、工具，往丰曲村赶路。过杨家庄，过白水辿，过合河口，一路沿着漳河过段堡、强计、水碾、洞沟，黄昏时分赶到了丰曲村。

到丰曲的第二天，他们就上了高崖，要在这漳河北边的高崖上，往下切几十米，切出一个长数百米、宽六米的平台，好让渠线通过。不料，才干了两天，老天就纷纷扬扬地下了一场大雪。厚厚的雪把工地遮盖得严严实实的。指挥部考虑到春节快到了，施工又要攀崖下崖，太危险了，就决定放假。等来年春天再作打算。

出门在外做工三个多月了，一听说放假回家过年，民工们归心似箭。一大早，张步亨就起床了，房东老大娘为他们做了热气腾腾的煮疙瘩。吃过早饭，天刚刚亮，他就和同伴急急忙忙地上路了。还和来丰曲时一样，张步亨用自行车帮福田和宽心驮着铺盖、工具，三人相跟着往回走。雪大路滑，不能骑车，只能步行。为了节省时间，他们选择了走郭家垴、申家垴这条近路。走这条路，比大路近十几里。谁知，这想当然的抉择，让他们吃了大苦头。这一条山路，弯弯曲曲，陡峭崎岖，再加上雪深路滑，仨人推着一辆自行车还是很吃力，跌跌撞撞，歪歪扭扭，每爬一道坡，都要费好大的气力，气喘吁吁，满头大汗。好不容易上了大路，路况稍好一点，但厚厚的积雪还是给他们的回家行程增添了困难。一路下来，直到傍晚，他们才走到黎城县柏峪公社的大寺村。恰好遇到村里派来迎接的马车。疲惫不堪浑身泥巴的他们把铺盖和工具放到马车上，福田和宽心也坐上马车，马车上放不下张步亨的自行车，他就只好一人推着自行车往回走了。从大寺村到西仵村，还有二十多里路，走了一天，中午也没有吃上饭。此刻的张步亨，又饿又累。天又黑了，他就想着赶快走，尽快回家。路上的雪被马车压出两道车辙，张步亨就想着沿着车辙骑行，骑行走要快些，就硬着头皮骑行了一段路。这时，天已全黑了，好在有积雪的光亮，还能勉勉强强地沿着路走下去。一个人跟跟跄跄、影影绰绰地前行着。过了东社，猛不防撞到一块大石头上，车身打滑，他一个趔趄，重重地摔在了冰雪里。忍着疼从地上爬起来，拍打了拍打身上的泥雪，揉了揉摔疼的膝盖，这才把滑跌到路边的自行车扶起来，正了正歪扭的车把儿，推着车继续往前走，一路推车到石梁村。这是黎城与潞城交界的一个大村镇，过了这石梁村，离家也就六七里路了。他又试着骑行了一段，上了一个大陡坡，已经累得难以支撑，胳膊和腿都酸痛酸痛的，上下眼皮打架，真是乏得迷迷糊糊，车把也捉不稳了。自行车好几次拐进了路沟里，真真悬啊！他潜意识里一直提醒自己：千万不能犯困呀，要掉进大沟里就没命了！但眼皮怎么也不听话，一直在打架。自行车又拐进了路边的浅水沟，惊出了一身冷汗，他弯腰捧起一大块雪，擦了擦脸，好似清醒了一些。他把车从路沟里拖出来，深一脚浅一脚地推着车继续往前走。走了一会儿，对面来了一个人，他喜出望外，喊了一声，走近一看，那人是他本家爷爷张乃生。这本家爷爷在西水洋村放羊，此刻，赶着羊回家。这可好了，有本家爷爷相跟帮衬，张步亨这回家的最后几里路才算是有了指望。

"一到家，我的两条腿就像面条一样，软得一点儿也站不起来了。"张步亨在数十年后这样回忆："奶奶一开大门见我满身雪泥，累得东倒西歪，心疼得要命，赶紧去给我做饭。我却什么也顾不上了，把自行车'哐当'一声往院子里一扔，跌跌撞撞地走进窑洞，一头趴在炕上，睡死了过去。"

我之所以在这里，把张步亨回家的这一段"艰难"，用一点儿笔墨写出来，是想表达这样一层意思："三五红旗渠"在襄垣施工的几年里，几万人次的民工，除了施工环境恶劣，生活条件异常艰苦，他们往来的路途也如此艰辛。张步亨的村子是在黎城西仵村，算是路途较短较好的，他上渠和从渠上回家一趟还这样艰辛，有好多地方路途的艰辛危险程度更甚。在襄垣修渠，有的民工就是因为换班回家，一时不慎丧命在深沟里。这绝不是危言耸听。我手边有一份资料，是"三五红旗渠"施工委员会1969年2月6日晚上召开的一份会议纪要，原汁原味地记录如下：

"南委泉公社民工付景文，男，三十六岁，家庭出身贫农，家中有个老母亲，现年五十八岁。该同志因换班回家，于1969年2月5日上午6时，骑着自行车，带着三套行李，从襄垣县强计公社强计大队动身，当行至黎城县石板大队西窑沟一急转弯处时，路上的雪钉磕碰前轮，一打滑，车身不稳，付景文连人带车掉下了两丈多深的大沟里，又恰恰摔在沟底的一块大石头上，当即不省人事。虽被路人看见，当即送到县医院抢救，但终因伤势过重，于1969年2月6日晚上10点左右死亡。根据山西省农林委员会水利办公室转发内务部、劳动部关于经济建设因公死亡抚恤的暂行规定（68）省农字第29号第7条规定，发给丧葬费100元，生活补助费100元，合计200元。"

一条人命200元。一条年轻的生命，没有死在开山的硝烟里，就这样消亡在回家的路途中。白发人送黑发人，他老母亲心中的伤痛，岁月的双手岂能抚平？

43

张步亨第二次上渠是在1968年5月，"三五红旗渠"复工了。西仵公社的驻地仍然是襄垣县西营公社丰曲大队。民工们的铺盖、行李、工具和灶具，粮食蔬菜仍然由所在生产大队派车马去送。民工们，条件好点儿的骑自行车，大多步行到指定的各个工地。

一到丰曲村，大家按照连部的安排，进驻提前号好的住处。因历史上黎城与襄垣的渊源关系，襄垣"亲家"早已把住房打扫干净，高高兴兴地把民工接进了家门。

　　张步亨和本村的几个民工住进了何爱英家的东房里。进房间把行李一安顿好，张步亨和本田、国红三个年轻人就帮房东挑水去了。房东何爱英家里有5口人，有她的父母亲和姊妹三人。爱英的父母亲年老，爱英是家里的老二，大姐出嫁了，爱英和妹妹改英身单力薄，担水对于她们家来说就是一件较难的事了。担水的地点是在村外的漳河，村子在高处，居民依地势建屋，住处高高低低的，从漳河担上水，一溜儿上坡，担一担水还真是很耗费气力的。三个年轻人各挑一担水桶，到河里连挑了两回，不但把房东家的大水缸盛得满满的，还把家里能盛水的盆盆也盛满了，这下可把房东高兴得眉开眼笑。自然，这之后，房东家里的挑水事务就由这几个年轻后生包办了。

　　报到丰曲的第二天，民工们就全部开往工地。工地在丰曲的南边，离丰曲有六七里远。顺着漳河一溜儿上坡，方可到达工地。工地是一座山崖，工程的前期是切崖。切崖是按照要求的宽度，刨掉崖石上面的荆棘和土层，露出下面的岩石，然后再用人工爆破的方式往下切，直到切到一定的渠线高度，切出一个平台，才可在平台上面浆砌渠岸。

　　荆棘和土层很快被刨完了，接下来的活计就是爆破岩石。爆破工作需要先打炮眼，打炮眼的工具主要是铁锤和钢钎。西仵公社地处黎城盆地，一疙瘩土，民工们来这里之前，是和土打交道的，和石头交手，是大姑娘上轿——头一回。有的连钢钎和八磅重的大锤还是第一次见，更别说抡锤打钢钎这样的活儿了。领到钢钎和铁锤，张步亨这帮年轻人感觉很新鲜。可当他们安好锤把，现场一比试，就窘态百出了。钢钎和铁锤在手里不像镢头和锄头那样使着顺手，别别扭扭的，一点儿也不听话。抡锤砸下去，不是将锤子砸空了，就是把钢钎的钎头砸跑了位置。捉钢钎的手哆哆嗦嗦，锤还未落下，钢钎立不住就先倒了。所以，起初，不是砸歪钢钎毁坏钎头，就是铁锤砸伤了捉钎民工的手臂。

　　这可怎么办？

　　难也得干。连长刘树枝找来几个开过石方、凿过炮眼的师傅，手把手一对一来教。慢慢地，他们逐渐掌握了打钎的要领：掌钢钎的民工要先用一根一米左右长的"口钎"，在一块石头上坐好位置，两手牢牢地握紧钢钎中间，使钢钎与地面成垂直状态，拿锤子的民工要找准直径只有两厘米的顶部狠砸。打锤的左右要有两个人，两个人你一锤我一锤地轮流交替砸，掌钢钎的人还要在两个打锤抡锤的空暇里不停地转动钢钎。左边抡锤的人第一锤砸下去，石头表面被钎头击出一道白印，溅起的石粉石碴落到掌钎者的脸上、脖子里，掌钎者这时不能旁顾其他，要在右边抡锤者第二锤落下之前的空当，迅速将手里紧握的钢钎转动一下，转动的角度是和第一道白印垂直，形成一个"十"字。然后，再随着打锤者的砸锤，打一次转动一次，逐渐形成一个"米"字。这样一圈一圈地转下去，一个浅浅的圆洞就出现了，这就算是开了口了。这个时候，可以歇息一下。掌钎者满头满脸满身的石粉石碴，犹如"面人"般的形象，一时让人忍俊不禁地发笑。稍稍歇息，等掌钎者站起身用手抹把脸，抖抖身上的粉尘，继续蹲下来，握紧钢钎，这样，开炮眼的工作就在你一锤我一锤和掌钎者一次又一次地转动钢钎的默契配合下进行。掌钎的民工既要不断地转动钢钎，还必须将钢钎握正，让它垂直而立，不能歪扭，保持钎头在圆洞的正中间，这样才不至于把炮眼打偏。倘若炮眼打偏，就会致使钢钎夹在炮眼里，这功夫就白白作废了。在抡锤打钎的民工稍作休息之际，掌钎的民工就要用铁挖子把炮眼里的石头面面挖出来，这样在接下来的劳作里，炮眼才能深入。打得深了，还要更换一米五至两米长的钢钎，这叫"换中钎"；如果需要炮眼再打得更深一些，就要更换两米以上的钢钎，这叫"换底钎"。

　　说着容易，实践难。最初，打锤的准确率很低，脱锤现象时有发生，不是打在自己的腿上，砸在自己的脚面，就是打在掌钎者的手臂上。打脱几次，心里就发虚发毛，胳膊腿就越发别扭，力气也不知道怎么使用，就越不敢甩开膀子抡起大锤击打，而是两手抱锤，抱在胸前稳稳地打。这样，打在钢钎上的力道就大打折扣，打炮眼的进度就十分缓慢。看着教打锤的师傅使出两臂上的全部力量，把锤使劲抡起，又借助锤子在空中抡转时产生的惯力，使砸在钢钎上的力量立竿见影，打锤者和掌钎者的深度融合，优美的抡锤，自如的掌钎，潇潇洒洒，令初学者好不艳羡。虽然大家心里知道，这活儿急不得，练不到一定的火候，会弄巧成拙。但是，笨手笨脚的做派让工地上的年轻人心头冒火。年轻人不服输和敢于冒险的精神战胜了四平八稳的思想。青年民兵张雨胜手握钢钎，鼓励与他一组的两位锤者大胆地抡开锤子砸，不要担心砸在他的手上。两个抡锤者一边响应，一边抡起了大锤，第一锤尚好，这第二锤砸下去，就砸脱了，八磅重的铁锤脱落在他的左手手背上，蹭破了一层皮，鲜血马上流了出来。雨胜不动声色，伸出右手将那块皮"噌"的一下撕掉，从地上抓了些灰粉捂在伤口上，止了血，然后双手紧握钢钎说："不疼，不疼。来，继续打。"

收工的路上，张步亨问雨胜："锤子打在你手上，真的不疼吗？"

雨胜笑了笑："你说能不疼吗？可是我要喊疼，打锤的还敢下力气打吗？都不敢打了，能学会抡锤吗？"

就这样，经过一段时间的锻炼，民工抡锤掌钎的技术日趋熟练，打炮眼的效率也提高了，每个打炮眼小组，由三天打不了一米炮眼到每天都能打出2—3米的炮眼。

炮眼打好了，装炮和点炮也是一件非常重要的技术活。有切崖任务的连队，都有两名经过培训的炮手，专门负责装炮和点炮。炮手是个危险性较大的活儿，当炮手必须胆大心细、机动灵活、刚毅沉着，必须规范操作和规矩作业。为此，指挥部还专门制定了一个《炮手规则》。西仵公社八连的炮手叫李有仁。他在装炮时，先将定量的炸药从纸筒倒进炮眼里，然后用一根做的圆圆的、直直的炮棍将炸药捣实。炮棍必须是木棍，不能用铁棍，是为了防止铁石相碰产生火花而酿成事故。放一次炸药捣实后，再用纸筒倒进定量的炸药，再捣实，再装，再捣实。药量装到炮眼一半深的时候，就要将装着雷管的导火索放进去，然后继续往里装炸药，再轻轻地捣实。这炸药还不能把炮眼装满，还要留出10厘米至15厘米的空隙，再装进一些潮湿的泥土封口。封口要严严实实，要用炮棍把炮口捣实捣死，这样才能保证炸药爆破的效果。

放炮的时间有着统一的规定，每天两次：中午下工一次，下午收工一次。在放炮前二十分钟内，必须在500米处设置警戒区，派出警戒人员，将过往的人马和车辆拦在警戒区之外，确保施工安全。

炮手点炮更是技术性很强的工作。首先，炮手要预先选定一处能躲避炮弹爆炸的位置，这个位置要隐蔽、安全，不远不近，既能准确无误地听清炮响，又不能有危险。点炮时，炮手一定要沉着冷静，不能慌张，不能性急。往往一个炮手要一次性点几个乃至十几二十个炮眼。装炮时，已经根据炮眼距离隐蔽点的远近距离，将每炮的导火线长短进行了区分。每炮的导火线长度必须保证炮手安全撤离炮区后，次第爆响。炮手点炮，先从远处的炮眼点起，依次用引线点燃导火索，点完后，麻利地躲进事先选好的掩体里，耐心等待着炮响。从第一炮到最后一炮，炮手要在心里清清楚楚地记下一共响了多少炮，看和装炮点炮的数字是否吻合。炮放完了，如果点炮和爆响的不吻合，就说明有了"哑炮"。判定有了"哑炮"，一时还不能焦急，还需要在掩体里等待十五分钟，防止因燃烧过缓而延迟爆炸造成炮手伤亡炮手的事件。造成哑炮的原因很多，但主要的原因是雷管的安装不当。当时渠上使用的是纸雷管。安装雷管，要先检查雷管的引信有没有问题，有的雷管在安装之前引信已经掉了，如果不做好安装前的充分检查，必然导致哑炮的发生。另外，导火索的中端瞎火，不能引爆雷管，也是出现哑炮的一个原因。还有一种情况是导火索的断面和雷管的引信距离较大，导火索燃烧得不足以引爆雷管，雷管不爆，炸药失语，炮眼暗哑了。出现哑炮，炮手就要进入炮区排除哑炮。这就需要炮手先判明哪门炮是哑炮，找到哑炮位置，轻轻地将哑炮眼里的泥土、炸药掏出来，把雷管取出来。这个时候要特别小心谨慎，防止碰响雷管，引爆炸药。之后，按照流程，重新装炮，再一次点炮，等当天所有的炮眼都引爆成功，炮手才算正式为当日工地的劳动画上一个句号。

张步亨所在连队的打炮眼技术不断提高，甩开膀子抡起大锤的劳动场面煞是壮观。他们的技术不断精进，不但会打垂直的炮眼，还会打倾斜的炮眼。放炮的经验也在积累，平台一寸一寸地向着设计的高度降落，石崖在民工脚下越来越低。

44

张步亨最后是在教师岗位上退休的，我于20世纪80年代从师范学校毕业，也在教育一线做过几年教师，和张老师也算是同行。在采访张步亨老师时，他回忆起在丰曲切崖的生活，深有感触地说："那个时候，干活又苦又累，还吃不饱。"

他饶有趣味地回忆起发生在修渠时的一件往事。

"有一次，几个年轻人因为吃食打起了赌。宋志安说他能一顿吃十个谷乱，大家不信，就说：'你要是能一次吃掉十个谷乱，这谷乱票我们出。'说话间立见高下，谁知道，宋志安当着众人的面，一下子真的吃进了十个谷乱，这下轮到大家傻眼了。你想，十个谷乱就是三斤玉米面啊！尽管大家知道宋志安是放羊汉出身，肚子大，可一下子吃掉十个谷乱，这也不得不让人瞠目结舌。可是，宋志安这时看大家目瞪口呆，越发神气起来，只见他弯下腰，绷直两腿，连续做了几个双手触地的俯卧撑，然后缓缓站起来说'再有黍面谷乱的话，我还能吃五个！'周围的人都笑了：'就是有黍面谷乱，我们也不敢让你吃了，你吃得进去，把肚皮撑破了，我们可赔不起'"。

苦累是常态，饥饿也是常态。苦和饿是一对孪生兄弟，与民工如影随行。

工地上，不是切崖的抡大锤打钢钎，和石头对阵，就是刨土运土，与大沟比拼，哪个都不是轻巧活，消耗体力很厉害。

民工一天就那斤半粮，具体到每个民工一日三餐的口食就是：早上两个谷乱，玉米面做的，每个三两左右；中午两碗小米干饭，一碗三两，两碗六两；晚上两碗菜汤，一碗一两半，两碗三两。那时的饭食，清汤寡水的，没有多少油水，民工的劳动量又很大，体力消耗巨大，饥饿全程伴随着他们。怎么用这人均一斤半的伙食标准，让民工们尽量吃饱点儿、吃好点儿，是当事务长最头疼的难题。

在世人眼里，当事务长似乎是个美差，别人饿不饿且不管，起码自己先混个肚儿圆。其实不然。在渠上当事务长，相当不容易。这就要动脑筋了。这里边的学问可大了。比如说，如何在粗细粮搭配不均的情况下，让粗粮"神奇"起来大放异彩。搞点儿麦麸和上玉茭面，蒸出的谷乱，就可以改改口味，而且，麦麸的掺杂，还有丝丝的麦味和甜味。比如，为了让民工们能吃上一顿面食，没有足量的白面，这些做饭的人就大动脑筋。尽量去采购一些白玉米面，掺和一半白面，做出的面条或者蒸出的馍馍，也是民工们的口福。比如说磨玉米面时，粗箩筛的是粗面，细箩筛下的就是细面，这细面啊，要是掺进榆皮面，就可压成饸饹，这饸饹啊，在那个年代，相当于现在的面条。不像现在，人们要想吃一顿榆皮面饸饹，那是美餐，是享受，是口福。当然了，季节的变换也给大师傅和事务长提供了种种可能的条件。在山野之地施工，大自然野生野长出的能让人大饱口福。比如，在春夏秋三季，苦苦菜、灰灰菜、扫帚苗、野韭菜、野小蒜、蒲公英、杨桃梢、猪尾草、柳树叶、杨树叶、槐花等等都是野菜。季节性地采树叶、挖野菜就是事务长和大师傅们的一门必修课。洋槐花开了，他们就去采集洋槐花，拌上玉米面和盐，放进蒸笼里蒸，这样的饭食味道好，民工们还能吃饱肚子。有心计的司务长就组织大师傅在保证做饭的前提下，抽空就跑到野地山地，爬坡下沟，上树钻林，踏露水，顶酷暑，湿淋淋，汗津津，经常还得躲避荆棘的"侵扰"，石头的"羁绊"，免不了挂破衣衫，磕破手脚。可为了让民工在收工回到驻地后，意外地吃上一盆少醋有盐的"美味"，他们乐此不疲。就是在冬季，他们也是煞费苦心，最普遍的就是腌咸菜和沤缸菜。腌咸菜的原料最好是芥菜疙瘩，可哪里有那么多的芥菜疙瘩，那么，红白萝卜白菜帮等就闪亮登场了，就堂而皇之地登堂入室了，被民工们每日的一日三餐趋之若鹜也就不足为奇了。沤缸菜，食材是菜叶和萝卜缨，只不过做法上略有不同，一个是"腌制"，顾名思义，重在"腌"，用盐和醋；一个是"沤制"，是要有发酵的过程的。这两种菜，在冬春，特别是在冬季，大显身手。如果用沤制的缸菜，也称酸菜，配上点豆腐土豆条做成臊子，主食为抿节或者榆皮饸饹，那民工就会喜上眉梢了。

每个做过事务长和大师傅，如果没有这样的经历和技艺，肯定是不称职的。所有修过渠的民工，都对吃过这样的"东西"记忆犹新。

当然了，买粮买菜，运粮运菜，拉煤拉炭，要过河也要爬坡，用车拉，他们就是"牲口"；用肩挑背驮，他们就是苦力。百十口人的伙食，几口大锅，那风箱需要出尽气力来拉动，酷热的夏日，烟熏火燎的日子，汗水可想而知流了多少。工地的食堂有一条不成文的规矩，就是第一口饭要让民工先吃。这样的情况是时有发生的，最后的一勺饭舀到民工的碗里时，事务长和大师傅却只能看着空空的锅底。按说，他们是可以再起炉灶，另做一锅的。但他们不。一是避嫌，不能让民工觉得他们在利用"职权"吃"小锅饭"；二来，准备食材做饭打饭，甚至有时还要往工地送饭送水，这已经让他们累得腰酸腿困了，不愿意再去拉动那沉重的风箱了。那就将就吧。怎么将就？中午，要是吃小米饭，总有一些锅巴煳在锅底，那就放进些水，泡一泡，每人舀上半碗，就上个早上或者前天留下的谷乱，凑合一顿。唉，有人说再饥荒的年代也饿不死做厨的。可在修渠的食堂，管厨的和做厨的司务长大师傅，喝刷锅水和剩汤残渣是再平常不过的事了。

太阳终于在东面山脊后露出了脸儿。顷刻间，毫无生气的山川、河流、树木、村落都被涂上了一层艳丽的亮色。大红公鸡站在窑顶打谷打麦场的一个石头碌子上，一声引吭高歌，整个生活好像都注入了一剂润滑剂，显得生动而活泼。这个时候，灶房里蒸着的一锅谷乱也揭了锅。热气腾腾的，一下子水汽弥漫。三四个伙夫把几百个谷乱装进水桶，又挑了一担蒸水，三个，不，是四个：一个事务长，三个伙夫。三个伙夫，其中两人一人挑着一担谷乱，一人挑着两个箩头，里面是摞在一起的粗笨大碗，事务长挑着一担蒸水，沿着一条小路，往工地走来。这是沿线几十个工地夏日早晨共有的风景。

这个时刻，民工们已经趁凉快干了一个多小时的活儿了。

45

尽管每天的工作很苦很累，但每天吃过晚饭后到入睡前的这一段时间，却是活泼好动的年轻人潇洒放松的时段。有的几个人凑在一起打扑克，有的围在一起侃大山、聊大天，还有的年轻人去找当地的襄垣姑娘斗嘴撩妹。这不是黎城的小伙轻薄，而是黎襄传统上祖辈流传下来的民俗。一个优美的爱情故事就发生在漳河流域，黎襄两县结为"亲家"，只要两县的人相遇在一起，不论男女老少，互称"干儿""干闺女"就是常态。嘻嘻哈哈，不恼不怒，煞是热热闹闹、亲亲切切。

这修渠的黎城民工较为长久地住在襄垣，自然而然相熟相近。在打趣相处的过程中，这青年男女的眉来眼去，也就成了一段又一段的恋情。

这又是黎襄新的天造地设的天仙配。

张步亨喜欢一个人待在住所里拉拉二胡、看看书，有时也和房东拉拉家常。在和房东闲聊的时候,他发现房东何爱英家的门背后,门闩的上面挂着一个烟袋。他感到有点儿奇怪,就向爱英的父亲打听这烟袋有何说法。爱英的父亲告诉他,这个烟袋里藏着一个故事,这个故事说的是早年间黎城有个叫赵宝儿的,是个走方大夫,在这一条漳河河谷里救死扶伤,积善行德。赵宝儿从山上采来草药,遇到穷困的人家,他不但分文不取,还倾囊相助。不过,这赵宝儿只有一个嗜好,就是在把脉切脉开方熬药之后,喜欢抽一袋烟。因此,天长日久,大家知道了赵宝儿的这个嗜好,家家户户就准备了一只旱烟袋,挂在门闩后,以便赵宝儿随时取用。后来,这一条河谷就形成了这样的习俗,每家每户都有这么一件稀罕的物件,而且,按照祖传的风俗习惯,这个烟袋只有黎城人有资格拿下来用它吸烟,若是其他人随便将这个烟袋拿了下来,主家就不允许了,而且还会当场翻脸。也就是说,赵宝儿已经被这一条漳河河谷里的襄垣人奉若神明,一杆烟袋见证着、传承着黎襄两县的世代友好。

有一天晚上,张步亨忽然听到村里有人用二簧(类似京胡的一种胡琴)在拉襄垣秧歌,悠扬婉转,十分动听。他便循声找了过去,在一户人家的院子里,有一位襄垣老人正拉得回肠荡气。一曲既毕,他不禁连声叫好。老人看见是一个修渠的年轻民工,就马上站起来笑脸相迎。张步亨赶忙上前说:"你坐,你坐,别停下来,继续拉下去,我喜欢听呢!"老人看他似乎也懂音律,遂将二簧递过来,说:"看来你是在行的,来,你来上一段吧!"他赶忙推脱说:"我只是爱好而已,哪敢班门弄斧。还是你老拉吧,这可是我难得的耳福啊!"于是,老人又接着拉了起来。先拉了一段襄垣秧歌,又拉了一段上党落子。老人果然功夫不凡,那音色之细腻,那曲调之婉转,那把位之准确,让人不由得拍案叫绝。年轻的民工听得如痴如醉,连声说:"真过瘾,真过瘾。"高山流水,老人也满脸笑容,为有一个知音相伴而高兴。

和老人告别回到住所,那美妙无比的二簧声还一直在他的耳畔回响。

这位拉二簧的老人名叫刘焕,参过军,一生爱好拉二簧,在五乡八村也算是一个人物。

五一劳动节到了,为了感谢当地群众对修渠的支持与帮助,西仵公社排练了几个文艺节目,在村里的戏台上为丰曲村的村民进行了表演,节目说不上精彩，但也是尽心尽力。丰曲村也做了答谢表演，更让张步亨等几个民工没想到的是房东的女儿何爱英的一段襄垣秧歌，让他们的嘴巴张得好大。拌弦的是老艺人刘焕，刘焕的二簧余音袅袅，没想到何爱英的嗓子更是清亮脱俗。她一开口，高亢激越的襄垣秧歌便从喉咙里倾泻而出，声线清纯透亮，唱腔婉转悠扬，恰似百灵鸟挣脱樊笼，在碧空尽情翱翔。谁能想到，这偏僻深山里竟藏着这般天籁之音！

> 手挽筐筐过山岗，
> 漫山坡野花开风送清香。
> 刘家岐好景色山清水亮，
> 于小芹身在家心在前方。
> ——
> 高山头白云彩随风飘荡，
> 天边上山雀儿展翅飞翔。
> 小芹我恨不得长上翅膀，
> 一展翅飞到了二黑身旁。
> 我与他带去了乡亲希望，
> 我与他带去了姑娘心肠。

这《小二黑结婚》的襄垣秧歌唱腔，从何爱英的嗓子里流出来，真是韵味婉转，余音袅袅，直让一帮怀春的小伙儿心儿痒痒。

丰曲切崖近一年，西仵公社不仅收获了一段渠岸的胜利竣工，而且修渠的民工还收获了三份爱情。有三位丰曲的姑娘与三位西仵公社的小伙子喜结连理，其中就有张步亨房东的女儿何爱英。

46

完成丰曲切崖工程后，西仵公社的民工又转战到白水沰，驻地在杨家庄。白水沰位于黎襄交界处，一股清澈的小溪从山上的岩层里汩汩流了出来，经过一段平静的小水沟，就在一个陡崖上一泻而下，形成一个小瀑布。小瀑布的水下流十多米就是漳河。水流在上面的水沟里，有好多的小鱼小虾，它们那几乎半透明的身段在水里自由自在地游着，灵动极了。沿着水流再往下看，小瀑布的后面有个石洞，小瀑布从洞口泻了下来，形成了一面透明的水帘。虽然景致不大，却也非常雅致。从杨家庄驻地到白水汕工地，西仵的民工们每天上下工都要路过这里，白水汕的美景让他们心旷神怡。有一天，他们下工路过时，突然，从那水帘后面冲出一只通体羽毛乌黑的小鸟，体型像极了小燕子，却又不是小燕子。这是只什么鸟，谁都叫不出名字。同行者有人说："说不定它在那瀑布后面的水帘洞里住着呢，咱们何不进去瞅瞅呢？"于是，几个手脚勤快的年轻人就捷足先登，不管不顾瀑布打湿了衣服，冲进了瀑布后面的小洞里。果不其然，里面有个鸟窝，鸟窝里孵着的一窝小鸟羽翼已经丰满，能够出窝了。这几个好奇的年轻人就捉了一只小鸟，想拿回去喂养。可拿回去后，这小鸟不管喂它什么食物都不吃。大家担心把它给饿死了，就决定还是把它送回白水汕的小水帘洞吧。于是，几个年轻人相跟着一起到白水汕送小鸟。几个人沿着河边走着，当快走到小瀑布那儿时，那小鸟忽然从他们的手里挣脱出来，一下子钻进漳河的水里去了。只见那小鸟在水里逆流往上游去，游了好远好远，才从水里钻出来，抖了抖翅膀上的水，就飞进了瀑布后面的小洞里。这瞬间的情景，让几个年轻人大开眼界。这只奇异的小鸟，一时成为他们津津有味的谈资。可是，现实里严酷的施工场景，让他们很快淡忘了那只美丽的小鸟。

白水汕之上，有一段悬崖，渠线要从这里经过。这段悬崖，原计划和之前的丰曲工地一样，是从上往下切的，可它实在是太高了，而且这儿的山岩是一块整体的石灰岩，非常坚硬。渠上派到营里的是个老技术员，叫王太义，他之前修过大漳北渠。他经过详细的踏勘，也觉得这么大工程，要从上面几十米高的崖头切下来，误工太多了。他缜密思考，并和连队几经磋商后，大胆决定采用在半山腰往里掏槽的方法，这样可以省掉好多工序和时间，而且还能节省好多诸如炸药等材料。

这是一种全新的施工方法，施工的难度增加了许多。悬崖峭壁上人不能站立，怎么操作呢？王太义就找了两个胆大的年轻人，用一条长而粗的绳子拴在他们腰间，从崖头上面把他们吊下去，让他们在半山崖上用钢钎在崖面上平打炮眼，一点一点地掏挖，然后再爆破。这样经过一段时间"蚂蚁啃骨头"性质的单兵作战，硬是在直立的崖面上开凿出一个凹进去的槽道。这样才能逐渐增加人手，吊运到狭窄的槽道里，碰头碰脑地干活。随着工程的进展，槽道越来越大，爆破出来的石碴在山崖的下面越堆越高，基本与槽道持平，大批的民工可以从下面的石碴上攀爬着上到槽道里干活儿，这就省去了从崖头往下吊来吊去的危险和不便，工程的进度也自然加快了。

困难总是无所不在的，这不，施工进程又遇到了颇为棘手的难题。既不是岩石，也不是土层，而是一段全由黄豆大小的小圆石形成的砂岩层，让他们的施工一时难以适应。用打钢钎的方法实施爆破，失败了，只能采用人工掘进的笨办法。可镢头刨下去，也只能刨个白印儿，实在是刨不了多少东西。那些小石头颜色黄黄的，圆滑圆滑地泛着光亮，在民工的眼前挑逗着，让施工者急不得又惹不起，只能耐下心来，一点儿一点儿地，用耐力和耐心慢慢地把这些"撒豆成兵"的拦路"妖孽"一一清除。

47

西井公社的工地在圪岔街村前的老鳖嘴上，是百公里渠道建设的艰巨工程之一。圪岔街位于西浊漳河北岸的山岭上，有一首民谣说：

> 圪岔街，没有街，
> 二岭夹着一沟坡。
> 瓜皮岭，老鳖嘴，
> 挡住贼风拦住河。

浊漳河水在圪岔街上游是东西流向，到了瓜皮岭下和老鳖嘴，整个山势从上到下如一块巨石拦腰阻挡，迫使河水拐向成南北流向，这就给河对岸的强计村留出了一片滩地，也挡住了圪岔街的水土不再受河水的冲刷。站在圪岔街，只听得见漳河的水流声，却看不到河流的身影。圪岔街特有的地形地貌，自然形成了山区小气候，很少有严寒狂风，春种夏收，这里旱涝保收，确实是一块风水宝地，而这块风水宝地的形成，拜背靠的瓜皮岭所赐，老鳖嘴是瓜皮岭的地标。如今，修渠要动瓜皮岭的土，要斩断老鳖嘴，这还了得。当地村民是有抵触情绪的。就是撇开这个因素不说，这老鳖嘴的地质条件也够让人头疼发怵了。站在瓜皮岭下的漳河岸边，抬头只见石崖看不到山的全貌，几十丈高的峭壁高悬，宛如刀切，要从这石崖的腰里"抠"出一条大渠的渠线，何其难啊！

正因为此，指挥部才把西井民兵营放在这里。西井地处山区，山大石头多，西井人熟悉山，常年与石头打交道。而且西井人从林涉县迁居来的较多，石匠也多。西井民兵营曾获过北京军区的模范奖。这都是指挥部把这项艰巨工程交给西井的原因。

西井公社民兵营的营部设在东岭村，800多名民工分散居住在东岭村和强计大队的肖家垛、圪岔街等三个村庄。肖家垛在河之南，东岭和圪岔街在河之北。河之南河之北有一座钢丝桥，住在肖家垛的民工每天要跨越漳河，往返一趟十几里路，就是同在北岸的东岭村，离工地也有三四里之多。

西井公社的这一段，比西仵公社的险要，崖边太陡，崖外似乎还有一定的吸引力，一不小心就会有滑落深渊的危险。在此打炮眼的民工，都是战战兢兢。不是有这样一句话吗——办法总比困难多，在此施工的民工就在坡上的石头里钉进几根钢钎，用绳的一头捆住捉钎人和打锤者，绳子的另一头系住坡上的钢钎，派专人看护，这样打炮眼的一组三人身子就可以贴在悬崖上，抡开大锤专心致志地开凿炮眼了。可这石头也不是好惹的，坚硬无比的花岗岩，让他们费尽气力。不一会儿，钢钎头就被打断了，换了一根又一根，也就打出一个核桃大的坑。这还算是好的呢，还能抡锤，还能打钎，还有一丝丝的效果。个别地段，悬崖太陡，根本无法站人，让施工的民工抓耳挠腮，干瞪眼。这时，西井公社带队的杨永祥副书记向公社党委提出了组建专业队的建议。远在百里之外的公社党委书记极为重视，亲自从各村选择了一些过去下崖打过五灵脂的人组成专业队，攻坚克难。这些过去为了生计而冒险下崖打五灵脂的汉子们，英雄有了用武之地。下崖作业这方面，他们早就做过功课，个个有一身绝技。只见他们在崖头盘好大绳，绳头系在腰间，手里拿着抓钩，脖子上挂着钢钎铁锤，人从崖头往外一跳，就开始下崖。上边崖头有专门看绳和放绳子的搭档帮忙。上边放一段绳子，下崖时利用自然的回力，靠两腿蹬动掌握平衡和方向往崖里一扑，靠手里拿着的抓钩，一扑进岩石就抓住岩墙上。如果第一次落脚不合适，就两脚一蹬石墙，随着大绳往外一悠荡，直至扑到较为合适的岩墙上。就这样，靠这一群"鹰"，鹰姿飞天，飞身下崖，空中打炮眼，空中爆破，空中炮后排险，西井公社民兵营在瓜皮岭的切崖，艰难地一寸一寸向前挺进。

最后一个难题是切下老鳖头，挖通石圪廊。因这老鳖头突兀在崖前，加之当地百姓的传说：谁敢动了老鳖头，阎王殿前要人头。施工的民工心里忐忑不安，一时谁也不敢施工。营里连里的干部做了几次工作，民工们嘴上应承，实际行动上还是左顾右盼磨磨蹭蹭。不消除大家心里的障碍，这活儿就难以进行下去。杨永祥就把营干连干召集在一起开会，要求营干连干带头站上老鳖头，做出样子给大家看。十几个营干连干组成的"先头兵"走向了老鳖头，开始在老鳖的"脖子"上铲除和挖出表层的荆棘和杂草。干部们带头在老鳖头上动土干活，安然无恙，消散了民工内心的惶恐，第二天他们也就跟着上了老鳖头。

在老鳖头上打出了第一个炮眼，点炮时，平时胆大的炮手们，此时都低着头，谁也不敢应承去放这第一炮。这时，负责工程的退伍军人蒋华站了出来："我去。"他在大家的目光注视下，一步一步地走向炮位，挺直的身板，没有一丝战栗。

一声炮响，土石犹如天女散花般地在老鳖头上激扬，人们心中的疑虑也随之飞跑。之后的几天里，在石层上连放十几炮，安安稳稳，平平安安，大家的心才平静下来。

48

盛夏的太阳炙烤着大地，高山峡谷里，锤声、钢钎声之后的阵阵爆炸声，更是让这个夏天火热火热的。汗水把褂子单衣紧紧黏贴着肉体，有的就干脆光了膀子，汗水顺着脸颊、前胸流成了一条条小河。偶尔抬头，看一眼悬崖下面流淌着的漳水，真想跳下去痛痛快快地洗个澡，但是不能啊，这手里的活儿赶得紧呐。

汗水滴落在脚边的石末或者尘土里，发出微微的嗞嗞声，有袅袅的热气轻轻飘起。

夏天的天，小孩的脸，老天阴晴不定，突如其来的一场瓢泼大雨，把在荒山野地里劳作的民工，淋得像落汤鸡一般。这还不算什么。往往伴随着刮大风，雨点在这大风的肆虐下，无情地扑到脸上脖子上，偶尔，还夹带着冰雹，这可就惨了，这荒天野地的，往哪儿躲，就是有些石崖下，能容身几个人，可敢吗？劈山放炮，加之大雨侵袭，这石崖也不是保险的地方，弄不好，被石头砸进去，就要了人命，这样的事儿也不是没有发生过的。把箩筐顶在头上，钻进排车底下，不济的把铁锹当头盔用，再不济的扯一些茅草捂在头上，能抵挡一阵儿算一阵儿。好在，这些农村来的民工，皮厚实着呢，头上即使被打几个包包，他们也不在乎。雨一停，没事儿一样，就又投入紧张的劳作之中。

工地发生的情况不是可以预见的，危险无处不在。这不，炮手在点炮时，就遇到了这么一幕又一幕：

7月20日下午，打成了三个大炮眼，快要放炮了，突然乌云满天，下起了大雨。在这个关头，是放炮还是避雨？避雨就意味着放弃。放炮吧，衣服湿透了没换的；不放吧，十一公斤的炸药就要失效。放。不容迟疑，炮手一个跨步而上，俯身点炮时，只见草丛里爬出一条毒蛇，停在炮位边，吐着蛇信子，晃着脑袋，挡住了炮手的去路。炮手顺手扯了一枝荆条，左手扑打吓唬蛇，右手则用火捻子去点炮。毒蛇虽然受惊，但并未退缩，而是支棱起了身子。炮手毫不畏惧，迅疾点燃了导火索，并在蛇迟疑的瞬间，一个大跨步飞越过蛇身，向下一个炮位，依次点燃了所有大炮的导火索。

"轰隆。"

"轰隆隆。"

"轰隆隆隆。"

这是炸山的声音，响在晚霞即将消失的傍晚。这炸山的声音，回荡在沟谷里。最初的一声，闷雷似的，脚底微微一震，有点儿酥麻的味道，之后接二连三地起爆,就会感觉到大地在颤抖,大山在震荡。

收工了,走在回临时居点的路上,这是民工疲累的身子较为轻松的时刻。听着身后跟随而来的一连串震心的爆破声,他们的脚步不由得加快了许多。赶在天黑之前,要把这少则几里多则十几里的路,一步一步地走回去,走进他们简陋的栖身之所,走进他们短暂歇息的地儿。

月亮已经升起来了,月光把山川大地照得一片迷蒙。万物沉寂下来,漳河流水的声音在这万籁俱寂的夜晚更凸显响亮。

夜里蚊子的嗡嗡声,如雷震响的鼾声,全然不觉,白日的劳累,已经使这些修渠的民工疲惫不堪。一挨枕头,这身外的世界就与他们隔世而存了。

每个人都处于深度睡眠中,似乎连梦都顾不上做了。

第十六章　再战邯郸汕

49

　　邯郸陡崖鬼门关，
　　摸着白云够着天。
　　鸟儿飞过折羽翅，
　　虫儿爬越心胆战。
　　呼呼大风不停歇，
　　飞沙走石家常饭。
　　雾气蒙蒙漳河谷，
　　浪涛滚滚拍河岸。

　　可渠线必须从这座山过，这是绕不开也避不过去的。

　　西邯郸汕大陡崖是在1969年的春天复建的。

　　西邯郸汕大陡崖，在1967年开炸时，曾经发生过一次大塌方，长达130多米的渠岸，在一夜间突然轰然坍塌。1969年复工后，这一段是继续切崖还是走隧洞？张仁祥担纲总指挥后，几次在西邯郸汕大陡崖上召开"诸葛亮会"。吵也吵了，辩也辩了，最后，张总指挥一锤定音：打一个弯洞。虽然这洞也就百把多米，可打洞这活儿，三个公社的民兵营都没干过，不知深浅，没人敢应承，就决定对外承包。

　　"当时林县有个包工头叫江新为，他在林县修红旗渠打过隧洞，他说他敢接，我说敢接咱就干。开工前江新为在工地许了愿，供了一头猪才开的工。

我一开始不知道，见工人们中午吃肉，我问哪里来的猪肉？别人才说江新为杀了个猪，晚上偷偷去给山神献猪，并许下了愿，打通洞如果不出事，再献一头猪。这样定下来以后，开始测量打洞，从两边往里斜着打，就这一个洞，3米高，3.34米宽，20个民工用了三个月打通了这个弯弯的隧洞。"时任工程处处长的王江发，在我们再次采访他时，已是古稀之年，患有老年痴呆症。他坐在沙发上，口齿有些不清，可叙述起这段往事，清晰清楚，可见，西邯郸氿陡崖工程给他的记忆之深。

任双仁祖籍河北临漳县，1926年，十四岁的任双仁随父流落到黎城城内村连家巷。1966年12月开渠，他就参加了。他是战斗在西邯郸氿大陡崖上城关公社的一位普通民工。1969年春天，西邯郸氿陡崖工地复工，接受白桂英伤亡事故的教训，指挥部破例给工地的民工每人发了一个柳条帽。塌了的130米平台，钻弯洞解决，其他的还是切崖。为了排除滑石的隐患，指挥部决定成立一支队伍，专门负责下崖排除活石。这个活既危险，还得有技术；人选既要胆大，还得沉稳。任双仁所在的连队，夜里开了几次会，大家都闷着头，没人站出来应承这个活儿。第三天晚上，任双仁怀着忐忑的心情站起来了："我放过羊，下过崖，我可以试一试。"连长看任双仁站出来承担这个活儿，就让他挑几个助手，组成一个排险小组，实施高空作业。双仁就挑了南关村的张培勤。张培勤，五十多岁，老成持重，观察事物细心果断。另一个助手选定了城内村的李牛儿。李牛儿有胆有识，年富力强。

以任双仁为主的三人排险小组成立了。

他们仨背着大绳钢钎，攀到崖顶，先把三根钢钎成三角形打入石缝，作为固定桩，再把大绳在上面绕了几圈，两人看绳护绳，双仁把大绳系在腰间，开始顺着慢慢下放的大绳而下崖。当他下到二三十米时，他害怕了，往下看是波涛滚滚的漳河激流，往上看是壁立千仞的绝壁。他下意识地想到了牺牲在这个大陡崖上的白桂英。妈呀！老汉不敢往下想了。上崖吧，这张老脸往哪放？可是，干下去，摔死在这崖下，连个囫囵尸首都落不下。上，不能；下，难干。老汉在空中装模作样地舞动了几下，就招呼崖上的伙伴收绳。绳是收了，人也毫发无损地站在崖顶上。两个助手问他怎样，他硬着头皮说："还行，今天算是试了试。"可晚上老汉就辗转反侧，睡不着。这第一天过去了，明天呢？还下不下？下吧，危险，是提着脑袋往阎王殿里送；不下吧，是把脑袋深深地摁到了裤裆里。下，生死各占一半，只要小心，还真说不上能活；不下，明天早上，脑袋就得摁到裤裆里。是把脑袋掖到裤腰带上还是一下摁到裤裆里，老汉心里斗争了半宿。何况，队里在决定成立三人排险小组时，答应他们每人每天可以多吃一个谷乱。别小瞧了这一个谷乱，对饿得前胸贴后背的民工来说，这一个谷乱的诱惑力蛮大的。思来想去，最后是把脑袋掖到裤腰带上可能还能扬眉吐气的思想占了上风。想通了，老汉也就睡着了，睡稳了。

第二天，他们三人又来到崖顶。双仁把大绳往腰间一系，胆气十足地说："放！"下到一定高度，只见他两腿弯曲一蹬，一下子弹出四五米，他用手中的抓杆平衡了摇摆的身子，眼疾手快，看准一块活石，迅疾出手，一块不大的石头顺杆而落。这小小的成功让任双仁老汉喜在心窝，信心倍增。他一连撬落了十几块活石，方才上崖。

上得崖来，老汉眉飞色舞，给两个同伴讲述他的"过关斩将"。

两个同伴也觉得这事办得露脸，很有成就感。

这虽然是西邯郸陡大陡崖切崖工程施工中的一个小小的插曲，但当年，我们的父辈，就是以农民工的身份，创造了一个又一个奇迹。

愚公在传说里待着，太行山的汉子们，在现实的世界里，血脉里流淌的勇武和豪迈，一天天在这漳河河谷里，伸胳膊蹬腿地演绎着。

50

樊乃贤是以非受益区民工的身份参加修渠的。

樊乃贤是东崖底公社的一名民工，他比张步亨上渠晚了两年。

1969年的白露节将至，生产队的庄稼还没有开始收割。"三五红旗渠"民工换班的通知，从县里传达到了东崖底公社，公社下达到西头村。

公社给西头村下达的劳力指标是10名。大队派了一辆马车给本村上渠到襄垣的民工送铺盖。这马车走的是大路，路远。樊乃贤他们抄的是近路，走的是小路。从西头村出来，走一段公路，就经上下赤峪，进入铜墙铁壁般的瓮圪廊，一路爬行到黄崖洞，稍事休息，就又沿山沟往板山豁口爬行。这一路的爬行，山高路滑，甚是艰难，好在都是一些山汉，这弯而又陡的山路，空手走来还不算个难事儿。不到中午，他们就爬上了板山豁口。过豁口，就是武乡地界了。一路往下，也是山路。这条山路是武乡到黎城的一条通道，崎岖难行。武乡人担着砂锅、尿锅、尿壶、圊罐等到黎城卖了，回去时再买上一担柿子担回去。武乡和黎城，以山为界，气候有所差异。武乡那边，地势高寒，不宜种植柿树，而黎城这边，柿树成林，柿子多多。每年的秋后霜降节前后，正是柿子成熟的季节，也是武乡人下黎城走动最多的时候。一趟小买卖，拼的是脚力，往来负重，苦不堪言。

下得山来，是武乡县窑湾公社的左会村，时已中午，这一帮人就在左会村休息并吃干粮。同行里年龄较大的段富生在这左会村有熟人，熟人又给拦了一辆往武乡县城开的大卡车。顺路能把他们捎到北漳。虽然脏兮兮的，可也让他们喜出望外。汽车顺着山沟颠簸摇晃，一个多小时就到了上北漳。从这里，要一路步行往襄垣方向走。过下北漳，顺河滩而行至南漳村，夜幕降临才走到西营。在西营没做停留，过磁窑头、洞沟、东背，才兜兜转转到了乐妥。

这已是夜深人静的时分。他们的到来，自然引起一阵狗吠。

早期到来的干部安排他们住下。啃着自带的干粮，喝了一碗开水。一整天的赶路，已经让他们筋疲力尽，很快就进入了梦乡。

乐妥村不大，只有几十户人家，分住在两个自然庄里。樊乃贤入住的这个自然庄稍大一些。村里都是依山而建的土窑洞。樊乃贤借住在村下面的一个院子里，一排三孔窑洞，修渠的借用了两孔，樊乃贤和几个民工住的是西窑，中间是工团的保管室。二工团各个公社连队所需的钢钎、大锤、雷管、炸药、导火索、排车、抬筐、抬杠等，都在这里领用。

樊乃贤所在连队的工地，在西邯郸辿陡崖的东面，工地离乐妥村大约有六七里地。民工们每天天不明就起床开饭，吃了饭就紧赶着去工地，都要从驻地爬坡上岭，搭石过河，来往一趟十四五里路，往来也很艰辛，所以，早晚饭一般在驻地吃，中午由灶房往工地送饭。

西头、清泉、赵姑三村组成的这个连队，工地是在西邯郸辿大陡崖的尾巴上，他们的工程主要是在半山坡上开渠线、挖渠道。这一开一挖，虽然不像在陡崖上施工危险艰难，却也不容易。开渠线，就是在斜坡上开辟出一道宽六米的平台，用镢头铁镐把山坡上的石头乱蛋荆棘杂草土层刨开，用锨或者手，把土石等混合而成的渣石碴土搞到手推车里，用手推车把渣石运到平台边。三个人一辆车，车头朝外，一人驾辕，两人推拉，到平台边往外猛地一送，渣土渣石顺势而下，"哗啦啦"的一阵声响，渣土渣石倒得干净，山坡上尘土飞扬，渣石乱滚。

平台开好，平整渠口，就开始开挖渠壕。整个干渠设计呈U形，从上往下挖，越挖越难。越往下挖石头越多。挖渠壕挖出的石头，就沿挖好的渠壕摞起来，等浆砌渠墙、铺砌渠底时用。

渠深约三米，开挖时，要留有车道，车道斜盘而上，以供出渣。待挖出一段渠底时，再慢慢地一段一段地切掉车道，渠壕便一段一段地向前延伸。渠壕越往下挖，壕坑越深，出渣就越困难。起初，渣石碴土还可以用铁锨往外扔，一般是三个人为一个作业小组：一个人在前面用镢头钢钎刨，两个人在后面往渠墙外扔渣土渣石。挖到一米五深时，就不能用铁锨扔了，这就得用抬筐或者箩头往外担运，手推车这时也能派上用场了。一镢一镢，一镐一镐，一锨一锨，一担一担，一筐一筐，一车一车。

三个月的时间，说快也快。农历十月二十六日，是樊乃贤这一班民工三个月一换班的时间。时节已进入大雪，天气已变得非常冷。这时的襄垣、武乡都下了一场大雪。他们在乐妥这仨月，已完成挖渠线的阶段性工作任务，只等来年开春浆砌了。把工具和铺盖放在大队来接应的车辆上，走大路拉回。大多数沿大路返家，樊乃贤却和清泉村的四个民工同行，想抄小路快点儿回家。这一路下来很危险，现在想起来真是后怕。

这天，他们五个人起了个大早，月光还清冷地洒满大地，他们借着月光，从乐妥爬坡上岭顺小路下去，过了一座桥往北走到石坡村。这时，天开始发亮。爬上一个大坡是长板岭，向北再走到郭家垴、青草岐、马鞍山，一直往北经南脑洼、港北、圪流，吃早饭的时候，他们走到了武乡县的东堡村。清早天冷，沿途的玉米秆上挂满了白生生的一层霜。武乡地势高，又是已近数九寒天，早晨更是贼冷。一路走来，他们也是冻得够呛，就进了路边的一家供销社想暖和暖和再赶路。

他们在东堡供销社暖和了一下身子，就又开始上路了。这时，太阳已经从云里钻出来，升到了半空，阳光照耀着，有了暖和气。经斗底、烟里两村，顺着一条红土沟上了砖壁村。这砖壁村，有名得很。它地势险要，三面是红土深沟，土崖高悬，东面是临坡靠山。八路军总部选择这里作为前方总指挥部，是有着考究的。

出砖壁村，走向东山坡，沿一条小路往一个叫南峧的村子走。在南峧，他和清泉村的民工分头走。清泉村的四个民工从仵仵山下去，走上、下黄堂村、南委泉村，再顺沟而下，到源泉村、源庄村、河南村、五十亩村，出石壁底村，出黎城界，进入河北涉县的茅岭底村，翻过一座名曰小南岭的山，就到了涉县的郭家村，在这里，过清漳河，就到了清泉村。

各位，我在这里喋喋不休地向你叙说几个民工的回家路程，虽然是闲笔，却也颇有用意。樊乃贤的经历绝不是个例，而是一个缩影。在襄垣修渠，数以万计的民工，他们都有这样的经历。就这三个月的一来一去，一步一步也是这么艰难艰险。

在南峧村和清泉村的民工分手后，樊乃贤孤身一人继续往北走。他要穿过五指沟，下到和尚坟，路过洗耳河村边，沿谷堆坪村牛乱村出沟，经彭庄村，过西井村、岭头村，才能进入东崖底地面。他爬山路，进入了林间小路。因前几天下了一场大雪，雪把林间的小路也覆盖住了，他只能试探着约莫着往前走。这哪能不走错路？半晚夕（方言：下午四点钟左右）的时刻，他走到一处齐红崖下，不禁惊出了一身冷汗：这不是板山南侧吗？四下全是悬崖峭壁，无路可走。板山崖高，山高风大，冷风一波一波地卷着雪粒，掠崖而过。崖边上长的树木也随风发出"吱吱"的尖叫。毛骨悚然，心里真是恐惧着急害怕发慌。天黑前，如果下不了山，黑夜里零下20多摄氏度的气温，有可能把他冻死在山上。何况，这是走在偌大的原始森林里，林子里有狼、豹子、野猪，对他的生命构成了现实的威胁。心里越想越紧张。慌不择路，他只好手忙脚乱地顺着山坡往下走。走的不是路，风吹得坡雪有半腿深，走一走，跌一跌，深一脚，浅一脚。雪地上可以看见野狼、野猪、狐狸、野兔走过的蹄印，他的心更是提到了嗓子眼上。他用力折断一棵小树挂着，一是当作拐棍使用,二是准备了一件自卫的武器。连滚带爬,真是幸运,下到半山坡,总算找到了一条山路。尽管这条山路也被雪遮盖了,但山里长大的樊乃贤一眼就辨别出了这是他的救命"路条"。他大喜过望,顺着这条山路,走出了五指沟,来到了和尚坟。这里早年有一座寺庙,后被损毁,只剩一座石塔,孤零零地矗立在荒山郊野。这里是洗耳河村的一个自然庄,原来住有几户人家,现在已无人居住,但石头垒的房子还在,院里院外都长满了杂草。他只是下意识地看了看那些破败的石头房,就急急往洗耳河方向走去。此时,太阳落山了。过洗耳河谷堆坪牛乱,赶黑到了彭庄村外,他那紧张的心才稍稍平静下来。他知道,已经到了人烟多的地方,过栗家窑村到后寨大队,爬坡上到沙岭村,转过一个山头,下沟就是东崖底公社的南山大队,沿着乡村小路往北下坡就是下赤峪村,过了下赤峪河滩,拐过山坡下的小路到上河村,再走三五里路,樊乃贤就回到了他的亲窝窝——西头村。回到西头村,天一片漆黑。他虽已疲惫不堪,但想到已经走到家门前,望着那煤油灯透出的一片光亮,心里一热,加快了脚步。

他终于回到了家。

这是他第一次上渠时的一段回放。之后的几年里,他和村里的男女劳力一次又一次地接受派工,一次又一次地走上修渠工地。

51

杨其廷是柏峪公社民兵营的一名民兵,在修渠的队伍里,他可是大名鼎鼎。他的大名,是累死累活地干活干出来的。

说杨其廷是个传奇,并不为奇;说杨其廷是个传说,也不为过。

在采访的过程中,从不止一个人的口里不止一次听到杨其廷这个名字。用"如雷贯耳"来形容对这个名字的感觉,一点儿也不为过。杨其廷是我非常想见到的一位采访对象。

寻找英雄杨其廷,颇费几番周折,也是只闻其名,未见其人。直到今天,我们对他现在是死是活,一无所知。我们只能在现存档案里的一些总结资料里,从人们的一些只言片语里,一点一滴地寻找他的影踪。我也知道,这仅仅是杨其廷修渠生涯的一鳞半爪，可是，实在没有办法。不过，也许有一天，他会出现在我们面前，静静地给我们讲述他的故事。也许，这种可能永远不会出现了，他已经长眠在一个不为我们所知的地方。英雄寂寥，只愿清风带去我们对他的哀思，只愿我这本书能为杨其廷做点儿什么。其实，我也知道，有时，书生的力量是有限的，文字的传播也是苍白的，但是，我们对英雄的膜拜是虔诚的。

杨其廷身上闪烁着一个普通民工的光辉。

在目前仅有的资料里，我知晓杨其廷来自柏峪民兵营，祖籍河北涉县。从1966年12月来到渠上，就没有换过班，而且，他经历了许多个工种，在每一个岗位上，都十分出色出彩。

初到工地时，领导决定让他到伙房当炊事员。一个十八九岁的年轻小伙，在家里都很少做饭，而且一下子要去做上百人就餐的大锅饭，这是他没有想过的事。但既然领导安排，他就二话没说，进了灶房。工地的灶房，因陋就简，既要自己搭锅垒灶，还要担水搂柴、拉煤买粮。担水要下到三里多远的坡下漳河边，粮食要到离工地三十里路的下良粮站去拉运。一日三餐要保证，时间上的把握就显得仓促了。开始，营部的领队怕炊事班实在忙不过来，就临时派了六个人来帮他们运煤买粮。其廷就和两位炊事员商量："工地开山任务重，炊事班用了工地上的劳力，就减弱了开山的力量。"他们谢绝了领导的好意，三个人自己连夜来回跑四十里的山路去煤矿拉煤，瞅大家上工的间隙架着一辆小排车，赶在中午之前把粮食从三十里开外的粮站运回来。这一路上，他们是分分秒秒都不敢耽搁，几乎是一路小跑，满身是汗，却没有误过民工们一次按时开饭。

其廷人长得虽然不高大，但到哪里都是一块好钢。好钢要用在刀刃上。杨其廷所在的连队任务也是凿石开渠。

他听说工地上开崖危险，没人敢下崖，就主动提出到工地一线去。这下崖排险、打炮眼放炮的活儿，他一干就是三年。而且，兄弟连队有了急难险重的任务，只要喊他，他就一马当先，毫不含糊。一次，工地上一个突出来20米的大石嘴，连续几天都没有攻克，一连的连长找到二连，提出想让其廷带几个人去帮助帮助。这帮助帮助的话说着轻巧，其实是玩命的活儿。连长有些犹豫，怕出个三长两短，自己不好交代。一旁站着的其廷说话了："连长，就让我去吧。"其廷主动应允，连长也就顺势点了点头。杨其廷带着郎苏北、刘娇娥等六个民工来到了一连的工地。他们组织了两盘钢钎，顺着崖根搭起一个15米多高的梯架，站在梯架上，侧身擂锤，用两天时间打成了四个5米多深的炮眼。山崖上连连响起的炮声，炸掉了这个二十多米长的大石嘴，施工才得以继续进行。之后没几天，洪井民兵营也找到一连，点名要其廷去给"指导指导"。说是"指导"，这是托词，是他们也遇到了大难题，要杨其廷亲自下崖帮他们解决。可这次，杨其廷差点儿送了小命。他在洪井工地70米高的石崖上进行高空作业，没想到临近的东崖底民兵营在其左侧的工地突然点响了炮，震得这边的石块"突突突"直往下掉，他急中生智，本能地往外一荡，又往里一扑，扑在一个只能站住一只脚的崖石下面，眼见落石从他的身边飞速落下，他侥幸躲过一劫。不过，玩命的事，杨其廷可不是遇到一次两次了。有天中午，他到指挥部领麻绳，走到一个石坡的拐弯处，突然发现前面的施工队点着了炮捻。他迅速就势躲在一个小圪崖下，偶尔回头，看见他刚走过的拐弯处又走来了一个老婆子和一个小女孩。情势危急之下，他顾不得许多，猛扑出来，一只手挟住小女孩，另一只手拖着老婆婆往石圪崖下冲。崖缝小得挤不下三个人，他就斜倚着一对老少，半个身子露在外头。"轰"的一声爆炸，飞石漫天，"嗖嗖"乱响，其廷的腿被石头砸伤了，而一老一少却安然无恙。惊魂未定的老婆婆吓得浑身打战，慌忙从衣衫上撕下一块布，哆哆嗦嗦地要给其廷包扎伤口。好在没有伤筋动骨，其廷反过来安慰老人家："天快黑了，你们快赶路吧。"虽然这次没有伤到筋骨，左腿上还是被飞石砸了个"坑"状的伤口，血流不止。其廷从穿着的破衣服上撕下一块布缠住伤口，又走了十多公里的山路，到指挥部领下崖用的粗麻绳，饿着肚子摸黑回到住处已经是晚上十点多了，去灶房舀了两碗稀菜汤喝下，就倒头睡了。

每天坐着大绳下崖排险、清理滑石，成了杨其廷每日必做的"功课"。这"功课"在一般人的眼里，看着都胆战心惊，更别提身临其境了。私下里，有人问其廷："你真不怕吗？"他说："说不怕是假的，我也怕。从高崖上往下吊，心里也很紧张。头上是高崖，脚下是漳河。上怕高崖落石，下怕绳断人落。而且,最担心的是在半空里飞身扑去清除滑石。一不小心,就会和崖石相撞。"这相撞的后果是什么?听者和说者心里都一清二楚:轻者头破血流,重者命丧黄泉。"那你为甚还要干?""这活儿我不干,总得有人干。谁都不去干,这渠还能修成?"

在其廷的修渠岁月里,好像没有一件事与他无关,不该他上手去做。修完"庆九"渡槽后,连部决定把余下的一百二十九根木料泅渡运过河对岸使用。其廷不大懂水性,不宜参加这项劳动。但是,他找到连长,非要参加。连长非常喜欢这个小伙子,但又觉得这不是在陆地上,光靠胆大是不行的。他拍着胸脯说:"我是在漳河边生活的,哪年不下水?放心吧。"连长虽然将信将疑,但听他说得在理,就批准了他。他高兴的就和郎江平、尚宝和他们每人抱起一根木料跳进了漳河。

可就是这样一位水性一般的汉子,在不长的时间里,又做出了一件让人惊讶的事。还是一个下午,其廷在河曲滩用动力提水,霎时天变,倾盆大雨从天而降。他赶紧把机器零件收拾好,天近黄昏,河水已暴涨到一千多个流量,顺河冲下来的石头和树木胡乱地冲撞着岸边的机器棚,棚里的动力机械岌岌可危,有被洪流卷走的可能。杨其廷冒着生命危险,迎着狂风暴雨惊涛拍岸,用石头和绳索把机器固定好。当他挣扎着刚刚爬上河岸,还没站稳脚,机器棚就被洪水冲垮了。他摸黑和连队干部整整一晚上都没睡觉,出去看了三次,漆黑的夜里,河水满槽,波浪滔天,声声拍打着其廷的心。他担心机器的安全。第二天一早河水稍微弱了些,他就潜入水底去摸,动力机械没有被冲走,倒是双轮滑车摸不着了。他顺河往下又摸了40多米才找回来。上得岸来,他一身的疲惫,晕倒在地。

在渠上期间,其廷家里的院墙被大雨淋塌了,捎信让他回去,他没有回去;最疼爱他的祖母病危,老家涉县来电报,正逢全渠上下向"九大"献礼的当儿,一贯积极的杨其廷强忍心中的痛楚,每天还是一如既往地劳作在修渠第一线。到1969年的腊月,临近春节,他已经在渠上三年多了,一天也没离开过工地,营长杨招财就劝他说,今年回家看看父母,和全家过个年吧。人非草木孰能无情,杨其廷也不是不想回家,和老人及妻儿团聚,可他还是响应指挥部提出的"在渠上过一个革命化的春节"的号召,留在了渠上。这年的春节,杨其廷干了些什么?因为工地的箩头、抬筐、锤把损耗太大,他已打定主意趁空上山打闹。腊月二十六,民工们都陆陆续续离开了,杨其廷一个人就带着一把砍山的大斧头,闯入了深山老林。腊月三十这天,天一发亮他就带好前晚就备好的干粮——两个谷乱,扛起扁担,拿起镰刀和斧头往山上走。刚一出门就碰上了炊事员杨少荣,他拉住其廷的扁担说:"其廷,今天歇歇吧,明天就要过年啦!"其廷回过头笑笑:"反正闲着也是闲着,我今天不搭黑回来就是了。"就这样,除了大年初一上午,杨其廷没有停歇。在民工再一次上渠时,杨其廷砍下了锤把130多根,割下了荆条1 200多斤。有一段时间,杨其廷琢磨上了捻钢钎。因为他在施工过程中发现有的钢钎耐磨,一根钢钎连打好几米深的炮眼;有的不经磨,打上一两米深就得换。开始,他以为主要是石头的硬度不同所致,后来观察的结果,他觉得问题可能出在捻钢钎这个环节。因此,一下了工,他就钻进了铁匠铺,帮着铁匠师傅干活。干着活,他就细细揣摩每根钢钎的淬炼过程。一连数日的跟踪,他发现火色与钢钎的质量有关,就把绿色、黄色、红色三种火焰捻出来的钢钎标上记号,拿到工地亲自实践。结果是,绿色火苗捻的钢钎过硬,一打就断;红色火苗捻的钢钎过软,一打就钝;黄色火苗捻的钢钎最适宜。他把这个结果反馈给了铁匠师傅王守奇,如法炮制,钢钎的回炉率一下子就降下来了,工效自然提高了很多。大家给杨其廷总结了三个特点:有干劲,有钻劲,有韧劲。

还真的是,杨其廷就是有这么股子劲儿。劲儿十足的杨其廷,在渠上一干就是十年。

可就是这样一个好同志、好民工,在修完渠后,足足有几百名的民工因而"得道",也就是或进机关,或进工厂,端上了"铁饭碗",吃上了"公家饭"。而他,回到修渠前的出发地后,就杳无音信。为了寻找杨其廷,我俩也下了一番功夫,但总是无果而终。他就像一个"气泡"一样,消失在滚滚红尘里。

几经寻访,我始终未见到英雄杨其廷,听说他曾经卖过老鼠药。他是怎么走向卖老鼠药这条路的,是迫于生计,还是其他,我不得而知。但是,我听说他卖的老鼠药很顶用。由此,我想起了与杨其廷曾经在同一个连队的民工给我讲过的有关杨其廷捉老鼠的故事。

那个时候，民工十几个人挤住在一孔破窑里，是最司空见惯的事了。住在这样的地方，风大，老鼠多。杨其廷就是做啥事都爱动脑筋，白天在外干活他琢磨劳动的事，一段时间回到住处，他就和住处的老鼠"飚"上了。虽然劳累了一天，大家头一挨枕头就呼呼大睡了，而杨其廷却硬是按捺住入睡的强烈欲望，支棱着耳朵捕捉着屋里老鼠活动的蛛丝马迹。开始，他对老鼠窸窸窣窣活动的轨迹和规律难以辨别清楚。但啥事都怕遇上有心人。经过几个黑夜的观察，他似乎摸到了一点儿规律。他开始出手了。虽然第一次出手惊动了熟睡的室友，但一只大老鼠还是被他手到擒拿了。第一次捕捉到老鼠的喜悦还没好好体验，没防住，被捕获的大老鼠不甘心束手就擒，慌乱中用尖利的牙齿，狠狠地咬了其廷的手一口，其廷下意识地手一松，老鼠就趁机从他的手里逃脱了。老鼠侥幸脱险了，其廷的手背上却留下了几个血口子。他忍住疼痛，从窑墙根摸了一把土，按住血口子，悄悄钻进了被窝。之后的几夜里，杨其廷捉老鼠之心不死，他改变了策略。白天抽空做了几个鼠夹，夜晚，等室友熟睡了，他就悄悄地把鼠夹放在老鼠必经的路上。因为他的精准观察，一般是十拿九稳，漏网之鼠很少。最多的一天晚上他捉了11只老鼠。捉到老鼠，他就在第二天，捡些柴火，把打到的老鼠烤来吃。一开始，人们还不敢吃老鼠肉，觉得晦气。可是，老鼠肉的香味实在是有点儿诱人，人们接过其廷烤好的老鼠，嘿，你别说，还真是一道美味。

我想，后来的其廷，干上了卖老鼠药这个营生，可能与他在渠上捉老鼠有关吧。

第十七章　铁炉"叮叮当"

52

王守奇是柏峪公社的一个铁匠,卖了自家养的一头"壳郎猪",买了一个大风箱,背着风箱来到襄垣,在战地支起铁匠炉子,为民工打制钢钎,修理工具。

遇见石匠王守奇是个偶然。

这和寻找杨其廷有着直接关系。我俩从他人处得到一条信息,杨其廷有可能从西柏峪搬到幸福庄村了。

在一个周日的下午,我俩驱车到幸福庄,进村后,在一个三岔路口打问杨其廷这个人。敲门询问了好几户人家,得到的均是否定的答案,让我们不免有些失望。站在一条街巷陷入了迷茫,这时,一户人家的大门在距离我们站立之处十多米的地方打开了,一位个头不高的老人走了出来。我们抱着试试看的态度,上前打听杨其廷这个人。老人怔了怔,若有所思地说:知道这个人,但他肯定没有搬来幸福庄。继而疑惑地问我俩:"你们找他做什么?"也正是这随口一问,给我们的采访打开了另一扇窗户。我们就把寻找杨其廷的意图简要地给眼前的这位老人讲了。老人接着话茬说:"我也在渠上修过好几年,我是个铁匠。"黎城像他这个年龄的,修过渠的不足为奇,但他后半句"我是个铁匠"的话,却让我俩眼前一亮。

"敢问您老怎么称呼?"

"我叫王守奇。"

啊,铁匠王守奇,也是大名鼎鼎的,没想到在这里遇到他,这还真是

"踏破铁鞋无觅处,得来全不费工夫。"顿时让我俩有"柳暗花明又一村"之感。

心里好高兴。我们跟着王守奇老人走进了他的院落。这是一座典型的黎城民居,迎面坐西朝东是三孔窑洞,南北两座瓦房,东面是一处厦屋。

我们和老人在中间的那孔窑洞里坐下,话题自然而然就是修渠。老人陷入了沉思,思绪又回到了那个激情燃烧的岁月。

老人老家是河南林州姚村乡坟头村。幼年丧父,母亲领着他和妹妹走东家串西家要饭。十多岁后,一直是给人放羊。不赚钱,一日三餐管吃,管吃不管饱。后来,母亲嫁到潞城南马村,兄妹俩也就跟着母亲来到黎城。到黎城还是给人放羊。放羊放到十八岁,一个偶然的机会,跟着一个铁匠学徒。学徒出师,恰好国家建设在农村招工,他因有铁匠的手艺,进了河北涉县的一家工厂做了工人。"六二压"的时候,他又回到了南马村。这时的他,已经结婚,也有了自己的孩子。老婆孩子和他妈住在一个小窑洞里,生活甚是困难。南马村林州移民多,铁匠也有好几个,他就动了迁移的心思。他听说隔河对岸的靳曲村没有铁匠,就在一个下午到靳曲村找到支书,当面言说了他想迁移到靳曲村的想法。在以生产大队为基本生产单位的村落,一个村没有铁匠,农具的制造和修理有诸多不便。一个铁匠上门,这是件好事。支书满口答应了他的请求,很快,他就带着妻儿落户到了靳曲村,在靳曲村支起了一个铁匠铺。乡村对匠人还是重视的,每天给他记12分工。渐渐地,他就在靳曲村扎下了根。

修渠的任务落实到了各公社,各公社就按照县里的要求,组建队伍。县上的通知明确要求,工具要自带、自修、自用。工具不外乎是铁锨、镢头、钢钎、铁锤等,这些工具的特性决定了每个公社必须随队配备一个铁匠。随队铁匠的差事就落到了王守奇的头上。接到大队的通知,王守奇作难了。因何作难?因为一台风箱。他现在铁匠铺使用着的是一台旧风箱,破旧不堪,放在村里,捏格(方言:凑合的意思)着用,这要往渠上,就不能捏格了。让村里给配备?更没这一说。可是,买个新风箱是一笔不小的花费。家里没有这笔余款。怎么办?王守奇蹲在屋檐下发愁,媳妇拎着一桶猪食要去喂猪。他的脑门一闪:"卖猪?"他站起身,跟着媳妇走到院门外的猪圈边,媳妇并没意识到后面还跟了个大活人，还照往常打开圈门，低头侧身把猪食倒进食槽，就"唠唠唠、唠唠唠"地吆喝着猪圈里养的猪来吃食。猪圈里的猪早已等不得这一声，一扫刚才的萎靡不振，迅速站起，扑向了食槽。食槽里响起了猪吃食时的"吞吞"声，媳妇这才站起身，不经意地往后一看，吃了一惊，不知什么时候，一个大活人就站在了她的身后。

"你个死鬼，吓我一跳。你怎么也跟来了？"

王守奇不言不语，没有回答媳妇的问话，而是眼珠子直直地盯着正在专心吃食的猪。

这是一头"壳郎猪"，壳郎猪就是指半大的猪。外壳形体已经基本长就，再加以长膘，这一头猪就可出栏了。如果说，农家养一头成猪需要一年多的时间，那么一头小猪长成壳郎猪，至少需要8个月的时间。这8个多月，主要是用猪菜（野菜）养。人吃粮食还困窘，哪有粮食喂猪。可是，到了养猪膘的后几个月，猪菜里就要佐以细糠、些许玉米，为的是让这猪在最后的冲刺时期，有一身的厚膘，这才是成猪，才能出栏出售。这一头猪，是全家的油盐酱醋，是全家的穿衣戴帽。

卖猪买风箱？铁匠王守奇还真是在媳妇面前张不开嘴。

可这风箱不买，上渠的铁匠铺就要瞎火。

风箱非买不可！买风箱成了王守奇的一块心病。

拿家里的这头壳郎猪换风箱，王守奇又难以开口。

你说这不是难为人吗？

真难为！

眼看着起身报到渠上的日子一天天地迫近，王守奇的眉头皱得紧紧的，眼神无光，唉声叹气。其实，媳妇已从村里街坊的闲谈和当家的反常行为里，窥测到了当家的思想和动机。媳妇也是放羊出身，苦日子也过了不是三年两年了。当家的想卖猪买风箱，她不会反对，可这猪是她凑空一把一把地从田野上剜的猪菜，一趟一趟地喂食，好不容易才让一头小猪仔长成了个样子，再养几个月，就能卖100多块钱了。这100多块钱的进项，对支撑这个家有多大的作用啊！是里外穿戴，是日常花销，是全家过年的欢喜，是人情往来的体面。

可真要卖猪买风箱，媳妇也还真是心有不舍啊！

不舍归不舍，当家的决定了，咱也不能让他为难。你要说一个妇女要有多高的思想觉悟，舍小家顾大家，公而忘私，还真不是。她就是一种朴素的想法，夫唱妇随，听当家的，当家说怎么办，就怎么办。当家的思想也不复杂：村里让咱以铁匠的身份出工，大家都是自带工具，咱铁匠的工具里，风箱是不可或缺的。解决风箱问题，是咱自己的事儿。

没办法了，只有卖猪买风箱。王守奇在临起身报到渠上的最后两天，狠狠地下了这个决心。

一头壳郎猪，卖了50多块钱。

花了50块钱，买了一台新风箱。

王守奇背着用自家养的一头壳郎猪换来的新风箱，来到了渠上。

在白水汕附近的荒地上，一孔废弃的破窑洞里，他支起铁匠炉子，拉响风箱，建起了柏峪公社的战时铁匠铺。

铁匠铺的主要工作是打钢钎。当时，王守奇虽然年轻，但善于琢磨，练就了一手绝活。就是把几根短钢钎接成一根长长的钢钎。工地上打深眼，放大炮就必须用两三米长的钢钎，这种钢钎买不到，又急需用，王守奇就派上了大用场："那个东西不好弄。火大了就烧焦了，火小了，黏不到一起，这火候的把握，很重要。"王守奇的一技之长在施工现场得到了凸显。临近的程家山龙王庙公社也上门请王守奇予以援手。人来人往的，这个小小的铁匠铺很红火。

一个三人的铁匠铺，王守奇是师傅，带着两个徒弟，忙得不可开交，累得眼晕脑胀。体力的过度透支，让王守奇和他的两个徒弟头晕眼花。龙王庙的带队领导就提出，每天多给他们这个铁匠铺三个玉米面谷乱。这样，王守奇和他的两个徒弟，每天中午就能比别人多吃一个玉米面谷乱。别小看这多吃的一个谷乱，可是对饥肠辘辘的人来说，起到了莫大的作用。

这个铁匠铺，也引起了指挥部的注意。有一天，他的铁匠铺走进了几个人，其中一个叫李方圆的手里拿着一张喜报和一朵纸做的大红花，喜报上面的内容是对这个铁匠铺的夸赞，大红花不言而喻，是送给王守奇和他的铁匠铺的。

李方圆副总指挥亲自给一个小小的铁匠铺以嘉奖，这是一份荣耀，也因此足见这个小小铁匠铺的不凡和它在工地上的分量。

戴起大红花，不识字的王守奇拿着这张喜报，激动了好久。

随同他一起来到工地，那只用一口壳郎猪换来的新风箱，也在旁边作了见证。

这之后，那只风箱"呼嗒呼嗒"扇动得更响了，炉火燃得更旺了。

这之后，王守奇的这个铁匠铺就随着修渠的队伍，又辗转到了襄垣的北涧村。

"北涧这个地方，离工地有好几里路，也高，工地在河北岸，我们住的地方在河南岸。每天上下工都要过河。河上有一座破旧的钢丝桥。人从桥上过，晃荡得很厉害。"

"后来，工地转移，又到了河曲，河曲在西邯郸汕往下强计往上。之后，还在阳坡、十字街住过。十字街在河曲大队的北岸，那里有二三十户人家，阳坡算是个大村。反正，我这个铁匠铺就是根据工地的需要而搬来搬去。"

"杨其廷和我是一个工团的，我们认识是在他下深沟的那段时间。"

"下深沟，就是下陡崖。要从陡崖上切出平台。陡崖上打钢钎，搞爆破。爆破后，还要清除那些活石头，飞身下崖清除那些活石头，必须随身携带抓钩。杨其廷他们就是用我的抓钩，下崖去清除活石头的。那个抓钩有直伸的，是用于捅活石头的，也有弯的，是用来钩活石头的。这直的和弯的抓钩，要面对大小不等、情况不一的活石头，下崖人最有发言权。我们就是根据他们的要求，经常调整尺寸长度和钩件。有直钩有弯钩，有长钩有短钩，有一头钩两头钩三头钩多头钩，反正是多得不知道打了多少。在下崖的民工里，杨其廷是来我这个铁匠铺次数最多的，他提出的抓钩改进要求也是最多的。"

"我和杨其廷都是渠上推出的首批'学毛著尖子'。杨其廷在渠上很出名，是修渠民工的标杆。可惜，这个在渠上受活了多年的人，渠修成后，就再也没见过。修渠的好多民工公家都安排了工作，像水泥厂、预制厂、修配厂的都转正了。"

老人说到这里，仰起脸，看着窑顶，很久没有出声。

从老人的窑洞里走出来，老人把我们领进了对面的东厦屋。老人全套的铁匠工具还在，那只风箱就吊在房梁上。

面对这些跟着老人征山战水的"老物件"，我们怎能不肃然起敬！

53

崔月喜父子是西井公社彭庄村的民工，和王守奇一样，也是渠上的一名工地铁匠。

叮叮当，
叮叮当，
老子叮叮儿子当，
忙煞月喜父子俩。

当当当，
叮叮叮，
钢钎锤钻炮声响，
开山浆砌人人忙。

这是彭庄村一位民工给月喜父子的小烘炉编的一首打油诗。

这铁匠小烘炉，是每个工地的标配。在襄垣施工，钢钎用量大，磨损得很厉害，不是钢钎的尖头折了，就是尖头的刃口磨得钝了。损坏的急需修理，否则，工程进度就会受到影响。折了角的钢钎要放在烘炉里烧红后，师傅用火钳把钢件夹到砧板上，用小锤叮叮敲打两下，徒弟抡起大锤当地一声打了一下，连续几次，热度已经不够，就得再入火烘烘，再拿出来，经师傅小锤和徒弟大锤的反复锻打，直至完成一个合格的新钎头，然后用锉子将钎头刃口打磨锋利。钝了的钢钎也是经烘炉过火，打磨后再次淬火，以加强它的硬度和耐磨度。

西井公社的烘炉因陋就简，临时建在工地岭上的一块地堰下，依堰头挖了个小窑头，外面搭了个棚子，这样既能挡太阳的暴晒，又能挡风吹雨淋，更能遮挡工地放炮万一飞来的小石头和小石片。

月喜父子俩是村里有名的铁匠。修渠开始后，他们就和王守奇一样，随工队一起来到襄垣，落脚圪岔街，安身瓜皮岭。父子俩每天一上工，月喜就把炉火点着，与工地上的抡锤声一起，月喜的铁匠铺也传出了叮当声。这烘炉的活儿，冬天还好，夏天就够受的了。你想，酷热难耐的夏日，加上熊熊燃烧的烘炉，近在咫尺的高温锻件，这份罪不是一般人能承受得了的。月喜父子俩这时光着上身，汗从头发上脸上流出，一道道，一股股，煤灰飞扬，火星飞溅，搭在脖子上的脏兮兮的白毛巾湿漉漉的。由于各个连队送来的破损工具多，月喜父子一天不得闲。工地的民工收工了，但他们的烘炉还不能熄火，还要持续地忙碌。

杨贵荣那时也在渠上，协助西井公社副书记杨永祥带队。据他回忆讲了这么两段月喜父子的铁匠铺的故事。

一次，我和随队的贾医生从工地来到烘炉，医生问："月喜爸，你的病怎么样了？你应该休息休息啊！"正在烘炉边忙活着的月喜爸，边用小锤敲打着锻件，边回话："上午活儿多，在家休息我也坐不定，还不如来这里干活。今天上午没有拉肚子，头也感觉轻了好多。没事，我动一动就会慢慢好了。"贾医生盯着月喜爸的脸说："我看你脸色还是不正常，中午回驻地吃饭时，我给你打个针，弄点儿药。"脸色苍白的月喜爸，一边锻打着钎头，一边应和着贾医生。在走出铁匠铺的路上，贾医生告诉杨贵荣，昨天晚上月喜爸找他说是肚痛心烦，半下午跑了五六次茅房，晚上吃的饭也吐了。我看他像是受热中暑了。本应卧床休息，可这老汉就是不听劝。贾医生摇了摇头，很是无奈。

连续几天下了连阴雨，工地停工。半上午的时候，杨贵荣忽然听到远处烘炉上隐隐约约传来叮叮当当的大小锤声。杨就冒雨跑到三连副连长河旺的住所去问。河旺告诉他："刚才雨小了点儿，月喜爷儿俩说估计中午雨要停停，昨天工地上送来的几根钢钎还没有修理，赶在中午雨停之前赶紧去修理修理。"杨贵荣说："这都快开饭了，他要误了吃饭的。"河旺说，月喜已经安顿本村住在一块的一个民工，给他捎带打上。迟吃一会儿饭，也不想耽误了修理的事儿。

月喜父子俩和工地上的农民工一样，是挣工分的，动工休息，时间都是一样的，工分都是死定额。可他们就是要抽空去好好干活。他们并没有觉得这是不应该的。好像这活要不干好，自己心里有愧。也正是有这样朴素的理念，月喜父子俩才把自己手里的活看得很重，干得特好。

其实，月喜父子和王守奇，仅仅是工地上几十个铁匠铺的缩影。有好多个像他们这样的铁匠，连名字都没有留下。

何止是一批铁匠的名字湮没在历史的烟尘里。

第十八章　浆砌这活儿

54

如果说，劈山切崖是和顽石博弈，崖高谷深，艰难程度是不言而喻的。渠线的平台开凿出来之后，就是浆砌渠道和渠墙，铺砌渠底，最主要的材料是大大小小的石头。就地取材，这就节省了好大一笔费用。试想，这么大、这么长的一条渠，如果买石头，别说买石头要用多少银两，就是光把砌渠用的石头运到这高山沟壑都难于登天。

好在太行山最不缺的是石头，但浆砌渠墙、铺砌渠底，除了石头，还要用水泥、石灰和水。就这水泥和石灰的采办和运送，以及和泥的用水，无一不是一件件大伤脑筋的事。

渠道浆砌的活儿开始了。渠道浆砌的材料包括石头、水泥、沙、石灰等建筑材料。渠墙、渠底最主要的材料是大大小小的石头。这些石头，在开山劈崖时就已经有所准备了。点炮后，民工们把爆炸现场的石块挑挑拣拣进行清理，石碴清除到崖下，能使用的石块就堆到一边。在浆砌渠墙时，把石头或抬或搬移到需要的地方。沙子呢，不是没有，但渠线在半山腰，沙子在漳河滩，挖沙不难，运沙难。至于水泥和石灰，这两种渠道建设必不可少的材料的运输问题最为棘手。更棘手的还有浆砌人才。浆砌是个技术活，这活儿有专业性，而渠上这样的匠人少之又少。

这些难题都摆在了张仁祥面前。

他白天跑渠线，晚上熬长夜。材料问题、运输问题、人才问题让他坐立不安。这些问题解决不好，直接影响修渠的成效，"奋战一年出襄垣"的目标就会落空，后续的施工安排就会搁置。

活人不能被尿憋死。艰难之际方显英雄本色。张仁祥这员老将，此时，他的魄力就显现出来了。抬石头运沙，需要抬杠、抬筐、扁担、箩头，好，制作这些工具的原材料大山里有，咱们就组织砍山队入山，组织有编织手艺的人上手编织。

抬筐箩头所用的原材料，是一种灌木，叫"荆条"。这种灌木，软而细，要在它没有长出枝杈时割下来。用它编制的抬筐和箩头，是渠线上离不开的工具。这种而今漫山遍野的灌木，已经不再引人注意，淡出了人们的视野。而在当时的"三五红旗渠"建设中，却是作用大大的。抬杠和扁担，最好用一种叫作紫树的木材来做。这种树木质坚硬度和柔韧性都属上乘。用这树做成的抬杠和扁担，在工地上很抢手。

在运输工具的问题解决之前，各连队组织民工到漳河滩里淘沙。可是这水泥和石灰，就很恼人了。一开始，工地多是劈崖填沟，水泥的用量还不大，主要是一些小型渡槽。到了1969年五六月份，一些渠段开始浆砌，这就加大了水泥的供需矛盾。要浆砌的石工，要浆砌的材料，各个连队接二连三的请求都汇总到了指挥部。指挥部开会研究，石工问题，技术问题，咱们自己培训，战线这么长，全部雇用也不现实。这点指挥部成员的思想好统一，但是材料呢？按照最初的设计，要用大同的水泥、太原的钢筋、河南的沙。河南的沙用火车运到长治，再从长治运到工地，一斤沙，运费比买沙的价钱都贵。再说水泥，渡槽等必须用高标号的水泥，浆砌可以用低标号的水泥，但也很难满足。长治地区只有两个水泥厂，一个八一水泥厂，一个漳河水泥厂，省里把"三五红旗渠"用水泥的指标下达给了长治"八一水泥厂"，这个厂子在长治市区，生产能力有限，离修渠工地有五六十公里。派上车去拉水泥，从早上等到黑夜，好不容易才能拉回一车，这一车水泥，对于几十公里的浆砌渠线来说，杯水车薪。怎么办？总指挥张仁祥又两手摸着屁股在窑洞里转开了圈。转过来转过去，他提出一个办法，用石灰代替水泥。能行吗？工程组的王江发首先站起来，否决了张总指挥的提议，理由也很充分：工程质量难以保证。一个拍着屁股要用石灰，一个挺着胸脯反对用石灰，这会就开不下去了，张仁祥气得一摔笔记本，摔门而去。王江发也是气哼哼地站在当地，老半天虎着脸一言不发。

这天晚上的指挥部成员会议不欢而散。

张仁祥和王江发两人都一夜未眠。至于这两人这一夜是怎么想的，我们现在不得而知。但有一点可以肯定的是，第二天早晨的水碾村外，有人看见他俩肩并肩走在一起，一会儿好似在争吵，一会儿好似在商量。后来回指挥部灶上吃饭时，两人都好像什么事都没有发生一样。每个人吃了两个谷乱，喝了一碗蒸水，各自叫了几个人，下工地去了。

三天后又召开了一次指挥部成员会，定下了这么几件事：一是重要的建筑如渡槽等，还是要用高标号水泥；二是重点渠岸的浆砌用长治水泥，其他渠段的浆砌可以用石灰；三是指挥部成员都要沉到下面，亲自把关，指挥部要尽快编写一个技术手册，下发到各连队，各连队必须严格遵照施工要领，把好技术关；四是浆砌用的沙子，各连队自备，可以用漳河的沙，但是，挖沙、筛沙、配沙要严格，不能以次充好，不能有丝毫大意；五是外聘两个烧石灰的好把式，从全县招一批烧过石灰的师傅，沿渠线沟谷建一批石灰窑，专门烧石灰；六是买上三十头毛驴，组建一支毛驴队，往石灰窑运煤送炭，往重点渠段送水泥和石灰。为什么要买毛驴？爬山上坡，毛驴的脚力最好。

这次指挥部成员的会议，张仁祥笑眯眯地摸着自己的圆肚子，像尊弥勒佛一般，主持着会议有序进行。

55

指挥部的"新思维"打破了僵局，激活了一潭死水，但具体落实到工程建设上，还是困难重重。

西仵公社浆砌的准备工作也在有条不紊地进行着，不但要备石料，还要备沙、备石灰。营里专门聘请了烧石灰的师傅，在工地下面选择一个比较宽敞的地方，建起一个石灰窑，开始烧石灰。浆砌用的沙子，在漳河滩上就地取材。挑选的沙子要纯净，没有杂物，更不能有石子。挖沙不难，运沙难。在漳河滩选到一处沙层相对厚实的沙窝比较容易，但把沙子运到浆砌的工地，可就要大费周章。

浆砌用的石料，可以就地取材，但运石灰、运沙、运水的活儿哪一项都不轻松。

就拿这石灰来说吧，需要的用量很大，必须自力更生，自己动手烧石灰。烧石灰的原料是石头和煤炭。石头可以就地取材，选定石场，炮手炸开一堆石头，民工们扛的扛、抬的抬，把石头运到石灰窑里垛起；煤炭各连派民工到十里二十里外的煤窑，用小平车拉回来，这都是力气活，人力成本高，好办，可这烧石灰的师傅就不容乐观了。有烧石灰师傅的连队占不到三分之一，这三分之二的石灰窑没师傅来，石头和煤炭，这驴头和马嘴对不上，也是抓瞎。指挥部对此是明了的，在石灰窑的布点上进行统筹安排，到河北涉县和河南林县请烧石灰的师傅来实地培训。可以说，在不长的时间里，一座座石灰窑平地而起，漳河河谷里烟雾缭绕。

要把这石灰从窑里搬运到渠线上，也够费劲的。渠道绕山跨沟，从河谷到渠线，并没有路，就是有条羊肠小道，也是修渠的民工一脚一脚踩出来的。

指挥部为了把烧灰用的煤炭运到灰窑上，把石灰、水泥和沙子运到渠线上，特地向县里请示，买了30头毛驴。这毛驴爬山下沟的，腿脚利索，顶了大用。不过，由于在襄垣境内的渠线有几十公里长，沟沟壑壑，靠这三十头毛驴来运输石灰、水泥、沙，是远远不够的，还得靠人的肩膀。

不过，你可别看轻了这担沙子和石灰的活儿。这活儿比起打钢钎和开石料来，还要重几分，只有年轻力壮的民工才能承担下来。

先说担石灰的活儿吧。从石灰窑把石灰装进箩头，再担到山上的工地，不是一件简单轻松的事儿。因为这一段的路程是没有路的，大家走的路，都是民工用脚踩出来的一条弯曲又陡峭的羊肠小道。这些小道由于坡度太大，若是在半路上想歇一歇是完全不可能的。因为山路陡峭，放不稳箩头。担的时间长了，肩膀痛了，想换换肩，这时你会发现，换肩也是极为困难的。路窄，没有回旋的余地，这就只能咬紧牙关，硬顶啦！这只是一个方面的困难。再者，老在石灰窑里进进出出，走来走去的，难免鞋子里就灌进了石灰。担着石灰上山，汗流浃背，汗水顺着裤腿流进了鞋里。这汗水和干石灰，立马起了反应，脚背被烫得钻心地痛，痛得就像刀子割似的。时间久了，脚上的皮被烫得又红又薄，着地就疼得难以忍受。

再说担沙子的工作。要先在漳河边上装上沙子，担着往上走。从河滩往上到大路上大概有二里地的样子，也都是没有路的。人们挑选的所谓路，就是放羊走的小路，陡峭极了，即使空手空人都不好走，何况挑着一副百十斤的重担。两边的荆棘、灌木丛生，不时地制造麻烦。走在这样的山路上，一个笼头在前，一个笼头在后，那扁担前高后低的，简直要竖起来了。大家戏谑地把这种几乎直立起来的陡坡叫作"亲嘴坡"，比喻它离嘴不远了。唉，那个难受劲简直没法说。这时候，还一点儿也不能松劲，两只手还要并用，一只手在前推着担杖（扁担）前面的钩绳，另一只手在后面拽着担杖（扁担）后面的钩绳。如果两只手前后配合不好，扁担就会从肩膀上滑脱下来。有时候，石级台阶太高了，还要拽住路旁的荆棘灌木才能迈上去。一不小心抓到了酸枣丛，满手就被扎出血。这还不算，从河滩到大路有二里多地，从大路再到山上的工地还有三里多。这段小道窄得连肩都不能换，道路崎岖，坡度陡峭；再加上天气炎热，那汗水是出了一身又一身，汗水顺着脖子、脸颊直往下淌。汗水流到眼里，涩得眼睛都睁不开，前胸、后背的衣服早已被汗水浸透，汗渍在衣服上留下了一道一道、一片一片的痕迹，像小孩尿上似的。有的年轻人干脆把衣服脱掉，光着膀子干，可是，道边的荆棘灌木把上半身划拉得一道道血印。每人都在扁担上搭了一条毛巾，汗水擦了一把又一把。等把一担沙担到工地，担沙的小伙儿一个个胸脯一起一落，大张着嘴直喘粗气，像快要干死的鱼儿一样。那毛巾上的汗水一拧，都哗哗哗地往下流。担到工地，还要称称每个人所担沙子的重量。那时候，一个人一天的定额是1 500斤。每一担都不能担少了，每一担的重量少了，就要多担几次。这多走一趟，煞是艰难。所以，大家在河滩装沙的时候，用脚踩了又踩，尽量多装一些，尽量减少担沙的次数，因为多走一趟路实在是太艰难了。

往浆砌的工地供运沙子，有时笼头不够用，就用裤子背沙，把两条裤腿扎紧，装进沙子，架到脖子上。西邯郸汕东崖、强计东崖等地，都是直立陡峭的路，挑担子危险，也只能用这种办法背沙。

担水和浆，也是一个很大的工作量。张步亨所在的连队，从漳河每挑一担水，要跑好几里路，而且回程的几里路，不但负重，而且步步登高。山路崎岖不平，指挥部给他们配备了一台抽水机。因为白水汕是悬崖陡壁，地形险要，给安装抽水机带来了意想不到的困难。为了安装这台抽水机，他们绞尽脑汁，经过反反复复地研究商量，才勉强找到了一处比较安全的地方。安装机器的地方确定后，如何将机器安全运往目的地倒成了问题。顺河逆水往上拉，可以争取时间，早安装早利用，但河路不摸清，又是雨季，弄不好人和机器都有被水冲走的危险。营部负责人温青山带着几个年轻人，手持钢钎，赤身裸体，冒着生命危险，勇敢地跳进湍急的漳河里，一步一步地探水摸路，终于把四里多长的河路的水深浅、浪头、陷坑、暗石等摸得一清二楚，从而保证了机器的安全运到和顺利安装。

水顺利地被抽到了230米高的工地上。

56

备好了各种材料，就开始浆砌了。张步亨被分配的工作是选石料、运石料。选料就是用铁锤把那些在开凿平台时用炸药崩下来的大石块，修整成能够浆砌用的石料，然后搬运到浆砌的地方。遇到搬不动的大石料，那就需要用肩扛了。两个民工用手把石头先抬起来，放在蹲下了身子准备扛石头的民工的肩头上，扛石头的民工有的有垫肩，多数是用一块破布当垫肩，还有的用装水泥的纸袋代替垫肩，更有的什么也没有，就用肉肩扛起大都在百斤以上的石块。如果遇到200斤左右的石料，扛石头的民工就颤巍巍地在两个民工的帮扶下站起，又在左右两边两个民工的扶助下，摇摇晃晃地把石料运送过去。如果遇到更大的石料，那就需要至少两个民工用杠子抬，这些大石头一般都是在砌渠墙的底部时才用。

经过日复一日的艰辛劳动，在山腰里，一段段的渠岸被浆砌起来了，从远处看，弯弯曲曲的渠岸像一条条玉带系在大山的腰间。品尝着劳动成果的一队队民工，走在夕阳西下的收工路上，心里总会泛起一些甜蜜。

这刚刚浆砌成的渠岸，也成了宣传修渠事业的平台。在砌好的渠岸外墙上书写诸如"水利是农业的命脉""农业学大寨""备战备荒为人民""自力更生，艰苦奋斗，破除迷信，解放思想""愚公移山，改造中国""路线是个纲，纲举目张""改天换地，引漳入黎"等内容，成了一些工地秀才的用武之地。

他们扛着梯子,提着装有红土的铁桶,用笤帚在渠岸上写着大幅标语。

这呈现在漳河河谷的渠墙,是黎城人战天斗地、征山战水的丰碑。

张步亨所在的连队已经转战到了杨家庄渠段,住在杨家庄。这个村子在一个高台上,村子不大,一下子住进两三百个民工,住房着实有些紧张。能住进一个有土炕的屋里,那是比较奢侈的了,大部分的民工都是打地铺——也就是从山坡上割些白草,铺在地上,然后再在白草上铺一领席子,各人把各人的铺盖卷铺开即自己的睡铺。靠头的这一边要放上一根木杆挡着,睡下后鞋子就脱在木杆的外面。这住处,冬天虽然冷点儿,但还可以忍受,到了夏天就让人难以忍受了。身下的白草里生满了跳蚤,夜里睡下后,被窝里的跳蚤简直要把人给抬起来。抓也抓不完,挠得满身都是血痂。白天一看,被子上满是跳蚤屎。

不过,年轻人倒是惬意于这种群居的生活。十多个人住在一起,夜里,大家虽然没有什么娱乐活动,但年轻人活泼好动的天性,却也能自得其乐,丝毫消减不了年轻人的欢乐情绪。夏日的夜晚,暑热和跳蚤的肆虐,驱使这些年轻人三五成群结伴游玩。每天晚饭后,张步亨就带着一把二胡和一帮年轻人到一处窑洞顶上乘凉。窑洞顶上也是一个自然的打麦场,坐在碾麦子的石磙上,张步亨调音试弦之后,便是一曲上党落子,引得能哼几句戏文者与之合流。

年年有个三月三,
王母娘娘开桃宴。

悠扬的落子腔调在空旷的夜场上飘荡,远远的大山也传来一阵阵回声。月光如水,星星眨巴着眼睛,虫儿也在此处配以和声,也有几只青蛙用自己独特的音调来凑热闹。

第十九章　办起水泥厂

57

指挥部决定上马水泥厂，这事非同小可。

蔡振升是个绕不开的人物。

蔡振升是谁？是蔡乾元的二儿子。

蔡乾元又是谁？用张仁祥的话来说，是渠上的大管家之一。

之一？是的，之一。

有几个大管家？答曰：两个。

那除了蔡乾元，还有谁？还有一个叫张德成。

蔡乾元在上渠之前，是县计委主任；

张德成呢？是县财政局局长。

计委主任和财政局局长，在县里可是炙手可热的人物。舍弃舒适安逸的岗位，而到这人生地不熟抛家舍业时时刻刻需要求爷爷告奶奶出力不讨好的渠上工作，一方面是组织安排，另一方面是个人格局和境界。他俩一起毫无怨言地来到渠上，殚精竭虑地担当起后勤保障工作。

这两个人，都是有故事的人。

蔡乾元，城内村人，1942年参加革命工作，同年加入中国共产党，历任城内村民政主任、公安主任，县公安局生产经理，税务局秘书、县委宣传部干事，县社秘书、副主任，计委副主任、主任。修大漳北渠时，他就是负责钱粮等后勤供应的大管家。修建黎城历史上最大的一条大渠，后勤保障非同小可。县委在考虑人选时，他自然在被考虑之列。

张德成更是一个人物。1917年出生于黎城下村一个殷实的农民家庭，幼年父母早逝，由爷爷抚养长大成人。张德成从小聪明懂事，虽然只读了小学，但识字不少，在他祖父的悉心指导下，十四岁就当家理财。1937年11月，黎城解放，他就积极投身轰轰烈烈的抗日工作，担任了下村的财粮主任，负责筹备粮款、运送军粮。1945年8月，抗战胜利后，上党战役打响，他支前走在前，一方面想尽办法筹粮，另一方面组织民工往前线运送军粮。1947年他调任黎城县财粮科工作，1952年担任科长，1957年县财粮科和税务局合并为财政局，他是首任局长。黎城是个经济落后的革命老区，经常入不敷出。他精打细算，财尽其用，因其出色的工作，1964年他代表黎城县财政局参加了晋东南地区召开的勤俭办一切事业会议并受到表彰。可是，张德成心里有个大大的隐痛，那就是他的党籍问题。早在1938年，他就加入了中国共产党。1939年，在黎城县委验收下村党员时，他因为出身富农家庭，被清除出党。虽然在组织上他不是党员，但他始终以共产党员的标准来严格要求自己。组织上也没有因为他不是共产党员，而把他放到一边，就这样一个不是党员的"党外人士"，组织一直委任他主管全县的财粮工作。四十多年的工作经历，有三十年担任县财政局局长，可见其分量之重。修建大漳北渠时，他和蔡乾元就是好搭档，主管后勤保障。后来修建"三五红旗渠"，他和蔡乾元又成了"黄金搭档"。

不过，在这里我想赘述一下有关这位老人党籍的后续情况。看似无关，其实意义重大！

1987年，已经从领导岗位上退下来的张德成老人，年届七十，他的身体亮起了红灯。在家人的再三劝说下，他要去省城看病。临走之前，老人又一次把他写的入党申请书交给了孙女张毅敏，并郑重其事地对她说："你帮爷爷工工整整地抄写好，等我看病回来，我再亲自交给单位党支部。"刚参加工作的孙女张毅敏认真地点了点头，心里有一种沉甸甸的感觉。她明白这是爷爷心中的梦想，也是他一生的追求和信仰。

孙女张毅敏这样回忆她爷爷的入党情结："从省城医院回来的爷爷，已经无法起床，他已经没有能力把他的入党申请亲自再次递交给组织了，可是病床上的爷爷仍然在督促我帮他修改他的入党申请。当我一次又一次给爷爷念着不断修改的入党申请书的时候,我的心隐隐作痛的同时,也在不断地被感动着,这是一个对党有着执着追求的共产主义者啊!我含着热泪,对爷爷说:我一定把这份申请递交到组织。"

孙女张毅敏又一次把爷爷的入党申请书认认真真誊写了一遍。为了得到组织的关注,她还附了一封信,把爷爷的工作和入党情况作了详细的介绍和汇报。很快,县委就有了行动:这样的一位老同志,这样的一位好领导,这样的一位共产主义战士,党怎么能将他拒之门外呢?

一个夏日晴朗的上午,县委组织部派员专门来到病房,要为这位老人举行入党宣誓仪式。当孙女把这个喜讯告诉张德成老人的时候,老人开心极了。

之后,县委特事特办,给老人办了入党手续。在医院的病房里,专门为张德成老人举办了入党宣誓仪式。

入党宣誓仪式一周后,张德成老人心满意足地走了。

他追求了五十多年的心愿终于实现了。

58

渠上从民工日常的吃喝拉撒睡,到一切物资的供应,如水泥沙子钢筋钢钎铁锤锤把抬筐箩头扁担,甚至一个螺丝钉螺丝帽,都要这两人上心用心操心。

张仁祥说:"我在后勤上主要靠这两把刷子,要是哪一天,这两把刷子刷不动了,就说明有滔天大事了。"

还真让张总指挥一言中的。

水泥供应不上,工程面临停工之虞。万般无奈之下,这"哼哈二将"才走进了张总指挥的窑洞,和盘托出了他俩的苦恼、犯愁和隐忧。

"三个臭皮匠"为水泥这个事儿伤透了脑筋,连明搭夜地凑在一块儿想办法,可是就这样还是无计可施。

正在山穷水尽之时,蔡乾元嘟囔了一句:"唉,咱要是自己有个水泥厂就好了。"

一旁的张德成也搭腔附和:"是啊,这不光是花钱买不进水泥,光这运费也是一笔不小的开支。"

蔡乾元接着说："是啊，一年这运费就得十六七万元。"

"咱们的水泥厂？"正在一筹莫展的张仁祥，脚步站定。他怔怔地看着两个伙计。

"老张，你就是把我俩生吞活剥了也给你变不成一袋水泥啊！"

"老张，你瞅我俩也没用，脸上干巴巴的，连半点灰都藏不住。"

张仁祥听了两人的话，什么都没说。他摸着肚子在并不宽敞的窑脚地里转圈，蔡乾元和张德成的目光也跟着他高大的身躯转。

有一只蚊子"嗡嗡"地飞过来飞过去，丝毫没有引起三个男人的注意。蚊子无趣，贴到了窗棂上，一动不动。

足足有半个多小时，张仁祥的脚步终于在他俩面前停了下来，他突然张嘴说："咱办个水泥厂好不好？"

好啊，好得不得了呢。嗯，还有这等好事？你说啥？办水泥厂？天哪，这不是天方夜谭吗？

张总指挥，你这是急得昏了头，发烧说胡话了吧？还是我们的耳朵发聋，听错了话？

两人惊诧得一时没有作声，其实根本不知道该说什么。

"活人不能叫尿憋死啊！"张仁祥似是自言自语，又像是在对他俩说话。

张仁祥坐在了椅子上，也打手势让这两个亲密的同事坐下。三个人都坐定了，张仁祥开口说："我说的是真的。你想想，你也想想，咱们修渠以来，遇到的困难不是一桩两桩。哪一桩不是火烧烟熏的？哪一件不是火烧眉毛的？修配厂咱不是办起来了，编织厂不是也红红火火的吗？"

看到眼前的爱将欲言又止，他摆了摆手，继续着自己的思路："与其受制于人，仰人鼻息，不如另起炉灶。"他深深地长叹了一口气，"我也知道，这办水泥厂和之前的办修配厂编织厂不是一码事，明摆着是一座火焰山，咱又没有铁扇公主的扇子和孙悟空的能耐，可这个坎要是过不去，咱这修渠的路还真是脚指头蜷曲，举步维艰啊！"

是啊，前一段时间，因为浆砌渠岸，用石灰代替水泥，已经在指挥部掀起了一场轩然大波，好在大家理性智慧地解决了问题，一部分渠段用石灰，可是，一些建筑物如渡槽，必须用水泥，个别构件还必须用高标号水泥。

水泥啊水泥，你就是揉进我们眼里的沙子，一刻不把你"揉"出来，我们一刻也不能安生。时间久了，你会让我们都变成"睁眼瞎"，找不到回家的路。

"三个臭皮匠"围绕着办水泥厂这件事通宵达旦地讨论不只一次，而是连续作战，终于在几天后召开的指挥部会议上和盘托出了他们的方案。不用说，这个方案的爆炸性是"原子弹"性质的，但"蘑菇云"散去，都不得不高举双手接受这"核辐射"了。

会议议定，由副总指挥张起彦抽调60名民工去创办属于修"这一条大渠"自己的水泥厂。

厂址选在了西仵乡西水洋村的西山脚下，精挑细选的60名有一技之长的民工也在三天之内到位。

已经在渠上劳动三个月的蔡振升，也被从磁窑头工地选调参与筹建水泥厂。

水泥厂的建厂设计充分利用了由山势向下延伸的高差有利地形，依次设置破碎车间、生料库、生料粉磨车间、立窑车间、熟料粉磨车间、袋装车间和成品库等。开始，按照年产3 000吨水泥的设计，首先从厂子中央建起了一座直径1.5米×6米高的小立窑，从外地的旧水泥厂拆买回一台直径0.96米×3.4米长的球磨机，又从潞矿廉价买回2台同样的球磨机，这三台球磨机，其中两台用于粉磨生料，一台用于粉磨熟料。两个球磨机厂房由于震动较大全部用青砖建设，成品库也全部是青砖建成，灶房、化验室、器材库房、纸袋车间、民工宿舍、厂区围墙等都是抽调来的民工自己在现场捣成土坯建造而成的。

蔡振升是选调而来的这60名民工里两个高中生之一。刚到水泥厂，他是作为小工的，伺候瓦工和泥工。厂里在物色人才时，他因"高学历"被作为"人才"而被"技术员化"了，从一个和泥土打交道的变成造水泥的，这应该是多么大的"飞跃"和"穿越"？

其实，在他面前的水泥厂，就是两孔窑洞和三台破旧的球磨机。一孔窑洞里用于粉磨生料的两台球磨机，连一个成球盘都没有。啥是成球盘，就是把那些块状的石灰石、铁矿石、烧土、煤炭分别磨成的粉末，都要按配方比例和成羊粪蛋那样的球球，然后放进窑里烧才能通气。没有成球盘，就只能人工用铁锨搅拌。这种手工作业，工人的劳动强度很大，粉尘对工人的伤害严重，配料精准性差，影响烧制水泥的质量。

一个小球球的形成直接关系着水泥生产的成败。

为了这个小球球的标准合格，年轻的"技术员"还真是"初生牛犊不怕虎"。

高中学习期间连机械制图都没有接触过，现在要设计制造出一个相对而言自动化的"球盘机"，不是勉为其难，而是太难。

不过，机会总是垂青于勤奋的人。为了攻克眼前和将来的一道道技术难关，蔡振升开始了机械制图、理论力学、高等数学的自学。这自学，无意中为他后来参加高考提前"热身"，也算是"无心插柳柳成荫"吧。为了求学，他多次骑自行车到渠上找曲庆祥求教；为了弄懂英文说明书，他一次次去找在赵家山村下放劳动的"右派分子"蒋逢春老师面授。他还自学了电焊、钳工等实用的手艺。

功夫不负有心人，一台成球盘的机械在这个只有二十来岁的年轻小伙手里诞生了。

水泥厂终于生产出了第一袋水泥，立即送到检验室检验。

这检验的过程时间并不长，但站在检验室门口等待的一帮人却感觉到了时间的漫长。他们想尽快知道结果，却又害怕知道结果。如果检验结果为不合格，这几个月憋足劲的拼死拼活就泡了汤，就会给他们的创业之路蒙上一层阴影。

蔡乾元、张德成也从指挥部赶来了，他们也在检验室外等着。他们盼望着送进去的随机样本能给他们带来一个利好消息。

虽然说检验室近在咫尺，但他们还是一个个都伸长了脖子竖起了耳朵，屏气凝神地等待着，等待着。

结果出来了。结果真是天遂人愿，结果真是大快人心，结果真是喜极而泣。

在指挥部的张仁祥也迅速得到了这个大好的消息。他立马要通了县委书记的电话,把这个好消息大声通报给了黎城高层。

李方圆、王江发、何宝珠等指挥部的一大帮人也闻声而来。就连做饭的大师傅也走出厨房,站在院里,连声说:"我就知道今天有好事,一大早,喜鹊就在咱院里的树上喳喳喳地叫呢。"

张仁祥用左手摸着肚子、挺着腰杆,也站到了院子里,和大家一起庆贺。

第一辆运送水泥的卡车,披红挂彩,像花轿一样缓缓驶出了水泥厂区,车上满载的就是大家期盼的"新娘"——325号水泥。

59

这不,年轻的蔡技术员又接受了厂里交给他的一项新任务——石子二级破碎革新。为了这项革新的成功,在厂里的安排下,他来到河北省武安县团城水泥厂跟班学习。肩负重托,他知道身后有多少双目光在期待着他,其中就有他心爱的老父亲蔡乾元那深沉的目光。在临起身的那天早上,父亲从渠上赶回来到车站送他。虽然没有说什么话,但父亲瘦弱的送行身影经常在他眼前晃动。

来到团城水泥厂,蔡振升就想尽快学有所成,把"真经"取到,尽快返回家乡,尽快把二级石子破碎的革新完成。如来佛曾对来到西天取经的唐玄奘说过这样一句意味深长的话:"经不可轻取。"蔡振升在跟班学习的过程中,体会到了这句话的韵味。他想看这二级破碎机的图纸,没门儿。苦思冥想几天,他发现这些师傅都抽烟,这恐怕是个突破口。他就专程跑到公社的供销社买了两盒好烟,这两盒烟,他殷勤地发,自己也陪他们抽。这一来二去,沟通的障碍破除了,阿里巴巴的大门也就给他打开了,他看到了自己所渴望的图纸。白天他和师傅们一起干活,晚上把图纸带回宿舍抄图。一图在手,流程掌握,蔡振升在团城一刻也不敢耽搁,坐班车回到厂里,连明搭夜把在团城水泥厂抄到的草图重新画好,用碳素笔描绘后晒好图,然后让木工组按照图纸做成了模型。之后,就跑到10公里开外的县水泵厂,在翻砂车间铸制成了锤式破碎机的筛板和外壳,在机加工车间做好一根主轴四根副轴六个挂锤钢板以及皮轮带等，又跑到县城东门口的车辆厂，在这里的翻砂车间制作好玛钢锤。这些零部件全部运回厂里，组装成一台锤式破碎机。经试验，效果非常好——用原来的颚式破碎机破碎的石子，大小通常如柿子核桃般，而经过锤式破碎机处理后，石子都被粉碎成玉米粒大小。

在这个锤式破碎机革新创造的一个多月的时间里，蔡付出的心血自不待言，但有一个细节耐人寻味，那就是一个从不抽烟的小伙子，每日穿衣时都要摸摸自己的口袋。口袋里装有两盒海河烟，他才放心地去办事。

伴随着这个破碎机的成功，他也新添了一样"本事"——抽烟。

锤式破碎机好是好，提质提档，可因转速太快，粉尘太大，工人难以靠近填料和取料。工人们就对他说："蔡技术员，你再给咱想想办法吧。"其实，从锤式破碎机开始成功使用时，他就看到了这个情况，就在琢磨这事。工人的心声正是他的着力点，很快，他就设计并组织完成了刮板输送机。配套安装后，石头从山上用小车推下直接进入颚式破碎机，进行一级破碎，破碎后的大石子经过下料漏斗直接进入锤式破碎机，进行二级破碎，破碎后的颗粒状小石子通过刮板输送机输送到生料库。石料一路而来，基本上实现了机械化，大大减轻了工人的劳动强度，减少了粉尘对工人身体的伤害，生产效率也大大提高了。

事业初创，接踵而来的技术革新时不我待。这不，球磨机的革新改造也在虎视眈眈地盯着他。

不"瞪"着他，还真不行。这几台旧球磨机也不让人省心。喂料和出料都是靠人工用铁锨完成的。这就带来了三个问题：配料精准度差，粉尘弥漫污染严重，工人劳动强度大。

这生产水泥的前端，技术革新成功了，而球磨机可是水泥生产的"心脏"。这"心脏"的起搏和跳动，可是"牵一发而动全身"。如果说，这之前的革新创造，是蔡在水泥厂自学成才，迈出的一小步，那么要对这之后的生产线进行改造，这就不是"革新"，而是"重生"了，凤凰涅槃般的重生，这将意味着要把一个小型的水泥作坊，改造成为一个在当时可以称作现代意义上的水泥厂。

这可能吗？

蔡振升又带着任务来到了磁县水泥厂学习。这次的"取经"有了"外交"经验可循，倒也顺风顺水，该用香烟"润滑"的"润滑"，该用下饭馆的手段就下饭馆，可是没几天，他一摸兜，瘪了，看看眼前那么多的图纸，没有一个礼拜的"作业"是难以"照猫画虎"的。他把所有的钱都掏出来，先打出回家的车票钱，然后计算能买多少个馒头多少咸菜，具体分到一日三餐又是个什么概念。这一番精打细算之后，他就在定制定量的馒头咸菜白开水的"支撑"下，开始了描图绘图的深度操作。

根据外地学到的经验，结合本厂的实际地形和球磨机的生产能力，年轻的蔡技术员开始设计生料自动上料、自动配料、自动喂料的方案。具体的设计是建设一座四层矩形建筑：一层建设六条输料管道；二层安装六台自动喂料机；三层是六个分料仓，分别是两个石子仓、两个燃煤仓、两个黏土和铁粉仓；四层设置一个罐车棚和分料翻板。总高度超过15米。此外，还专门设计了一个罐车操作间和罐车轨道架。从设计到施工的五个多月时间里，他既是技术员又是施工员。他还亲自上手，学习焊接。他和仵桥村的李国芳在焊接生料分料仓六个钢板漏斗时，每天就要用去满满的四大袋焊条，可想而知工作量之大。在焊接罐车轨道斜架时，是高空作业，没有任何防护措施，可当时就是这样的施工条件。正因为有了这样一群拼命苦干实干的人，他们每日工作时间都在十二个小时以上，他们吃苦耐劳毫无怨言，他们殚精竭虑精益求精，他们孜孜以求专心致志。

成球机原来也是人工添加料，随着喂料部分的革新，从生料车间磨出的生料粉通过绞刀输送到成球车间，革新小组又制作了一台提升机，自此，水泥厂从原料到粉磨成球都实现了机械化。

前辈虽然是一群普普通通的人，但他们的精神永远是我们的财富，他们作为榜样的力量永远是我们这个民族生生不息的希望。

蔡振升（后改名蔡雷飚）后来在国家恢复高考时上了大学，但在水泥厂的承建过程中，留下了坚实的足迹，流下了滴滴汗水。他在黎城任职分管农业的副县长期间，我在县政府办公室搞文字材料工作，他的严谨认真和忘我的工作精神，给我留下了深刻的印象。

眼下他已是七十多岁的老人了，仍然朝气蓬勃，仍然是个年长的小伙子。

我在他老年体协的办公室里坐下来,听他讲述那段激情燃烧岁月里的往事,他的目光仍然燃烧着,要把我融化。

"完成生料自动喂料革新后,我又设计并组织施工完成了水泥输送、提升、袋装革新,而且3.5米高的提升机外壳是我亲自用砖一块一块砌起来的。"

多么美好的回忆啊!"我又",接着又一个"我又",又紧接着再一个"我又""我又"。我不禁在心里连连感叹:

  早年风华正茂时,
  意气风发唱大风。
  只争朝夕奋斗期,
  晚年回首亦英雄。

第二十章 "迎来春色换人间"

60

在数十丈高的悬崖上,在几百米深的隧洞里,在荆棘丛生的山坡上,在偏僻无人的山沟里,黎城儿女战天斗地,热火朝天地劳动着,鲜艳的红旗迎风招展,战斗的红歌响彻云霄。

秋风吹落了树上一片片枯黄的叶子,农村进入了一年中最消闲的时光。农闲不闲,农闲大干。修渠的民工要从往常的2 000人左右增加到4 000人以上。

峪沟两个大坝的填方任务是4万立方米,在这里施工的是东阳关民兵营第一连和第四连,一连指导员李虎元,连长李江青;四连指导员曹振华,连长吉玉昌。一连喊夯标兵郭兰廷,二连女民兵推土"红旗车手",夫妻俩战斗在两座大坝上。但山连山,坝连坝,战斗精神连着夫妇俩。一连大坝14个民兵打夯,喊夯诗朗朗上口,一句一夯:

> 完全彻底为人民,哎嗨哟呀,乓,
> 为了革命把夯举,哎嗨哟呀,乓,
> 两把尺子天天量,哎嗨哟呀,乓,
> 要举得高打得匀,哎嗨哟呀,乓,
> 毫不利己专利人,哎嗨哟呀,乓,
> 开出一道幸福渠,哎嗨哟呀,乓,
> 立下愚公移山志,哎嗨哟呀,乓,
> 定叫大坝平地起,哎嗨哟呀,乓。

破土、刨土、运土，镢头组劈土、推车组运土、打夯组夯土，分工不同，协作有力，大坝在逐层加高。

城关公社民兵营承担治理"塌山"，6 000余米、11万立方米的开挖任务。当他们打着红旗、肩扛工具来到塌山脚下准备开工时，当地群众跑来劝阻："塌山、塌山，实在危险；山空地陷，巨石乱翻；一不小心，就上西天。"还有人说："这地方不行，我们以前也修过多次渠，下边挖，上边塌，要想修成渠，除非把山全部搬走。"渠修成修不成，安全问题是首要的大事。

施工刚开始不久，就挖出了湿漉漉的黄色湿土，像条死牛筋，说软不软，说硬不硬，用铁锨铲不动，用镢头刨不开，打炮眼开炸效果也不佳。面对这土、石搅拌而成的稀泥潭，他们采取一小块一小块吃掉的办法，挖成了一条蜿蜒曲折的渠壕。这边挖，那边塌，挖得越深，塌得越大，塌方增加了一万五千余立方米，前后返工达十次之多，后来他们采取治好一段再治另一段，上挖下也挖，减少坡度，缩小压力，一边挖，一边浆砌，把山脚垒结实，将渠岸砌牢固的办法。

在申家垴大坝施工的程家山民兵营，自己动手安装了提水机械，实现了水中填土筑坝。4月17日晚饭后，一场大雨降临，农民技术员张兰田意识到大雨会对堤坝安全造成严重威胁。在伸手不见五指的深夜，他打着手电，冒着风雨，扛上一把锨一股劲儿地跑到了坝堤上。他从东往西细细地查看，发现了一个裂缝（管涌），水已顺裂缝渐渐渗入，大坝即将决口。在这个时刻，兰田同志身穿棉衣，勇敢地跳进了泥水之中，边刨边踩，经过半个多小时的紧张战斗，才将裂缝堵住，避免了事故的发生。由于在冰冷刺骨的泥水里泡的时间太长，上岸后的兰田全身无力，倒在了堤坝上，几乎失去了知觉。此刻，大雨下个不停，他仍然不顾全身的棉衣棉裤都已湿透，脚上的鞋被泥水撕裂，又爬起来，沿堤坝翻来覆去地继续巡查，直到大雨停歇，坝上的水全部退去才收工回到住处。

61

每天轰隆隆的炮声打破了周边村民平静的生活。飞石不长眼，呼啦啦乱飞乱溅。它们飞到耕地里，飞到屋顶窑顶上，飞到树林里；炮声惊跑了牲畜，炮声惊吓了行人——这般情景已是常事。好在没伤着人，也好在当地居民的理解宽容：这一家人不说两家话，亲家的事就是咱的事。亲家抛家舍业吃大苦受大罪来这里修渠不容易，何况，这渠从咱这里过，渠里的水，亲家也答应过咱们，可以共用，咱的旱地也能多打粮食了，这还有啥说的？

高山陡崖是敌人，沟沟壑壑是敌人，石头是敌人，沙砾是敌人，冰雪是敌人，酷暑是敌人。

渠线每向前延伸一步，都是肉体和意志与自然的强烈抗衡和对撞。

冷风不停地刮在人的脸上，寒风刺骨，脸冻得像一块块青坨坨的石头。手背也被冻裂了，血口子渗出了血。雪花飘落，渐渐积厚，已经没过了鞋帮。尽管如此，这荒凉的野外还是一派热火朝天的景象。

天寒地冻，雪片横飞。裹着毛巾的、围着围巾的，家境好的还能有一顶火车头棉帽。各式不一，但都难敌一个"冷"字。唯有干活，才是御寒的锦囊妙计。越冷，人们干起活来越是起劲儿。干活所迸发出的热量暂时抗衡住了逼人的寒气。可是，人不是一台机器，就是机器，也得停一停歇一歇，可是，这一停歇，问题又来了，使劲儿干活出了汗，一停下来，这汗液就立马冻成冰了，更是让人难忍难熬。干吧，早饭吃的那点儿能量已经基本消耗殆尽，身上的气力让手里的镢头铁锤变得非常沉重。但他们始终没有停下手中的活计。

雪天，如果你看见一行脚印从村里村外走向大山，那肯定是修渠人的。这个时候，本地人还在被窝里享受温暖呢。即使有早起的，也都在火边烤火。而在大山之上，寒风凛冽，风雪卷起的尘粒，扑打着修渠人的脸颊。气温虽然低至零度以下，但每一个修渠工地，都是红旗猎猎，干劲冲天。他们也想在热炕头上舒展自己的身子，也想在暖房里说说笑笑，也想……有好多的"也想"是他们所不能实现的，他们只能走向大山，走向深沟，与寒风共舞，与冻地切磋，与石头较劲。

施工环境，是挑战大山深沟，是和悬崖较劲，是和石头碰硬，是和酷暑热络，是和严寒对决。

高崖是绕不过去的，那就把它削平；深沟是飞不过去的，那就把它填平；一条河沟横在面前，填平是不可能的，那就架一座渡槽，让水飞空而过，逢山开渠，遇水架桥。

我的父辈们忍饥挨饿；他们以草屋为家，用狼窝安身；他们背井离乡，寄人篱下背井离乡；他们众志成城肩并肩；他们怀揣梦想心连着心；他们矢志不渝；他们激流勇进百折不挠。

他们匍匐在大地上，让一座座陡峭高耸的大山在他们面前低下头来，让一条条深沟在他们的身躯下夷为平地。让石头成为手中的玩物，让硬土化作礼花，冰雪是美餐，酷暑是闺蜜。他们在与天斗，与地斗。

年轻人抡铁锤的姿势，在朝霞照射下，如舞动的彩环彰显的是力量与优美并存。

妇女们出渣运石的身姿，呈现的是劳动与景致结合的山谷风情。

高亢的红歌、轰隆隆的炮声，给宁静的大山带来了乐趣与少有的轻松……

然而，最精彩的仍然是敲醒大山的锤声与猎猎红旗的声音以及此起彼伏的劳动号子声……

民工们编的一首打夯歌，在工地广为流传：

　　加油干啊，好嗨，
　　吃白面馍呀，好嗨；
　　拼命干呀，好嗨；
　　肉扯面呀，好嗨；
　　使劲干呀，好嗨；
　　炸油糕呀，好嗨；
　　炒角片呀，好嗨；
　　好好干呀，好嗨；
　　好生活呀，好嗨；

嘿，这吃白面馍馍，吃肉扯面，吃炸油糕，吃炒揪片呀，这是多么美好的生活。为了这美好的生活而劳动、而干活，能不干劲冲天吗？

谁不想过上美好的生活呢？

62

1969年"这一年"，可以说是"这一条大渠"的"生死命门"。

修渠领军人物的确定，老将张仁祥担纲修渠总指挥。可以说，这很关键，"这一条大渠"在命悬一线之际，张仁祥的出马挂帅，让修渠事业起死回生。张仁祥秉持和宣扬"再难也不能停下修渠的脚步，修好渠就是最大的革命"的理念，把修这一条大渠的事业坚持下去。他坚定地说"修渠就是干革命"，"不管再乱，都要抓好生产；不管这派那派，修好渠就是又红又专响当当的革命派"，"谁支持修渠，谁好好修渠，我就支持谁的那一派"。有的人说他是个老滑头没立场，他却说："不管滑不滑，修成渠让黎城人民吃饱饭，这就是我的立场。"他在修渠极为艰难的时刻，殚精竭虑，穷尽一切办法。他坚持自力更生原则：1969年转向浆砌，石匠奇缺，张仁祥召开了一次领导组会议——他发脾气，急得团团转，在一筹莫展之际，他连续跑了3个团6个营，和民工们共商浆砌大计；没有石灰自己烧，没有水泥自己造，没有抬筐自己编。对于民工的生活问题，张仁祥坚持到连队，和民工同吃一锅饭，和民工促膝谈心，找到了解决诸多问题的办法；他冒着风险，将按工日补助改为定额补助，实行多劳多得的制度。

勇进渠"十年怀胎"，终成正果，张仁祥主帅厥功至伟。

这是客观事实，不容置辩。"这一条大渠"，从1966年的年末破土动工，到1968年的年末，两年的时间里，还在襄垣境内的漳河河谷里"挣扎"。请注意，我在这里用"挣扎"这个词来形容修渠所陷入的困境，一点儿也不夸张。

压垮"这一条大渠"建设的不是"一根稻草"，而是一块块"巨石"；而奄奄一息的修渠事业，只需要一根稻草就足以把它压垮了。这一年，建渠大飞跃，是建渠三年来工效最好的一年。这一年，全年三期平均调遣劳力4 500名，投工146.23万个，投资223.4万元，完成总工程量92.0761万立方米。

其中，挖土23.436万立方米。开石32.4092万立方米，挖砂砾12.8253万立方米。干砌6 367立方米，浆砌59 618立方米，全年投工总数超过了前两年总和的24.3%，完成总工程量超过1967、1968两年总方量的8.7%。全年攻克了5个大陡崖，凿通土石隧洞20个，总长度3 000多米，建成中小型石拱渡槽11座，其他小型建筑物数十座，襄垣境内干渠主体工程基本完工，提前一个月实现了"苦战一年出襄垣"的奋斗目标。

这一年，在西水洋村开工建设黎城县第一座水泥厂，指挥部与山西省水利厅签订了由水利总队协助施工的协议书。这两项事宜取得了重大突破。前者，让燃眉之急的水泥供应问题得到缓解乃至保证，还为黎城的工业发展写下了浓墨重彩的一笔；后者，为"卡脖子"的几个大型渡槽建设和大型隧洞的开凿提供了技术上的保障，更为黎城培养自己的"工匠"请来了手把手教授高超技艺的"师傅"。

这一年，丈量了因修渠占用襄垣土地面积共523.35亩，就赔偿事宜与襄垣县达成协议，并向晋东南地委和省里专项报告，给予土地面积和征购粮等诸多相关的减免；而且，还与襄垣达成协定，大渠通水后，虽然襄垣方面未投工，但渠线途经之地，可以无偿使用渠水灌溉，这可是上万亩土地的水利"馈赠"，这也是为后人造福，但不留任何麻烦，不留一点儿后遗症的负责态度和做法。后来的事实也证明，这是超越当时"一大二公"时代局限，有先见之明的一项举措。

1969年，大战成效显著，除了几座跨沟越河的大型渡槽外，渠线在襄垣境内全部连成了一条线，20多公里的渠线，犹如一条长龙，蜿蜒匍匐在浊漳河河谷之上的半山腰。

指挥部也要从水碾移往本土的柏峪公社西柏峪村。襄垣施工三年，民工千辛万苦，工程也给当地居民和地方政府添了不少麻烦。当然，黎城和襄垣两县人民的情谊也在这条大渠的修建中得到了升华。

黎襄故交，亲家情深，在离别之时，一封感谢信的字里行间，充溢着浓浓的黎襄新情谊。

盘山大渠 郭雅敏/图

第二十一章　慧眼识珠

63

明天就是 1970 年的春节了，人们都在张罗着贴对联、包饺子，而张仁祥屋子里的空气却是异常沉闷，偶尔还能听到"唉""唉"的一声声长叹。

张仁祥焦躁不安地在屋里转着圈，两只手在屁股上摸来摸去，屁股被他摸得火辣辣的。火炉上坐着的铁壶，壶水早已沸腾，发出"嗞嗞"的响声，他却全然不觉。

按说，"奋战一年出襄垣"的计划基本完成了，这是开渠三年来最好的收获，首战告捷，张总指挥应该高兴才是。又逢一年当中最重要的一个节日，他应该回家和老婆孩子们好好过个年。老婆和孩子们也翘首期盼着他回家。自从到了渠上，他回家的次数屈指可数。即使回一趟，也是县里开会必须去，捎带回家转一趟，有时，甚至就是回去点个卯，连在家吃顿饭的时间都是急匆匆的。

可这已经是除夕了，他却没有一点儿回家的迹象。这点，似乎能解释得通。前几天，他主持召开了指挥部会议，倡导大家"过一个革命化的春节"，也就是说，春节不回家，就在渠上过。他身体力行，留在水碾，和同志们一起过"革命化的春节"。

不回家就不回家吧。可这大过节的，有啥事让我们的张总指挥愁眉紧锁地长吁短叹？

除了修渠的事，还能有啥事？可是，自他带领大家修渠以来，一年的时间，取得莫大进展。况且，这渠不是一天两天就能修成的，你急有啥用呢？

可张总指挥心里怎么能不急呢？

话还得从1969年说起。他在誓师会上信誓旦旦地说，修渠的事儿"要奋战一年出襄垣"，这个计划是"基本实现"了，这一年的工程任务是"基本完成"了，这里的"基本"，指的是盘绕山间的20多公里的渠线，该切的崖切了，该填的沟填了，该架的小型石拱渡槽架了。指挥部的同志们在襄垣的水碾村过一个"革命化"的春节后，就要从襄垣的水碾转移到黎城境内的西柏峪村，大部队也从襄垣转战到黎城，开始新的施工任务。按说，老张出马，渠建出彩，他应该高兴才是。适逢春节，人逢喜事精神爽。好好过个春节，接着移师黎城，进入本地施工，总比在外县施工要好得多。可是，总指挥张仁祥的心头却压着两块石头——襄垣境内的两座大型渡槽：阳坡渡槽和漳河渡槽。这两座渡槽，一座跨沟，一座跨河。跨沟，沟深而长；跨河，河水湍急。这是"三五红旗渠"在襄垣境内的两大咽喉工程。这两座渡槽卡着这条大渠的脖子，也卡得张仁祥喘不过气来。虽说已与省水总签订了协议，由省水总帮助施工，可是，设计的事还是主要由地方水利部门负责。

住在西坡村的曲庆祥，家里一片热闹。儿子永康的出生，让这个家的年过得有滋有味。爱人徐新华把给孩子做的虎头帽、虎头鞋、新衣服、新袜子又重新检查了一遍。曲庆祥这时也放下了手头的工作，与房东一起洒水打扫院子，把个不大的院落各个旮旯都清理得干干净净、利利索索。

尽管渠上的伙食平时不尽如人意，但过年时总要吃羊肉饺子和肉拉面，甚至炒几个菜喝两口酒乐呵乐呵。可1970年的这个年，张仁祥真是食不甘味，酒肉穿肠而过，没有留下任何滋味啊！

这老张可是个性情中人，而这大过年的，他像个闷葫芦似的，愁眉不展，让他身边的人也觉得不舒服，有心打问，可一看他黑着的脸，紧皱着的眉头，也就把到嘴边的话活生生地咽了回去。

这位总指挥是怎么啦？

这修渠是他自我请战的，用他自己的话说是找了个好好干活的地方，甩开膀子好好干一场，为了黎城的子孙后代以后天天能吃上白面。

可这白面能吃上吃不上就卡在这了。卡在哪儿了？卡在过河跨沟的两座大渡槽上了。

沉闷压抑的情绪笼罩在张仁祥居住的窑洞里，也笼罩在指挥部成员的心头。

张仁祥着急，大家都着急。可家有千口，主事一人，大家把目光聚焦到张仁祥身上，都盼着他摸着肚子，笑着出现在窑洞前。

可以说，从来到渠上伊始，困难和风险都摆在张仁祥的面前。大大小小成山成堆的问题都摆在台面上，都需要他和他的同仁们去克服、去解决。可是，跨漳河渡槽，这是一道大坎，轻易是迈不过去的。

"三五红旗渠"从渠首大坝——西营村外龙王山下的右岸（南岸）引水入渠，途经西营村、南窑上、瓷窑头、洞沟、东背，抵达梁庄。按照设计，渠水需在此处跨漳越河，引至左岸（北岸），随后沿北岸山体蜿蜒自流。由此可见，梁庄渡槽这条大渠是名副其实的"卡脖子"工程——若渠线过不了漳河，整个引水工程就泡汤了。

你说他能不急吗？

可光着急也没用，指挥部的成员为此开过好几次会议，就是定不下舵来。千斤重担要由谁来担起来呢？一个人渐渐进入他们的视野。

这个人就是曲庆祥。

可曲庆祥这个人敢用吗？一来，曲庆祥学历上是个中专生，一个中专生技术上能不能行？俗话说，没有金刚钻别揽瓷器活，这活儿连水总的工程师都发怵，他行吗？二来，曲庆祥成分高，重用一个成分不好的技术员，是要冒很大的政治风险的！

当张仁祥在指挥部再次召开的会议上，把他深思熟虑后的人选提出后，大家都面面相觑，会议室里一阵静默；张仁祥摸着肚皮胸有成竹地说出了他的观点："我认为小曲能行。大家想一下，从'三五红旗渠'之初的测量，我们在靳曲村办培训班开始，几十名测量技术员的培训，小曲是老师，他很好地完成了培训这批技术人员的工作。紧接着，小曲和这些人一起，对修这条大渠进行了三次测量，而且主要的设计任务是小曲一个人住在县招待所完成的。从这个意义上说，小曲对这个工程的头头尾尾枝枝节节是了解得很透彻的。从1966年年底开始修渠,小曲就在工程处,在座的各位对小曲的表现都看在眼里,这就不用我细说了吧。人无完人金无足赤,毛主席老人家还说要重在表现。我看,小曲的表现很好,这成分问题不应成为我们重用小曲的障碍。再说,小曲的学历,我也是好好地琢磨过的。他是自学了大专的课程的,因为其他原因,半途中断,不过,大部分的课程他是都已学过的,他是具备大学水平的,只是没有领到毕业证而已。这两年,我们修渠遇到的几个技术难题,最后都破解了,大家有目共睹,都有小曲的功劳,也就是说,他有真才实学。"

总指挥对曲庆祥的情况了然于胸,如数家珍,言之凿凿,指挥部的成员听着听着,也都释然了,对使用曲庆祥有了较为一致的共识。

而这个时候的曲庆祥,还蒙在鼓里,在西坡村,他和妻子徐新华,带着一岁多的儿子永康,正在做着与指挥部一起往黎城境内搬迁的准备。

这不,徐新华一边逗着儿子永康,一边和房东说着话。曲庆祥呢,则坐在一个小凳子上,专心致志地看着一本厚厚的技术书。房东和新华的话里话外都透着依依不舍之情。他也放下手里捧着的书,加入了和房东的闲聊。是啊,在这里住了快三年了,已经和房东结下了深厚的情谊。正是在这个小院里,他娶妻生子,出出进进,就要离开这里了,倒真有些说不尽的话、道不尽的情。

这时,指挥部负责搞宣传简报的王仁福推门而进,说:"快快快,庆祥,张总指挥有事找你呢!"看王仁福急火火的样子,曲庆祥也不知道发生了什么大事,就跟着他急匆匆地走出了院门。二人一溜小跑到了张仁祥住的院子,高大魁梧的张总指挥和李方圆副总指挥正站在窑洞前脸等他。见到曲庆祥来,张总指挥一改往日的威严沉闷,脸上浮现出了难得的笑容。他一把拉住曲庆祥的左胳膊,掀开门帘,嘴里还嘟囔着:"快进,快进。"这一下倒让比张总指挥小了二十多岁的曲技术员有点儿手足无措,一时不知怎么办才好。进得窑洞里,他把一脸迷茫的曲庆祥按坐在一把椅子上,又提起竹编的热水瓶给他倒了一茶缸开水递给小曲,炯炯双目盯住他,用浓重的地方口音对他说:"小曲啊,昨晚上指挥部党委开会研究了,你就给咱专门考虑漳河、阳坡渡槽的技术工作吧。你把手头的工作向工程处的其他同志交代一下,就不用管了。

你的家暂时也不用往黎城搬了，在水碾这边住也行，去阳坡村住更好。小两口想吃什么自己做着吃，上渡槽专业队的灶也行。你们觉得怎样都行。这些，我和渡槽专业队的姚凤鸣书记还有刘全鼎队长都说了！漳河、阳坡两个渡槽是咱们的'卡脖子'工程，必须拿下来。上面请人也请不来，咱们就得自己干，自力更生。"他面对着一脸惊愕的小曲，继续说："我知道这活儿不好干，技术难度很大。尤其是漳河渡槽，不是一般的难啊！咱这里施工条件差，问题会更多些。你也知道，经过两年的协商，省水总（省水利工程总队）总算进工地了，决定先上阳坡渡槽，练练兵，取得经验后再干漳河渡槽。希望你和大家拧成一股绳，克服更大困难，争取更大胜利！"站在张总指挥旁边的李方圆副总指挥也笑着说，"毛主席教导我们，'越是困难的地方越是要去，这才是好同志'，指挥部已经决定从各公社连队中选拔100名至150名表现好、有文化的青年人组成渡槽专业队，配合省水总施工，你还要引导他们努力向水总师傅们学好本领，练成过硬的本领。这对我们今后修渠有着非同寻常的意义啊！"

曲庆祥听着两位领导的话，感觉头有点儿大，说："我家庭出身不好，担负这样的艰巨任务，能行吗？"年轻的曲庆祥吞吞吐吐地说出了他的心里话："我怕我完成不好任务，连累领导和大家。何况……"他一连说了好几个"何况"，何况什么呢？他没有说出来，其实，他想表达的是，自己已经成家，而且有了可爱的儿子，此事办砸了，会影响到妻儿，后果让这个出身不好的年轻技术员心有余悸。

张、李二位总指挥好像看透了他的心思，对视了一下，张仁祥就拍了拍曲庆祥的肩膀说："小曲啊，我们这也是捞胡棚里撒枪杆，挑来挑去，把你挑出来的。用你，我们也是下了很大的决心。不过，你放心，你不要背着一点儿思想包袱，轻装上阵，大胆地去干吧。你只管好好干，我们相信你能干好，有了问题我完全负责。就是跳漳河，也是我张仁祥第一个去跳，就是坐牢，由我张仁祥一个人去。天塌下来，有大个子顶着，你就放心大胆地给咱去干吧！"

"给咱，干！"张总指挥的"咱"，让这个有着心理包袱的年轻技术员心里涌起一股暖流。

话已至此,这个年轻的技术员还能说什么呢?而且,在他的心里,也同时升腾起"士为知己者死"的慷慨。个子不高的曲庆祥"嚯"地站起来,声音洪亮,斩钉截铁地说:"我,干!"

这一声"我,干!"成就了张仁祥慧眼识英才和敢于担当的曲庆祥的一段佳话,也让曲庆祥的人生实现了最大的价值。

64

在张总指挥那里接受了新的任务,曲庆祥回到家里,把事情的原委给妻子新华说了。新华虽然是个女人,但更有男人豁朗爽直的脾性,她说:"领导既然信任咱,看得起咱,咱就要对得起领导。反正哪里也是家,你到哪里施工,我和孩子就跟你到哪里,我给你做饭洗衣,你就安安心心地考虑架渡槽的事儿,我不会拖你后腿的。"让妻儿继续跟着自己在襄垣的这条山沟沟里,过颠沛流离、寄人篱下的生活,本来心里还有一丝愧疚的曲庆祥,这时心里充满了感激,他庆幸自己娶了一位好媳妇、贤内助。

新华开始做搬家阳坡的准备,曲庆祥也找出有关图纸和资料、参考书、绘图仪、计算尺等,放在经常随身背着的一个红布袋里。第二天一大早,他吃了碗新华给他做的小米干饭和一个煮鸡蛋,就步行出门了。按照昨儿晚上的商议结果,他先去阳坡渡槽工地开展工作,等找到住处,就把她们娘儿俩一同接过去。

西坡这里到阳坡渡槽工地足足有7.5公里。曲庆祥虽然年轻,但又是爬山路又是过河的,也走了两个多小时,才来到阳坡渡槽工地,见到了新成立的渡槽专业队的党支部书记姚凤鸣、队长刘全鼎。

阳坡渡槽位于干渠12公里处的襄垣县强计公社阳坡村下,横跨阳坡河,总长144米,高24米,过水流量为7立方米每秒。阳坡河是一条季节性河流,洪峰最大流量约200立方米每秒。阳坡渡槽的设计,曲庆祥全程参与了。在阳坡渡槽的设计过程中,经过多个方案的比较,最后选定了当时国内最先进的装配式钢筋混凝土排架薄壳渡槽方案:整个工程由进口、槽身、排架、基础、出口、止水、桥面板、栏杆、防护冲坡、护墩等部分组成,槽身为"U"

形薄壳,上口宽2.2米,高2.1米,壁厚0.1米,共12节,每节长11米,由250号钢筋混凝土预制而成,每节重24吨,要先在地面上预制好,然后吊装到排架顶上。支撑槽身的排架结构为单支柱高层框架,是250号钢筋混凝土预制件,共11架,最大高度为22米,重30余吨。要先在地面预制好,然后吊装插入基础的杯口中,最后固定。排架的基础是现浇150号钢筋混凝土构件,对应的也是11座。

坐在阳坡村边的一处高台上,姚书记忧心忡忡地给他介绍了当下的一些情况。原来自1969年10月省水总进驻工地以来,施工进度很不理想,只搞了一些诸如修路、平场、削坡、接电、搭工棚等辅助性工作,木工每天只是刨刨板,钢筋工每天只是拉拉钢筋,别的工种都没动,都说拿不准吊装方案不敢下料,不敢贸然动工。配合水总施工的几个连队,差不多一个月一换班。一些好事之徒,来到工地,不是干活,而是当面诘难,横挑鼻子竖挑眼,这也看不惯,那也看不惯,民工之间经常顶牛。水总和配合施工的地方民工连队的关系很不正常。水总对连队民工的散漫无知有意见,连队的技术员和领队的干部以及民工又觉得水总难伺候,要求调出去。水总的师傅们对于设计图纸也有不少意见和怨言。

叙谈之间,姚书记的眼神和语调流露出深深的忧虑和困惑,曲技术员的心头也蒙上了一层阴影,隐忧像一块大石头,自然沉坠在他的心头。

曲技术员到工地的当天下午,应他的要求,姚凤鸣书记召集各方代表十余人开了个会。从与会人员的表情和会议的沉闷气氛,曲庆祥嗅到了隔阂、对立、紧张的气味。果不其然,当姚凤鸣书记介绍曲庆祥是搞设计的,省水利总队一位身穿劳动服的年轻人就"嚯"地站了起来,语调极不友好,甚至带有指责:"你们的设计简直是闭门造车,根本和施工的实际是两张皮。吊装构件的重量多数都超过16吨,这里是深山区,大型设备进不来,我们无法干!干也行,我们只管16吨以下的,你们说怎么吊,我们就怎么吊——吊坏了是你们的事,我们概不负责。"他说完就一屁股坐下去,扭脸看着别处。水总又有同志提了一些具体的问题,如连队备的砂石料不合格、民工笨手笨脚等等。公社带队的干部也是满满的怨气:"你们说怎么样我们就怎么样,我们也尽了最大的努力。"民工代表也在私下嘟囔:"我们像大爷般供着你们,还不知足?

我们吃的啥？你们吃的啥？你们一天一顿细粮，我们七天还难吃到一次。""哼，除了会动动手指头，你们哪知道我们在野地里受的苦？不行，你们来试试。"会上响起一片嘈杂声。负责材料后勤的支部委员温本红站起来说话了，他用眼神制止了带队干部和民工的牢骚，又转身用诚恳的语气对着水总的代表说："这里的施工条件确实不好，我们的民工都是种地的，别说架渡槽了，眼没见过，听也没听说过，就请多担待担待吧。另外……"还没等温委员把话说完，水总的一位同志就"腾"地站了起来："另外什么，我们这是对党和人民负责。工程一旦出了问题，谁负责？是要我们负责的，你们说多少个另外都靠边站。"曲庆祥坐在那里认真地听着、思考着，联想到上午和姚凤鸣书记、刘全鼎队长的交谈，感觉到水总和配合水总施工的民工连队之间，矛盾已是针尖对麦芒，一时半会儿难以调和。两家现在已经杠上了，但僵局必须打开，死结必须解开。这时，坐在他旁边的姚书记用胳膊肘碰了碰他，示意他站出来说话，现场的现实也不容他不说。

　　他放下手中的水笔，站了起来，不高的个头，在烟雾缭绕的众目睽睽之下，并不显山露水，只有那不高不低的声音，在烟雾里飘荡："我就是渡槽的设计者之一，我初来乍到，对施工的情况还不了解，简单说上几句吧。我们的设计没有和施工结合，说是闭门造车也不为过。设计时施工单位没有定下来，还情有可原，现在已经进场了，应该从实际出发很好结合！我今天就住下来不走了，有什么意见和问题，同志们尽管提出来，我将尽我的能力来解决；解决不了的，咱们向上反映，这样好不好？"说到这里，他看到几方人员的情绪有所缓和，就继续说："关于设计方案的选定和批准，曾经过多次的比较和争论：如果采用填土筑坝方案，需要1 000多人在这里干一年多；若采用石拱渡槽方案，需要300多人、20余辆马车，得干上一年半，加上支架、防洪等设施，就更不经济了。现在的方案'薄、轻、巧、先（进）'，是符合多快好省原则的。当然了，技术性强、难度大，是它的限制条件。领导已经知道了咱们这里的情况，已经组建了一支渡槽专业队来配合水总的施工。我想，既然上级把这项任务交给了我们，我愿和大家一道，面对困难，克服困难。我也建议咱们不要在屋子里空对空说了，是否去现场，边看、边说、边讨论，'三个臭皮匠赛过一个诸葛亮'，咱们一定会找到解决问题的办法的。"

话说得入情入理，大家就相跟着来到施工现场。

在混凝土石料场，曲庆祥看到了备用石料。他一眼就发现了问题，也怨不得水总同志挑剔。这些就地采掘的卵石锈迹斑驳，杂质多，从岩石分类上讲，是砂砾岩，和500号的高标号水泥搅拌到一起的混凝土，是达不到250号的。他又在阳坡河谷里上下转了转，发现河谷里的石料大都是砂砾岩，和水泥搅拌使用的应该是石灰岩。曲庆祥当即和大家研究决定：改变料石的采集地点，不能在阳坡河谷里就近采集。一个连队去上游2公里处开采石灰岩片石，一个连队去下游的漳河河槽里捞拣大块的漂石。料石运来工地后，先人工砸制，等购进破碎机后再改用机械破碎。同行的柏峪公社的两个连队的代表，看新来的曲技术员对他们的材料准备给予否定，虽然一时心理上还有些抵触，但最后还是接受了。之后，他们又察看了钢材木材等材料的进场情况，各工种的准备情况，进出道路和场地的条件，和在场的省水总的起重工王庆珍师傅、木工谢师傅、测量工解师傅、混凝土工李师傅等工匠，初步交换了施工导流、测量放线、基础开挖、材料加工、构件预制等意见。王庆珍师傅是省劳模，曾进京受到过毛主席的接见。他见小曲年纪轻轻却能在嘈杂的声音里坚持真理，辨别真伪，对问题不回避，对错误不迁就，自然有了几分欣赏和喜爱。他拉住小曲的手，直爽地向他说道："我是阳历年后来到工地的，这里的交通太不方便了。沿漳河两岸的半山腰有一条大路，实际上是一条拖拉机马车路，尽管修了好几次，重车仍然进不来。工地又在漳河的北岸，过河没有桥，民工们住在河南岸的河曲村，上下工都得蹚河过。运送物资都得人工背扛。工地上仅有的几台吊装设备，也是费了九牛二虎之力才好不容易进场的——这项工程的吊装方法只能用高线（缆式起重机）吊装。按我们现有的设备条件，只能吊起几吨。不过，这个问题我也已经给单位的领导反映过了，最好想办法购进一条48毫米的进口钢丝绳作为主绳，再让修配厂加工十余件配件和四台电动绞磨，一起进行工作。这种鸡蛋粗的钢丝绳不好摆啊，你就按16吨作为控制条件，修改设计吧。"现场交谈，他有了另一个意外的收获，谢师傅竟然是他的阳泉老乡。在这偏僻的山沟里，能遇到一位乡党，双方都很惊喜，彼此间的距离自然而然就一下子拉近了许多。在老乡面前，七级工匠谢英怀师傅更是毫无保留，倾心相谈，他说，我干模型活计三十多年了，做这种薄壳构件的模型也还是第一次。按往常的做法恐怕不行。琢磨来琢磨去，想着还是扣着预制为好。内模一次做成，外模呢，一边加混凝土一边加水浇筑而成。他还想了几种防止跑模的方法。"跑模"，就是在模型的制作和预制时，不是混凝土加厚增加了模型重量，就是弄得模型像马蜂窝似的。他拍着小老乡的肩膀，鼓励他不要胆怯，告诫他"战略上要藐视困难，战术上要重视困难"云云，尽快拿出修改图纸，要不然大家来了工地，天天坐着熬日头也不是个事儿。最后，他还特意安慰小老乡，他的徒弟们讲话有时不注意方式，不必介意，有事和他讲。谢师傅的推心置腹和其他几位师傅的现场指导，让刚刚来到工地就遭受了一场"风雨"洗礼的年轻技术员曲庆祥心里增添了几分温暖。

在一个下午的现场考察交流中，曲庆祥以科学的态度、随和的语气和诚恳的姿态，赢得了水总、民工和姚凤鸣书记、刘全鼐队长、温本红委员的认可和首肯。

在这里，有必要把渡槽专业队的组建和省水利总队进驻"三五红旗渠"给各位看客作一个简要的介绍。

省水利总队能来支援黎城"这一条大渠"的兴建，是因缘际会。当时，省水利总队在运城小河口施工，受运动影响，工程停工，水利总队陷于困境，人员生活都无法保障。晋东南地区军分区的司令员武天明，在早前修建山西大型水利工程丹河水库时，担任主要负责人，曾经和省水总有过良好的合作关系，结下了深厚的情谊。水总有难，求救于他，而他考虑到省水利总队有大型机械和技术优势，这正是黎城修建"三五红旗渠"的短板。于是他就积极从中协调，牵线搭桥，把这支处于漂泊状态的水利专业队伍安排到黎城帮助修渠。黎城县方面，只管水利总队人员的伙食，不发工资，唯一的特殊待遇，就是给这支水利专业队多调拨些白面。这支"拾来"的专业队，为黎城"这一条大渠"的兴建立下了汗马功劳。

一开始，协助水总施工的是柏峪公社的两个连队。虽然说这两个连队也是指挥部经过慎重考虑而确定的，但民工连队在渠上，规定是三个月一换班，而这一条大渠需要修建的几座大型渡槽，工期在半年以上，而且渡槽建设不同于渠线开炸、填沟挖方，其作业的技术性较强，这技术活儿就非同小可，不可等闲视之，不能随意派工，对人员的素质要求相对要高，除了身体强壮之外，还要有一定的文化，脑瓜儿灵活。因为水总在渠上，也就是一二十个人，大都是各把一关的工匠。而且，水总在这里能待多长时间也是个未知数。因此，指挥部立足当前、着眼长远，从各连队挑来选去，选拔了140多名"精兵"，组成渡槽专业队。渡槽专业队队员的任务：一是分组跟班学习，协助各工种正常施工；二是学有所成，掌握一技之长。练兵是为了打仗，一旦情况有变，他们就要作为主力军，派上大用场；而曲庆祥除了负责渡槽的设计任务，其实还担负着对这些"生瓜蛋子"的日常技术培训，充当"教头"的角色。当然了，指挥部在考虑组建这支队伍的同时，也深思熟虑，派来了一员大将担任队长。

这个人就是时任工程处副处长、大名鼎鼎的刘全鼐。

让刘全鼐任队长，来带领这支"新军"，足见指挥部对这支队伍寄予的厚望，也说明了渡槽建设在整个修渠工作中的分量。

暂且按下渡槽专业队的组建不提，还是让我们把目光回到曲庆祥这里吧。

白天的吵吵闹闹暂时平息下来，曲、姚、温三个人在民工灶上喝了两碗菜汤，吃了一个玉米面谷乱，住在了老姚的通铺屋里。劳累了一天，本该休息了，可曲庆祥展开图纸，开始了对设计的修改、复核。姚、温二人劝他休息，他回答说："你们先歇息吧，我躺下也睡不着，不如干一会儿再睡。"可是他这一干，就是两个多小时过去了。老温看他在煤油灯的微弱光线下，又是翻图纸，又是拉计算尺，就起身给他把煤油灯的灯芯往高挑了挑。灯光稍亮，小曲浑然不觉，全神贯注地游动在由线条、图案和数字组成的世界里。

夜晚的纸上作业，白天的实地考察，与各位工匠的交流探讨，夜以继日的三四天工夫，新来的曲技术员就把一个初步的修改方案端到了大家面前。看着满脸倦容、两眼血丝的年轻人，省水总的几位工匠，暗地里为他竖起了大拇指。至于和他住在一个屋里的姚书记和温委员，更清楚这个指挥部派来的曲技术员这几天付出了很大的辛劳。就连水总和民工里的那几个"刺头儿"，也不得不对这个其貌不扬、个子不高、身材瘦弱的小技术员刮目相看。

大家围拢在阳坡小学院里一张土制的乒乓球台上，听曲技术员侃侃而谈："我修改后的设计方案是这样的，原则上一是吊装的构件重量在16吨以下；

二是混凝土的强度和裂缝，不管是预制还是吊装，必须在控制范围以内，不能影响使用功能；三是便于预制、便于调运安装；四是尽量降低高空电焊作业的难度，减少工作量——在20多米的高空作业，安全和质量同等重要。具体来说就是：A. 槽身部分：1. 将槽壳与两端承座分离，分别预制、分别吊装，结合面用沥青油毡垫衬；2. 高度降低20厘米，全断面过水，另外加砌超高部分，防止有风时产生波动；3. 重心轴处壁厚适当增加，不仅可使主拉应力减少，还有利于外模型板的制作和安装。"U"形槽里有个中心轴，中心轴这个地方受力最大，加厚之后，阻拉引力减小，有利于外模型的制作和安装。咱们把这一部分稍微加厚变成直的，不要都是弯的，都是弯的做起来很难，这部分做得直一点，正好在中心轴这里加厚一点，受力的问题也解决了；4. 适当调整部分钢筋。结构变了之后，槽身里面的钢筋也需相应的调整。B. 排架部分：1. 将排架上下分作两部分，分别吊装，然后拼接固定；2. 采用三个以上吊点，并优选其最佳位置；3. 适当增加吊装钢筋。C. 基础部分采用150号现浇混凝土，视开挖后的地基情况再做决定。"

小曲技术员的讲解，让围拢在四周的相关人员都听得入神，听着在理，一时还真没提出什么意见。这时姚凤鸣书记代表大家说："小曲这几天废寝忘食、加班熬夜，充分吸收了大家的意见建议，对大家前段时间的疑惑不满，也从技术上进行了认真的修改。小曲的这种精神和干劲是值得我们大家学习的，我代表党支部对小曲提出表扬。"

掌声响了起来，这让一个高成分出身的技术员有着被认可的感动。

不过，为了慎重起见，曲庆祥提出，最好到专区水利局，请有关技术专家把把关。他把这个想法给姚、温二人说了，姚、温给指挥部的张总指挥在电话里汇报了一下，征得指挥部同意，曲庆祥就带着一大摞图纸来到晋东南专署水利局。经过一番周折，才见到了要找的胡多文和王怀玺。这两个技术专家审看了图纸，听了曲庆祥的汇报，口头认可了他的修改方案。苦于条件的困窘，两个人也无法给眼前这个年轻的技术员以任何方面的支持，比如说，一纸盖有官方图章的书面意见，这会给心里忐忑不安的小曲以强大的支撑，他需要这种支撑。

看着两位老技术领导茫然无助的眼神，他心里难受，可也明白，他们已经给了他最大的帮助，以后的路怎么走下去，还得靠他自己。

可这么大的事，一旦出事，就是滔天大祸。贴着他这个成分标签的人，极容易被上纲上线。这一旦上纲上线，肯定是要被送进监狱的。

坐在回黎城的班车上，他思前想后，想想自己的方案，想想自己的处境，想想远在阳泉年迈的慈父，想想新婚不久的妻子和刚刚出生的儿子。思来想去，还是稳妥点儿好。也难怪，他是个背着枷锁的小人物，让他戴着"镣铐"跳舞，能跳好吗？他是站在刀尖上的舞者，不免心里战战兢兢，思想难免瞻前顾后。这不能怪他。左思右想，他就没回阳坡，而是直奔水碾指挥部。在指挥部见到了张总指挥，向他一五一十地汇报了到专署水利局的情况，接着提出了想去省厅再找人审定的意见。

张总指挥的脸拉了下来，半天没有作声。

曲庆祥的心脏也"呼"地吊在了半空中。

"还是打消这个念头吧。去了找谁呢？谁给你承担这么大的责任呢？"张一反往常的大嗓门，声音很低很低，似乎是在自言自语，又好像是在问曲庆祥。

曲庆祥张了张嘴，但最终没有说出话来。

可是，这事怎么办哩。曲庆祥杵在那里，不知该走还是该留。

这时，张总指挥开口了："庆祥啊，眼前就这么个情况，自己的事自己来办吧。技术上的事我就依靠你，责任由我来承担。我就是把这把老骨头扔在渠上，也算是为黎城的老百姓鞠躬尽瘁了。"

一言未发，曲庆祥离开了张总指挥的窑洞办公室。

他没有回头看一眼，但感觉到身后张总指挥凝视的目光。

他一口气走了十几里。刚走到阳坡村外，就见姚书记和温委员站在村口。

这是在等他。只听姚书记边走边说："都给你安顿好了，新华和小孩都搬过来了，都在家等着你吃饭呢。"

小曲心里一热。

暮色苍茫中，高台上的阳坡村飘着一缕缕炊烟。

65

在采访过程中，我得到这么一个消息，渡槽专业队每月10日有个聚会，已经雷打不动地坚持了十多年。这条信息引起了我的兴趣，2016年秋日，在内里人的引领下，我来到七里店村边的一户院落，第一次参加了他们的聚会。参加聚会的人都已是七老八十的人了。他们中有几个我认识，大多数不认识。今天聚会是在范联北的家里，范联北是范联廷的弟弟，弟兄俩都参加了修渠，都被选拔进入了渡槽专业队。范联北在他们中间年龄最小，当时到渠上时还不到十八岁。兄弟俩是李堡村人，我在北社中学教书时，联廷在村里当支书，说起来是老相识了。联北说的媳妇是我村的，就不生分了。联北做厨是把好手，在七里店村边临路的地儿，盖了所院子，把临路的房子朝路面打通，对外开了一家小饭馆。这几年的每月10日，大家就都来这里聚会。一来路顺，二来联北本身是个厨子。每次聚会大概有20来个人，摆上两桌，喝点儿小酒，会会餐。但也不白吃喝，可也不是像到饭店一样算账，就是个成本费。具体是每人交100元，吃完再收。管账的叫申贵堂，在渡槽专业队时，当的是事务长，这老来的聚会，他又重操旧业，干起了老本行。我去时，四个菜已经上桌，分别是醋泡花生米、猪头肉、大葱烧豆腐、小炒肉，两个凉菜两个热菜，两荤两素，一瓶高粱白。我在他们热情的招呼下入座，又被他们热烈的交谈吸引，虽然他们已是上了些年纪的人了，但从他们的神色言谈来看，那种亲昵贴心都在有个性色彩的言语里表露无遗。这是岁月积淀下来的亲情，这是同一条战壕里摸爬滚打出来的友情，这是激情燃烧后的炉火纯青。

我之后断断续续又参加了他们的几次聚会，每次都是熟面孔，每次简单饭菜，每次洋溢着的都是醇厚的情感。

他们亲切地交谈着，爽朗地笑着。这种快乐的源头是在漳河岸畔，是从一个时间节点源远流长而来，这一天是1970年4月10日。

这天，是渡槽专业队正式成立的日子。这支队伍由148人组成，全部是生龙活虎的小伙子，都有一定的文化底子，有的还会干木匠、铁匠等活计。但是，他们对渡槽一无所知，大多数连渡槽长什么样子都不知道。有的甚至连渡槽这个词，都是第一次听说。但即使这样，他们也被各个连队推举出来，集结到阳坡。指挥部对这支队伍的组建相当重视，也是寄予厚望的。渡槽专业队直属指挥部领导，说他是"王牌军"也好，"御林军"也罢，其名副其实，一点儿也不为过。后来的事实证明，这支部队战无不胜，屡立大功，是一支能打硬仗的"铁军""万岁军"。

工程处副处长刘全鼐被委以重任，担任渡槽专业队队长，这个队长毫无疑问也是张总指挥钦点的。说起刘全鼐这个人，那可是在黎城大地上如雷贯耳的。之所以说他名头大，是因为他非同一般。怎么个不一般？

刘全鼐1920年出生于江苏省徐州市大黄乡三孔桥村，1938年考入黄埔军校，学的是炮兵。军校毕业后，他在阳城当了几个月的见习排长后，就被分到胡宗南部队的炮兵营任营长。当时他才二十来岁，是国民党军队里最年轻的军官。1949年12月，他在四川成都随军起义，与起义官兵一起加入了中国人民解放军。起义后，他奉命在四川剿匪，在共产党的部队里立下战功。剿匪刚刚结束，朝鲜战争爆发，由于他深谙炮兵战术，部队就派他到天津学习当时苏联制造的喀秋莎火箭炮技术。短暂的一个月学习后，1951年，他就随第一批中国人民志愿军开赴朝鲜战场。这场抗击以美国为首的"联合国"军侵略者的战斗，一打就是好几年。战争结束后他回到国内，兜里多了四枚勋章。三枚是志愿军授予的，因为他作战勇猛；一枚是朝鲜人民军授予的，因为他在身临绝境的情况下，救出了一名朝鲜人民军的军官。不过，他还随身带回一件沉重的行李：重度关节炎，这是在朝鲜第五次战役时，刺骨的严寒给他留下永生的"纪念"。

从枪林弹雨的朝鲜战场回来，在邢台休整，部队转业的名单上有他，部队首长征求他的意见，他说："我去华北吧。"至于为什么他选择华北作为他的"第二故乡"，他没说，以后也没对人讲过，这至今都还是个谜。我在采访他现已八十五岁的老伴刘娇梅时，问过这个问题，她也说她不知道。反正就这样，他被部队转业到山西，在太原等待分配的时候，恰好遇到在太原开会的黎城县人事局局长郑金旺。两人谈得很投机，刘金旺就对他说："你来黎城吧。"他就二话没说，当即去找领导，把他分配到了黎城。来到黎城的时间是1955年3月。同年8月，他就同范家庄一个叫刘娇梅的姑娘结婚成家。这一年,他三十六岁。

来到黎城后,他被任命为教育局副局长。其实,他真正从事教育工作的时间很短,更多的时候是被抽调去参加县里的大工程。不过,他认真负责、雷厉风行的工作作风,给同事们留下了很深的印象。也许,正是他的军人作风和个人秉性,让黎城县的决策者每逢有攻坚克难的"啃骨头"工程,总是想到他,而他总是一马当先,圆满地完成任务。在来修"这一条大渠"之前,他最让人交口称赞、津津乐道的是修大漳北渠时鏖战观音汕和领衔修钻马山公路的事迹。

1958年,黎城修建大漳北渠,刘传鼐被借调到施工指挥部。修建大漳北渠最大的难关就是攻克悬崖峭壁的观音汕。这里壁立陡峭,地势险峻,漳河从崖下激浪翻滚着扬长而去。大漳北渠的渠线走到这里,观音汕凶神恶煞般地挡住了去路。民工们恐惧,望而却步;指挥部苦思冥想,一筹莫展。艰难之时方显英雄本色,由刘传鼐带领的高空作业小组走了过来。他们爬上高高的崖顶,把一条条绳索固定好,刘传鼐头戴柳条帽,腰系大绳,带头飞身下崖,悬空作业。他言传身教,和几个勇敢的民工一起,一人持钢钎,两人抡锤,在悬崖峭壁上打炮眼。刘传鼐矫健的身姿像一只鹰,给参与修渠的民工现场上了一课。他既是指挥员,又是战斗员。他在军校学的是炮科,在部队干的是炮活,爆破工作自然是他的强项。他从组织指挥民工打炮眼,到手把手教民工装填炸药,一次次亲临险境,亲自点火引爆,排除滑石险情。苦战月余,漳北渠最艰险的一段——观音汕工程,被顺利拿下。一时间,刘传鼐的英名在全县广为传扬。

攻克观音汕工程之后,县里的领导也认准了刘传鼐这个人。只要有艰巨的工程,就想到了他,就把他派上去,而他总能出色地完成任务。

这次修"三五红旗渠",他自然是负责领导工程施工的人选。从测绘设计开始,他就在列,成立指挥部,他就任工程组副组长。他这个副组长,可不是坐而论道,每天穿梭于工地进行巡查指导是必然的,关键时刻,他还真撸起袖子甩开膀子亲自上手。

成立渡槽专业队,他是队长的不二人选。这是一个新的领域,是个第一次吃螃蟹的大活儿。他要领导上百名的"生瓜蛋子"和两个连的民工,协同水总和曲技术员,十拿九稳地把大螃蟹一口一口地"吞"进去,吃相不能难看,吃相必须优雅。这对于连渡槽这只"大螃蟹"见都没见过的刘传鼐和他的兵们来说,不啻是赶鸭子上架,撵公鸡飞天。

成败在此一举。传鼐接手的这仗,是大仗,是硬仗,未知领域里的这一番搏杀,势在必行,必须取胜,没有退路,不能退缩。

刘传鼐面临着新的考验。

曲庆祥面临着新的考验。

他们即将交出怎样的一份答卷呢?

第二十二章　初战告捷

66

襄垣境内最关键的漳河渡槽和阳坡渡槽两座大渡槽，用省水利厅同志的话来说："这两座渡槽，形式新颖，国内先进，省内空前，技术难度很大。"这两座渡槽，漳河渡槽的施工难度最大，指挥部慎重研究后，决定把建造阳坡渡槽作为一次练兵，而这练兵，也是不允许失败的。不要说政治形势使然，失败不起，就单从工程建设的角度来说，一旦失败，不仅仅造成人力、物力的巨大浪费，更是给方兴未艾的修渠事业兜头浇了一大盆冰水。只许成功，不许失败，开弓没有回头箭。这点，曲庆祥明白，姚凤鸣明白，刘全鼐明白，温本红明白。

曲庆祥和他的战友们别无选择。曲庆祥从新成立的渡槽专业队挑选了三四个人做他的帮手，协助他做测量计算、描图晒图、质量检查等工作。

纸上作业的最终结果要靠实践来检验。曲庆祥心里清楚，工程施工成败的关键是吊装。而原设计吊装方案是一次吊装30吨，这在现实的施工条件和施工环境下是完全不可行的。和水总的几位师傅多次磋商后，得出结论：最大的吊重不能超过16吨，这是不可突破的上限。围绕这个上限，"一切从便利吊装出发"，所有的工作着眼点都发生了转变。首先是设计的重大修订。省水总、渡槽专业队、配合施工的柏峪公社的两个连队，都把目光聚焦到了曲庆祥所住的那间小屋里。

阳坡是个偏僻的小山村，住着水总、渡槽专业队的队员，协助施工的柏峪公社的两个连队的民工住在河对岸的河曲村。专业队来得晚，村里的民房已经住满了，他们中的一部分只好到村外的羊圈睡。生活方面，省水总的同志们想吃点儿新鲜蔬菜，需到十几里以外的集镇上才能买到，专业队员们每礼拜才能改善一顿伙食，也就是能吃一次细粮。这里没有电，晚上照明全是煤油灯，而且耗油还有控制。曲庆祥的爱人和不满一岁的儿子，自他从专区汇报回来后，也从水碾村搬来了阳坡，安排住在村里最高处的一孔土窑洞里。房东一家四口人，两孔土窑、一厨房，他和妻儿住的那一孔土窑洞，里面还堆放着房东家的一些农具、家具等什物，这就是众所瞩目的"曲总设计师"的办公和生活场所。可这比起群居的民工们的条件要好多了。他把小图板往土炕沿上一放，坐在小板凳上就聚精会神地投入工作。有时阴天，窑洞里的光线不好，他就挪到院子里，把小图板架在鸡窝顶上，进行制图或者演算。爱人徐新华全职为他进行生活保障，跑十多里路到强计公社的粮站、供销社购回日用的油盐酱醋毛巾香皂等，大包小包的，肩背手提，一路喘气，上坡跨河过沟的，提溜回家。当地紧缺的香油、猪油、大米等，就托江苏那边的亲友到自由市场购买，然后再打包成行李包裹，从遥远的江苏邮寄过来。徐新华这个人性格开朗，爱说爱笑，手脚也勤快，很快就和房东以及左邻右舍混熟了。朴实热情的村民在生活上给了他们许多关注和帮助，在时隔五十几年后，提及这些，当年的小曲，现在鬓发霜染的老曲，还是满脸感激。

指挥部选择首战阳坡渡槽，也是下了很大的决心的。拿下阳坡渡槽，也为最终拿下漳河渡槽积累了经验，锻炼了队伍，奠定了基础。

首战成败的关键人物，是负责设计的曲庆祥。要用"殚精竭虑""寝食难安""坐卧不宁""诚惶诚恐"这几个成语来注解曲庆祥在阳坡渡槽设计过程中的心路历程，是确切的。

多种设计方案的比较，最后选定了钢筋混凝土装配式建设方案。这在当时，也算是国内先进的技术。这之前的渡槽，是先搭上架子，再用混凝土浇筑；现在的建设方法，是预先在地下把槽体预制好，然后进行空中吊装。这槽体，是从国外引进的"U"形薄壳渡槽。一节渡槽由以下几部分构成：进口部分、槽身部分、排架部分、基础部分、出口部分、止水部分、桥面板、栏杆、防冲护板等。槽身是"U"形薄壳，上口宽2.2米，高2.1米，厚度为10厘米。阳坡渡槽总共12节，每节长11米，由250号钢筋混凝土预制而成。在地面上把槽身预制好之后，吊到排架顶上安装。支撑槽身的排架结构是单支柱高层框架，共有11座。排架的基础是150号钢筋混凝土构件。把槽身吊装插入排架基础的杯口里，调整好后，再固定在杯口里。

渡槽专业队来到阳坡，经过十多天的培训，就分成几个组与水总的工匠结合，跟班学习。

2016年的夏天，我们在阳泉采访曲庆祥和他的爱人徐新华时，徐老太还绘声绘色地给我们讲："不知多少次，俺家的老曲在睡梦中说着梦话：'吊装——预制，快快快，哎呀，坏了'，有时候一夜就得把他推醒好几次。"由此可见，曲庆祥当时承受的心理压力有多大。看着丈夫一天到晚工地一趟家里一趟地来回奔波，白天黑夜地算啊画啊，连做梦都不安生。徐新华也是心里发毛。"咱一不是大学生，二不是工程师，就是个中专毕业的技术员。这吊装的事儿要是弄砸了，国家损失的是钱，咱损失的是人命。"她就在家里和老曲商量是不是再找个人搭把手，老曲一时没有明白她的意思："省水利厅和专署水利局的工程师都靠边站了，泥菩萨过河，现在躲事还来不及，谁还来给你一起端这个火盆子，顶这个屎盆子、尿罐子？"新华扑哧一笑说："你傻啊，我不是还有个在省水利厅工作的亲哥哥吗？人家可是清华大学科班出身的。"爱人的一番言语，也让曲庆祥眼前一亮。是啊，放着这样的大兄哥不用，不是浪费人力资源吗？于是，他就把自己修改过的设计方案给在水利厅工作的大兄哥邮寄了一份。没过多长时间，大兄哥的回音是肯定的，这让他心里有了个底儿。

虽然心里的压力稍稍有所缓解，但毕竟现下的都是"纸上谈兵"，一切的一切，还必须经过实践的检验。曲庆祥脑子里的那根弦还是绷得很紧，一刻也不敢松懈。徐新华还给我们讲了这么一件事：水总上有位刚参加工作的技术员，钻研技术的热情很高，工作责任心也很强，喜欢和曲庆祥来往，经常在灶上吃过饭，就转到曲的住所，和老曲攀谈。有次来到家里坐下来，一边翻看着草图和计算手稿，一边用太原夹杂着雁北的口音对刚刚从河里挑了一担水倒进水缸坐下来的曲庆祥说："曲大哥啊，这吊装可是关系生命财产的大事，你可要细心算对哟，一点儿也马虎不得。你想，这16吨的东西吊到24米高，一旦落下来，那是个甚境况？这破坏力有多大啊？"站在旁边的徐新华可就急眼了："你不要吓唬他了，俺家庆祥是个胆小的人。你快住嘴，让他把这碗饭吃了再说。"这个年轻的技术员愣怔了片刻，露出不好意思的样子，腼腆地笑着道歉。

曲庆祥先把变更后的施工设计给各方交了底，然后就亲自带着几个"徒弟"测量放线，多次测量多次校对，尽量将误差控制在可控制的范围之内，然后是调整场地的布置，对于120多件吊装构件的预制、次序等都做了详细的对接安排，尤其是对重量大、长度长的构件，从减少搬运距离和吊装上一点一滴地做了精心的布置。

这时的阳坡工地，由这几部分力量组成：省水总的工匠师傅、新组建的渡槽专业队、配合施工的两个民工连队。曲庆祥来到工地的短短时间，虽然变更设计还是一张张的图纸，但总算是让各个方面的工作有了初步目标，更有了具体的活计。

施工队伍的人心稳定了下来。

现在让我们来看看这小曲技术员的"运筹帷幄"：工程施工的计划是这样的：在5月份之前完成混凝土的预制、现浇和砌筑，5月中旬完成吊装设备的安装调试，并开始试吊，6月份完成吊装和其他扫尾工程，"七一"之前工程完工，向党的生日献礼。水总主要搞模型制作，民工和专业队主要着力于清基、垒砌和沙子、石子等备料的活儿。各就各位，工地上一扫往日的沉闷气氛，一时热火朝天。

随着气候的逐渐变暖，混凝土的浇筑进入了高峰，浇筑之前模型的精细程度必须精准，浇筑过程中为了防止跑模漏浆，浇筑之后的清洁和维护，以及处理一些意想不到的问题也是不能掉以轻心的。一个模型完成之后还要准备下一个模型使用的各种材料，谢师傅每天带着徒弟们有条不紊地忙碌着。尤其是在薄壳构件的浇筑过程中，他更是亲力亲为，细心地观察并总结经验，听取各方意见，及时对模型进行修正。每次混凝土浇筑之前，曲庆祥带领的几个技术员还要对使用的材料如沙子、石子、水泥、钢筋的配置、模型、工具设备、电源等等进行严格检查，一切完好，才下达开盘命令，各种材料严格按比例进行配比，搅拌合格后方能入场浇筑。每一道工序都有水总的头牌工匠师傅把关，每一次浇筑、每一个构件都要取上数组试样，做强度检验。

混凝土浇筑是一项技术性很强的重体力劳动。那时候还是以手工操作为主，都是露天作业，受气候条件的影响很大，又必须连续作业才能保证质量，因此不能按点开饭或者按时送饭到工地上，加班加点、挑灯夜战都是习以为常的事。不过还好，省水总的同志相对固定下来了，不再是一月一换班。经过一段时间的磨合，加之设计方案调整后，大家的认知得到了统一，心灵的默契在劳动成效上得到充分的体现。

大约在4月下旬，水总的王师傅从太原带来了他们申请采购的那种鸡蛋粗的进口钢丝绳，同车来到的还有水总的"技术尖子"——李技术员，这真是雪中送炭的大喜事！曲庆祥领着李技术员，详细检查了吊装各项准备工作的进展情况。李技术员对缆式起重机的各部分内力、安全系数、主绳的重度、工作强度等，反复计算、校对，确认设备正常，可以满足工程需求。

在混凝土预制进入高潮之际，起重工和架子工的同志们也投入试吊前塔架的架立、主绳的架设、地锚的埋设等工作，到5月中旬，如期完成了试吊前的各项准备工作。此时，排在前面的混凝土构件试件的合格报告单也送了过来。吊装实验的工作已经准备就绪，吊装进入倒计时。姚凤鸣书记主持召开了工地会议，研究决定5月20日进行试吊，并组成"三结合小组"统一领导，现场总指挥由水总的王师傅担任，副总指挥由姚凤鸣、刘全鼐担任，曲庆祥也是"三结合小组"领导成员。

试吊这天，天气晴好。一大早就提前起床开饭，之后，在工地召开了隆重的动员大会，明确了岗位职责，强调必须不折不扣地服从命令；要按规程操作，不能自行其是。工地现场还设置了安全员，无关人员一律不能进入施工现场。为防止意外，指挥部还特地安排了两名值班医生，调用了整个"三五红旗渠"上仅有的一辆绿色吉普车，随时待命，以防不测。

上午8时，按照指令，各就各位，大战一触即发，工地上一片静穆。

王师傅嘴里含着一个哨子，手里高高举起两面红色的指挥旗，站在工地中间。各部门报告，一切正常，可以进入起吊状态。只听王师傅急促响亮的哨音在山谷里激荡，手里的指挥旗利落地放下，由16名队员推动的人力绞磨开始转动，起重绳渐渐被拉紧、紧绷。这时，心里最紧张的是曲庆祥。他就站在工地一侧，心怦怦直跳。他目不转睛地盯着那根18米长的排架被缓缓吊起。离地一米高时，绞磨停止转动，王师傅命令曲庆祥和几位师傅到排架前检查，确认构件完好，没有出现任何异常。起重再次启动，排架提升到3米高度，然后牵引到就位上空，使其慢慢变为直立状，待架脚渐渐接近预制基础的杯形预留口处，然后松下架顶的起重绳，使架脚准确无误地落入杯口中，用木楔调整中心线位置，垫薄铁板块来调整架顶高程，左右都得不差分毫地符合设计要求之后，再用四根风绳稳定，用小石子混凝土封闭预留口，把起吊的这一节排架牢牢固定住。这样，第一次试吊才算完成。

第一次排架吊装试验顺利完成。不过，这仅仅是第一步。紧接着，在王师傅的指挥下，又进行了渡槽进口处、出口处两个排架的试吊。这两头的两个排架吊上去了，也都顺顺当当的，于是，他决定试吊"U"形薄壳渡槽和它的承座。因为在陆地上预制槽身时是扣着的，所以就必须先用"人"字形杆把它翻正，在翻正过程中，要格外小心，不能让薄壳受损。槽身翻正了，就用角磨牵引，运到主心轴下，然后套上专门的绳套，利用缆式起重机吊到24米高的高空，再移动到就位处，缓缓地往下落，借用撬杆使它严丝合缝地就位。

第一次试吊排架和槽身的活儿，与预期的效果不差毫厘。

这一天，老天风清气爽；

这一天，大家紧紧张张；

这一天，大家兴高采烈。

水总也好，专业队也罢，特别是老曲，还有姚凤鸣和刘全鼎，都抑制不住内心的喜悦。

这一天，水总的伙食自不必说，渡槽专业队的灶上，一天两顿细粮：中午烩菜蒸馍，晚上角片汤就谷乱，也算是给修渠的民工破天荒地开了先例。事务长申贵堂给我说起这天的伙食，还一脸小小的得意。为了准备这一天的好伙食，他可是费心费神地忙活了大半个月啊！

这一天晚上，曲庆祥睡了一个安稳觉。

这是他接手渡槽设计任务以来睡得第一个踏实的好觉。

徐新华为了不让一岁多的小永康因哭闹而影响曲庆祥的睡眠,就到隔壁房东家借宿了一晚。

曲庆祥这一觉睡到了第二天中午。

好好地睡过一觉之后,曲庆祥的心还是没有完全放下来。他心里清楚,这只是个开头,大戏、重头戏还在后头。正式吊装前的准备工作还不能有丝毫的马虎,还必须像一场大战前那样,枕戈待旦。

经过充分的准备,定于6月25日开始正式吊装。

一个个躺在场地上的排架有序地吊装到了各自的杯口里,一个个薄壳渡槽也被按次序安全地吊到高空,从渡槽的进口和出口逐渐向中间靠拢,还有渡槽上部的L形预制块、桥面板、栏杆、止水等部件的安装,也按照预定计划和分工,向渡槽中间靠近。

6月25日,这是一个注定要载入"三五红旗渠"建设史的日子,随着最后一节槽身的吊装合龙,整个工地沸腾了。大家欢呼雀跃,从渡槽的进口跑到出口,又从出口跑到进口。参与工程的建设者们,站在高高的桥面板上,看着槽身下几百米外东流的漳河水,以及远处的山村、高山、田地,笑逐颜开,久久不愿离去。

曲庆祥此刻更是长长地舒了一口气,心里那块沉重的石头也落地了。他和刘全鼐紧紧地拥抱在一起,站在一旁的姚凤鸣也是情不自禁地抱紧了他俩的肩膀。

泪水,不由自主地涌出来,涌出来。

喜极而泣。

泪如泉涌。

泪流满面。

水总的师傅和参战的民工之间,握手已不再是表达感情的方式——他们选择拥抱,紧紧地拥抱。此刻任何语言都是多余的。

狂欢,狂欢,他们绝对有理由狂欢一场。

山谷里的石头和树木,也因他们的狂欢而侧目。

微微的夏风吹来,好似也在为这一伟大的胜利而助兴。

而在高台上居住的徐新华,也在第一时间得到了喜讯,她并没有加入狂欢的队伍，而是在家里一边和面调馅包饺子，一边侧耳听着远处深沟里传来的阵阵欢呼。

她内心的兴致是在晚间表达的。曲庆祥一进家门，徐新华就端上了两个炒菜和刚刚从锅里捞出的喷喷香的饺子。

当然，指挥部的张总指挥也摸着他的大肚子，走到了院子中间，与闻讯前来报喜的李方圆副总指挥谈笑风生。办公室的高廷亮主任告诉灶房，炒个土豆丝和鸡蛋，又自己掏钱去供销社买了两瓶罐头和两瓶长治白，又喊来工程处的王江发、测量队的何宝珠，五个人坐在院里的石桌上，喝下了张仁祥到渠上以来的第一场庆贺酒。

1970年7月1日，指挥部在阳坡工地隆重地召开了渡槽竣工庆祝大会，这是一个标志，标志着山西省第一座混凝土薄壳式渡槽在"三五红旗渠"诞生了。

初生婴儿这一声嘹亮的啼哭，给在渠线上战斗的民工和黎城十余万民众打了一剂"强心针"。

可还是有一些隐忧在心里潜伏着。

阳坡渡槽是在陆地上施工，难是难，可比起漳河渡槽来，那是"小巫见大巫"。

更大的挑战在漳河渡槽。

这漳河渡槽要是瞎火了，"这一条大渠"的建设只能铩羽而归。

没有别的选择，只有背水一战！

指挥部的领导们心里清清楚楚！

省水总的工匠师傅们心里清清楚楚！

渡槽专业队的民工们心里也清清楚楚！

渡槽建设技术总负责的曲庆祥更是心里明明白白、清清楚楚！

摩拳擦掌，毕其功于一役。

他们都已经做好了再打一场更大硬仗的心理准备！

第二十三章　飞虹在天

67

"三五红旗渠"的干渠渠线走到7公里后，就必须横跨浊漳河，也就是从漳河的南岸到漳河的北岸，然后环山而行，漳河渡槽就选定在襄垣县下良公社梁庄村外一公里处。渡槽全长130米，最大建筑距离河面高34米，过水流量7立方米每秒，是"这一条大渠"的第一道咽喉工程。该处是惊险的浊漳河乐妥峡谷地段，控制流域面积3500多平方公里，累年累月，滔滔激流汹涌澎湃，最大洪峰流量1080立方米每秒，河流两岸岩壁陡峭，山高谷深。

这段工程的特点是规模较大，施工条件差，究竟采用什么设计方案比较合理可行呢？好长一段时间，各方都是举棋不定。早在阳坡渡槽上马开工之前，就有一个设计方案，选择的方案是和阳坡渡槽模式一样的装配式钢筋混凝土排架薄壳渡槽，但因洪水、场地、吊装等诸多问题无法解决，于是就计划改用石拱渡槽，并做了大跨度、中小跨度等几种方案进行比较，但这些方案都被一一否定了。石拱渡槽方案的优点是可以就地取材，用传统方法施工，技术上也没有太大问题；但是，因为是跨河施工，深水立架的困难和洪水的危险给工程增加了很大的危险系数。投资大、用工多、工期长也是摆在桌面上的限制因素，仅仅就拱架一项，就需要3 000多根长木料、几百方石头，虽然说这些材料不缺，但是把这些材料在流速湍急的河流上架立起来，就需要一年的时间。耗工耗力耗时，还保不定洪水的侵袭。怎么办？阳坡渡槽建设顺风顺水，漳河渡槽的最终设计方案确定迫在眉睫。曲庆祥在阳坡渡槽紧张施工的时候，脑子里就一直琢磨着漳河渡槽的施工方案。曲庆祥想起，

1967年，他在省交通科学研究所偶然听到的一则消息：江苏省公路交通系统在我国古老石桥如赵州桥的基础上，创造出一种叫双曲拱的新式桥型，用现代材料和现代技术建造，可采用无支架施工，既能省去大量的支撑木料，又能避免深水立架的困难，不受洪水的威胁。如果能取长补短，把这种新的桥拱结构和装配式钢筋混凝土薄壳渡槽结合起来，施工的难题不就迎刃而解了吗？

阳坡渡槽施工方案确定之后，漳河渡槽的设计就自然摆上了台面。在众说纷纭的时候，曲庆祥不失时机地提出了自己的大胆设想。张仁祥伙同水总的师傅们听完曲庆祥的思路，一拍大腿说："小曲啊，你就尽快按照你这个想法给咱拿出设计图纸来。"有了这一段在阳坡渡槽的合作，省水总的师傅对这个三十来岁的技术员也是赞誉和信任有加，也都鼓励他。不过，曲庆祥虽然对使用这种新技术跃跃欲试，但也心有顾忌。双曲拱是公路交通方面的新事物，"U"形薄壳渡槽是水利方面的新技术，这种拉郎配式的"嫁接"，能结出什么样的瓜来，还真是不敢预想啊！要结出的是甜瓜，皆大欢喜；可要是结出一个苦瓜，可就真要吃不了兜着走了！

可事情总要有人做，活儿总要有人干。曲庆祥还流淌着一腔热血。所以说，他在具体对阳坡渡槽进行现场技术监督指导之余，也在密切关注着国内双曲拱设计的前沿理论研究成果。国内有江苏派和湖南派两大派系。这两个派系，都是双曲拱理论的支持者，但各有千秋。江苏方面是把旧的东西全部抛弃，走的是一条全新的道路。曲庆祥也分析了江苏方面的情况。江苏为什么敢这么做呢？因为江苏的实验室力量比较强。众所周知的南京长江大桥的建设中江苏积累了雄厚的技术力量，南京的高等学府也多，实践是建立在实验的基础之上的，需要什么数据或者需要什么测试，实验室很快就能测算出来。湖南呢？是在继承过去建桥经验的基础上加入新的技术因素，继承和吸收，然后进行创新。两相比较，曲庆祥还是认为湖南比较稳妥、合理，也契合漳河渡槽的建设实际。

无支架施工的拱跨度多在40米以下，施工条件各异，必须从实际出发。阳坡渡槽即将竣工，曲庆祥拿出了漳河渡槽的设计图纸，选定了装配式钢筋混凝土双曲拱排架"U"形薄壳渡槽，采用无支架新工艺施工的方案。

这是"三五红旗渠"漳河渡槽的第六个设计方案，也是最大胆的一个设计方案。

你不能不佩服这个年轻的技术员，他像一只蜗牛，虽然背着重重的"壳"，仍然一步一步义无反顾地往前走。

我们也不得不佩服总指挥张仁祥同志，是他的慧眼识英才，大胆起用了一个出身不好的后生，才让一颗埋在土里的明珠发出熠熠的光芒，也是他的决断和果断，力排众议，让一个在别人眼里充满风险的方案得以实施。

1970年"七一"阳坡渡槽竣工，达到了练兵的目的。新的考验、更加艰巨的任务在等待着他们去攻坚——这就是漳河渡槽。省水总、渡槽专业队就开始马不停蹄地奔向新的战场。梁庄是个自然村，也就30来户人家，地方小，一下子进来好几百号人马，住宿安排不下，专业队就在河南岸的地堰根掏挖出了十几孔窑洞，支锅垒灶，打地铺，宿营在蛮荒野地。专业队进入工地现场，要先完成南岸1 000多米的进场公路，以保证设备材料能通畅地运进来，还要在漳河上建一座简易的铁索桥，贯通两岸。通水、通电、测量放线、采石备料等工作也都紧锣密鼓地有序展开。狭窄的峡谷，场地条件极差，只有一块狭长的台地，场地的布置遵从"便利吊装"的原则：拱肋预制件放在缆式起重机轴线的下方，排架的预制件尽量靠近中线，以减少拖运距离和碰撞损伤，槽身等预制件位置只能靠远一些了，就修了一条窄轨铁路，待翻转吊装时运到缆式起重机下进行吊装。

吊装是施工的灵魂。成败的关键，首先是曲拱的无支架新工艺施工。所谓无支架施工，就是将分段预制的拱肋吊到高空，拼装成拱，形成一体，然后在拱肋上砌筑拱波。之后，在拱波上浇筑拱板的排架基础混凝土。整个过程都是悬空作业，危险性大，精度要求高，难度极大。每条拱肋长78.9米，分3段立式预制，共12段，中段长27.5米，重15吨；两边段长25.7米，重14吨到17吨，每一段都采用4个点起吊，预埋4个吊环，边段还要加埋两个吊环。你把预制件吊起来了，到了边上，你还得先把它挂住，挂住一边，然后再吊另一边，再挂住，两边都挂住以后，中间才能腾出空来，才能把中间那个调过来接茬口。预制前，按照拱肋曲线坐标筑上土胎，然后砌上砖、立上模板，用仪器和样板严格控制规格尺寸和形状。要先用木头做上样板，因为它那个曲线是悬链线式的，不是一般的那种圆弧，都得按照那个坐标来控制。为了充分保证拱肋质量，避免吊装时出现裂缝，便在受力较大的部位增加钢筋，拱肋脚两侧增设抗扭钢筋，就是怕扭坏了，在接头1.5米范围内加密箍筋，并严把钢筋检查关、混凝土预制关、成品质量规格验收关，确保满足设计要求。拱肋的接头选在受力最小的拐弯点，呈台阶式的搭接，预埋钢板螺栓。空中合龙后，可迅速扣上覆盖钢板，旋紧螺栓，及时进行高空电焊。拱肋合龙后，横向的稳定性是比较差的，要采取三项措施来予以保证：一是用六条风绳稳定，位置在拱顶上边、接头附近；二是将第一根合龙的拱肋两边宽度由30厘米加宽到54厘米，形状也由矩形断面做成倒"T"形，下边宽上边窄，单肋的断面做成倒"T"形，节省了材料，减轻了单肋重量，便利吊装；三是先吊装、悬挂紧邻的两条拱肋的4个边段，先用方木和螺栓夹紧作为临时横向联系，然后再吊装中段合龙。吊装设备：除翻转槽身用一具9米高的"人"字形钢管拔杆外，其余调运都由缆式起重机承担。主绳是两条直径48毫米的钢丝绳，跨度为187.5米，垂度15米，工作度8.7米，内力117度，安全系数1.9~2.5，木结构塔架高20米，立柱是8根直径20厘米的圆松木，顶架横梁由7根大工字钢组成扣合梁。主绳上要有两套自制的起重运输行车，分别用一台3吨卷扬机和一台电动绞磨机来牵引，另外还配有8台人力绞磨机和3台电动绞磨机联动作业。

68

七月酷暑，七月雨淫。多雨和烈日给施工带来的困难是难以想象的。乌云翻滚的天空，摧枯拉朽的狂风，瓢泼而至的暴雨，让在工地上干活的人们饱受苦头。汹涌而下的洪水，惊涛拍岸；泥泞的道路，让人寸步难行。紧要的物资难以运进，施工现场积水成渊。面对这座国内少见的双曲拱排架"U"形薄壳渡槽及其采用的无支架施工方法，与眼见的恶劣施工条件、简易施工设备形成的强烈反差，催生了对方案可行性的技术疑虑与实施信心的波动。这时，就有人建议，不要太冒失了，慎重起见，还是弄点儿简单支架吧。"简单支架"，这句话说着轻巧，做起来可就不是那么回事了，这意味着要再增加

1 000多根架杆，还要在激流湍急的河心地带构筑一座石墩，难度不言而喻。

这些忧虑和担心，也并非无中生有，也不是杞人忧天。指挥部和技术组的同志们也在掂量着。这可不是闹着玩的事情，不怕一万，就怕万一。万一有一丁点儿的闪失，他们就会成为罪人。必须保证万无一失。7月下旬，总指挥张仁祥决定派出一个六人小组到外面取经，取经的地方选到了湖南。这六人小组由曲庆祥和水总五位师傅组成。他们奔赴湖南，走访了湖南大学、湖南省交通测设大队，专程到正在施工中的澧水大桥实地考察学习。澧水是湖南省四大河流之一，因澧水上游"绿水六十里，水成靛澧色"而得名，又因屈原"沅芷澧"诗名曰兰江，位于湖南省西北部，流经湘鄂两省。澧水虽然是湖南四条河流中最小的一条，河长不及湘江的一半，流域面积仅及湘江的五分之一，但由于中上游与长江三峡属同一暴雨区，降水量大，洪水涨落迅速。这一点倒与浊漳河水流的基因有所相似，澧水大桥长250米，宽12米，高17米，11座多跨上承式空腹双曲拱桥，全桥由五跨四墩组成，每跨长40米，其桥墩中有拱，立墙中有拱，大拱上有小拱，每跨大拱上还有6个小拱作为辅助支撑。这座大桥地处张家界市中心，连接城市东西。这虽然是一座公路大桥，但其设计原理具有实际的参考价值，仅从承载量来说，漳河渡槽是走水，澧水大桥是行车和行人，单位的承载力要小许多。在澧水大桥工地现场，他们目睹了无支架施工的过程，并与工程建设者面对面进行了交流。十几天的湖南之行，既开阔了眼界，取得了新的经验，又增强了采用无支架施工的信心和决心。在统一思想、加强领导的同时，对参战队伍也进行了调整充实，省水总派来了新的政治指导员，姓王，是曲庆祥的昔阳老乡，专业队增添了渠上的学习毛著尖子等十余名优秀青年，其中就有杨其廷。各个工种和班组也健全了岗位责任制和上下班碰头制度，完善了新的质量安全检查验收制度。水总也把实验室搬到了工地上，增添了测量设备和检测仪器，强化了工地实验室的功能，增加了测量和检验人员。指挥部还破例批准给曲庆祥购买了一部"海鸥牌"照相机，便利他对整个工程建设流程的检查记录和施工资料的研究积累工作。为了方便现场指导和办公，还专门在工地给曲庆祥打了一孔窑洞，让木工给他做了一张办公桌，这样，他就不需要每天往返了。那时候，爱人徐新华和孩子也随他而来，家住在梁庄，离工地还有好几里路。

浊漳河岸畔,一孔土窑洞里,一盏25瓦的电灯泡下,曲庆祥带着王苏中等几个徒弟,忙忙碌碌,彻夜不眠。

69

8月20日早晨,漳河滩一处空地上,各路人马集结在一起,召开了誓师大会。刘全鼎以他特有的军人姿态,站在一个高台上,挥舞右手,慷慨激昂地作了一个简短的动员报告。省水总的王政治指导员向各个单位下达了具体的任务,要求必须保证在"十一"前完成基础开挖、缆式起重机的架设和拱座、地锚等混凝土浇筑的全部任务,要争取在上冻以前完成拱肋的预制和吊装任务,穿插完成拱波、排架、薄壳渡槽等构件的预制任务,为下面的施工创造条件。各个工种的代表也都相继作了表态发言。要"下定决心,不怕牺牲,排除万难,去争取胜利"。厉兵秣马,群情激昂,徘徊了近一个月的漳河渡槽工程建设,进入了正轨的快车道。

和阳坡渡槽的施工条件相比,漳河的滔滔洪水和陡峭的岩壁确实给施工带来了诸多困难。开始测量放线时,测量组的同志每天一早就需要带着仪器工具和雨衣、手电筒,背着干粮水壶,绕行四五里路到河南岸的宽阔处,这里相对水浅且水流平缓。四五个人手挽手蹚过齐腰深的河水,到河对岸测量,傍黑时分再原路蹚河回来。有时遇到下雨,河水大涨,他们就只好在石崖下避雨过夜;有时一连好几天河水上涨,带的干粮不够吃了,他们就想办法采食一些野菜或者捕食一些小动物来充饥。当地有一种只会跑不会飞的小鸟,常常被他们捕捉来烤熟吃。这种状况,直到在渡槽轴线下游100余米处建起了一座简易的索桥,条件才有所改观。

架设缆式起重机之前,必须先完成河对岸主地锚。这是一个20余立方米的钢筋混凝土大型板块,这个块体建筑要架设在距离大河水面55米高的半山崖上。它需要50余吨的材料物资,都要依靠人力一袋袋、一桶桶、一件件从河南岸通过简易索桥运到对岸,再让人挑肩扛运到半崖上面。有些物资是采用"一字人阵"的方法进行传输,就是把人排成一行,采用人挨人、手牵手往上传，像水泥、石子、沙子等都是采用这种方式，施工人员可谓用尽了九牛二虎之力，耗用十几天的时间，才圆满完成了主地锚的浇筑任务。

就在曲庆祥通宵达旦地做着一系列技术方面工作的同时，刘全鼐、水总的师傅们也在忙活着。

老姚、老刘、老温和队员们一起吃住在工地。刘全鼐每天入睡之前，都要趴在板凳上，把专业队明天要干的活儿写在海河牌烟盒的背面。每天有多少人，第二天要干什么活，这几个人去干什么，那几个人去做什么，一切都安排得清清楚楚。第二天早饭后，大家站好队，刘全鼐就开始分配活计，并对每一项工作提出具体要求。老刘早晨总是第一个上工，安排完当日的工作任务后，就和其他民工一起干活。哪里最危险、最艰巨，他就在哪里。老刘也是五十多岁的人了，还拖着一条老寒腿，可他却风雨无阻，坚持劳动。民工们都收了工，他还要在下工之后巡查一遍工地。支书姚凤鸣负责工地的全面工作，要管民工的一日三餐，运粮催款；工地需要的物资供应要管，要催材料、催人员，协调各方力量。仅仅为了保证施工用电，他总是步行十几二十里路，不止一次地找到当地的供电部门交涉，说他是工地真正的"电工"，一点儿也不夸张。一有时间，他就亲自上工地抓自备电源的事儿。完全靠当地供电靠不住，他就想法搞了一台老旧的发电机，可这发电机总出故障，让老姚煞费苦心伤透了脑筋。

省水总的师傅们也是铆足了劲儿在干活。缆式起重机是整个工地机械部的"宝贝疙瘩"，不仅承担着吊装的全部任务，还担负着河流两岸之间90%的大宗材料运输任务，每天忙忙碌碌，一刻也闲不下来。可以说，这台缆式起重机一咳嗽，整个工地都得感冒。所以，省水总的王师傅对它特别上心，经常不顾一天的劳累，强忍着腰痛，一次又一次地爬上20多米高的塔台检查。发现问题就带领徒弟们及时处置，保证了这个"宝贝疙瘩"总是"健健康康"的，每天处在十二分的饱满工作状态。

1970年12月4日，按照农历，这天恰好立冬，虽然时令已到冬季，但漳河渡槽工地上却是红日高照，红旗飘扬。在拱肋吊装誓师大会上，参战的渡槽建设者喊出了一个响亮的口号："宁叫肌肉掉半斤，不让拱肋差半分。"

吊装工作开始了，长25.7米、重17吨的第一块拱肋构件，徐徐而起，继而离开河岸，空中飞渡漳河。起重的同志们在只有30厘米宽的拱肋上，在40多米的高空，紧张有序地按规程一丝不苟地工作着，就像强渡大渡河的勇士们一样，全然不顾身下的滔滔水浪，完全忘却高空作业的危险，寒风吹过，他们浑然不觉。满腔的心思都在关注着每一个拱肋的准确就位，以及准确就位之后的高空电焊和环氧树脂灌注。这河谷里的风似乎在考验着建设者们的意志，一会儿紧吹，一会儿慢挑，可是这环氧树脂凝固的温度需要18到20摄氏度，迟滞的凝固时间势必影响凝固效果。那时候，没有自动控制装置，温度的掌握，都得靠人拿着温度计趴在缝隙处看着温度。风大的时候，温度过低，就需要用电炉丝烘烤，供电需要地面人员配合合上电闸。那时，没有步话机、手机之类的东西，高空作业的民工和地面人员的联络都是"手语"，近40米的高空作业的民工和地面人员的默契配合，绝非易事。好在凝神聚精，好在一丝不苟，好在心无旁骛，这短暂的合闸拉闸，天上和地下的配合还真是做到了不差分秒严丝合缝，真是"无缝隙对接"。

从12月4日开始的拱肋吊装，一直到12月21日，历时十八天，渡槽建设者闯过了悬挂、合龙、高空电焊和环氧树脂在冬季高空露天使用等技术难关，圆满完成了拱肋的吊装任务。

按说，根据渡槽建设的季节性特点，民工接下来该休整休整了。想回家的回家看看，想去襄垣城逛逛的就去逛逛，这里离武乡王家峪不远，听说那里长有一棵大杨树，和咱们寻常见过的杨树不一样，每截杨树枝的断面上都有五角星，这树是当年的八路军总司令朱德亲手栽的，大名鼎鼎的"红星杨"。

嗯，这些都是奢望。拱肋虽然吊上去了，但每日的保养并不敢懈怠。更何况，明年一开春的拱波砌筑、拱板现浇、槽身预制等，需要大量的沙子和石子，这备料的工作，要在寒风凛冽的冬日里完成。

这不，拱肋吊装完成的第三天，渡槽专业队的全体人员就又一次集结在刘全鼐的面前，徐州口音的普通话，又开始震着大家的耳膜，传播在流淌的漳河水面，回响在河对岸的山壁里。

冰天雪地的漳河滩，民工们没有休息，他们要趁着空闲时间，为开春的预制构件准备材料，就是砸石子。

70

西北风整整刮了大半夜，一团一团鹅毛样的飞雪弥漫了整个太行山，覆盖了太行山坳里嶙峋的山石和山石间突兀的荆棘林木，漳河已经封冻，大雪把一条弯弯曲曲、深深浅浅的河流全部包裹了起来，把河水滔滔与淙淙的声音全部掩埋在冰雪之下。

早晨，寂静的雪野。开饭的号角骤然响起，村野笼罩在号角声中。

渡槽专业队的民工和配合渡槽施工的两个连队的民工，纷乱杂沓地走出了屋子。他们多是穿着粗布布袄，习惯性地把吃饭的粗瓷大碗掖在胳膊下，腰间系着麻绳、草绳或者用双手把布袄拢紧，下边的大裆裤裤脚也用绳子系了起来。一个个佝偻着腰、缩着头，在风中走着。一双双已看不清颜色的棉鞋、球鞋踩在雪地上，发出了"咯吱、咯吱"的声响。

野外，灶房，用玉茭秆圈起的围墙，两间门窗已经变形的土坯房突兀地耸立在雪野中。

大师傅高鲁生站在蒸笼前，炊烟与蒸汽在灶房弥漫着，让人感觉湿漉漉的，前墙有几个窟窿往外冒着热气。

每人两个谷乱。高鲁生两眼紧紧盯着蒸笼，生怕谁会不小心从蒸笼上多拿走一个、两个谷乱。谷乱是有数的，每个人都是定量的。少一个谷乱，这大师傅是要负责任的。

拿到谷乱的人从胳膊下拿出粗瓷大碗，在蒸锅里舀一碗发黄且散发着异味的蒸水。他们一手端着蒸水，一手拿着谷乱，走出了灶房。随便找个地方，或圪蹴，或站着，就着蒸水，吃这三两重一个的两个谷乱。雪野里没有任何声音，只有吃谷乱和喝水时因寒冷牙齿碰到碗边发出的叮叮的磕碰声。

雪花飘飘洒洒地落进了蒸水碗里。

年轻人两个三两面的玉米谷乱几口就吃完了。他们眼巴巴地看看灶房，再去舀一碗蒸水，咕噜咕噜地喝下去。

稀稠好歹一锅饭。渡槽专业队的头头们——姚凤鸣、刘全鼐、温本红，也在这冰雪的野外，和大家一样，吃着谷乱，喝着蒸水。谷乱不管饱，这蒸水管饱哩。

吃过早饭，民工们开始在漳河滩集合，渡槽专业队的队长刘全鼎站在一个高圪台上开始布置当日的工作。

没有任何人作声。从一张张冻得通红的面孔上可以看出，人们已经习惯了这例行的活计分配。

河滩南岸，人们悄无声息地走着。三三两两，一晃一晃地走过了架在通往漳河滩北岸工地的简易钢丝桥，走向那因雪显得有些臃肿的漳河河滩，河滩上留下了一串一串或浅或深的脚印。

早晨，柏峪村三五红旗渠指挥部前，雪还在下着。张仁祥身上披着厚厚的雪，像雪人一样一动不动地站在那里，前一天夜里指挥部开会的情景又浮现在他的眼前。

三五红旗渠指挥部兼张仁祥的宿舍，是一个并不宽敞的两间房。昏暗的灯光下，屋子里烟雾缭绕，不时响起咳嗽声。各团团长和直属厂队的队长们依次坐在小板凳、长凳上和炕沿边，吸一口劣质的香烟，明明灭灭的烟火星就照出一张张疲惫的脸。

窗外的风呼呼地刮着。张仁祥传达完了县党代会的精神，有些口渴，喝了一口已经发凉的水，然后自己把水续上。工程队队长、各团团长们就开始七嘴八舌地发言：

"张主任，我们队吃饭又遇到问题了。现在留下的粮食恐怕只够吃十来天了。"

"上头的补贴再不来，我们团就断顿了。"

"听房东说，村里几个年轻人在琢磨着要来工地偷雷管。丢了雷管可不是闹着玩的，是要出人命的。"

"水泥和沙也得好好管一管，昨天晚上有几个人到工地偷水泥了，被保管轰跑了。"

施工队伍虽然大部分回到境内，但这样那样的问题层出不穷。那滞留在襄垣境内的渡槽专业队是个啥情况呢？

张仁祥抖了抖身上的雪，极力地从无边的焦虑与思绪中挣脱出来。他转身回屋里加穿了一件黄色的军大衣，唤来司机，驱车直奔襄垣县境内的漳河渡槽工地。

一路上，张仁祥几乎没有说过一句话。陈旧的车门发出"咣当咣当"的声音，门缝里钻进透骨的寒风，车厢很冷。路不是太滑，但雪覆盖着，车几次跌进闪窝疙道（方言：深坑），上下颠簸。司机看看张仁祥的脸，一点儿没有折返的可能，只得加大油门继续往前走。

漳河滩。呼啸的寒风卷起阵阵积雪，扑打到人的身上、脸上，刺痛刺痛的。

张仁祥往漳河渡槽的方向走去。汽车只能开到襄垣的洞口村，到漳河渡槽工地还要走十多里山野小路。

雪还在下着。张仁祥深一脚浅一脚地走在雪原中。他走着，想着。修渠四年，争议不休，酸辣苦咸，总指挥张仁祥体味最深。民工们吃不饱，饿得前胸贴后背，他张仁祥何尝不是四面受敌。他不敢设想，这修渠，就像在走钢丝，一着不慎，就有陷落漳河的可能。

他不敢细想，也不敢往坏处想。他只有坚定地往前走，往前走才有出路。

冰雪覆盖的漳河渡槽修筑工地上，庞大的塔架在漫天的飞雪中像海市蜃楼一样若隐若现。风裹挟着雪划过塔架上的钢丝绳发出凄厉的"吱——吱——"的响声。

已经是中午时分了，他累得坐在雪地上上气不接下气地喘着。抬眼四望，工地上白茫茫一片，竟然一个人影儿也没有。

这人都到哪里去了？

下雪就不干活了？

远离了指挥部，就自由主义了？

他站起来。他想质问负责渡槽工程的头头姚凤鸣、刘全鼐：谁允许你们擅自停工的？

这时，蹲在雪中砸石子的刘全鼐发现张仁祥来了，便撑起身，张大嗓门打招呼。

"张主任，这大雪天大老远的，路滑不唧唧的，你怎么来了？"

张仁祥黑着脸，说出的话也是夹枪带棒："咋啦，不想还是不敢让我来？你个刘全鼐，长本事了啊！"

这劈头盖脸的一番话，让刘大队长像丈二和尚一样摸不着头脑。

张总指挥这是中了哪门子的邪，一见面就凶巴巴、气哼哼的。

刘全鼎还在纳闷，就听张总指挥高声发问："谁让你停的工？"

嘿，原来气是从这里生发出来的。

刘全鼎缓过神来，笑着说："哪有停工？都在砸石子呢。"说罢就转过身来对着漳河滩大声地喊，"收——工——喽！"

刹那间，漳河滩"哗"的一声站起了300多号人。披在民工头上、身上的麻袋片、席片、草袋、水泥袋、破衣服上的积雪被掀了起来，一张张冻得通红通红的大脸映在了张仁祥的眼中。

原来漳河渡槽工程队和辅助施工的两个连队的民工们都蛰伏在河滩的冰雪下。为了遮风避雪，破麻袋片、破席片、原来养护渡槽用过的废草袋、用完了水泥的牛皮纸水泥袋，都用上了，或戴在头上，或披在肩上，有的人还发明了一个好办法，找一个水泥袋子，把没开口的那端一个角塞进另一个角里，两角一并，张开后往头上一戴，就把头和后背都挡住了。但就是麻袋片、席片、草袋、水泥袋也不是每个人都能抢到手的，更多的则是选好了料石后清一清雪，搬一块平一点儿的石头，随手到还没有被雪压住的草地里抓一大把枯草放在石头上坐下来，找一个能说得来的同伴，背靠着背来取暖，头上缠一条毛巾或者干脆用一块破衣裳来遮挡风雪，所有的麻袋片、席片、草袋、水泥袋、破衣服就都被风雪吞噬了。

这突如其来的场景，让张仁祥惊呆了。他禁不住鼻子一酸，眼角湿润。他悄悄地用手把眼角的泪擦了擦。

民工们在雪地里蜷缩了一个上午，再加河滩刺骨的风的侵袭，人们怎么能站起来？有的刚站起来，又"扑通"一下子坐在了地上；有的站起来，一步也挪不动，他们弯着腰用两手拍打着双腿……

这一切重重地冲击着张仁祥的内心，他的泪水从指缝中流了出来。

71

1971年的春天，随着漳河解冻和山桃花开放，施工也进入了黄金季节，工地上一片繁忙景象。拱波砌筑、拱板吊装、排架预制、薄壳渡槽槽身的制作，每一项工作都是紧张而有序的。

首先在拱肋上边盖上拱波。在吊装拱肋的时候，要把两边的联系梁现浇。一开始都空着，只是用木头固定住，用螺丝拧住，这只是一个临时措施。这个时候要把两边的预埋钢筋焊接好，再绑上钢筋，再打上混凝土，这样一条梁一条梁地做过来，四根梁才能并住，这叫作横系梁。浇完横系梁之后，再在上边加拱波，一块一块地往上扣，扣的时候还不能都从下边往上扣，一开始的时候先从下边扣，扣到一定时候就得从顶上扣，也就是要分段上下扣，这是为了掌握拱的平衡，如果只是从下边或者上边扣，就有可能导致拱肋变形。民工们按照老曲在拱肋上画的白线，分段进行。试想，在近40米的高空，在30多厘米宽长达80多米的细长拱肋上，要把这拱波一个一个安全地砌上去，要把800多吨的混凝土一罐一罐地浇上去，再把20余吨的排架、槽身等构件一件件吊装在拱上。施工工序一环扣一环，环环都是"飞天的舞蹈"，环环都是在做"高空体操"，其难度和危险可想而知，稍不注意就会出事，一不小心就会前功尽弃，后果不堪设想。千小心万小心，还是出了一个意想不到的"插曲"：曲庆祥在施工程序的计算过程中，发现自己计算的结果和交通部编写的一本《拱桥设计手册》上提供的参数，出现了不一致的情况。这可把曲庆祥吓出了一身冷汗。差之毫厘失之千里的设计理念根植于心，这可不是闹着玩的。稍许的偏差和失误，都将导致这座大渡槽工程的"折戟沉沙"。

曲庆祥在工地上那间小屋里通宵达旦地复核计算着，而几里外梁庄住着的徐新华也正需要他的照料，怀胎十月，他和徐新华的第二个孩子即将临产。这边是要生孩子的妻子，那边是复杂的一堆数字。施工正处在关键时刻，这马踩着车，要尽快找出出路，否则这工程就会进入一个死局。连明搭夜，曲庆祥窝在他那个小屋里，满脑子都是公式和数据，全身心投入参数计算和分析之中。

通过计算、分析、比较，曲庆祥证明了自己原先的参数无误，针对当下的漳河渡槽工程，他更加精进了施工方法，归结起来就是八个字：对称、平衡、分层、分块。

曲庆祥带着自我满意的结果，身心俱疲地走出小屋。他要带着所有的资料，去百里之外的地区水利局一趟。昨日，接到电话，地区水利局的领导和技术人员要亲自听取漳河渡槽有关情况的汇报。这一来二去就得四五天了；而就在他出门的四五天时间内，住在梁庄的妻子徐新华给他生下了一个7斤重的胖闺女；而之后起名叫曲丽娟的胖闺女的出生，可谓是惊险异常，让徐新华"命悬一线"。

漳河渡槽在1971年6月10日完成最后一节槽身的吊装合龙。在漳河渡槽槽身吊装的这几天里，曲庆祥的心每时每刻都吊在嗓子眼上。对吊装的每一个环节他都一遍一遍地仔细想过，对吊装的每一件事都事无巨细地检查落实，每一节槽身的起吊，都让他的神经高度紧张，生怕有一点点的差错，铸成终身的大错。当三节拱桥合龙焊接成功，一座无支架双曲拱渡槽在漳河上犹如彩虹般横空出世，曲庆祥却由于身心的过度疲惫，身子一斜，瘫软在漳河滩上。

这个时候，漳河两岸此起彼伏的欢呼声似乎与他无关，他只知道，自己耗费的心血终于有了圆满的结果。这结果可以说是与他的生命息息相关，在这之前的一个晚上，他曾和自己带的徒弟推心置腹地说过："我生怕因自己的设计而使漳河渡槽的建设功败垂成。我虽然相信科学，我虽然呕心沥血，对这座渡槽的设计自我感到万无一失，但天有不测风云，如果老天不长眼，无支架拱桥不能合龙，掉进了漳河，我也只有一条路可走，那就是跳进漳河。"

6月20日之前，桥面板、栏杆、止水带等渡槽的扫尾安装也全部完成。6月20日，指挥部在漳河渡槽工地召开了隆重的竣工大会。这一天，省水利厅、专署水利局、县上领导和渠上的干部及参战民工，以及周边村庄的群众，有千余人参加。襄垣县也派出革委会一位副主任专程到会祝贺，并且还带来了一支毛泽东思想宣传队，歌声和欢笑声给这个寂寞的山谷带来了生气。

漳河水在这一天欢快地流淌着。

这一天，漳河两岸尽朝晖。

6月20日，三五红旗渠指挥部在漳河渡槽工地，隆重举行漳河渡槽竣工大会。上午，参加大会的各路来宾乘车陆续来到会场，附近群众也成群结队地赶来参加。路口彩门高搭，路旁彩旗飘舞，施工场地的"批判专栏""路线教育栏""好人好事表扬栏""漳河渡槽图片展览栏"一溜儿地排开，标语口号比比皆是。最醒目的是拱肋和槽身两侧的大标语，一侧写着："伟大领袖毛主席万岁，大海航行靠舵手，干革命靠毛主席思想"；另一侧写着："中国共产党万岁，一桥飞架南北，天堑变通途"。四十三个字都是用金粉写的，在阳光照耀下显得格外夺目。会场、槽上，红旗猎猎，参会的人员，人人手捧"红宝书"，个个高唱赞歌，欢呼声响彻云霄，整个山谷沸腾了。

管乐高奏，鞭炮齐鸣，大会在庄严的《东方红》歌声中开始了。

漳河渡槽的建成，较原先石拱渡槽方案节约投资40余万元，省工9.8万个，节省木材410多立方米，工期提前了16个月，在渡槽建设方面被称为"一个新的创举和突破"。漳河渡槽的资讯广为传播，声名鹊起，施工的照片被《人民画报》刊用。

漳河渡槽是破天荒的壮举，这是漳河流域横跨漳河的第一座渡槽。下游的"引漳十二渠"没有，中游的河南红旗渠也没有；而今，这座渡槽的横空出世，意义不言而喻，参战民工的激情是难以言表的。

漳河渡槽的胜利竣工，还有一个特别大的功效，就是提振了黎城人民建渠的信心和士气。一切杂音随着这座渡槽的飞架成功而一度销声匿迹。

曲庆祥和妻子、两岁的儿子永康以及刚过百日的女儿丽娟，是最后一批撤离漳河渡槽工地的。当他一家四口站在崖边深情地遥望着幽静的峡谷时，一缕缕晨阳照耀着凌空而起的渡槽，槽下的滔滔漳水唱着欢快的歌谣。想着漳河水要经过他亲手建造的眼前这座渡槽，穿山过岭，源源不断地流进了干渴的村庄，流进了干涸的田地，牛马欢唱，五畜兴旺，麦浪滚滚，粮食丰收，曲庆祥内心的喜悦，用他自己的话来说，"就像中学时代拿了年终第一名时的感觉"。不过在转身离开的那一刻，他有一股痛楚涌上心头。他想起了自己的母亲，要是此刻母亲站在身边，看看自己独生儿子的"杰作"，该有多好啊！可这已是不可能的事情，母亲已经长眠在故乡的土地上，临终时曲庆祥还远在漳河河谷的水利工地上忙碌。

站在旁边的爱妻徐新华，洞察了他的心思，面对着家乡的方向说："老人家在天之灵，也会为你高兴的。"

曲庆祥重重地点了点头。

曲庆祥一家在漳河渡槽　郭雅敏/图

第二十四章　高崖飞鹰

72

大漳南渠开渠的时候，为了突击艰难险阻的工程，成立了一个突击队。突击队的主要任务有四个：第一是下崖测量渠标线；第二是开辟渠线创条件；第三是高空作业打炮眼；第四是负责点炮和排险。突击队的同志，哪里艰险就到哪里，干的都是飞崖走壁的活儿，后来大家就给他们起了一个形象贴切的名字——飞虎队。

琉璃坪是突击队境外施工的难关之一。琉璃坪滑崖地处黎襄交界处，是一个长800余米、高40米的石坡，坡度达70多度。这里，上是陡壁悬崖，下临河谷深沟，石坡光滑，地势险峻，空手攀爬，一不小心就有掉下深沟的危险，当地民谣曰："琉璃坪，鬼见愁，滑倒狍狫摔死猴。"在这陡石板上建渠，打钢钎立不住脚，点炮躲不开身，施工之艰之难不言而喻。

突击队迎难而上。他们腰系大绳，凌空作业。突击队里，大都是青年人，但有一个人例外，那就是李文跃。参加突击队的时候，他已经五十六岁了。在渠上干活的李文跃，听说要成立突击队，就到指挥部报了名。怕指挥部的领导因年龄问题刷下他，就直接找到高长春书记。高书记也觉得他年龄有点大，而突击队干的活儿都是有危险的，就劝他不要参加了。李文跃急眼了，就跟高书记说："高书记，你别看我是一把老骨头，可我腿脚利索着呢，我跟那帮小伙子比，我有打五灵脂的经验，吊绳下崖是我的强项。没准我还能给你带出几个徒弟呢。"看老汉态度坚决，又知晓他以前攀崖下崖打五灵脂的经历，就点头同意，特批他参加了突击队。老当益壮的李文跃，从此开启了他在修建大漳南渠上的一段精彩历程。

李文跃是河南林县人，在1949年前，他的父亲为了躲避地主的"债务"，腊月三十冻死在一个山沟里；他哥哥给地主家放牛，因肚饥偷吃了地主家的两个红萝卜，被狠心的地主活生生地给打死了；十一岁的小弟弟，上树扒干柴也活活摔死了。为了活命，他从林县逃荒到山西黎城，讨吃要饭，下崖打五灵脂维持生计。

这五灵脂非寻常之物。这物产于陡崖之中，其采收难度大着呢。采收五灵脂的人，要在月夜从崖顶吊绳下崖，因为要根据寒号鸟的生活习性而动。白天，鸟儿占窝，是不能下去采收的，只能选择在夜晚鸟儿出窝时才能有所行动。月夜、陡崖、吊绳，这一组词的背后，是危险，是生死。我所在的太行山区，我的爷辈和父辈，常常为生计，冒险下崖，冒死采收五灵脂。

这李文跃下崖打五灵脂有好多年了，据说光大绳他就磨断过四条，不消说有着十分丰富的下崖攀崖经验。长年的山里生活使他的体质很好，看上去宽腰阔背，走起路来虎虎生风，根本不像一个年近花甲的老人。

大漳南渠的渠线要过的陡崖，最突出的有两座：一曰黄崖山，一曰高崖山，分别在峧口村的两侧。

黄崖山，高170米，长800米。这个石崖长得怪头怪脑：崖头凸在外边，崖底凹在里边，真是"站在崖根底，抬头不见天"。漳南渠的渠线要从这座山的半山腰通过。

高崖山是个绝壁，高280米，比黄崖山更高更险，素有"漳南天险"之称。下面，崖与地面垂直，齐崭崭的绝壁，如刀削斧劈一般。上面有三四十米高，是凸出来的崖头，当地人形象地称它为"老虎嘴"。人站在崖底往上仰望，峭壁陡崖似要倾倒下来，老虎张开的大嘴，似乎要把整个人吞噬。

这两座山，凶神恶煞般地挡在了修渠队伍的面前。

高长春在开渠之初，就把这两座山作为他的"重中之重"，用"魂牵梦萦"来形容，是比较贴切的。

他不止一次和几个负责测设的技术人员来到这两座山下，这不，在民工进驻的前半个月，高长春和县里派来的技术员董伟、上遥公社的技术员于贵保、老民工李文跃等又一次来到高崖山下。

这是一个冬天，大风沿着河谷猛窜乱钻。漳河河面已经结冰，高崖山此刻更是脸色铁青，冷冷地俯瞰着从风中走来的这几个"不速之客"。

背风面崖，他们站定，开始现场议事。高长春把脸对着董伟说："我们要把问题尽量想得多一点儿、深一点儿，尽可能想得周到周全。毛主席老人家说，要在战略上藐视敌人，在战术上重视敌人，这个道理就是我们眼前的指路明灯。技术问题我们不能马虎，你是技术员，我们要再次听听你的意见。"

这已经是他们四人第三次亲临现场，实地考察研究渠线通过高崖山的事儿了。

董技术员把眼镜摘下来，哈了口气，又擦了擦，再戴上，方才开口说话："渠线基本能确定下来。前边一段，大约有300米，岩石结构比较好，可以开明渠。后边这一段，大约500米，岩石结构不好，一经开炮震动，很可能出现不规则的大量落石，这给施工带来的危险性很大，不宜开明渠，采用隧洞掘进比较稳妥。"他顿了顿，下意识地挖了挖后脑勺，语气有些迟疑地说："目前，不管是开明渠，还是钻洞，都面临着一个很大的问题。"他抬头用手指头指着高耸的崖头说："这座山崖很高，而且崖头突出，用大绳从崖头把人吊下来，人距离崖墙还足足有三丈多远。这人敢不敢吊下来？吊在空中的人能不能近身崖墙？进了崖墙怎么进行施工？这都是难而又难的危险事儿。一着不慎，人命关天啊！"

老高把脸转向了身边的李文跃，眼里是满满的征询。李文跃一仰头，接过技术员的话茬："这个吊绳下崖的事儿，包在我身上，我有办法解决。"

高长春问："你说，这人吊在半空，进不了崖里咋办？"

"让吊人的大绳内外摆动，靠摆动的力量往里扑。"李文跃胸有成竹道："下吊的人靠两条腿的蹬动，手里再拿根木杆，用来控制空中摆动的方向。木杆的一头要安上个大铁钩，用来钩挂。"李文跃边说，边抬脚动手比比画画，做了一番示范动作。

"这下崖的事儿，光你还不行啊。"高长春若有所思，"敢于站出来，和你一起下崖的都有谁？这不光需要胆大，还得有经验。"

"高书记，突击队里的小伙子们，个顶个，我带着他们去干。你放心，我会把这个任务完成好的。我虽然年岁大了，但身体壮实着呢。况且，我下崖有经验。渠修到这里,正是我的用武之地,我这把老骨头能卖给咱这条渠,心甘情愿,也是我老汉的光荣啊!我这一生活得有分量了,高书记,你就赶快下决心吧!"李老汉一副摩拳擦掌的样子,让高长春不禁肃然起敬。

"飞虎队"是他一手组建起来的,他心底里不是没有一点儿数。

当初,选拔"飞虎队员"时,他亲自拟定了三个条件:一是思想好,敢字当头,有不怕牺牲的精神;二是年轻力壮,胆大心细,机灵敏捷;三是为了以防万一,孤子不能参加。全工地自报了128人,对这128人,又进行了民主评选,好中选好,最后从中选定了18人。这18人都是百里挑一,响当当、顶呱呱的。

"飞虎队"的队长叫焦乃良,时年十八岁,自打开渠以来,他就到了渠上,苦活累活重活都是抢在先干在头,他在民工里头威望很高,焦乃良进"飞虎队"也是个特例。

焦乃良是个孤子。仅此一条,就有可能把他挡在飞虎队的门外。可焦乃良的决心很大,他知道这一条对自己不利,就主动找到了高长春书记。只有高长春书记能帮他破这个局。面对高长春书记投来的目光,他言之凿凿:"高书记,正因为我家里弟兄一个,我才理应多出一把力。这个突击队我是非进不可,这个活儿我是非干不可。"怕高书记不答应,他又继续说:"咱为什么要修这条渠?还不是为了眼下和以后能过上好光景。赶上这样光荣的机会,我决不能失去。人生只有一个青春,我要让我的青春在修渠的大业中放出光彩。"

他连续找了高书记几次,每次都是情真意切,每次都是义无反顾,不得不让老高动心。高长春为了此事,还专门回上遥,跑到焦乃良家里,征询他父母的意见。焦乃良父母的态度也很明朗,焦乃良的父亲对老高说的一番话着实让人动容:"孤子不孤子,命都是一样值钱。落到谁头上都一样。咱这一条沟里,在抗日战争和解放战争年代,有多少户人家不是绝户了吗?乃良有这个决心,就让他上吧,我们全家都坚决支持他。"

高长春又征求李文跃的意见,老李也给乃良添了几句好话:"这小子身上有股劲儿,有志气,我很欣赏,对这个徒弟我打心眼里满意。"

得,高长春这才最后下定了决心,让焦乃良进飞虎队,而且委以重任,让他担任飞虎队队长。

李文跃是"飞虎队"的技术指导，那个时候，没有技术总监一说，实际上，他担负的就是技术总监的职责。围绕在他身边的这伙年轻人，虽然生龙活虎，但还是些小马驹儿，还需要进行一番调教，才能担当"驾辕"的重任。

73

"飞虎队"来到高崖山下，厉兵秣马，摩拳擦掌。高长春亲自主持召开了一次队务会，大家十分认真细致地研讨了一整天。李文跃倾其心得，阵前施教，队员个个积极踊跃，让思想的火花飞速碰撞。未雨绸缪，尽可能把下崖作业时遇到的问题预料到，把相应的防护和救助措施考虑周全。最后，还排出了首次下崖的名单，谁负责放绳、谁负责监视等都进行了明确的分工。说到下崖，就离不了大绳。当时，渠上已经准备了两条大绳，但经过计算，长度不够，接起来只能算一条，还缺一条大绳。两个人下崖，两个人一组，才能作业，才能做活。李文跃站起来说："我家里有一条新绳，正好派上用场，走，我现在就摸黑回家取绳。"

李文跃回到村里，走进窑洞的家，已是家里人快睡觉的时分。老婆看他摸黑回家，有些惊诧。李文跃就把在渠上经历的这一段事讲给老婆和孩子听，特别是他参加"飞虎队"的前前后后，以及"飞虎队"是如何如何的重要等，并言明这次回家，就是来取那条大绳，用于"飞虎队"下崖。

下崖。献绳。他把这两件事摆明了，老婆和孩子都不言不语，满腹心思的样子。

老伴一听到李文跃又要下崖，心里一沉。她自打十八岁来到李家，过的就是担惊受怕的苦日子。每次黑夜把李文跃送出家门，她都是忧心忡忡，一晚上都难以入睡。男人在崖顶上吊得多高，她心里的担心也就悬得多高。只等天亮看见李文跃走回屋门，她悬着的一颗心才能在肚子里安稳。新中国、新社会，有了自己的地，生活好了，下崖少了，这才过上了一段舒心的日子。可是现在又要下崖，虽然是白天，但这人被吊在空中，万一有个闪失——她不敢往下想了，心乱如麻。怯怯懦懦，她忍不住说出了这么一番话："他大，咱那条大绳,给了渠上用,我支持我乐意,可这下崖的事儿吧,你就不要逞能了,你这把岁数了,老胳膊老腿的,就让年轻人去干吧。你在旁边指点指点还不行吗?"老婆说出了自己的担心,一旁的二小子可是不甘心在家里窝着。这小子刚从学校毕业,心里想:"大大十六岁就下崖顾生活了,自己今年18了,还没有接上这个班。要是自己能下崖,让大站在高崖山顶,看着自己飞崖走壁,那该多好啊!"想到此,就借着妈妈的话题说出自己心里的"小九九":"大,我妈说得对,你老了,就在一旁动动嘴,这下崖的事就交给我们年轻人来干吧。"老婆擦了擦眼睛,硬是没有让眼泪流出眼眶,硬是把眼泪咽回了肚里。

老伴和儿子的心思他心知肚明,老婆和儿子的话里话外他听得明白。但他也没有揣着明白装糊涂,他一字一句地对老婆说:"孩儿他妈,你的心我懂,但我这次下崖,和过去下崖完全不是一回事。早先下崖,是为了个人家活命;现在下崖,是为了大众修渠。这大渠要是修成了,要有多少人过上天天吃面的好日子。为了让子孙后代都能天天吃面,咱这一身'武艺'可不能藏着掖着啊!我可不能让子孙后代戳我的脊梁骨呀!二小子啊,你就在生产队给我好好干着,等咱这渠闯过高崖山,你就来渠上接我的班。"

老汉的话说得热切而又决绝,没有一点儿转向的苗头,老婆也就不再多言,二小子也从大的嘴里得到了希望,也就都不再絮叨。老婆给他在热炕上展开被褥,说:"你快睡吧,明日还要赶早上渠嘞。"

李文跃睡下了,睡实了,老伴低声捏嗓地招呼二小子出了窑洞,来到东小房里,从楼板上拖下大绳,就着灯光,她一寸一寸地把这百米长的大绳细细察看了两遍,确认大绳没有一丁点儿毛病,才转身回到窑里。

李文跃家里的这条大绳,是1961年置办下的。那些年,农业生产的主要天敌是地里的害虫,害得春天不好捉苗,夏天难以生长,秋天没有产量。生产队为了灭虫,指派老李下崖打五灵脂。李文跃借了一条大绳,又开始下崖。一个冬天,下崖几十次,着实打了几百斤五灵脂。每亩三斤上到地里,既灭了虫,还壮了苗,李文跃为集体生产立了大功。第二年的冬天,李文跃又要下崖打五灵脂,就面临着去借绳。李文跃和老婆商量,这年年靠借绳,也不是个办法,咱能不能买条大绳?老婆知道老李在惦记着她积攒下的200元钱,便没多犹豫，爽快地开箱取钱给了老李。老李拿到手这200元，知道还不够，就找到生产队的队长和会计，预支了200元的工分分红，凑够400元，买下100公斤的上等潞麻。从外村请来匠人，用了大半个月时间，纺出一条299.7米长、80公斤重的大绳。背着这条大绳，李文跃又下了三年崖。而今，修渠又派上了大用场，只不过，这次下崖，不是打五灵脂，而是开渠线。

这条大绳又要跟着老李飞崖亮相了。

一大早，她给老伴准备了小米红薯稠饭，还特意煮了两个鸡蛋给老李吃。看着老李吃得饱饱的，她才打发二小子和他大一起抬着大绳径直往渠上走。

"飞虎队"进行了短暂的培训演练，演练是在一个小山崖上进行的，李文跃自然是教头。他一遍又一遍地手把手教授队员如何钉桩、如何系绳、如何放绳、如何收绳，不一而足，面面俱到，细心耐心，不厌其烦。队员们也学得认真，练得热乎。很快，"飞虎队"就要进入实战状态了。

正式下崖的日子定在了11月16日。这一天，天气出奇地好，蓝盈盈的天空飘着几片白生生的云彩，日头也温暖地照在高崖山上。

高崖山，这座生来就威严地站在漳河岸畔，傲视万年的高山，还真没有想到，有一天会有人来挑战它，让它低头，让它弯腰，让它折服。

看着这一队背着大绳的人走近，它不屑一顾，任由这队人马爬到它的头顶，也没有丝毫反应。

一如既往的高傲，一如历来的冷峻，甚至还带些嘲弄的意味，它让一只路过的飞鹰，心领神会地扑扇了几下翅膀。

高长春也随队而来。

高崖山顶，李文跃带着"飞虎队"的队员们在紧张地准备着下崖。他先指挥队员们在山顶选择地方，呈三角形排列，钉下了三根铁桩，把一根大绳绑在三根铁桩上，顺时针绕了一圈。绳头放在脚下，两个精壮劳力抓住大绳的另一头，做好放绳的准备。这时，李文跃拿起一根大拇指粗细的麻绳，十分熟练地在腰部和两条大腿之间，十字八道，结结实实地捆了几遭，在胸前留下了个六尺长的绳头，绳头上拴死了一个铁凿子，插在腰后的绳套里。最后，他抓起大绳的一头，从胸部刚捆好的绳里穿过去，打成一个死结。把柳条帽戴好，系好帽带，方方面面又检查了一番，他才直立着身躯，大声对随队而来的高长春说:"高书记,准备好了。"

高长春此时手里拿着一根大约六尺长的核桃般粗细的木杆,杆头上还安着一个铁抓钩。

他走近李文跃,又最后检查了一次老英雄身上的所有绳结,得到满意的答案,他才郑重其事地把手中的木杆交到李文跃的手里,就像战争年代敢死队出战授予战旗一般,高长春和李文跃都激动得有些发抖。李文跃拿定木杆,横在胸前,威风凛凛,大有壮士征战的凛然气势。高长春把李文跃紧紧地抱在怀里,一字一句地说:"老李同志,你一定要小心!我们都在等着你凯旋!"老李也一脸凝重地对着高书记点了点头。

高长春书记掉转身来,面向层层群山,面向大伙,大声命令:"各就各位,准备下崖!"

一声令下,年近花甲的李文跃老汉,一手托着大绳,一手挂着钩杆,踩着高崖山,大步向巍然突出的崖头走去。

走吧,你将和蓝天融为在一体!

走吧,你将和阳光融为在一体!

飞吧,你将是一只飞鹰!天穹大美,给我们送来大地的绚烂!

飞吧,你就是一只飞鹰!人生高远,给民众送来春天的花瓣!

李文跃高大的英雄形象,屹立在高崖山的崖头。这时,只见李文跃突然把身体向后一转,背朝崖下,双脚急跳,嘴里同时迸出"嗨——"的一声,他的身躯已矫健地跳向崖空。这一系列的动作,连贯饱满,犹如奥运会上高台跳水运动员的动作,优雅飘逸,妙韵神来!

老英雄那一声"嗨——"就是约定的信号。随着他的飞身跳跃,崖顶快速放绳,很快把李文跃甩到了距离崖顶十几米、崖身两丈多远的空中。

高长春的一颗心也被吊在了半空中。

大家的心也随着一条绳索的滑动,被悬在了半空中。

高崖山上演了惊心动魄的一幕。

悬吊在崖壁的李文跃此时全神贯注,借着向外一甩的回力,游近崖身,只见他双脚凌空出击,往崖墙上猛力一蹬,反弹的力道加大,再一次往外一甩,崖上继续放绳——如此这般,反复摆动几次,李文跃下到了作业地点。

他又大声发出明确的信号"嗨——",崖顶上停止了放绳。

这时的李文跃并没有停止动作。他在悬空中定了定神,开始运用自身的力量游荡。他靠着两腿的弹动以及手里钩杆的左右摆动来控制方向和掌握节奏,借助大绳摆动的力道,凝神聚气往崖壁上扑。第一次没有成功:当他双脚刚刚触及崖壁的刹那间,他手里的钩杆迅速伸向一道石缝,只听"嚓"的一声,杆钩滑脱,人没有立住。紧接着,他开始第二次尝试。他又两腿使劲一蹬,大绳再次甩出去,又飞荡回来,他手里的钩杆再次闪电出击,这一次钩杆抓住了石壁,他就像壁虎一样贴住了崖壁,迅速从腰里取出铁凿子插进头顶的崖石缝隙里,加上护绳,站稳了脚跟。

李文跃站在了"老虎嘴"边,他要和即将下崖的焦乃良,携手一起,在"老虎嘴"里立正,然后拔牙。

崖顶上的焦乃良此时也已做好下崖的准备。虽然在琉璃坪施工时下过崖,但此崖非彼崖,不是一个量级的。他这是第一次实打实地高崖飞人,但他一点儿也没有感到惧怕,反而有着一丝丝的激动。他又一次检查了自己的装备,除了和李文跃一样,他身后还背了一根钢钎和一把铁锤,左右还吊着两个口袋,里面分别装着两斤炸药、一些湿土和雷管。高长春再一次像对待李文跃一般,检查了准备下崖的焦乃良,确认准备妥当时,高书记向焦乃良发出了"可以下崖"的指令。焦乃良按照事先的训练,模仿着李文跃的姿势,勇敢地跳下崖顶。

这一跃,是他人生的一次重要飞跃!

从此,他的人生开启了绚烂的篇章。

虽然焦乃良这个初生牛犊胆大心细,但因是"第一次吃螃蟹",而且是一只"大螃蟹",慌张和紧张也随着他朝后一跳身躯被甩到崖空的一刹那迅疾而来。坏了,他头脑一时发懵,心慌意乱,手忙脚乱,之前训练的要领全都忘却了。也难怪,这飞身下崖的活儿对于焦乃良来说,不仅仅是大姑娘上轿——头一回,更是苏联宇航员加加林进太空——前路未卜,也真难为他了。

焦乃良悬空手脚不灵,放绳的全然不知,比照李文跃下崖时,把绳放到了一定高度,就停止了放绳。

本来从下崖初始,焦乃良就处于慌乱之中,及至下到作业点时,他的心境还未调整到稳定状态。尽管他也按照早前的演练，动作做得一丝不苟，但由于甩进崖身时手脚不能协调，双腿蹬动的力度小，导致大绳摆动回力不足、幅度不够，连续几次都没有挨着崖身的边。这样一来，他心更慌，更是焦急，手足无措，一度竟然双脚也忘记了弹动，被直挺挺地吊在半空中打起了转转。他清清楚楚地看到了扒在崖墙上的李文跃，可就是力不从心，望而却步。急得他满脸通红："李大爷，你快给我说说，这该怎么办？"

焦乃良的窘境，李文跃看在眼里，也急在心里。他知道，生瓜蛋子焦乃良现在首要的是静下心来，把心态调整好，才能继续完成下一步动作。因此，他开始喊话："乃良，你不要急，越急越乱。你现在听我口令，把钩杆平端好，然后吸气，呼气，再吸气，再呼气——哎，好，好，现在开始下一步，抓紧、端平手里的钩杆，朝着我现在的方向，两腿用劲摆动，使劲往后甩。好，好，再使劲，劲要使匀，腿要连贯。"在李文跃师傅的指挥下，焦乃良开始有条不紊地操作起来，大绳此刻也随着他的规范动作，摆动幅度逐渐加大。焦乃良的信心和勇气也恢复了，一系列的动作做到了"稳、准、狠"，在大绳摆动幅度够大的时候，他果断地向崖墙发起了扑击。这时的李文跃，对焦乃良的一举一动，都了然于胸，他在焦乃良开始向崖墙扑击的瞬间，冒着危险，迅疾出手，在乃良扑近崖墙的一瞬间，用钩杆钩住了乃良的大绳，把焦乃良拖进了崖墙，并帮他插好了护绳凿子。

这一场"空中的舞蹈"，两个舞伴终于面对面地站在了一起。李文跃帮助焦乃良从身上把钢钎和铁锤取下来，把其他物品——炸药、湿土和引火材料塞进石头缝里存放好，两人就开始作业。每个人身吊两根绳，李文跃捉钎，焦乃良抡锤，"叮当，叮当"的声响响彻云霄，震荡的回声在幽静的河谷里传播得很远很远，冰封的漳河也被这清脆浑然的敲击声陡然悸动，冰层下的流水也如一头怀春的小鹿，有了几分躁动和期盼。

两个小时过去了，李文跃和焦乃良师徒俩，顺着崖缝打出了一个两尺深的炮眼。这时的焦乃良也完全恢复了在平地上施工作业的坦然，虽然大汗淋漓，却是敏捷机灵。他从崖缝里把炸药和湿土取出，熟练地装填，安好了这具有历史意义的第一炮。这点炮的事儿，李文跃不容置疑，非他莫属。焦乃良毕竟是第一次下崖，有这样的表现已经实属不易了。这悬空点炮非同寻常，他必须亲力亲为。

李文跃帮助焦乃良游动到离炮眼大概有一丈远的一个崖缝里，给他插好护绳，并特别察看了头顶上岩石的构造，确认不会出现崩石落石后才叮嘱他："你在这里千万不能动。听到炮响不要怕，崖墙上的炮力是往外冲，只要你贴紧崖身，不会有事，保证安全。"

李文跃说完，把大绳往外一甩，就离开了焦乃良。只见他在空中舞动了几下，就像一只老雄鹰一样，又准确地扑到了炮眼的位置。他身躯贴紧崖墙，从上衣兜里拿出一盒火柴，取出两根，"嚓"的一声擦着，点燃了炮捻。看着导火索发出了"呲呲"声，一股青烟飘出，他立马举手摘掉护绳，继而双脚着力用劲儿一蹬，大绳随即将他带出崖外几丈之远，紧接着他在空中双脚舞动自如，长长的钩杆在他手里犹如一根指挥棒挥动，他朝着炮眼的另一侧扑去，又准确地扑到了崖墙上，距离炮位也在三丈开外。这一系列的动作娴熟、潇洒自如，堪称完美。在炮眼另一边蛰伏着的焦乃良，不但看得心服口服，而且心生羡慕，暗暗下决心，要好好地把李大爷的这身本事学到手，学精学到位，在修渠的伟大事业上大显身手。

思想之间，"轰隆"的一声炮响，崖壁震动，高崖山震动，河谷震动，大地震动！

这第一炮，是一声礼炮，开启了大漳南渠征山战水的新纪元！

李文跃和焦乃良，这头一天连连下了3绳，第二天起了个大早，下了7绳，第三天中午没吃饭，下了9绳。一连三天，李文跃和焦乃良下了17次崖，点响了17次崖炮，在崖墙上炸开了几个数尺长的落脚点，钢钎队的同志这才从山崖的一侧，爬到被炸开的立足点上施工作业。由于崖高风大，天气贼冷，三天以后，李文跃的两腿被绳吊肿了，手和脸都冻蜕了一层皮，黑夜躺在炕上，浑身酸痛得连翻身都很困难。他毕竟是上了年纪的老人了，这连续的下崖作战，身子骨真吃不消了，躺在床上起不来了。老高也赶忙派渠上的医生秦谦德来给他诊治。其实，他这病是高强度的活儿累的，被山风吹的，被冷气冻的，吃点儿药打几针，再好好休息休息就好了。

李文跃人躺在病床上，心却仍在高崖山的峭壁上。他惦记着工程的进展，惦记着那十几个"徒弟"。这飞身下崖的活儿非同寻常，不能有一丁点儿的闪失。因为这不仅关乎修渠的大局,更是人命关天。这帮"飞虎队"的大小伙子们,正处于人生最美好的青春年华,工程也正处于攻坚的最紧要关头。此时,正是最需要他的时候。你说,他能在病床上躺得住吗?李文跃在家里只躺了两天就再也待不定了,他拐着拐棍又来到了高崖山工地,又要求吊绳下崖,老高和同志们都劝他再休息两天,等腿消肿了再下。老李又使起拗劲来,说出了一番自己认定的道理:"这腿上的肿是吊绳下崖来的,还得吊绳下崖来消下去,这样,以后才不会再肿。要不,吊着肿,躺着消,疙里疙瘩,翻来覆去,没个头尾。"就这样,他肿着两条腿又坐绳下了崖。咬紧牙关硬顶了几天,嘿,你还别说,这肿还真消下去了。又过了一段时间,被绳索常勒的地方,淤积起一圈一圈的茧条,硬顶顶的。

  高空点炮,每天每次要同时点几炮,吊绳点炮的"飞虎队员",每点一个崖炮,就得向外悠一次大绳,保证下一次准确地落在另一个炮捻边。全部点着后,自己还要悠到事先选好的安全落脚点避炮。这点炮的活儿,差不多都是李文跃干的。他十分爱护年轻人:"这活儿危险,我来干。你们还年轻,人生的路还很长,将来还有很多重要的活儿等着你们去干。"李文跃每次都一马当先,每次都安然无恙。可就在这一次,意外突然降临了。这一次他一连点着了五炮,结果只响了四炮,还有一炮没响。等了一会儿,在崖下隐蔽的十几个民工,以为瞎捻了,就出来干活。这时,在崖壁一侧隐蔽的李文跃发现那一炮还在冒烟,他大声叫喊让下边的民工同志们赶快隐蔽,不要往施工点走。可是,岩高风大,民工根本听不见。就在这紧要关头,他使尽气力,喊了一声:"大家伙儿快跑!"说着,他就抓住绳子用力一蹬,身子从隐蔽的地方弹射而出,他要去拔炮捻。这是他下意识的一个动作,全然不顾即将爆炸的这一"慢炮",轰然而来的生命危险。他一游动到炮捻前,根本没顾及自己是怎样被摔在崖壁上,只是双目圆瞪,全神贯注地拔炮捻!刚一拔出来,"哧"的一声,炮捻在他的手里着透了,他的手心一阵儿火辣辣的疼痛。

  崖下的民工们头顶千钧一发的危机,在最后一刻得以化解。然而,我们的老英雄李文跃撞在石墙上昏迷了。"飞虎队"的小伙子们和民工们手忙脚乱,赶紧放下绳子,七手八脚地抬着老英雄,一溜烟小跑进了上遥公社卫生院。

好在只是皮外伤，老英雄身体无大碍，休息了一个晚上，第二天起床的时候，发现有一条大腿被摔得肿了老粗，穿不上棉裤，他让别人帮他硬穿上，拄了一根棍，就又上了黄崖山。

此情此景，已经不止一次两次了。面对这样一个倔老头，大家也知道说什么都是多余的。不过，有老将在场，"飞虎队"的小伙子们飞身下崖，心里底气十足。

"飞虎队"给钢钎队在前"开路"，崩出落脚点，钢钎队紧接着跟进。"铁姑娘钢钎队"也作为一支主力军转战高崖山。

74

征山战水，此时的"铁姑娘"钢钎队已经羽翼渐丰，成长起来了，可来到这高崖山下，仰头一望，还是让这帮姑娘们心里一颤。

已是冬季，下了一场大雪，太行山地冻如铁。钢钎队的姑娘们和其他民工一起，扛着铁锤和钢钎，背着大绳和雷管炸药等火工材料，一路唱着当时流行的时代歌曲《大海航行靠舵手》《下定决心，不怕困难》，队伍整齐，士气高昂，来到了高崖山前。

寒冬腊月，要在这立足点不能腾挪，百十米高的半山腰里施工，可是比杂技团的猴儿走钢丝还艰险。别说打钎了，就是站着，也是战战兢兢，不敢往下看，也不敢往上看。往下看，是石崖深沟，让人头晕；往上看，是龇牙咧嘴的石头，好像随时要盖头而落，把人砸个非死即伤。民工们就在这极为艰险的环境里开始了施工。每人腰里系一条防护绳，绳的一头固定在嵌进石缝里的铁桩上，吊着绳干活，实在多有不便；崖高风大，风从高空峡谷河谷奔袭而来，飞沙弥漫，眼都睁不开，强打着睁开眼，沙粒飞扑进眼里，生疼生疼，忍不住掉泪。这泪还没落到地上，走马就留下两行冰迹。爱新由于沙土刮进眼里，下锤没打准，把铁旦的手擦破了一层皮，鲜血直流。正在崖上施工，要下崖进行包扎很不现实。爱新急中生智，就从自己穿着的棉袄下边揪出一团棉絮，从男同志那里借来火柴，用火一燎，就往铁旦的伤口上迅速一按，血立马就止住了。接着，她又从布棉袄的里子上撕下一块布条，把伤口那么一裹。这疗伤的土办法还真是顶事。这之后，她们就都沿用这个法子，轻伤不下火线。可是，每天在石窝里和石头打交道，皮肉的擦伤碰伤那是家常便饭，半个月下来，姑娘们的棉袄根本吃不住"撕挖"，下半截大都被挖空了。棉袄成了布衫，站在半山腰打钎，棉袄的下摆不时被风撩起，冷风贴肉，这冷飕飕的滋味还真是让她们单薄的身子吃不消。就是这样，也挡不住她们热火朝天的干劲。踩着"飞虎队"冒着风险凿开凿出来的"落脚点""立足点"，她们艰难地进行着第二步的作业。狭窄的作业面和人在空中悬吊的窘境，让眼前的活儿常常让她们感到手足无措，对身边其他潜在的危险浑然不觉。

早晨，"铁姑娘钢钎队"的队员们，按照往常的工作流程，在崖上打炮眼。铁锤和钢钎的撞击声以及抡锤打钎时而发出的"嗨——"的声音，此起彼伏。姑娘们全然不知，危险正潜伏在她们的头顶。恰好，背着大绳的焦乃良路过。偶然的一抬头，让他迅速意识到危险的来临。他扔下大绳，三步并作两步就扑向作业点，并大声朝她们喊："快离开，危险！"话音未落，乃良扑到了爱新等姑娘们身边，他一边用一只手拽人，一边用另一只手示意，间杂着声嘶力竭的叫喊。姑娘们被他又拖又拽地带离了作业面。一直到了安全地点，回头一看，妈呀，作业面的上头，有几块大石头，石缝里的土"沙沙"地往下掉，眼看就要掉下来。不敢设想这几块大石头掉下来的后果，姑娘们后怕得心惊肉跳、后背发冷。乃良看姑娘们脸色煞白，就对她们说："这座山崖，岩石结构不好，要多操心。我们每放一次炮，都会震得上下左右的石头起变化。明面上的悬石清除了，还有一些隐患一时难以排除，这就需要大家在打钎时，千万要眼观六路耳听八方，要时刻防止突发情况，防止意外发生。"乃良说罢，就拿起一根丈余长的钩杆，走近作业点，站在一个隐蔽的地方，一边细致观察，一边举起手里的钩杆，一推一钩，只听"哗啦""哗啦"的声响，那几块大石头都被挑下了崖，滚进了崖底。等乃良回返，摇摇晃晃，再次来到她们面前，看他一脸潮红，而且一阵儿地咳嗽，爱新才想起问他："听说你昨天重感冒了，今天怎么还来上工啊？"乃良一阵儿咳嗽过去，才说："伤风感冒了，不碍事。昨晚喝了一碗生姜汤，出了一夜汗，好多了。这渠上的事儿多，反正我在家也躺不住，还不如来工地干干活儿熨帖。"

说完，他就又背起大绳，弓着身子，爬上了崖顶，又开始干起了吊绳下崖的活儿。钢钎队的同志们也都各自回到自己的作业面，山谷里又恢复了起初的喧闹。

高崖飞鹰 郭雅敏/图

第二十五章　连心父子

75

焦乃良带着"飞虎队"凌空作业，钢钎队抡锤飞舞，各干其活，各办其事。

干到后半晌，突然听到崖下有人高喊："快来人啊，焦乃良顶不住了！"正在打钎的人们循声抬头察看，看见被大绳吊在半空的乃良，耷拉着头，大绳在空中开始打转。上边放绳的民工赶快把乃良放到崖底，随队的秦医生一检查，本来已经重感冒的乃良，带病作业，被冷风一吹当场高烧达到41摄氏度，人已经彻底昏迷。

"人病成了这个样子，快送医院。"秦谦德急火火找来一副担架，四个民工抬着，沿着河边的小路，一路疾行，来到了上遥卫生院，医生护士一阵忙乱，进行了紧张的抢救治疗。

高长春也闻讯从工地匆匆赶来了，他前脚刚进病房，就连声问大夫："情况怎么样了？快快快，要想尽一切办法抢救。"

这时的焦乃良，高烧导致昏迷，还出现了抽搐，只见他的脸涨得紫红紫红的，身子瑟瑟发抖，嘴里发出一阵儿一阵儿的呻吟。

在场的人都为焦乃良的病况而心里发紧。

人被抬进医院七八个钟头了，还是高烧不止，焦乃良是一会儿清醒，一会儿昏迷。及至过了一个对时，焦乃良的病情才稍稍稳定下来，高烧虽然还是在40摄氏度上下徘徊，但他的神志已清醒。

焦乃良的父亲焦尚贤也来到了医院。老人看着病床上的儿子，心里一阵儿痛楚。焦乃良看着父亲，又看了看围护在病床前的一帮人——有医生护士，有从工地赶来看他的民工兄弟，当然，还有高书记等公社领导，心里觉得很过意不去，就说："大，咱没给渠上出多大力，就病倒了，反而添了麻烦，成了累赘，连累得这么多人不能好好修渠，你还是带我回家，有我妈一个人照料我就行。"接着，他又把眼睛转向高书记："高书记，我请求你批准。你放心，我没事。渠还没修好，你交给我的任务还没有完成，我焦乃良不会倒下去的。等过几天，我这病好了，就回到渠上，把耽误的活儿补回来。"然后，又对着来看他的几个民工说："快回渠上吧，不要为我耽搁了干活，咱们的主要任务是修渠，不是看病人。上遥少了我一个焦乃良不是个事，要是修不成大漳南渠，可就误了大事了。"乃良说完这番话，又一阵咳嗽。焦尚贤一边心疼地给儿子拍打着后背，一边扭头给大伙说："高书记，就依了乃良这一回吧。病已经上身，一时半会儿也好不下来，我给咱把他弄回家，让家里人来看护，就不要拖累大家了。这渠上的事儿就够多了，你们都各自去忙吧，乃良有我和他妈照应，病好了就会上渠上咧。"

老高岂能应这个茬，可终究还是拗不过这吃了秤砣铁了心的父子俩。劝不住，就退一步吧，就派了护士和医生，带了足够的药，把焦乃良送回了老家正社村。

也许是这病根太深，病源太毒，焦乃良回到家的第二天，病情就加重了，体温又一次冲向了42摄氏度，昏迷不醒，虽然经医生和护士的诊疗有所缓解，但人也是时而清醒，时而昏迷。昏迷的时候，嘴里还喃喃着这样的话："下定决心，不怕牺牲，排除万难，去争取胜利。""下——下——崖，放——放——绳""点——炮，点炮！"清醒的时候，和家人谈得最多的还是修渠的事，说："等咱渠修好了，就都能过上好光景了。白面馍馍管饱，肉扯面是家常便饭。"看父母亲一脸的忧虑，他还宽慰两位老人说："我的病一定能好喽，这高崖山还没打通，阎王爷还不会收我。"

可话虽这么说，乃良的病情却一点儿也不乐观。几天来的输液、打针、吃药似乎全然不见效，他昏迷的次数愈来愈多，还间杂有抽搐，甚至还出现了几次休克，直教人把心提到了嗓子眼儿。

再后来，乃良连进食都成了问题。他妈给他做了他想吃的鸡蛋疙瘩汤，他吃不了两口，就虚弱得不能喝了。

最后一次昏迷醒来了，也许是回光返照，乃良这时神志很清醒，他背靠着被褥，从铺下取出一副从渠上带回来的旧手套，递给眼前的父亲，两眼充满期待地说："大，我没修成大漳南渠，对不起毛主席，对不起高书记，对不起全家。"说着说着，两行泪破眶而出，他哽咽着再也说不下去了，继而是一阵猛抽，两眼一闭，一口气没有换上来，就永远离开了人世。

出师未捷身先死，年仅二十岁的焦乃良牺牲在了激战正酣的大漳南渠上。死讯传来，全工地笼罩在一片悲痛之中。

化悲痛为力量。乃良牺牲的第二天，公社、大队的干部、渠上的民工代表、村上的群众，在乃良简陋的灵棚前召开了隆重的追悼会。"乃良是为革命、为人民而牺牲的，他的死比泰山还重。继承乃良的遗志，就是修成大漳南渠，修好大漳南渠。"高书记的悼词掷地有声，说出了大家的心声。

同时，公社党委还根据乃良生前的申请，追认他为中国共产党党员，并号召全公社的党员和群众向焦乃良同志学习。

焦乃良的父亲焦尚贤，时年五十三岁。对于一个年过半百的人来说，儿子的死无异于晴天霹雳，失去了独生儿子，其内心的悲伤是难以言说的。

儿子出殡归土了，焦老汉坐在空旷的院落里，手里紧攥着儿子留下的一双旧手套，内心满是回忆，往昔的人事浮现在眼前。他想起，在旧社会，乃良他爷爷给地主扛长工，成年累月地卖命，也得不到多少好处，还得看主家脸色行事。村上的恶霸韩昌德，为了霸占焦家的二亩地，把西瓜皮扔进茅房里，却硬栽赃父亲偷了他家的西瓜，不但讹了二亩地，还被罚了60块现大洋。这理没地方讲，这亏只能忍气吞声地吃进肚里。共产党来到了太行山上漳河岸畔，穷人才算翻了身，分田分地，自主生产，民主选举，当家做主。打乃良这孩子记事起，就教育他不要忘记共产党的恩情，要永远跟着共产党走，误下什么也不能误了公家的事，革命的事比家里的事情大。孩子是个好孩子，用自己的行动昭告天地，他没有辜负家教和社会，很给焦家长脸。儿子为了修大漳南渠而死，死的时候还丢不下大漳南渠，还把他修渠时磨破的旧手套交给了我。睹物伤情，老汉禁不住热泪长流。

老泪纵横的焦老汉并没有被泪水淹没，他一把抹去脸上的泪，往地上一甩,"腾"地站起来,打心底里决定,要到渠上,继续走儿子未走完的路。

把泪水变成汗水,修成大漳南渠,这是对儿子最好的交代,也是医治自己心灵创伤的良药。

当晚他把自己的决定告诉了老伴,老伴边擦泪边说:"我懂你的心思,你去了,问问高书记,看我能去渠上做些甚。要是领导答应,我也去!孩子临走的时候,就交代了这件事,咱就为了了却孩子最后的心愿,都去修渠,让孩子躺在土底下也安心,也知道他大他妈对得起他。"

焦尚贤面对泪如雨下的老伴,伸出右手,捏了捏她的臂膀:"孩儿他妈,不要哭了,让孩儿听见,在阴间也不好受。咱要有骨气。明天我就上渠,你在家等我的信儿。"

修大漳南渠是儿子未竟的事业,焦老汉背着铺盖卷,带着儿子留下的一双破手套,踩着儿子的脚印,步行十五里地,来到了黄崖山,找到了飞虎队。只见他把铺盖卷往石头上一放,二话没说,就抓起了一把铁锤。

这一幕来得太突然,让"飞虎队"的同志们觉得很诧异,猜想他是不是失子悲痛,正在气头上,要来找石头"算账",发泄自己的悲愤。这"石头"也真可恨,夺去了一个鲜活的生命。不要说焦老汉,这几天,我们大家也都是憋着一股劲,发狠地与顽石博斗。

气急伤身,气急鲁莽,气急坏事。气急之下,这焦大爷要再有个三长两短,这可怎么是好?所以,有人赶紧上前劝告老人放下铁锤,另外派人赶快去找高长春书记。

高书记心急火燎地赶来了。他把焦老汉按到一块石头上坐下,给他点着一支烟,才和声和气地开口说道:"老焦,孩子不在了,你心痛,我也心痛,大家都心痛。乃良是个好小伙,他是英雄,你是英雄的父亲。他的死,是我没尽到责任,我很对不起他也对不起你全家,事儿已经摆下了,你可要想开啊!"

焦老汉听着高长春的劝慰,知道书记和大家有些误解他的来意,就着急地从坐着的石头上站起身,压着老高的话头说:"高书记,我要是想不开,就不会来渠上了。可我不是来闹气的,我是来修渠的。嗨,你们想错了。"

老高看着焦老汉一脸着急的神情,倏然明白了,他抑制不住内心的激动和感动,一把揽住焦尚贤的臂膀说:"老焦啊,你让我说什么好呢!好,好,好。"几个"好"连连说过，老高好像感觉哪里不对劲儿似的，双目在焦老汉的脸上扫了好几遍，弄得老汉不知所措，就问："高书记，你看啥？"

"不是，你来渠上给老嫂子商量了吗？你还是暂且回去吧，孩子刚出事，他妈一个人在家，你还是回家多陪陪老嫂子吧，等缓过劲儿来，你再来渠上吧。"

哦，原来是这么个意思，老汉摆了摆手说："高书记，你就放心吧。孩子临死时，给我老两口交代了修渠的事，我来之前就和孩他妈商量过了，我先打前站，他妈让我问问你，渠上有甚活儿适合她，她随后就来了。"

焦尚贤和高长春的对话，听得周围的民工很是感动，大家都把目光投向高长春书记。高长春看懂了大家目光里的期待，就点点头说："好，我们欢迎你这位英雄的父亲。不过，你年龄大了，下崖不合适。这样吧，你就到你大队的工段，做些力所能及的活儿吧。"

不想，这老汉的倔劲儿上来了，他仰望着高高的高崖山，态度很坚决："高书记，乃良在过的地方我要在，乃良用过的工具我要用，乃良没完成的活儿我接着干，我接替乃良来修渠，就请你担待担待吧。"

这样的群众，这样的父亲，还能让老高说啥呢！一旁的民工也被乃良父亲的一番言语打动了，也开始帮腔："高书记，就让焦大爷和我们一起干吧。他是焦乃良的父亲，也是我们的亲人，我们会照料他的，你放心。"几个性急的年轻人，还没等老高表态，就上前挽住了焦老汉的两只胳膊，把老汉接到了高崖山工地。

就这样，英雄的父亲接过了英雄儿子的班，老子和儿子挑起了同一副担子。

第二十六章　医生秦谦德

76

焦乃良的死，对秦谦德的触动很大。

秦谦德何许人也？

秦谦德是一名医生。大漳南渠开工，领导决定他随队，随时随地解决民工的一些医务上的问题，诸如碰伤擦伤以及头疼脑热等。起初，谦德的心里还是蛮高兴的，觉得能到渠上当医生，也是一件光荣的事，所以就背着药包来到了渠上。指挥部给他安排了一间小房子作为医务室。这房子又破又小，与在卫生院的条件相比，自然差了很多，小秦医生的心一下子凉了半截。一日三餐是和民工一起吃大灶，伙食差，生活艰苦，工作和生活条件的落差，小秦还是很快适应了。可是，这个从学校毕业就拿起听诊器的年轻医生，房子小而破能住得下，生活苦能顶得住，顶不住的是，人在家里坐，就听见工地"轰隆！轰隆！"的炮声，震得房子掉土落尘，震得他心里发慌发怵。在渠上待了五六天，他就心里打起退堂鼓了。心想：这石头不长眼，打着没人管。只要核桃大的一块石头飞落在自家的头上，就吃不消。重者丧命，轻者重伤，年纪轻轻的要是送了命或者落下残疾，这可如何是好啊？越想越后怕。

心由境生，神由心定。秦谦德有点儿后悔来渠上受这份罪，担这份惊。可也一时没有办法。思来想去，就想了个消极的办法，那就是"当一天和尚撞一天钟"：谁有了病，来指挥部我给你看；有了外伤，到我这里给你包扎。反正他抱定一个老主意，就是尽量不到工地涉险。开始，大家还没觉出什么，时间长了，就有了反应。指挥部的领导找他谈话了，他觉得不到工地理儿不通。变通敷衍，他想出了一个法子，每天的前半晌、后半晌，上工地遛一圈，类似于我们现在的有些人，一到工作点不是忙着怎样干好工作，而是先用手机拍照留痕，刷存在感。秦谦德也是这样，每天去工地上遛一趟，就背着药包跑回住所。民工们看他这个样，也都有点儿看不过眼，就给他起了个外号，叫"秦琉璃"，意思是太脆弱太娇气了，怕碰着怕打碎。这期间，还真出了一回"洋相"。

一天下午，他正坐在指挥部里看报，忽然听见外边"叮当叮当"地一阵儿自行车响，接着房门被"轰"的一声推开了，一阵儿凉风裹挟着一个气喘吁吁的人猛地闯到他面前："快，快，秦医生，高崖山工地的民工原魁生打钢钎，被石头砸破头了，止不住血，快抢救啊！"正在悠闲地坐着的秦谦德被这喊叫声吓了一跳。不过一听是高崖山的声音，他心里立马就竖起了一堵墙："你们还是把他抬到这里来吧，这里消毒严格，换药方便，外伤最怕感染。"他下意识地为自己找了一套说辞。可来人一把把四平八稳还坐在椅子上的秦谦德拖起，一边说："好我的秦大医生，这都人命关天了，你还说这些，快点儿走吧。"此时秦谦德虽然被动，但还是收拾了些外科用品，背起药包，与来接他的民工骑上车子直奔高崖山。快到山根时，又碰到来接他们的王丑孩、王安陆两人，他俩老远看见秦谦德，就高声喊道："秦医生，快点儿，快点儿。"这时的秦谦德意识到问题的严重性，也顾不上搭话，"腾"地跳下后车座，让丑孩前边带路，安陆在后面给他提着药包，三个人大一步、小一步地就往山顶跑，越走越高，很快就上了"老虎嘴"。这"老虎嘴"，上面是个倒悬穹顶，下面是个百丈高的齐红崖，过"老虎嘴"的小路很窄，只有半尺宽，过时必须弯下腰来。这情形秦谦德是第一次遇到，还没过，腿肚子就直打战。丑孩在前头拉住他的右手，安陆在后头托住他的腰身，前拉后托战战兢兢走到中间时，他往下看了一眼，"哎呀"一声，顿时头晕眼花，手脚麻木，"定格"在石崖上难以动弹。丑孩安陆见此情景，好不容易把他架过这一险段，他一屁股蹲在稍微平缓的一处，身体像一块面团，瘫在那里。等着医生来救人，这医生却自顾不暇，这可如何是好？好在民工有两手准备，在去"请"秦医生到场的同时，也派出一路人马去离此十几里路远的上遥卫生院求救。秦医生瘫坐了不大一会儿，卫生院派出的医生贾水兰也匆匆赶到了山根。情况危急，贾水兰背着药包，抓住从山顶垂下的一条大绳，攀崖而上，及时对原魁生进行了施救。

出了这回"洋相"，秦谦德自己觉得灰头土脸，在人前抬不起头来。口问心，心问口，越想越难过，暗暗责备自己，觉得自己还不如爱新铁旦那些姑娘家。他开始试着改变自己。其实，人们也没有疏远他，还是谅解了他的"临阵软蛋"。他去工地的次数多了，一次次亲眼看到了李文跃、焦乃良的悬崖作业，一回回注视着"铁姑娘钢钎队"的豪迈英姿，他打心眼里检视着自己灵魂深处的"污垢"。秦谦德的改变，大家也都看在眼里，只要他的身影一出现在工地，就不断有人亲热地和他打着招呼。他感觉到，人们并没有嫌弃他，他尝到了被人尊重的滋味！渐渐地，他找到了自己的位置，对下工地也有了几分热爱。他每天随民工上工地，有病看病，有伤疗伤，不看病疗伤，他就参加劳动。他已经自觉融入积极干活的这个群体里了。

人啊，一旦思想有了转变，是会让人刮目相看的。

秦谦德是个"白面书生"，要干这体力活，真连一般妇女也比不上。第一次在工地参加劳动，是和王丑孩搭档打钢钎。开始，他捉住钢钎，丑孩抡锤。丑孩打一下，他晃一晃钢钎。丑孩驾轻就熟，钢钎打得不但顺溜，而且猛烈，也就几十下，就把秦医生的虎口震得裂了缝，搞得他吃饭时端碗捉筷都不利索。就这，他心里不服气，暗暗对自己说："要坚强再坚强，不能给人落话柄。"

第二天到了工地，他就提出，和丑孩换换角色，让丑孩捉钎，他来抡锤。他心想，打钎震动大，打钎虽然要的是力气，只要悠着点儿，就不会显山露水、丢人现眼。哪承想，难遂心愿，立马见高低，立时见分晓，更是让他这"白面书生"现场出丑闹了个大红脸。

接过大锤，开初还劲头十足，前十来下还不错，都准确地打在了钢钎上，待打到第十四下时，就感到肩膀酸困，气也喘不上来，锤也不听使唤了，"啪"地一下打在了丑孩的手腕上，说话间就肿得老高，起了一片黑青。秦谦德急忙扔下锤，拿出几片"止痛片"给丑孩吃，又取来药包要给他包扎伤口。丑孩虽然龇牙咧嘴，但嘴上还是说："不要紧，打一半下叫个甚？多多练习就少出差错啦。"旁边打钎抡锤的察觉他俩这里有情况，扭头往这边看，闹得秦医生怪不好意思的。不过，大家还是对他报以十二分的体贴："秦医生，你能来工地，就是好样的。有你在身边，我们就壮胆了。你就歇歇吧。"民工兄弟的淳朴和热络，让这个白面书生心里很内疚，他暗下决心，要继续锻炼，在劳动中成长，在干活中历练。之后，他就和民工兄弟们一起风里来雨里去，走在一起，干在一起，吃在一起，住在一起，秦谦德医生的脸变黑了，手变粗糙了，打钎的活儿也逐渐顺溜了，大家都为他的改变而惊讶。

"同吃同住同劳动"让秦谦德体验了修渠的艰难和民工的苦楚，劳动实践让他和修渠民工休戚与共、心心相通。每逢他在劳动中出了大汗，大家有的给他递毛巾，有的关心地说："秦医生，你到边上休息休息吧，别感冒了。"话里透着感情，话外溢出贴心，这让秦谦德的心里就像三伏天吃了一块冰镇西瓜，甜丝丝的。

时令进入了农历五月，天气干燥闷热，工地暴发了流行性痢疾。短短的五天时间就病倒了30多人。这病来得快，让大家猝不及防。民工李记贤，下午4点得病跑肚子，晚上9点就高烧到40.7摄氏度，上吐下泻，昏迷不醒。深更半夜的，用担架往公社卫生院送吧，不但需要五六个人，足足也得两三个小时，怕路上耽搁病情；就地治疗吧，医药设备都很简陋。为难之下，秦谦德果断上手，进行医治。他给李记贤服用了口服药后，就开始用大蒜灌肠。两天一夜，采用这样的办法施救，总算见效，李记贤的痢疾渐渐好转。可是，这两天一夜，秦谦德医生怎样的经历，旁观者门儿清。大蒜水刚灌进肚里，还没等拔出洗肠器，蒜水、粪便就一起流了出来，弄得炕上、手上、洗肠器上到处都是，空气被污染得奇臭难闻，苍蝇也成群结队飞来凑热闹。但秦谦德不嫌脏臭，不怕麻烦，白天黑夜和病人在一起，端水喂药，打针洗肠，倒大小便，连着好多天没有睡过一个囫囵觉，一直照顾几个重病号脱离险境。这厢重病号刚腾开手，他又背起药包下了工地，给轻病号送药，巡回宣讲卫生常识，预防疾病发生。他还根据自己的经验，编写了一段快板《预防痢疾要牢记》，在民工中广为传播：

一天三顿饭，顿顿吃大蒜。
预防痢疾病，省钱又方便。

> 得了痢疾病，隔离最关键。
>
> 治疗痢疾病，洗肠最当先。

防治结合，工地上的流行性痢疾病得到有效遏制，没有大范围扩散，变得可控可治。这不得不说秦谦德功莫大焉。

这小小的疫情过后，秦谦德反思，这工地上靠一两个医生是不行的，在向指挥部请示后，他就利用工余时间，为各个连队培训了24名"赤脚医生"，民工们的小伤小病能在第一时间得到医治。

修渠让秦谦德脱胎换骨，他穿梭在各个工地，听着一阵阵的劳动号子，不再畏惧隆隆的炮声。

山上的野花儿开得鲜艳，漳河水从他身边流过。这个年轻人啊，他的人生随着大漳南渠的延伸而丰富灿烂。

第二十七章　老英雄的悲剧

77

渠线过了高崖山，老英雄李文跃的"飞天"壮举也被人关注和传颂，大漳南渠也如"宠儿"一般，站到了各级领导和新闻媒体的显眼位置上。是啊，一个只有五千人口的山区小社，竟敢干这样的大事业。而如今，大漳南渠征服了"洞角湾""琉璃坪""老沙滩"等一道道险要的咽喉工程，连高崖山也低头臣服了。边修渠、边通水、边受益，水渠已过岐口村，全长六十七里的大渠，已经通水四十五里，上遥、正社、西社、东社几个"土地大村"通水，指日可待。岐口村之上的土地已经受益，粮食产量大增。

《山西日报》刊登了大漳南渠的长篇通讯《发扬愚公移山精神，改变山河面貌》，《人民画报》登载了晋东南地委摄影组韩宽晨拍摄的《飞虎英雄李文跃下崖》的组照，新华社、中央人民广播电台记者联合采写的上遥公社党委书记高长春的长篇人物通讯被中央人民广播电台播放，新华社记者范银怀在《人民日报》发表了《漳南渠漳河水引上了太行山》的报道，《光明日报》也刊登了记者对出席国庆观礼的漳南渠铁姑娘钢钎队副队长王爱新的专访。一时间，大漳南渠声名鹊起，省内外市县的参观团纷至沓来，场面蔚为壮观。有各级领导干部，也有普通群众，都想亲眼看见老英雄李文跃的"飞天"一跳。为了保护李文跃同志的个人安全，上遥公社党委做出决定：非经公社党委集体研究批准，李文跃不能随便下崖。因此，李文跃下崖表演就成了禁令，热情的观众虽有遗憾，却也理解。这毕竟是拼命的活儿，不能为了"一饱眼福"，让年近花甲的老英雄再去冒险。所以，很长一段时间，老英雄也就没再下崖，他被安排在新成立的大漳南渠管委会做事。那条跟随他下崖的粗绳，也被公社党委"勒令""刀枪入库"，安放在了漳南渠管委会的阁楼上。可这条"禁令"竟然在1972年12月7日被打破了，而且酿成了无可挽回的悲剧。

事情的前因后果是这样的。

山西省歌舞院和晋东南歌舞院的20多名演员来到大漳南渠深入体验生活，他们要根据修渠的事迹，编创一部类似《龙江颂》的样板戏。自然，老英雄李文跃的这"飞天"，是他们心仪已久而且必须搬上舞台的。为了在舞台上塑造生动逼真、栩栩如生的老英雄形象，他们非常渴望看一次老英雄李文跃的现场表演。一连三天，这些男女演员，软磨硬缠，开口老大爷，闭口老英雄，乞求李文跃下崖一次，甚至还买了糕点糖蛋水果，试图说动李文跃下崖。李老汉被这帮年轻人的热切闹得下不了台，可他又清楚，要是让公社党委批准，肯定没门儿。冒着被公社党委批评一顿和自家深刻检讨一番的风险，他做出了"不通过公社党委，偷偷下一次崖"的承诺，约定明天实施下崖的计划。好长时间没有下崖了，放绳的阁楼很干燥，绳子肯定干透了。他准备了两桶水。要放在平时，这大绳在下崖前三天就要喷水返潮。可已经答应了娃娃们明天下崖，况且，这下崖的活儿，已经经历了数以百计次，这次也就是个表演表演，让娃娃们开开眼界就上来了，并不像过去，要在悬崖上荡上大半天，不会有啥事的。因此，也就没有按照以往的方式下崖去准备。不过，他也没有完全大意。一大早他就来到阁楼上，悄悄地把大绳扛出，扛到事先计划的一处院落，用了比平时多一倍的水泼洒在绳子上，又翻来覆去检查了好几遍，觉得妥妥当当后，就又打发人把过去下崖时专门负责给他放绳的老伙计找来，说明了情况，合计了方法步骤，又找来几个年轻的后生，安排他们抬水、抬大绳上山。怕公社干部有所察觉，老李一再叮嘱大家要"千万保密"。吃了早饭，准备出发的时候，老李还不放心，担心这一行好几十号人，抬着大绳和水，难保不被公社干部察觉。为了保险起见，他派人去公社打探情况，以便伺机而动。打探情况的人回来报告："公社的干部都在会议室开会。"老李这才放心大胆地安排这20来个演员以及参与下崖表演的人员，分五六拨溜出了上遥村。

能一饱眼福老英雄的惊天壮举，可把这帮从城市来的俊男靓女乐坏了。

出了村,他们就把老英雄簇拥在中间,众星捧月,跟着他往高崖山走。走到半路上,遇到几个去上地的妇女。看见李文跃一身整洁、精神焕发,就热情地打招呼,问他:"老李啊,你这有啥高兴事?"老李满脸兴奋地说:"哎,我和娃娃们去工地上照几张相。"

说说笑笑,不觉就来到了高崖山下。这高崖山,高280米,宽80多米,上面崖头突出,下边崖身凹进。齐崭崭的绝壁直立陡峭,鬼斧神工,站在崖下往上看,都有点儿眼晕。省地歌舞团的演员们沿着公路往前走,去找一个最佳的观察点,等待着这神往已久的绝佳表演。这演技,是原汁原味的实景剧,是真刀真枪、真人真演的实拍他们从艺一生,也难得有这样的眼遇、眼见眼福。

李文跃和他的几个同伴则抬着大绳往山顶走。山路还是那么崎岖,原本满满的一桶水,洒得只剩下多半桶了。上了山顶,他和同伴又一次用手把粗粗的一条大绳捋了一遍,在没有潮湿好的地方,又浇了一次水,觉得可以了,就开始钉橛,往石头上盘绳。一切准备就绪,我们的主角李文跃,从容熟练地系好坐套,腰系大绳,手握长竿,走上崖边。站在崖边,李文跃停顿片刻,犹如戏曲舞台上的亮相、蓝天白云下的定格,英雄还是那样的气冲霄汉。

只见英雄李文跃一个转身,面山背空,双脚一跳,"嗨——"的一声,人已像一只飞鹰,飞身而下。崖顶的同伴此时也配合默契,快速地放下了绳索。一分钟之内,李文跃已经被甩到了距离崖顶30多米的空中。漳河东北岸观看表演的人们,随着英雄李文跃的身影,屏住呼吸,聚精会神,紧张地观看着这只"飞鹰"的一举一动。此时的老英雄身手矫健,雄风一点儿也不减当年。只见他借着向外一甩的回力,"唰"地悠进了崖身,手脚协调并用,双脚就势往崖壁上猛力一蹬,手中长竿用力一撑,在持续的外力作用下,李文跃的身子再一次往外狠甩。崖上的人继续放绳。一竿七八米,两竿十五六米,三竿下来,李文跃已经游离山崖20多米远。这三竿一气呵成,悠进甩出,身姿似鹰,出神入化,看得对岸的人们啧啧赞叹,一翕一合的嘴巴不由自主地发出了"嗷""哇"的声音。此刻的老英雄,在他们眼里,简直就是山神一般的化身、飞鹰一般的存在。

而在悬崖半空的李文跃，两手摆动着长竿，两脚不停地踢蹬着，嘴里还"嗷——嗷——"地高喊着。很快，他就悠出了第四竿、第五竿，他的身子已经离崖顶有四十米左右了。这连续五竿的作业，一竿比一竿精彩，下边观看的人们甚是过瘾，禁不住狂欢起来，又是拍手又是跳跃，叫好声如波涛一般涌起。"再来一个，再来一个"，老英雄又紧接着甩出了第六竿，这一竿也是干净利落，身姿更是潇洒至极。意外就在瞬间出现了，当他第七竿顺势悠出崖身的时候，突然，"嘭"的一声巨响，大绳在出崖处断裂了，李文跃和大绳一起向河里坠去。突如其来的变故，让崖顶和河岸上的人们惊呆了，等大家反应过来，疾跑着赶到出事地点，眼前的景象令人惨不忍睹：跌落在漳河西南岸的老英雄李文跃，脸朝着高崖山，七窍流血，魂飞魄散。

本来是欢乐热闹的场面，一瞬间，演变成令人害怕的"大悲剧"。

78

老英雄横尸崖下，这这这，这当如何是好？有人赶快飞跑着去公社报信。正在开会的公社党委成员，当下手忙脚乱，举措失当。高长春书记怒气冲冲地大喊："谁批准老李下崖的？"还没说出第二句话，他就歪倒着跌坐在椅子上昏过去了。大家七手八脚把怒火攻心的高书记扶正，又是掐人中，又是大声小声地呼喊："高书记，高书记！"老高慢慢地苏醒了，睁开眼睛，热泪扑簌簌地流下来："多好的平民英雄啊，还没享一天福，人就不在了，这叫我怎么交代呀！"一旁的公社党委副书记、革委会主任马沁山镇静地说："留下秘书、广播员、大师傅，在家看护高书记，其余的人跟我去现场。哎，等等。"马沁山指着一位党委委员说："你赶紧给卫生院打电话，让医生护士也去。多带点儿擦洗伤口的盐水。"

当公社干部和卫生院的医生、护士赶到出事地点时，上遥大队的党支部书记杨老三已经赶着一辆胶轮大马车提前一步来到现场，一群人默默围住仰躺着的李文跃，有几个年轻的女演员在一旁低头啜泣，不敢近前。马主任拨开人群，走到已经满身血污的李文跃身边，抱起已经无一丝气息的老英雄，泪流满面："老李啊！咱的渠还没都修好，你就这样走了！"他招呼已经站在老李身边的上遥公社卫生院医生秦谦德:"给咱老李擦洗得干干净净,先回公社吧!"秦谦德和同来的医生护士,一点儿一点儿给老李擦洗去脸上身上的血迹血污,轻轻把他抬到担架上,蒙上一床洁白的床单。大家自觉地肃立站好,低头默哀三分钟,三鞠躬后,又轻手轻脚地把老李的担架放到杨老三赶的胶轮大马车上。

车轮缓慢而行,沉重的气氛让山川草木也默然肃穆!

省地歌舞团的演职员戚戚然走进高书记的屋子,一骨碌跪倒在地:"高书记,我们闯大祸了,是我们害死了老英雄。我们千不该万不该,不该为了艺术而艺术,我们不该硬叫老英雄冒险,我们不该叫老英雄背着公社党委偷偷下崖,我们是真不该!高书记,酿成这样的悲剧,全都怪我们,我们愿意负担全部的费用,我们愿意接受最严厉的处分。"屋里充满悲痛和一片撕心裂肺的哭声。

老高从床上坐起身,看着痛哭的演职人员:"快快站起来说话。你们这些省里来的同志,也是为了宣传漳南渠,是一片好心,还是想把老英雄的事迹演好演活,这也不能全怪你们。我们公社党委也有责任。"说着,他的一行热泪夺眶而出,稍停,他抹了抹泪说:"再说,现在也不是追究责任的时候,你们就不要再说什么了。人已经走了,把老英雄的精神传承下去,就是我们大家对他最好的纪念。"

歌舞团的同志们看高书记有气无力的神态,知道他还没从老英雄突然牺牲的悲痛中缓过来。是啊,这一条大渠,是一个公社书记和一个普通老农共同的血脉,这血脉相连的情感,是何等的纯粹。现如今阴阳两隔,这让高书记的锥心之痛怎能一时消除?

从高书记的屋子里退出来,他们来到公社大院临时搭起的灵棚前,站好,焚香,烧纸,跪地,行三叩首大礼,又是一场哀痛悲哭。

当天中午,公社对老英雄的丧葬事宜进行了周到的安排。选购了棺木、衣料,找木匠做灵柩,找裁缝赶制寿衣。傍晚,医院的医生、护士再一次为李文跃洗脸、净身,穿戴好,移进棺材里。

公社党委、革委会、漳南渠管理委员会的领导同志集体来到东社村李文跃家里。老李家里虽然弥漫着悲伤,但也做好了接灵的准备。高长春书记拉住李文跃老伴申用花的手和他的三儿子李林书的手说:"老嫂子,老侄儿,我对不住你们啊!我没有照顾好老李。"李文跃的老伴说:"高书记,你别自责啦!公社党委做的'决定',就是一种特殊的照顾。唉,是我家这个老东西,忘了自己的年岁,自不量力,是他逞能啊!"李林书赶忙扯了扯母亲的衣襟,说:"妈,你就别埋怨我大了,他也是好心好意为了宣传漳南渠,才舍身下崖,为公家而死的啊!"高长春点点头,马沁山也近前说了些节哀保重的话:"还是先安顿发送老李吧,一会儿你们去公社看看老李和棺木寿衣。"

这一天,在高长春书记的主持下,成立了一个高规格的李文跃同志治丧委员会,上遥公社党委成员、革委会成员、漳南渠管理委员会领导同志均名列其中,高长春书记亲任治丧委员会主任,并决定第七天上午在上遥公社东边的打麦场上隆重举办李文跃同志的追悼会。

1972年12月13日上午,李文跃同志追悼大会隆重召开。这是一个修渠民工所能享有的最高规格的礼遇。全公社凡能走得动的人都来了,整个上遥公社村村空巷,都想来送一送这位为修渠舍生忘死的老英雄。县委书记带领县直各机关的负责同志也来了,他要向全县的十多万民众昭示,修渠是个大事业,只要为修渠做过贡献的人,人民不会忘记,组织不会忘记,历史不会忘记;张仁祥带着"三五红旗渠"指挥部和工团营的同志们从工地上赶来了,一南一北两条大渠,激战正酣,老英雄的牺牲,留在他们心头的不仅仅是悲痛,更是激励,"为有牺牲多壮志,敢叫日月换新天",老英雄,你一路走好,我们会继承你的意志,把这两条大渠修好,造福黎城大地,造福黎民百姓。地区军分区司令员武天明、政治部主任郭化民、地委副秘书长张国太也都来了,李文跃的生命价值和精神财富,已经超越上遥,已是一个地区的骄傲。在这里,不能不闲提一笔,要用笔墨把这几个人的名字一笔一画地留驻此间:公社党委、革委会干部高长春、马沁山、李文堂、李建华、李永录、王龙宽、郑江顺、贾克勤,高长春书记是被人搀扶着和上遥公社的全体干部职工站在会场的正中间,他们曾经与老英雄并肩战斗,他们曾经与老英雄同甘共苦,老英雄未竟的事业,他们还要用双肩义无反顾地扛起来。李文跃的老伴和他们的三个儿子,还有亲戚朋友都来了,他们虽然失去了亲人,但也收获了人间的大爱,这光环是李家的荣耀。县委副书记、革委会主任、人武部部长张保忠代表中共黎城县委、上遥公社党委，代表全县人民致悼词：

李文跃同志的一生，是勤劳的一生，是勇敢的一生，是革命的一生。他是为修建大漳南渠而牺牲的，是为了宣传大漳南渠精神而牺牲的，是为了人民的利益而牺牲的，他的牺牲是重于泰山的。他是大漳南渠的英雄，是大漳南渠的功臣，是大漳南渠的烈士，是模范共产党员。从李文跃同志的身上，我们看到了闪光的大漳南渠精神，那就是愚公移山、改天换地的雄心壮志；冲锋陷阵、百折不挠的英雄气概；一不怕苦、二不怕死的牺牲精神；热爱集体、无私奉献的高尚品德；万众一心、铜墙铁壁的坚定信念；自力更生、艰苦奋斗的求实作风。漳南渠精神，也就是"三五红旗渠"精神，是黄崖洞精神、太行精神的发扬。李文跃是我们的楷模，是我们的榜样。中共黎城县委和上遥公社党委号召每一位修渠民工、每一位共产党员、每一位上遥人、黎城人，都要向他学习！

著名作家马烽同志，听到李文跃的牺牲，也很痛心，他曾经来大漳南渠采访过，并和李文跃有过一番长谈。悲痛之余，也为李文跃写下了这样的诗句：

飞虎英雄李文跃；
心雄志坚胆略高。
飞身下崖百余次，
修渠引水立功劳。

第二十八章　瞧这一家子

79

焦尚贤来到渠上干活,一晃已有两个多月了。这天,他接到老伴捎来的信,让他抽空回一趟家,有事商量。他不想耽搁渠上的活儿,就没在意。没想到,过了两三天,老伴蒸了一锅开花馍,放在细条篮子里,找来渠上,还带着一个十几岁的半大小伙儿。

老伴找他还真有事,而且是个大喜事。有个十七岁的山东娃,愿意上门做继子。

这事说起来也真让人高兴。这个孩子也姓焦,叫焦延新,虚岁十七了,山东莘县人。上遥公社有一门亲戚,是他的小姨。这一年的正月,他来姨家走亲戚,住了一个月,听街坊邻居口口相传的修建大漳南渠的一些事儿,重重地触动了他心灵深处那根弦的是焦乃良一家的事迹。他脑子里产生了一个新奇的念头,就是想顶起焦乃良这个角色,照应焦家老人,为两位老人养老送终。刚开始有了这个念头,他自己也觉得奇怪,后来这个念头在他的心头挥之不去,真成了心事。他经过再三思量,就把自己的想法吐露给小姨,并托小姨去焦乃良家里跑了两趟沟通此事。为此,他还特意给山东老家的父母亲写了一封长信。在这封信里,他介绍了焦家的情况,并表明了自己的心愿:山东由哥哥孝敬你们,我留在山西照顾焦家的老人。上下不到十天,延新的父亲就回信了,说全家人都支持,而且在回信里特别嘱咐儿子说:"山东山西,一个焦字。咱到山西焦家,不是为了承受人家的产业,而是为了继承焦家的精神,照顾好焦家的两位老人。到了山西焦家,要好好孝顺听话。"接到山东老家的回信，延新和他小姨再次来到正社，连同这封信让焦尚贤的老伴看了。老伴捎信让他回家，就是最后让焦尚贤来定夺这件事。焦尚贤没回家，老伴等不及了，就带着延新找来了渠上。延新第一次见焦尚贤，也没感觉陌生，焦尚贤第一眼看眼前这孩子，也很亲切，似乎是天意如此，缘分要他们成为一家人。

延新把山东老家父亲的来信，又给焦尚贤老人念了一遍，老人家边听，边"吧嗒吧嗒"地抽着旱烟，旱烟锅里的火苗很旺，完全透露了焦老汉激动而高兴的心情。孩子当面把来信念完，他把烟袋锅在鞋底上一磕，连声说："好好好，你给山东老人回信，就说我老焦家谢谢了。"

一锤定音，这事儿就定下了，延新入继焦家。

焦尚贤给渠上请了一天假，回到正社的家里，请延新小姨一家在一起吃了一顿饭，延新当天就在焦家住下。晚上，坐在炕头上，俩老人就和延新一起拉话。焦尚贤给他讲了一遍家史，又给他讲述了一些焦乃良在渠上的事，之后，就对延新说道："孩子，你能来这个家，我打心眼里高兴。可是，我并不是为了传宗接代，也不是怕我俩老死了脚底下没香火。我没那么迷信，我掂量的是怎样接班的事儿。乃良为了修渠，死在渠上了，他死得光彩。"顿了顿，他又点燃一锅旱烟，接着往下说："乃良做的事儿还没有做完，应该把这件事做到底。不过，你年龄还小，等过个一年两年，再……"老人说着，抬起头，看着眼前坐在板凳上洗耳恭听的延新。

延新听着，听到后来，明白了老人的心思，他像发誓一样说："大、妈，你俩请放心。乃良哥能做到的，我也要办到，我进了焦家的门，就要做好焦家人。我也初中毕业了，我想明天就去渠上修渠。"

延新目光坚定，脸上放光，蓬勃着年轻人的朝气，也激荡着焦尚贤的心气，他一拍大腿，站起身说："孩儿，好，大要的就是你这个劲儿。"

第二天一早，焦尚贤领着继子焦延新来到渠上，找到指挥部的领导，表明了态度。

从此，父子俩一起在渠上干活。

渠线延伸到了老西山。老西山，位于上遥村西，这里地形复杂，沟岭交错，坡差不一，2 700米内就有6道岭8条沟，原来设计的是开明渠，这就需要拐十几个大弯，渠线长度增加3100多米，需要劈掉30多米的土崖，还得毁掉几十亩耕地。渠线在高崖山鏖战之际，高长春就琢磨上了老西山：怎样能省工、省料、省时间。他十多次带着技术员和几个有经验的老农，在老西山上勘察，渠线方案改动了四五次，最终才确定了打隧洞通过的最优方案。

老西山隧洞群，由11个土洞组成，每个洞都有七尺高、八尺宽，总长1 960米。其中有几个洞的土质结构不好，下半截是红胶土，一镢头刨下去拳头大个窝；上半截是沙土搅卵石，下镢轻了，不顶事；下镢重了，"哗啦啦"，顶上的砂土一片一片地往下落，险情不断。

九号洞，土质最差，地质最差。工地指挥部派上去一个施工组，开口只打了两天，卵石掉下来，把一个民工的头部砸成重伤，被抬进了医院。后来又派进一个组，打了三天，又遇塌方，损坏了两辆平车，幸好人躲闪得快，才没有出人命事故。

无奈之下，指挥部只好决定暂时停工，另寻巧匠，另谋良策。指挥部开了"诸葛会"，大家讨论了几天也没商议出个好办法来。这可是遇上拦路虎，让人大伤脑筋。打吧，有危险；不打吧，过不去。

这时，首洞基本贯通，处于扫尾阶段。焦尚贤和继子焦延新也参加了工地上组织的"神仙会"。

"神仙会"一连开了三个晚上，熬得大家哈欠连天，也没议出个良策。

第三天晚上，"神仙会"结束后，焦尚贤和延新相跟着一起往住所走，父子俩边走边商议。

"延新，我想咱俩接手去打这个洞吧。不过，这活儿危险，你敢不敢？"

初生牛犊不怕虎，延新很痛快地说："怎么不敢？刚才在会上我就想站起来请战，又怕大家说我冒失，这才没有站出来。大，你要说上，我没二话。莫说加点小心出不了事，就是出了事，也才是坏了一家，好了大家，这账划算得来。"

这父子俩，还真是应了那句老话："不是一家人，不进一家门。"虽非有血缘，但都有血性。

"好，咱要的就是你这种骨气，这份虎气。走，咱爷儿俩现在就找高书记说去。"

高书记开完"神仙会",虽然已经大半夜了,但他辗转反侧,难以入眠,他在为九号洞这根难啃的"骨头"挠头、费神。

夜黑更深了,焦家父子站在老高的面前。老高听了他父子的请求,很久没作声。他很为难。按说,用人少点儿,用"蚂蚁啃骨头"的办法,是个高招,可是,要把这活落在焦尚贤父子肩上,他实在不忍心。为了修渠,焦家已经献出了一条人命了!再要有个三长两短,他何以面对,何以心安?

高长春一阵儿语塞,一时难言,焦尚贤看出老高的心思,就往他的面前走了走,说:"老高,我知道你是想焦家。不怕,你让俺爷儿俩上吧。毛主席在《为人民服务》里把话说透了:'要奋斗就会有牺牲',我愿意把这把老骨头给了大漳南渠。"

延新也挺着胸脯说:"高书记,俺乃良哥是英雄,俺也不当狗熊。你就同意吧!"

信誓旦旦,言之凿凿,让高长春非常感动,他不得不松口了。他声音有些颤抖地说:"好吧,你爷儿俩就试着干几天吧。不过,人命关天,安全第一,不要硬来,不行就撤下来,咱再想其他办法。"

"好,一言为定!"高书记答应了父子俩的请求。

一夜无话。到了第二天,父子俩就拾掇工具,来到了九号洞。高书记也不放心,也前后脚跟来了。

这焦尚贤老汉打洞还真有两下子。只见他掂定一把镢头,侧着身子,人和镢头不在一条线上。镢头稳而狠,一镢一镢,都透着坚定,即使有卵石或者石头掉下来,也砸不到人,落到空地上。对洞顶的处理,他也由原来的椭圆形改打成"人"字形,一连两天,没有发生塌方。小延新手脚麻利,铲土装车,拉土倒土,流星一般,来来回回,干得满头大汗。

一连两天的跟班劳动,高长春悬着的一颗心稍稍安定,离开前,他嘱咐父子俩:"不着急,慢慢来,千万注意安全。"为了增加保险系数,高书记还建议用些木板,把最危险的地段顶起来,这木板他回头就让人送过来。

焦尚贤说:"高书记,你让大批的劳力去干别的活吧,这个洞就交给我父子俩吧,保证不误工期,肯定不耽搁通水。"

看到这样的劳动人民,高长春的心里总会升起满满的敬意。

老高走后,父子俩又好好干了一阵儿活。在休息时,焦尚贤就给延新说:"今日黑来咱回家走一趟,把你妈叫来,在这洞口支个灶,她捎带给咱做饭,还能搭把手。省得来来回回去大灶上吃饭,在路上耽搁工夫,节省下时间用在挖洞上,这进度就会更快了。"

一家三口在一起,也省下了相互的牵挂,延新更是双手赞成。

当天收工,赶夜路回到家,焦尚贤把父子俩的打算给老伴一说,老伴也是积极响应:"你俩在渠上干活,我这心总是放不下。这也好,一家人在一起,好歹也有个照应。我也时常梦见乃良儿,现在咱都去修渠,也算是为孩子圆了这个梦,了却了一桩心事。"

一家三口意见一致,连夜行动起来。把该带的东西打并(方言:收拾)好,把该留的东西安并(方言:安置)好。第二天,他们把猪圈里的两只小猪送到队里代养,十几只公鸡、母鸡让邻居帮忙照看。

在前往老西山的那个凌晨,延新还跟着继母,来到了焦乃良的墓前,给乃良哥哥上了一次坟。

焦母在墓前盘腿坐定,嘴里念叨:"孩儿,为了多打粮食,你响应公社的号召,跟着高书记去修大漳南渠,死在渠上,你死不瞑目。今儿,大、妈还有你延新弟弟,举家都要到渠上修渠,修通大漳南渠,你就放心吧!"说着,焦母在墓前痛哭了一场。

触景生情,延新见妈妈痛哭,鼻头也是酸酸的,眼泪汪汪的。他想起继父给他讲的乃良哥哥的事迹,更是泪眼婆娑。他趴在坟头前,重重地给从未谋面的乃良哥哥磕了三个头。他站在乃良哥哥的墓前,抬手用袖口擦了擦泪水,从口袋里装着的小笔记本上撕下一片纸来,掏出水笔写下了这样几行字:

敬爱的乃良哥哥:
  我永远向你学习,沿着你没有走完的路,革命到底!

焦延新

写完,他擦着火柴点燃。细烟袅袅,纸灰飞扬,焦延新的决心和心愿随风而舞!

乃良的坟头上已长出了草。草色青青,在微风里摆动。

等母子俩上坟回到家,焦尚贤也已打点妥当。一家三口,门户上锁,一辆手推车,锅碗瓢盆、柴米油盐、食用口粮,满载而行,一路直奔老西山而来。临出家门的时候,延新还在黑漆大门上,用半截粉笔写下了两行字:

如有人找,请到上遥老西山后沟渠洞找我。

焦尚贤一家

从此,老西山多了一户特殊的烟火人家。一家三口在洞口搭了个窝棚,支锅做饭,睡觉歇息,无论阴雨晴日,都致力于挖洞不息,倾心于修渠不止。

这一家三口大略有个基本的分工:挖土开掘由老将焦尚贤出马搞定,老伴帮着起土装车,小延新主要承担来回的运土出土。快到饭点,老伴生火做饭,父子俩直等到喊"吃饭"才歇手。

这打洞的活计就这样日复一日地进行着,洞深叠加,越往里打,越得操心,不仅是人在洞里活动的时间长了,而且洞里只有一盏马灯,只能照到工作面,其他洞面光线微弱。每天早起,焦尚贤的第一项工作就是进洞勘查,做安全检查,发现哪里有危险因素,就在哪里做好醒目的标记。吃过早饭进洞,焦尚贤就一处一处地给延新交代,让他注意这些危险隐患,到了这些地方要快跑,以防万一。这千万的小心,也还是免不了出一些事故。

这天,延新正在低头装车,头顶上方突然发生流沙。焦尚贤凭第六感觉察觉到不妙,就急呼延新道:"快躲开。"延新反应机敏,下意识地往后一退,可是,看到地上放着的马灯,他又扑过去往外抓。这一退一扑之间,只听"噗嚓"一声,上边塌下了一尺厚、四尺宽的一片沙土。

这突如其来的"小塌方",把延新的大半个身子压在了土底下,他手里抓着的马灯也摔在一边。马灯没有摔坏,虽然倾倒,但光亮依然。

老两口都喊着延新的名字扑到近前,顾不得头顶可能发生次生塌方,一边心焦地喊叫"延新、延新",一边拼命用手扒土。

终于把埋在土里的延新扒拉了出来,老两口慌手慌脚地把孩子抬到洞外。

焦尚贤把延新抱在怀里,用手在他的嘴巴和心口上测试,感觉呼吸虽然微弱,但心口仍在跳动。延新他妈已从窝棚里端来一碗水,用勺一口一口地给他喂水。焦尚贤把延新靠在洞口边,就一溜烟似的跑着去找秦医生。秦医生背着药包来到延新身边,检查了一番,没有发现大伤,只是事发突然,被塌方压得过猛过重,一时喘不上气来,造成了间歇性休克。

秦医生给延新打了一支强心针,并施以救治。过了大约一个小时,延新缓缓地睁开了眼睛,生命体征也渐渐地恢复正常。

至此,老两口堵在喉咙眼上的那口气,才总算长长地通畅了。

休息了一天一夜,延新觉得好了,就又推着平车进了洞。这打洞的活计,又恢复了往日的紧张和忙碌。

80

立秋时节,延新从山东老家的哥哥和嫂子来到上遥走亲戚,专程到正社村看望弟弟。在来这里之前,他们写过一封信,也没见回信。他们不知道延新和两位老人,已经把家安在了"老西山"里,压根儿就没有收到这"山东来信"。

哥嫂来到正社焦家的家门口,抬头一看:黑漆漆的大门铁将军把门,台阶上覆盖着厚厚的灰土。久未住人,他心里不由得"咯噔"一下,难道发生了什么不祥之事?又往大门上一瞅,有两行粉笔字虽然有点辨识不清,但还能看出个大概意思。

吃了闭门羹的哥嫂,从焦家返出来,就来到上遥公社打问。可好,遇见了推着自行车下乡回来的马沁山主任。马主任一听是延新的哥嫂,就把他们迎进办公室,端茶倒水,热情有加。

得知来意,马主任一脸笑容说:"他们都在老西山上,你俩在公社歇一会儿,吃点饭,我让人去把延新和老焦两口子叫回来见你们。"

在马沁山主任这里得到了延新一家的准信,哥嫂站起身说:"可不要耽误你公事了,有个人给我们领个路,我们直接到工地上找他。一年多没见了,俺们去看看他。"

看着哥嫂一脸的诚恳,马主任沉吟了一下,说:"也好,走,我带你们上老西山。"

一路走来,山路虽然崎岖,三人却谈兴很浓。这厢的马沁山边走边介绍焦家的老少,从焦乃良说到焦尚贤,更是在延新的哥嫂面前,好好夸赞了一番小延新。哥嫂一路听着焦家的英雄事迹和延新弟弟的现实表现,觉得弟弟很给力,挣了脸面,也为结交焦家这样的家庭而感到体面光彩,哥嫂一脸的笑意荡漾着,伴随着脚印的步步登高,来到了焦尚贤一家打洞的工地。

面前的弟弟,一年多未见,脸色黝黑,个子也似乎长高了,身子也壮实了许多。哥嫂的突然现身,令延新喜出望外。第一次接待继子的山东老家亲人,竟然是在这荒郊野外的山里,焦尚贤老两口有点儿内疚,一边手脚忙乱让座倒水,一边说着欠情的话。

大家都散落着围坐在洞口一块平坦之处,仅有的两个玉茭圪墩给远道而来的山东客人坐了,其他人就地捡了几块石头坐定。焦尚贤老伴热情地寒暄了几句,就赶快系上围裙,弯下腰从窝棚的一个桶里挖了两碗白面,准备烙饼招待客人。从弯腰和下碗的幅度看,桶里应该是见底了。这一顿饭,因亲戚的到来,让焦尚贤一家三口也有了一次解馋和改善生活的机会。

焦尚贤瞅大家说话的空儿,急匆匆地爬上沟坡。几天前,他知道那个地方有一片野小蒜,就用野小蒜烙饼给远道而来的山东亲人吃。

不大一会儿,他就薅了一小捆野小蒜,四个人帮忙摘洗野小蒜,焦尚贤的老伴和面。

好久没有这样轻松惬意地生活了。几个人唠着嗑,吃着现烙的饼,不消说,这是老西山里最动人的场景和最温暖的记忆。

旁边的一棵老核桃树上,落下了几只喜鹊,也为他们的这次见面飞上飞下,枝杈间缭绕着满满的祝福。

一家人其乐融融地吃了个饭,公社的马主任看着也很高兴。一家人相见一次,千里迢迢,他就对焦尚贤说:"这山东、山西的能聚在一起,也不容易,我看你们就搬回家住几天吧,好好叙谈叙谈,招待完亲戚再上来。"

没等焦尚贤表态,延新的嫂子就抢先开口了:"这可千万不行。俺们虽然远道而来,可是是近亲戚,一家人就不说两家话了,就住在渠上吧。"

延新的哥哥也紧跟着说:"对对,就住在渠上,还能帮着干点儿活儿。"

"这……"焦尚贤老两口看着狭窄的窝棚。这山上的条件实在是艰苦,让远道而来的延新哥嫂一同受这份罪,他们老两口于心何忍,情何以堪?

可延新的哥嫂态度诚恳而坚决,老两口心里虽然过意不去,可也难以拂逆他俩的一片殷切之心,也就不再坚持。

马沁山听着看着,很感动,感叹道:"有这样的群众和精神,这大漳南渠就没有修不成的时候。"

这一天指日可待。

这一天一定很快就会到来。

第二十九章　东阳关竖起"决心桩"

81

李旺先是"三五红旗渠"开渠以来调任黎城的第三任县委书记。李旺先是襄垣人,原来是晋东南地委的大管家——地委秘书长,曾经被下放到西沟公社接待站当站长,1972年春节后,被任命为中共黎城县委书记,时年五十一岁。

说来也是巧合,"三五红旗渠"从酝酿到开工,再到持续施工,黎城已换了三任县委书记,都姓李:李刘炳、李才顺、李旺先。李刘炳是长治县人,李才顺是壶关县人,李旺先是襄垣县人。相对而言,这三县分别在黎城之南、之东、之西,黎城在长治之北。从南到北,从东到北,从西到北,三人前脚后脚都被组织调任一个地方,东南西北,全了;而且,来到黎城之后,和黎城人民同甘共苦,围绕"一个中心",三个姓李的书记,可以说在修渠这件事上,做到了前赴后继,吹的是一把号,唱的是一个调。李刘炳书记大胆决策,上马修渠;李才顺没有因人废事,继续修渠事业,最重要的是起用张仁祥担任修渠总指挥,使修渠大业没有半路夭折,实现了"出襄垣"的目标。李旺先到黎城工作,抓的头等大事就是修渠。

"三五红旗渠"开渠以来,诸多问题困扰着人们。张仁祥上渠以来,因修渠进度加快,矛盾和问题更加凸显。思虑再三,他将存在的矛盾和问题系统成文,报告给县委,这份报告现在就醒目地摆放在李旺先的办公桌上。

他时不时地翻阅着这份沉甸甸的报告,陷入深深的思考。按照常规的工作方法,对于一个年过知天命刚刚重新站出来的李旺先书记来说,做个"太平官"也不是不可以，但他却不是这样。如果用八个字来概括这个已经不再年轻的县委书记的心态："时不我待，只争朝夕。"他到任后的一个月之内，连续召开了两次会：一个是县委常委扩大会议，专题研究"三五红旗渠"建设问题，对张仁祥报告中所提问题进行了全面研究。特别是全面落实"大包干"管理办法，推动修渠工作的"跨越式"发展：

定劳力。根据全年计划工程任务需要工日，计算出劳力计划，县委根据各公社情况分配到公社，公社再分配到大队。要求妇女劳力不超过总劳力比例的10%。

定任务：根据不同的定额指标，做出单项工程计划按定额指标和应出劳力算出应投工数，以应投工数的88%带工程任务，12%为间接工。参照省规定粮款补助标准，适当提高。受益区每工补助四毛钱，非受益区每工补助九毛钱。粮食补足1.5斤，一次包干到大队。

定物资：本着自力更生艰苦奋斗的精神，根据各社队承担的工程和所需工日，机械、平车、大中型工具按需配给，扁担等小工具自带，修理费用一次包干，炸药、水泥等，按定额控制，包干使用。节约表扬，浪费自补。

定领导：公社带队干部由县委决定，调副书记或者副主任担任。大队带队干部由公社决定。公社调用劳力在30人以上者，必须由副书记、副主任或者武装部长等主要干部带队；调用劳力在30人以下者，可由支部、革委会成员带队。大队原则上由二把手带队。

定质量：各项工程，都要有操作规程和质量标准要求，有专人负责检查验收，不合规格者以教育为主并责令返工。问题严重者，返工不付报酬。完工以后，要在工地留下标记，便于以后追查责任。

定时间：根据工程特点，规定上劳力多少，规定完成时限。有的工程一年一期包，有的工程一年两期包，统一领导，各自独立施工。

这是黎城最高决策层的决定，自然有着十足的权威；而这决策，应该说是以李旺先为班长的黎城县委新班子的英明和果断，这英明和果断的背后，是责任和担当。

堂而皇之，名正言顺，"大包干"决策的落地，其优越性和绩效是显而易见的。首先是调动了公社、大队两方面的积极性。都派出强有力的骨干到工地带队。柏峪公社党委还把党委会开到工地。前方后方统筹安排，各个大队调整劳力，抽弱换强，一个顶一个。其次是发扬了自力更生、艰苦奋斗、勤俭节约的好风尚。指挥部的两厂五队即水泥厂、修配厂、工程队、砍山队、编作队、测量队、运输队越办越好。各个公社也办起了小工厂，使机械、工具大修不出渠线不出指挥部，中修不出社，小修不出队。三是体现了多快好省的原则，促进了"三高"竞赛。以前各个社队互相观望，都怕吃亏，迟迟不上劳力或者上的是弱劳力，工地上病工多，间接工多，脱产干部多，出勤少，工效低。大包干后轻伤小病不下火线，早出晚归，一天两次送饭到工地。在渠首施工的平头、城关公社的50名铁木石匠，就地取材，边学边干，仅用5个月就完成了任务。活托沟高20米、一跨10米的三孔石拱大渡槽，西井公社民兵营用土牛顶支架，自己动手安装1 500米长的水管抽水，自备电机，自安照明设备，昼夜施工。

　　李旺先召开专题会议研究解决困扰"三五红旗渠"建设的"瓶颈"问题，又一举将修渠事业推进了一个"快车道"。紧接着，他又来到大漳南渠的兴建现场，从渠首一路走来，他心里充满了感动和喜悦。他为有高长春这样的基层干部而感到欣慰。这时的大漳南渠渠线已经过了高崖山，过了上遥村，部分渠段已经通水，也就是说，西社村以上的耕地可以受益了。当他来到一个叫鸟儿旮旯的小自然庄时，听闻通水给这里带来的巨大变化，深有感触。鸟儿旮旯是个小村，人口不过百人，耕种几百亩坡地，靠天吃饭是几千年未变的格局。不说种地，就是人畜吃水都要跑到十来里地之远的漳河去挑运；而今，清澈的漳水沿渠而来，鸟儿旮旯村不仅吃上了甘甜的漳河水，而且地里的庄稼也能喝个饱，麦浪滚滚，小麦丰收；大秋作物中"金皇后"玉米可着劲儿地生长，谷子大豆等也长势喜人。从村民们洋溢着喜悦的脸上，可以想见新任共产党县委书记李旺先，其内心的感受是不言而喻的。他兴奋之余，一篇文章的题目就闪现在心中："鸟儿旮旯飞出金凤凰。"他亲自撰写了一篇新闻稿，把鸟儿旮旯这个小山村因水而兴的现实事例广为传播。这不同寻常的举动，让12万黎城县干部群众看到了新任县委书记的工作导向。

　　几天的时间下来，李旺先对高长春这位干部有了更加深入的了解。他把县里的干部们召集到上遥，开了一个县委扩大会议。会上，他高度赞扬了上遥公社"小马拉大车"兴建大漳南渠造福子孙后代的壮举,并提出了"全县赶上遥,学习高长春"的号召。他在肯定了黎城儿女致力兴水艰苦创业的"愚公"精神之时,言之凿凿、掷地有声地说:"兴水就是兴业,修渠就是创业。"他向全县人民发出了"动员令":"为重新安排黎城山河,让黎城人民过上幸福生活"而"大干快上""出大力,流大汗,人大干。"

李旺先充满激情地振臂高呼,把黎城方兴未艾的修渠事业推向了一个高度。为了使县委的导向一步一个脚印地落实在1 101平方公里的土地上,李旺先又下了两步"重棋":黄崖洞宣誓和东阳关埋下决心桩。

82

黄崖洞,位于黎城北部,距离县城70多里。抗战时期,这里建有八路军最大的兵工厂,工厂的生产规模可以装备16个正规团。正是由于黄崖洞兵工厂的重要性,日本鬼子才把它作为心腹大患,欲先除之而后快。于是,调集精锐的山地作战主力来虎口拔牙。八路军也派出自己的警卫部队——总部特务团进行防御。一场鏖战就此展开。八天八夜的战斗,八路军以敌我伤亡比6∶1的辉煌战绩,赢得了黄崖洞兵工厂保卫战的胜利。这在抗战史上也是彪炳史册的。这里是一处红色圣地,在这里祭拜先烈、宣誓明志,既是自然之举,更是郑重其事。

去黄崖洞宣誓的人员有县委常委、县直单位的负责人、各公社的负责人、一些重点大队的支部书记,都坐的是班车,李书记和常委们也不例外。班车也只能通达到一个叫下赤峪的村外,从下车的地方到下赤峪村还有几里路。下了班车,大家步行进村,均被分配在农户家里吃了一顿饭,大都吃的是柿炒面。

这柿炒面,是黎城北部山区特有的一种吃食。黎城盛产柿子,而柿子的主产地就在北山地区。收获柿子是在霜降之后。这时,大地上的庄稼蔬菜都已收获入仓,唯有两种东西还在丰腴着大地:柿子和红萝卜。地下刨起红萝卜,树上摘下红柿子,是在冬日的阳光下惬意的事儿。这时,柿子树上的叶子已经飘落,红红的柿果犹如红灯笼般挂在枝头,"柿子红了太行山的脸",

我曾经写过这样的诗句，也是我比较得意的一句诗。柿子树多数长在山坡上，满树的柿子高高挂在枝头，老柿子树又高又粗，柿树的木质较脆，收柿子时，老百姓就在一根长长的木杆一头安上一个铁爪钩，人在树下，用铁爪钩住柿树枝摇动，柿子就一个个落下来。落在草丛草窝里，落在石头上。这落下捡拾进筐里的柿子，分为三类：一类是完整而没有一点儿毛病的上好柿子，用来制作柿饼，这黎城的柿饼可是有名的，曾经作为出口类产品，为国家换回珍贵的外汇；一类是有毛病但还算完整的柿子，就分到各家各户；一类是摔破了的柿子，也是分到各个家庭，晾晒后做成一种叫柿疙瘩的吃食。这有毛病还算完整的柿子，到了农户家里，首先要留下一部分，放一段时间，硬硬的柿子就放软了，就成了软柿子。这软柿子，又分三个用途：一是冬日里的早上，几个煮疙瘩，放两个软柿子，玉米面的清香和软柿子的甜蜜融合在一起，这是太行山农家舌尖上的一种美食；二是到春节，用来炸柿丸子，这种用软柿子和上白面油炸出的柿丸子，也叫柿骨朵，好吃着呢，这也是只有过年才能享受的美味；三是这类柿子最大的食用用途，就是做成柿炒面。这柿炒面用的是软柿子和油糠。这油糠，是在秋天的打谷场上，牲口拉着碾子把切下来的谷穗一轮一轮地碾，估摸着谷穗里的谷子都已与谷壳分离，就把细细的棍棍棒棒挑到一边，把碾下的半成品堆成一大堆，用一把木锨扬场。扬场要逆风扬，这样才能使饱满的谷子落在木锨的正下方，而谷糠和秕谷就随风飘落到一边。这谷糠和秕谷子可不能随便丢掉，还能派上大用场呢！谷子装袋入仓，把谷糠和秕谷拢成一堆，用筛子筛，过了筛的谷糠就叫油糠。把谷子磨成小米后剩下的糠叫粗糠，而这油糠和谷糠的区别，就在于油糠里还留有秕谷。秕谷也是谷，这和纯粹没有谷粒的谷糠是有区别的，因秕谷还有谷子的一点点油性，所以，老百姓把它叫作油糠。这油糠在生产队，也是作为口粮分给各家各户的。油糠分到家里，放好，就等着霜降之后柿子下树。柿子下树，更多的还是硬柿子。这硬柿子进家入户，老百姓就用秸秆扎成捆，把柿子围在屋顶上晒。柿子晒得软透了，就把柿子小心翼翼地从房顶上"请"下来。这柿子，软透了，经不得一点儿磕碰，一不小心，柿子破口，红红的柿液就倾泻而出了。所以说，这从房顶上往下拿柿子，就像"请"神仙一样，不容分神，不容马虎，不容有差错。若有一丝意外，就像手里捧着的一颗鸡蛋,突然失手落地,破碎的一地蛋黄,让人心疼不已。

房顶上"请"下软柿,屋子里端出油糠,这就开始了柿炒面制作的头一道工序。把油糠倒进一个可以放一担水的缸里,再把软柿子放进去,然后用一个擀面杖粗细的木棒子捣了又捣,捣来捣去的目的是要把柿子和油糠揉合在一起。柿子和糠和成了泥,就把这柿糠泥从缸里挖出,挖到一个面盆里,用手捏成拳头大的团子,搁到用高粱秆编造的领席上,一领一领的柿糠放到向阳的地方晒,放在透风的地方风干。冬天的日头还不足以把柿糠晒得干干的,还得借助凛冽的寒风来进行风干。不过,不管是晒干还是风干,这柿糠最多只能有个七八成干,这就得用火炕来褙褾。虽然叫柿炒面,但并没有炒这道工序。若说有近似于"炒"的话,其实是"褙",把柿糠放在土炕旮旯,这过火的土炕连着一个锅灶,这锅灶一举两用,既可用来冬日做饭,也是农家冬日取暖的炉灶。为了把柿糠褙得干干的,就得往锅灶里不断添火。褙柿糠最少也得一个星期,这一个星期,炕上躺的是人,炕上摞的是柿糠。这土炕为了这柿糠,一连七八天的干燥急热,让人也是辗转反侧,难以入眠,难以忍受。可是,困难时期,为了这点儿吃食,人又有什么好办法呢?好不容易把柿糠烘烤得干干的,一手拿一个柿糠碰撞,杠杠的、硬邦邦的、干颗颗的。这时候,把柿糠放进筐里,等待着制作柿炒面的最后一道工序——碾面。村里的几座石碾子就成了"香饽饽"。碾磨柿炒面成为每个村子冬日里一道必不可少的风景。柿糠经过石碾子在磨盘上一圈一圈地碾过,再用筛子像筛面一样筛过,红灰色的面粉就叫柿炒面。因这柿糠用通急火的火炕烘烤过,神似炒过,有炒面的味道和特性,这柿炒面吃食时,只要用开水泡之,即可食用。也可干吃,但干吃时,不能笑,一笑,这干干的面粉不是呛进喉咙里,就是喷出嘴巴外了。不过,这的确是老百姓在困难时期创造的一种民间方便食品。那个时候,北部山区的家家户户,都多多少少有一罐子或者一缸柿炒面。这柿炒面,是活命的吃食,是智慧的产物。这柿炒面,甜甜的、香香的,既可待客,不失体面,也可自用,充饥耐饿。

吃完柿炒面,就开始上山。从村里到山上的烈士碑有十多里路。一行上百人穿过瓮圪廊,沿山路迤逦而上,到了纪念碑前,排开队列,县委副书记王文贵领誓,大家慷慨激昂地随着王文贵宣了誓,然后,又在纪念碑下栽下了几棵松树。大家就赶紧步行下山到下赤峪村外坐班车。班车行至县城，已是傍晚时分，万家灯火。

黄崖洞宣誓的主题是"三年建成大寨县"。"大寨县"的标准是什么？一个很重要的指标是"亩产达纲要"，这个"纲要"又是什么？具体到粮食生产上，亩产400斤是达纲要，亩产500斤是过黄河，亩产800斤是过长江。当时，黎城的亩产平均为150斤。这要想"达纲要"可不是容易的事。

粮食亩产增长250斤才能"达纲要"，这不是天方夜谭吗？貌似不靠谱的事儿，可在李旺先的心里，多少还是有些数的。

"农业八字方针"是通俗易懂的农业科学，这是领导中国革命成功的一代伟人毛泽东说的，这是基于1954年9月周恩来在第一届全国人民代表大会上所做的《政府工作报告》中首次提出的"建设现代化的农业"这个概念。毛泽东深知科学技术对发展现代农业的重要性，极力提倡选种、改进耕作方法，据此，他根据我国农民的实践经验和科学技术成果，于1958年提出了"土、肥、水、种、密、保、管、工"的"农业八字宪法"。可以说，这"农业八字宪法"是现代农业科学理论和传统农业实践的完美结合，它准确地指明了我国农业生产力发展的着力点，深深地影响了中国农业的发展。这"八个字"中，"土肥水种"是农业生产资料，是基础，"密保管工"是农业生产技术，是提升产量的保障。其实，在这"农业八字宪法"之前，毛泽东还对农业的发展发出了一句振聋发聩的声音："水利是农业的命脉。"这句至理名言是毛泽东在1934年1月所写的一篇文章《我们的经济政策》中提出的，这不由得让我们佩服老人家的高瞻远瞩。因此，新中国成立几十年来，"农业八字宪法"和"水利是农业的命脉"一直是中国农业发展的圭臬。深以为是，这八个字，字字珠玑，但"水"占据了"中心位置"，"靠天吃饭"大半说的是水，"旱涝保收"说的就是水利了，兴修水利是农业增产的关键。

对于想在黎城干一番事业的李旺先书记来说，他提纲挈领地提出了"奋斗目标"：三年建成大寨县。这大寨县的建成，不会一蹴而就。他也深知，最大的制约因素是水。修渠引水，引水修渠，只要有了水，这"亩产达纲要，建成大寨县"的目标就能实现。

这水在哪里？还在路上。精确地说，渠线还在茶安岭前徘徊着呢。更具体地说,茶安岭之前,还有一座渡槽和两个大石洞:石板渡槽是一条蟒蛇,前庄隧洞和大寺隧洞是两只"拦路虎",凶神恶煞地匍匐在那里,轻易难以通过。水过不了茶安岭,就进不了黎城盆地。水进不了黎城盆地,粮食增产就是一句空话、一句大话。水过了茶安岭,最终水通范家庄,还有三座大渡槽和十几条大沟呢!干渠环绕黎城盆地差不多一圈,还有40多公里呢。干渠之下,还有支、斗、农、毛渠。只有把水送到田间地头,庄稼才能如饮甘露,小苗才能茁壮成长。

这一系列的困难,想想都让人头疼啊!

李旺先呢,他不清楚,他不头疼吗?

他比谁都清楚!他比谁都头疼!

但他比谁都有信心!他比谁都有斗志!

通水不易,但必须通。只有水通了,才能一通百通。

83

三五红旗渠出襄垣是重点,过茶安岭是拐点,上东阳关是高点,到范家庄是终点。

东阳关是黎城盆地的一个高点。水能不能上了东阳关,是一个标志,是决定修渠成败的关键。

"1973年国庆通水东阳关",这是李旺先深思熟虑之后下定的决心。

东阳关上竖起"决心桩",是李旺先下的一步险棋,名曰"卒子过河"。

在这步棋落子的前一天,他在东阳关主持召开了县委常委扩大会议。这次会议有两个议题:一是核实粮食产量;二是安排部署"三五红旗渠"第三期的工程任务。第一个议题是铺垫,第二个议题才是重点。

张少敏老先生时任县委办公室副主任,他自始至终参加了这次会议。事过50年了,他记忆犹新:

会议的时间是1972年10月11日,参加会议的有县委常委、各公社的党委书记、"三五红旗渠"和县委、县革委会有关部门的负责同志。会议召开之前,已经作了充分的准备,对任务进行了详细的分解。参会人员10号晚上报到,所有与会人员都收到了工作人员发的一张表,第三期工程各公社的任务一清二楚,项目包括土方、石方、浆砌等各种工程量,各公社需要投多少工,建议上多少劳力等等,安排得很具体、很详尽。10号晚上一报到,就开始一个公社一个公社地汇报粮食产量的初步核实情况,汇报一直持续到第二天上午11点半。水地多的地方,特别是大漳南渠和"三五红旗渠"已经开始受益的几个村社,粮食产量提高得比较多,这是显而易见的,也正是李旺先书记的高见,也是他为下一个议题埋下的"伏笔"。在上午会议行将结束之时,李旺先书记拿起那张事先已发给大家的表说:"今天下午我们就讨论这个议题,各家要仔细看看表上的项目和要求,看看合适不合适,能不能完成?能不能提前完成?什么时候完成?怎么样保证完成?每一家都要表明态度,都要提出切实有效的措施,保证明年'国庆'通水东阳关。"李旺先书记一脸严肃,与会的同志感受到了非同寻常的味道:讨论是可以的,任务是板上钉钉,不能打折扣。

中午的这顿烩菜馍馍饭,参加会议的各个公社头头脑脑都吃得不安心。李书记这葫芦里的药,已经连药方都给你摆在面前了,这苦口良药必须吃好。谁要不好好吃,恐怕会吃不了兜着走,卷铺盖走人了。虽然李书记没说这样的话,但是,他语气的毋庸置疑、神态的毅然决然,已经明白无误地告诉大家了。而且,特意把这会开到东阳关来,这本身就是发出了一个十分强烈的信号。

下午的会议还没开始,会场之外已经很不平静。

东阳关公社仅有的一部老式手摇电话,一个中午都没有片刻休息的时间。各公社的书记排着队往"家"里打电话,和"家"里的其他负责人商量民工调遣和任务落实等诸多情况。

下午两点,会议继续召开,李旺先亲自主持。他目光炯炯,正视着会场,开口便问:"怎么样,哪位同志先说?"

一时的沉默。

会场内外,微风拂动。

院里的那棵梧桐树上,有一片叶子飘落下来,轻轻地落地,似乎怕惊动了屋子里那些干部的心潮。

还是静默。

李旺先书记看着坐在前排的停河铺党委书记王占文说:"要不,老王你先来说吧。"

王占文听到书记第一个点将点到自己头上,就连忙站起来。李旺先说:"坐下说吧。"王占文并没有坐下,腰杆直了直,大声说:"劳力是按照人口比例分配的,很公道,工程安排也合理,我没有意见。"

李旺先紧接着追问:"那你们什么时候能完成任务?能不能提前完成任务?"

占文摸了摸后脑勺:"任务肯定能完成,至于能提前多长时间,我还没有想好,我想先听听其他同志的意见。"

他的这个回答,李旺先书记不是十分满意,他把目光转向平头公社的李金良:"平头公社,水已经流到你们那里了,老李,你说吧。"

李金良抬起头,似笑非笑地说:"我还没有想好呢,让其他同志先说吧。"

这两个公社书记的回答,显然让李旺先书记有些许的不快,但他的脸上当下没显露出什么,只是仰了仰头,说:"也好,那就请李庄公社说吧。"他把目光转向了李庄公社书记桑金和。

桑金和书记站起来说:"工程安排公道合理,没有意见。吃饭的时候,我往公社打了个电话,跟我们的革委会马主任交换了一下意见,保证提前一个月、争取提前两个月完成任务。"

紧挨着桑金和的是西仵公社书记姚海生,他顺着接过了李庄公社书记的话头:"'三五红旗渠'修到咱县后,没有人再怀疑漳河水能不能从襄垣引回来引不回来了。全县人民引水的信心大增,热情大涨,干劲儿大增,工程进度明显加快。趁热打铁正是时候,我们会后要好好发动群众,鼓舞群众,挑选精兵强将,苦干加巧干,保证提前两个月完成任务。"

姚海生书记发言后,会场冷了一阵儿,有的陷入沉思,有的在互相咬耳朵。李旺先和坐在他左右的革委会主任张保中、副书记王文贵交换了一下眼神,开始再次发声点将道:"柏峪公社的老杨同志,你来说说。"

杨春堂书记看书记点将,也就仰起头,有板有眼地开始发言:"据我了解,从襄垣西营渠口到咱县石板村35公里,用了四年时间,从石板村到茶安岭是25公里，同样是在山区施工，仅仅用了一年十个月，你瞧这速度快了多少！老姚同志说得对，渠线一步步地接近黎城，这使全县人民看到了希望，修渠的积极性空前高涨。我们要爱护群众的积极性，充分发挥群众的积极性。我想，只要各级领导敢把任务扛起来带好头，明年八九月完成任务，'国庆'水通东阳关，向新中国成立二十四周年献礼，应该没有多大问题。"

他的话音刚落，东阳关公社的书记范克勤就按捺不住地站了起来："老桑、老姚和老杨的话把理儿说透了。中午我和我们公社革委会的杨金富主任找了东阳关大队几个干部和社员征求意见，他们热情很高，信心很足，都盼望着早早通水东阳关，最好能赶上夏浇，这就能让当年的秋庄稼有个好收成。在这里，我也给县委表个态度，东阳关公社保证提前三个月完成任务。"

好家伙，提前了三个月！这范克勤书记的口气硬得很呢！

后边这几个公社书记的发言信心满满，言之凿凿，李旺先书记脸上有了喜色，他进一步因势利导："听了五位书记的发言和表态，大家有什么感想？第三期任务能不能提前完成？能不能'国庆'通水东阳关，向新中国成立二十四周年献礼？"两个"能不能"发问之后，他口气顿了顿，一脸的严肃："请大家好好讨论，参会的每一个领导都要有明确态度，都要表态发言。"他右手抬起，轻轻地敲了两下桌子："同志们呐，我们必须下定决心，必须咬定青山，必须乘势而上，不能等等看看，不能左顾右盼，不能四平八稳。"然后，他指了指坐在会场一角记录的办公室副主任："张少敏，你要完完整整地把这事儿记录在案，军中无戏言！"

经过一番热烈的讨论，17位公社书记都一致表示要"提前完成任务"，保证明年国庆通水东阳关，向新中国成立二十四周年献礼，各有关部门也一家一家地表态，要全力支持配合完成第三期干渠工程建设和田间地头渠系配套等任务，保证水到渠成能浇灌，庄稼茁壮成长，会开到这里，可以说已经达到了预期目的。

只见李旺先腰板挺直，站了起来，声音洪亮："同志们，我们这次会议开得紧张热烈，开得很成功，各位同志回去要把会议精神贯彻好、落实好，要把县、社、队三级干部和全县人民都动员起来。要让全县人民都知道，明年'国庆'通水东阳关，这不是心血来潮，这不是吹牛皮说大话，也不是好大喜功，这是有事实根据的，是有充分的理由和坚实的基础的。第一，第一期工程从襄垣西营到黎城石板35公里，修了四年时间。第二期工程从石板到茶安岭，除了两个大石洞还在开凿，渠线25公里，也是在干石山区施工，只用了一年零十个月。民工还是那些民工，施工条件并没多少改变，工效却成倍提高，大家想想，这是为什么呢？"他的目光扫视着会场，"悠悠渠水，从襄垣盘山绕岭钻洞跨沟流进了黎城，让我们看到了希望，尝到了一点儿甜头。没有人再怀疑这是梦想了，没有人再说三道四了，这心都往一处想，劲儿都往一处使了。民心宝贵啊！我们提出大干快上，正是合民心顺民意。我们不能坐而论道，我们必须大干，必须快干，必须干好，必须干成。第二，方法要对头。就是要坚定不移地实行大包干，把工程量按人口比例包到公社，包到大队，一竿子要插到底。在工地上，任务要包到连队包到班排，能包到人的就包到人，提前完成定额可以早下工，完不成定额不能下工，当天的任务必须当天完成，当月的任务必须不折不扣地完成。任务面前没有商量，任务面前没有和气，任务面前没有特殊。我们要把所有人的积极性都调动起来，以跳起来摘桃子的精神，把胜利的果实拿到手里。第三，我们要看到，经过几年的时间，大家在干中学，在学中干，大家是越干越想干，越干越会干。在修渠的工地，不仅能锻炼人的意志，还能学会不少本事。比如打钢钎、钻石洞、锻石头、架渡槽、烧石灰、放大炮，有的成了测绘家，有的成了土专家，铁匠石匠木匠遍地走，有一技之长的越来越多，我们还有了自己的水泥厂修配厂等等，修渠不仅仅是引水，也为我们今后的社会主义建设培养了人才。工地既是战场，也是学校和熔炉。我们要把这些告诉我们的群众，让大家眼红了，就像当年打日本鬼子踊跃参军一样，都想到工地大显身手，学习本领。第四点，这是县委的要求，领导必须起带头作用。各公社要周密安排，社队的一把手和二把手要有一个带队上工地，一个在家保障后勤，各个社队都要挑选精壮劳力能工巧匠上工地。指挥部要把好关，要靠前指挥，特别是重点工程，必须高标准、高质量按时完成。"说到这里，他的声音又提高了一个调门，"同志们，修渠引水，是县委的'头等大事'，也是全县人民的'头等大事'，'头等大事'，头等重要；'头等大事'头头抓，抓头头。我们今天在座的各家头头，在这里立下了军令状，明天早晨还要到东阳关村东'三五红旗渠'干渠必经之地，竖起决心桩，保证明年'国庆'通水东阳关，向新中国成立二十四周年献礼，让全县人民来监督我们。我们就是要自断退路，不留后路，背水一战。同志们，我们一定要向前向前向前，不达目的誓不罢休！不达目的绝不收兵！"

李旺先书记铿锵有力的话语在会议室里久久回荡。与会的同志，也都群情激奋，热烈的掌声，似乎要把屋顶掀翻！

会场外的一棵高树上，两只喜鹊从低枝飞上了高枝。

"居高声自远，非是籍秋风。"两只喜鹊"喳喳喳"的欢叫声传得很远很远！

84

县委常委扩大会议决定于1972年11月12日，要在东阳关这块高地上竖起"决心桩"，明年"国庆"通水东阳关。所以，11日下午一散会，张少敏就找到时任东阳关公社书记樊克勤，要他找一根两三米长两三把粗的硬木头，加工成方木，再准备一瓶红广告颜料和墨汁、毛笔，另外还要准备几把锨镢，系上红布条，预备明天早上立决心桩时使用。其他物件都好说，就是这硬木一时不好寻。说来也凑巧，正在他一筹莫展之际，东阳关大队的会计刘培端来公社办事，恰好遇到了正在犯愁的樊克勤。好事也得找对人，这樊克勤书记遇上刘培端，而且把找一段硬木的事儿交给他，就对了。这刘培端在东阳关大队当会计，人年轻，脑子好，有文化，村上的事儿，旮旯里他都门儿清。樊书记一说让他找根硬木，他就立马想到，村里小学的对面，原来有个四挑角戏台被拆了，拆下了好多木料，盖戏台的木料一般都是上好的材料。那拆下来的木料都堆在大队的一间仓库里，去那里找，十拿九稳。

刘培端接受了任务，没说二话，转身就直奔大队院，打开仓库，很顺当地找到了一根合乎要求的上好的楸木。他人高力气也大，一下子就把楸木扛到大队部的当院，又出去找来村里的一个木匠，把楸木的四个面儿刮得方棱四角，还在楸木的顶部雕了个葫芦状。一切弄停当，他一股劲儿扛起这根有200斤重的木头，来到了公社，扛进了公社的大会议室。此时已是晚上9点多钟了。张少敏等一干人正在等着这"宝物"的到来。

"宝物"就摆在樊克勤书记和张少敏副主任的面前，且已经收拾齐整，只等着给它"梳妆打扮"一番，就可以"盛装"出场了。樊克勤书记围着这块"宝物"转了一圈，把目光投向也在细致打量的张少敏主任："东西给你找来了，也不用找人写了，我看干脆就由你来写吧。"已经到这个点了，再去找人来写，也不现实，何况，少敏主任是秀才出身，字也写得不错。所以，他也就没有推辞，提起毛笔来，蘸上红广告色在眼前"宝物"的平面上写下了"决心桩"三个大字，之后，又拿起小楷笔分别在另外三个平面上写下了三行小字，分别是：1973年10月1日"三五红旗渠"通水至此；中共黎城县委扩大会议立；1972年10月12日。四个面的字都写好后，就请李旺先书记来过目。张少敏主任说："书记，我把四个面都写上字了，意思是不管从哪个方向过来的人都能看得清楚，这不是一截简单的木头桩子。"李旺先点点头，说："好，很好，就是要让四面八方的人都来监督我们。"

11月12日早晨，与会人员在李旺先书记的带领下，抬着"决心桩"，扛着锹镢，徒步来到东阳关村和长宁交界钉着渠线桩号的地方，现场挖出一个一米五见方一米深的土坑，李旺先和张仁祥抬起"决心桩"，稳稳妥妥地竖好在坑中，两人一左一右扶着"决心桩"，张保忠、王文贵等同志培土踩实，鞭炮声炸响在晨曦初照的天空，掌声热烈地向大地倾诉着人们期盼的心声。天空和大地之间，晨光和晨雾之中，"决心桩"直直地竖立着。

这是意志和决心的体现！

这是民心和党心的合力！

这是担当和作为的标杆！

干吧，为了我们自己美好的幸福生活！

干吧，为了我们子孙后代千秋的福祉！

干吧，为了一代共产党人崇高的使命！

"决心桩"树立在与会干部心中，带着任务，带着微笑，带着决心，参加常委扩大会议的几十位同志，步伐矫健，步履急迫，回到各自的工作岗位，发动群众，组织群众，带领群众，斗志昂扬，志在必胜，开始了新一轮战天斗地的"干活"。

小平车、胶皮车、独轮车推着拉着，扁担、箩筐、钢钎、铁锤、铁锹、镢头提着扛着，人欢马叫，漳河沸腾，太行山的一草一木都显得精神十足。

第三十章　东坡东进

85

曲庆祥一家四口从梁庄搬到了东坡的广庆家，这算起来是他们的第四次搬家了。和新华刚结婚时是在水碾的一个叫西坡的自然村，家自然而然地就临时安在了西坡村，并在这里生下了他俩的第一个儿子，取名永康。之后因修建阳坡渡槽，他们第一次搬家住到阳坡。阳坡渡槽建成，渡槽专业队转战漳河渡槽，他们的家最初安在离漳河渡槽几里路的梁庄的一个自然庄，住了不长的时间，又搬到梁庄村最高的一户人家。这家的男人是个放羊的，两孔窑洞，他们一家住进了西面的一孔。门口有棵杏树，枝繁叶茂。在这里，他们一家一直住到漳河渡槽竣工。在这里，生下了他们俩的第二个孩子——丽娟。生闺女时，曲庆祥恰好不在家，去地区水利局汇报渡槽的建设工作。曲庆祥临出门前，还和新华扳着指头计算过预产期，应该在半个月之后，他打算去地区三四天，然后回来守着老婆生孩子。可谁承想，这小丫头等不得她爸爸回来，就急着要出世了。

曲庆祥去了地区专署办事，新华在家闲着没事，就带着不到两岁的永康去串门，去的就是原来住过的房东家。半路上，永康不走，她就只好抱起他。小孩在怀里不安生，乱动，时不时还用小脚蹬新华的肚子。从这家到那家有一两里路，一个孕妇抱着十几斤重的永康，也够费劲儿的。中午就在那家吃的饭，正是采黄芽菜的季节，主家用新鲜的黄芽菜包了一顿饺子。吃完饭，走的时候，主家还给她拿了一些黄芽菜，让她带回去吃。回到家里，她也没有休息，就坐在炕边给孩子缝小衣服。大概下午5点多的时候，苏中来了，老刘（刘全鼐）也来了，就一块坐着说话。当晚，村里要放电影，苏中提出帮他抱着永康去看电影。她觉得有点儿累，说不去了。苏中、老刘走了，她做了饭，吃罢饭，就又坐在炕头上给即将出生的孩子缝小衣服。

一个小时过去了。

大概两三个小时过去了。

永康已经歪着小脑袋甜甜地进入了梦乡。

天地一片寂静。

新华聚精会神地在一盏小油灯下飞针走线。

突然，她感觉到肚里有动静，紧接着，疼痛接踵而来。有过生头胎的经验，直觉告诉她，今晚怕是要生孩子了。

天哪，爱人曲庆祥还在百里之外的长治市，隔壁只住着放羊老汉的婆姨。放羊汉晚上是和羊住在一起的，即使放羊汉在家里，也无济于事。给羊接生还行，给人接生，这还真是两码事。

突如其来的早产，让新华猝不及防。她一时也慌了手脚。情急之下，她大声喊叫隔壁的婆婆。隔壁的婆婆已经睡下，猛然听到新华一声接着一声撕心裂肺的喊叫声，她匆匆忙忙穿上衣服，来到这外来人住的窑洞。她被眼前的景象惊呆了。新华披头散发，额头的汗珠直流，褥子已被一摊血水洇湿。婆婆的进来，让新华好似看到了救星，有气无力地说："快快快，我要生孩子了，快来帮帮我。"婆婆和放羊汉老头是一对孤寡老人，也没养过孩子，对生孩子这事也是"一头雾水"。不过，事到这个份上，深更半夜地出去喊接生婆，已经是来不及了。"赶鸭子上架"这个成语用在1971年4月21日，梁家庄这户小院的这个窑洞里这个放羊汉婆婆的身上，是再恰当不过了。好在新华已经生过一个孩子，这生过头胎再生二胎，经验总是有的，老婆婆活了大半辈子，道听途说生孩子的事也不是一次两次了。好在是顺产，好大一阵子的忙乱之后，曲庆祥和徐新华的第二个孩子生下来了。

孩子是生下来了，可脐带还没剪断，剪刀，剪刀，剪刀在哪里？危险还在狰狞地靠近这血淋淋的生产现场。一时找不到剪刀，剪不断脐带，懂得生育医术的人知道，一旦让脐带返回去，是攸关生命的事。房东婆婆就让新华紧紧拽住脐带，嘱咐她千万不能松手。告诉她一松手就没命了。

1971年4月21日，不知诞生了多少条小生命，但这个后来被起名叫曲丽娟的小女子，在梁庄村最高处的一孔窑洞里的诞生过程，还真称得上惊心动魄。生与死就在瞬间，生与死就在一念之间。

这小女子命大。剪刀找来了，脐带被剪断了，一个小生命被包裹好，放在了产妇的身边。

房东老婆婆虽然筋疲力尽，但还是走回自家住的窑洞，把平时积攒的半罐子鸡蛋拿过来，煮了给产妇吃。几十年以后，徐新华还笑着对我们说："你猜，我一下子吃了多少个鸡蛋？15个。"

曲庆祥从长治回来了，刚进村口，就有人告知他，他老婆给他生了一个大胖闺女。他三步并作两步赶到村子的高处，推开窑门，看见新华正在给襁褓里的孩子喂奶。

平时本就木讷、不爱多说话的他，此时更不知该说什么才好。站在老婆和刚出生的女儿面前，他搓着两手，只是"嘿嘿嘿"地笑着。突然，他好似想起了什么，从包里拿出从长治专门给新华买的面包，又泡了一碗红糖水，殷勤地端到新华面前，递到新华手里，看着新华吃着面包，喝着红糖水，他抱着刚出生几天的"宝贝"闺女，情不自禁地在她鲜嫩的笑脸上美美地亲了两口。

丽娟出生80天后，他们又搬了一次家。这次是一家四口搬到东坡。梁庄渡槽已经竣工，石板——东坡渡槽开建。

当曲庆祥和新华抱着襁褓里的女儿丽娟拉着两岁多的永康，要离开梁庄，搬往东坡，他们一家四口站在漳河边，望着凌空跨越漳河的一道飞虹，心里满满的都是喜悦，还有恋恋不舍。

他们一家四口在漳河边站了许久。清晨的阳光温柔地洒满大地，我相信，此刻他们并肩而立的身影，便是世间最美的风景。

渡槽建在哪里，渠线开到哪里，他们的家就安在哪里。这是曲庆祥成家十多年来一直保持的状态。

石板——东坡渡槽是开渠以来，由渡槽专业队承建的第三座大渡槽，也是进入黎城境内施工建设的第一座大渡槽。预计需要4个月的施工时间。虽然施工时间不长，但施工难度不小，最大的难度是施工季节带来的。因为施工时间主要在冬季，这就给渡槽拱件的预制带来了难以想象的困难。

在这之前，槽身等拱件的预制都是野外作业，且都在夏秋两季，不考虑气温因素。可石板渡槽就不同了，施工时已经进入冬季，混凝土预制的头号敌人就是气温。这道关过不了，就只能停工，等到来年春暖花开、气温适宜时再进行施工。

不能。

不行。

不能休工歇工，早一天通水，不仅仅是现实利益的需要，也是精神支柱的支撑。修渠已经四年多了，黎城人民耗资耗力，总算把渠线修出了襄垣县，进入了黎城县。石板渡槽是进入黎城境内的第一座大渡槽，不能因为这一座渡槽的"怠工"，而让引水的期望止于这一沟之隔。

不行。百年大计，质量至上。预制件的质量关乎着渡槽的"生死存亡"，"豆腐渣"工程是不能出手的。

专业队陷入了困境。干也不是，不干也不是。左右都不是，上下都没出路。

"诸葛亮"会已经在一孔漏风的圈羊的窑洞里开了三天，用一个参加会议的老民工的话来说就是："海河烟抽了有两条，一窑的人谁也没放出个响屁来。"

这海河烟在当时属于中高档消费品，自然是刘全鼎提供的。工地上数他工资高，每个月96元，老婆每个月领了工资，给他30元。他唯一的嗜好是抽烟，烟瘾也大，还好抽个好烟，老婆给他的零花钱，他主要是买烟抽了。因为他抽的是纸烟，还是好烟，这渡槽专业队的民工，总好去队长老刘身边"蹭"烟，队长老刘也很大方，"烟酒不分家"，总是主动散烟给他的"民工兄弟"。

烟雾缭绕，无计可施。大家话来话去，就有人戏说开了，说都怪老刘这好烟，抽着就是好，咽到肚子里，不愿意放出去，所以，就没有响屁。这人说完，笑嘻嘻地又从老刘的烟盒里拿了两支海河牌烟，一支给旁边抽着旱烟的架工排长王喜胜夹到耳朵上，一支给自己点上，美滋滋地吸了一口。

"这烟就是好，吸着不放屁。"

一阵哄堂大笑过后，是好一阵子的沉默。

不知是坐在人群中间的谁嘟囔了一句："要是老曲在，他也许有办法。"

老曲？

曲庆祥？

曲庆祥不在？

曲庆祥去哪里了？

这么重要的事情和场合，他怎么能缺席？

老曲其实年轻着呢，才三十来岁。大家之所以称他"老曲"，是因为经过阳坡、漳河两个渡槽的会战，曲庆祥在专业队的地位已经是不容置疑的"高"，大家称呼他"老曲"，是对他发自内心的尊重。

老曲现在正躺在医院的病床上。

老曲一家住到东坡常广庆家的东窑里。这也是专业队在号房时，特意把最好的房子给了他一家四口。老曲住好房子，大家都觉得是理所当然的，老曲不吃大灶、自家起灶也是顺理成章。况且，曲庆祥是渠上唯一一个携家带口的。老曲也感激大家对他的另眼看待，在工作上更是殚精竭虑。

进入深冬季节，漳河河谷里的风像刀子一样，石板渡槽跨越的这条大沟，正是在一个风口子上。老曲每天在沟里沟外、沟上沟下、沟这边沟那边，爬上跳下，跑来跑去，就伤风感冒了。开始，他还不在意，也没停歇，新华拦不住他往外跑，就给他熬了姜汤喝。没承想，不顶用，过了几天，反而严重了，深夜里开始打摆子，裹在两套被子里，还是全身直打哆嗦，高烧达到41摄氏度，愣是把个新华惊吓得不知如何是好。最后，实在是等不到天亮了，就出窑门叫醒常老汉。常老汉进了东窑，看见炕头上直筛糠的老曲，也顾不得年老体弱，背起曲庆祥就冲进了冷飕飕的冬夜里。

十几里的路途，老汉硬是没歇息，把曲庆祥背进了上遥卫生院。

一场不期而至的重感冒把曲工程师折腾得昏天黑地。

打柴胡注射液，输青霉素液，吃伤风感冒药。

高烧状态下昏迷的老曲，住进医院后，病情总算是暂时得以控制，可是，他虽然在卫生院的病床上，脑子却还在工地上转来转去。脑子里转的、心里想的，最多的还是混凝土预制件的问题。

想来想去，一时还是没有什么好办法。这大冬天的，预制件需要一个温暖如春的大厂房才能制造。这人都冻感冒了，上哪儿去找这样的厂房呢？

窑洞？他不是没想到这一层，随后又自我否定了。老百姓住的窑洞净深大都不过两丈五，也就是8米左右，而槽身要11米。这顾头难顾尾的，还是不行。

能不能把窑洞加长？这天，他在医院的病床上输液，看着一滴一滴的液体顺着输液管流着，脑子里突然灵光一闪。

可怎么加长呢？往深里打上几米？谁家的窑洞愿意这样搞？这不现实，他摇了摇头。那就从窑洞口往长里接上几米。嗯，这倒是可以。可是，拿谁家的窑洞来做这样的试验呢？附近几个村的百姓院落，好像还没有哪一家的院落能这样搞。

他想来想去，终于把思想定位在一个地方：羊圈不是有两孔窑洞吗？何不……

但是，他又犹豫了。那里面还住着几十号民工呢。渠线走到这里，几百上千号民工的入住，本来给周边的这几个村庄带来了很大的压力，能住人的都塞进去了，就连平时不住人的羊圈牛圈都被民工们住满了。这冰天雪地的，让这些在羊圈里住着的民工去哪里？总不能让他们睡在野地里吧。

可不这样，还真没有出路。

不过，这一主意，躺在病床上的曲工程师想到了，睡在羊圈里的渡槽专业队的几个"臭皮匠"也想到了。

又是一个晚上。

又是一次"诸葛亮会"。

不过，这会儿一开场，几个"臭皮匠"就把预制件"厂房"的构建思路摆在了大家面前。

　　这让在场的姚凤鸣、刘全鼐、温本红几个领导犯难了。蛮荒野地的施工，寒风肆虐的季节，寒酸的伙食，透风漏气的住所，就让他们的内心是满怀愧疚了。可就连这样的栖身之所也要腾让出来，做预制件的"温室"，这个决心下起来还真是于心不忍啊！

　　沉默，沉默，还是沉默。

　　三个领导谁也不愿意张口说出这真让人心疼的话啊！

　　还是住在羊圈里的民工站了出来："我们愿意搬，请领导下决心吧。"

　　这时，身为党支部书记的姚凤鸣抬起头问："这大冷的天，能住人的地方都塞得满满的，往哪里搬？"

　　"我们早想好了，没有住房，自己建？"

　　"自己建？"满屋子的人都睁大了眼睛，异口同声地发出了疑问。

　　要是能建房，还用发这么大的愁吗？咱们建一个预制板厂不就得了吗？

　　看大家张大了嘴的疑问，就有一个民工一五一十地把他们的想法讲给大家。

　　"这几天，我们看村里有几个空猪圈，墙体不高，把猪粪清理清理，能下个一尺来高，猪圈上面虽然现在是露天，我们在中间横上几根木头，用玉菱秆棚好，和上泥一抹顶，不就能住人了吗？虽然这进进出出地弯腰弓背，人在里面也站不起身直不起腰，可是咬住牙挨个几个月就行了。"

　　哎呀，原来是这么个办法。

　　亏你们能想得出来。话说得轻松，"捏格（方言：凑合）上几个月"，这可是寒冷的冬天啊！这人一连几个月睡在猪圈里，睡在"冷冰床"上，能行吗？能受得了吗？能顶得住吗？

　　能行。我们能行。能顶得住。我们可爱的民工，回答得斩钉截铁。

　　可这也是没有办法的办法。可就这，能改造的猪圈也不够用，还有六七位民工无处安身。他们已经自己给自己造出了越冬的住所。就在渡槽旁边的一处地堰根，他们支起了两个三角窝棚，材质主要还是用的玉菱秆，泥抹了一层，门帘是用破麻袋布缝制的。

　　当曲庆祥按捺不住提前出院，回到石板渡槽工地时，他和姚凤鸣、刘全鼐、温本红一所一所看了猪舍改造的"住所"和野地里搭建的"窝",眼睛的湿润自不待说,更让他们欣喜的是构建预制板厂房让他们眼前一亮。沿着羊圈窑洞,他们搭建出了五六米长的"延伸厂房",材质除了木料之外,都是荆条编成的"笆片",又加了一层厚密的谷草,泥也抹得严丝合缝。人站在这有点"另类"的厂房里,心里不仅感受到了现场自然形成的适宜温度,还有人心的温暖浸润到骨髓里的感动。

石板——东坡渡槽的十一节槽身就这样如期预制完成了。

石板渡槽在1972年年末竣工。看着又一座大型渡槽在自己的手里腾空跨越,曲庆祥和渡槽专业队的同志们喜悦之情溢于言表,他们从渡槽的这头走到那头,又从那头走到这头,石板东坡以及邻近村庄的百姓也来看"稀罕"。

1972年12月31日,指挥部在石板渡槽工地举行了隆重的庆祝大会。至此,渡槽专业队的领导和民工才舒了一口气。他们一边做着石板渡槽的一些扫尾工作,一边准备转移战场。

下一个大渡槽是上庄渡槽,这是渠线绕过茶安岭之后进入黎城盆地的第一个大渡槽。

这年春节,曲庆祥一家是在东坡村度过的。春节一过,曲庆祥就早早地进入上庄渡槽工地筹备开工事宜。

徐新华也把家里的东西拾掇拾掇,准备再次搬家。

这一次他们搬往上庄村,住进了保根家的东窑。

第三十一章　马步流星

87

　　大漳南渠的渠线过了高崖山，经上遥村西，拐过石婆湾，走过南崖根，就到了榆树村下的涧沟。这里沟深坡陡，雨季洪水急流，两岸群众通行困难。渠线要跨沟而过，须建一座大渡槽。在设计渡槽时，兼顾渠水通流、群众通行、洪水通走的"三通原则"，设计总长80米、高29米、底宽12米、顶宽7米的三用青石桥：下边流洪水，中间过渠水，上边能行车。这样的一座桥，对于今天的"基建狂魔"中国来说，连一碟小菜也算不上，而在20世纪70年代，没有铲车、吊车等施工设备，完全靠一副肩膀两只手来构建这么一个"庞然大物"，可谓是隔行如隔山啊！

　　高长春把这个任务交给了河西和正社两个大队的民工承建。因为这座渡槽，所用的材料是青石，约莫需要上万方石料。这上万方石料的准备就是一件大事。高长春把常喜存、雷中生、赵江贤三位石匠请到工地，要他们共同负责工程的质量和砌筑工作。开凿石头，凿磨石料，仅仅靠上了年纪的三个老头是不行的，老高就把刚刚从高崖山上走下来的铁姑娘钢钎队调来了，又从民工里选出了30来个精明干练的小伙子，3个石匠老师傅手把手地教，面对面地学，在学中干，在干中学，边干边学，边学边干。

　　负责这个渡槽建设任务的头儿，叫马书升。这个人选的确定，高长春是经过深思熟虑的。

　　马书升，上遥公社正社村人，1942年入党，曾经积极参加了八路军领导的引漳上岸第一渠——小漳南渠的修建工作，1958年率领正社村的民工投身修建大漳北渠的战斗。从1944年起就担任正社村村长,连续二十二年,直到修大漳南渠,他才把村长交给一个叫韩青羊的年轻人,自告奋勇报名参加修渠。在临上渠之前,他和韩青羊促膝而谈:"青羊啊,你在家带领社员把生产搞好,我给咱去修渠。我盼了好多年,高书记终于下定决心要带领大家修大渠引大水。我这辈子惦记的大事就这一件了,我要亲自上山亲眼看着把这水从襄垣引回来,引到咱正社来,让老百姓能过上天天吃面的日子,这也算是了却了我一生最大的心愿啊!"他拍了拍"接班人"韩青羊的肩膀:"以后日子长着呢,要靠你们年轻人呢。我知道,你在家里的担子也不轻。只要好好干,就没有迈不过去的坎。好好干吧。"

他这一上渠,就义无反顾再没回头,从渠首一路而来,老马大步流星,与渠线同行。

把这副重担交给这个"老革命",高长春认为他是完全可以胜任。

马书升接手渡槽建设的重任,一刻都没有消停。渡槽建设的初期主要是料石的准备和场地的平整。时年二月,春寒料峭,大地还没解冻,料石场周边的积雪还未消融,"铁姑娘钢钎队"的"假小伙们"就肩扛着钢钎和铁锤,高唱着"红歌"开进来了。冰冷的空气里,热潮兴起,让这个乍暖还寒的春天生机勃勃。

两个连队的民工也在马书升的带领下,三人一辆小平车,负责把料场的毛料石运到渡槽工地。这运石头的活儿也不轻松,是个苦力活儿。老马虽然上了一把年纪,但他老当益壮,也是三人一辆小平车,上千斤的毛料石装在车上,老汉一马当先,毫不相让,两手架起车杆,拉绳往左肩上一搭,"走",重车起动,两个年轻的小伙赶紧推住车帮,使劲儿用力,驾辕的老马肩膀上的拉绳绷得紧紧的,两只粗糙的大手把车杆压得实实的。一段颠簸不平的山路走过,要下一个30多米长的陡坡,只见我们的老马把车杆仰起,小平车后头中间绑着的一根擦杆狠狠地压住地面,平车在重力的作用下,惯性使车速陡然加快,一溜烟地小跑,30多米的陡坡一瞬间飞速而过,小平车在坡底停住。老马两手把住车杆,用劲往下一压,一低头,"嗨——"的一声,那两个小伙此时也跟到了车后头,这重车在三个人的共同操持下,一步一步地走上了工地的一个高台。这高台是马书升领着几十个最早进场的民工,削平一个小山头,用来做锻石场。锻石场高出谷底十几米,是为了保证汛期发洪水时料石的安全。三个老石匠带着一帮徒弟,要把从料场运来的毛料石锻打成一块块方方正正的整料。小铁锤敲击铁錾子,铁錾子与青石的角力,这三者混合而成的凿刻声,是这条河谷里最动听的和声。这是劳动者无与伦比的创造。

把毛料石卸下来,老石匠常喜存扬起脸,手中的铁锤并没停下。他一边锻石,一边与相距七八米远的马书升搭话:"老马,你今前晌拉了五车了,过来抽袋烟歇歇吧。"老马走到常喜存的身边,这时雷石匠、赵石匠也走过来,四个老汉每人一根旱烟锅,各自在烟袋上拴着的一个细长的烟口袋里,满满装了一袋自制的旱烟,美美地抽完一烟袋锅,又续上第二锅,马书升才开口说话:"这料石已经备下一半了,清基的活儿也完成了,我看选个好日子,就可以开始基座的砌筑了。咱要在发水之前把基座的砌筑工作和拱圈完成。高书记也打电话来问,看咱们啥时候开始砌筑,基座砌筑好以后,拱圈就需要架杆,架杆的事儿不用咱操心,高书记和马主任已经给安顿好了,过些日子就让人给送到工地了。"

三袋烟抽过,商定了开工的日子,四个老汉就各就各位,拉车的拉车,锻石的锻石。天上的日头也在头顶上移动着。不知不觉间,辛辛苦苦、忙忙碌碌的一天就过去了。

晚饭喝了两碗菜汤的马书升,并没有睡下,而是拎着一盏马灯,走向了一段山路。他要抽空搭黑回正社村一趟。前几天,听晚间回家的民工说,孩他妈上山割柴一不小心崴了脚,脚肿得下不了炕。他这才想起,自打进了渡槽工地,自己已经两个多月没和老婆子照面了。过几天,渡槽要开始打基座,工作更是千头万绪,肯定忙得不可开交。自打年轻时结了婚,他当干部一心为公,家里的事儿全靠"内当家",这"女当家"可是名副其实的"里里外外一把手"。柴米油盐酱醋,生儿育女喂猪,割柴积肥,这些事让马书升心无旁骛地操持村里的大小事务。

崎岖不平的数里路途,摇摇晃晃的一盏灯火。一个小时后,他敲响了自家的院门。不一会儿,二小子来开了门。看到好几个月没回家打过照面的父亲,就高兴地对着窑洞里的母亲大声通报:"妈,是我大回来了。"窑洞的窗户上隐隐约约映照出一个身影,是老伴听到二小子的话之后,从土炕上坐起来了，纸糊的窗户，虽然她看不到老马的身影，但那熟悉的脚步声的主人很快就拉开了家门站在了土炕前。

老婆子斜倚着身子靠在炕上："你咋这个时候回来了？黑灯瞎火的。"

老马吹灭马灯，凑近炕前，坐在炕沿上说："听说你把脚崴了，厉害不厉害？我看看。"说着就要去动老婆子的右脚。

老婆子下意识地往后缩了缩自己的脚，似乎因为这微小的动作，脚有点儿发疼，她咧咧嘴："没事，找医生上了红花油，躺几天就好了。渠上那么大一摊子的事儿够你忙的，就不要为我操心了。医生说，没骨折，在炕上躺几天就好了。"说着喊二小子："拿几个黄谷乱给你大馏馏，让他再吃点儿东西吧。"

知夫莫如妻。她知道灶上晚间的两碗菜汤不耐饥饱，走这十来里路，两泡尿就殆尽了。

二小子应声从窑洞里挂着的荆条篮子里取了几个黄谷乱，点着灶火，用小蒸笼馏了馏，端过来，又从竹编的暖壶里倒了一碗开水，端到他大面前。

老马一边吃着黄谷乱，一边喝着开水，一边和老婆子拉着话儿。其间，嘱咐二小子要在家好好照顾他妈。二小子刚刚初中毕业，本来想跟着父亲上渠长长见识，看看躺在炕上的母亲，也就暂时打消了上渠的念头。

吃了两个黄谷乱，喝了一大碗水，劳累了一天的老马此刻已经是哈欠连连，老婆催促他赶快上炕歇歇。

一挨枕头，马书升就鼾声大作。

88

一觉睡醒的马书升，起了个大早，马不停蹄地赶回了渡槽工地。他刚进工地，就见一个熟悉的背影站在锻石场中间。哟，是高书记。这高长春也是一大早就转悠到了这里。此时，已是人间四月天，山桃花、山杏花儿恣意地开在山野里。红彤彤的太阳已经从东山升起，老高和老马沐浴着暖融融的春阳，交流着渡槽建设的有关情况。

说着走着，他们来到工地灶房，三个老石匠也围拢过来。一碗蒸水，两个三两重的谷乱，5个都已在五十开外的老"杠头儿"，坐在随意摆放的几块石头上，一边吃谷乱，一边说着准备开工建造渡槽基座的事儿。

事儿说得清清楚楚了，六两谷乱也落进肚子里了。老高起身要走，叮嘱老马和三个老石匠："出力气的活儿让年轻人多干点儿，你们主要是多动嘴，多在边上照看着。"话是这样说了，这四个老者也是满口应承着，可老高心里明白，这一番话，对于他们这几个人是白说。他们才不会袖手旁观呢！可也没有完全白说，这几个和他一起上渠的老同志，心底里知道高书记是在关心爱护他们。这关心，这爱护，反而让他们更加老当益壮，更加勤勤恳恳。

时间过得很快，紧紧张张的基座施工，在马书升和三个老石匠的精心操持下，进行得很顺利。高书记和马主任为渡槽建设准备的百余根架杆也运到了工地，已经搭架好了。为了赶在汛期到来之前把渡槽的石拱圈打起，马书升和三个石匠分工协作。马书升带领民工争分夺秒搭架杆，心急火燎地运送石料，用自制的土吊机吊送方块青石和泥灰，三个石匠带着二十来个徒弟高空作业砌筑拱圈。在汛期到来之前，三个大石拱圈总算都合龙了。为了稳固拱圈，架杆还没有拆。可是，已经进入汛期，天上只要一打雷，他就心惊肉跳，天际只要出现一片阴云，都让他提心吊胆。他心里想着，能让架杆多撑一时，石拱圈就多一分的安全系数。

老马和三个石匠的神经可以说紧张得有些草木皆兵，任何风吹草动都让他们神经兮兮的。这些日子里，抬头看天色，低头看虫儿的活动，似乎成了常态。特别是到了晚上，他们更是不敢大意，和衣而睡。说是睡，也只是打了个盹而已。四个老汉分成两组，每组三个小时，轮流值班。这事，他们对年轻人不放心。年轻人，睡性大，经验少，一旦有个闪失，就会造成不可挽回的损失。

好在老天有眼，没有立马给他们难堪。可这架杆一天不拆，心里的那只吊桶总是七上八下，不得安宁。马书升心里盘算，不到万不得已，就让架杆多支撑一时。为此，他给两个民工连的连长说："要时刻准备，一旦听到紧急集合的哨音，就必须立马带人赶到工地，拆除架杆。不能让集体的财产有一丁点儿的损失。"

丝毫不能麻痹大意。这不，这场大雨说来就来了。

六月的天，孩儿的脸，说变就变。这天，民工们在工地劳动了一上午，饥肠辘辘的他们拿着饭碗来到灶房打饭，刚刚一碗饭端在手里，走进酷暑里的窝棚，还没吃几口，就看到黑云遮天。顿时，电闪雷鸣，狂风大作，顷刻间，一场大雨滂沱而来。

突如其来的变故，让本就心有警觉的他们放下正在端着的饭碗。

马书升冲出了窝棚。

常喜存冲出了窝棚。

三个石匠都冲出了窝棚。

两个连长也都冲出了窝棚。

凭经验判断，这肯定是一场暴雨。

当机立断，站在暴雨里的马书升，撕破喉咙向两个民工连的连长下达了命令："赶快吹哨，紧急集合，让大家都赶紧去拆架杆。"

山洪一来，价值两千多块钱的木料就会被洪水卷走，一定要在洪水到来之前，将这百余根架杆抢拆到安全地带，而且这架杆对渡槽的安全也是一个重大隐患。洪水裹挟的柴草杂物一旦被架杆阻挡，就会淤塞在桥下，这后果是不堪设想的。

可为什么在暴雨之前不去拆除脚手架呢？前边已经说过，是为了让架杆多支撑两天，也是为了保证刚刚砌筑的石拱圈的安全稳固。

这暴雨的到来，已经让架杆不得不拆除了。好在争取了十多天时间，石拱圈基本已经稳固无恙了。

"同志们，洪水形成估计还要一个小时左右。也就是说，我们必须在半小时内把架杆拆掉，保证洪水安全通过，保证渡槽的绝对安全。"马书升用最快的语速作了简短的动员，然后，他大手一挥，"我们要坚决保护集体财产不受损失，共产党员、共青团员要带头勇敢战斗，大家都跟我来。"

好一个"跟我来"，马书升第一个冲在队伍的最前面，第一个跳进了沟谷。

大雨倾盆。百十个精壮劳力，在共产党员、共青团员的率先垂范下，顶风冒雨，拼命地奔跑到了渡槽圈下。

第一个站上架杆的仍然是五十二岁的老共产党员马书升，他和紧跟着赶来的几个青年在架杆上解五号铁丝拧成的结节，其余的同志有的往外抽，有的往下接，有的往高岸上抬。整个抢卸架杆和踏板的过程虽然不亚于一场激烈的战斗，但忙而有序，急而不乱，一根根的架杆、一块块的踏板被完整地运到了安全的高台上。

雨，大雨，瓢泼的大雨，把一个个人儿淋得不是落汤鸡，而是弄潮儿。

沟底已经成河，两丈五尺宽的狭窄河槽里，河水由半尺上涨到一尺、一尺五、二尺了，眼瞅着还在往上涨。

时间一分一秒地过去了。五分钟、十分钟、二十分钟、半个小时已经过去了。横在河道中间的架杆已经全部拆下运走，还剩边上的几根杆没有拆卸。虽然说，对眼下没有拓宽的河道来说，这几根杆暂时不是障碍，但也必须拆走，以防洪水漫出河道，这几根杆的隐患也是难以预测的。不留任何后遗症，拆。几个青年跟着老马一起去拆卸边上的架杆。一个小伙子只顾使劲儿抽杆，木头上流淌的雨水冲下来，一下子把仰起的脸覆盖，眼睛一时看不见，右脚打了个滑，身体失衡，滑向半空。这时，蹲在他身边的马书升，眼见小伙子遇险，眼疾手快，一把抓住小伙子的胳膊，猛地往自己怀里一拉。小伙子遇险得救，老马却脚下打滑，一个趔趄，仰面朝天从三丈高的架杆上摔了下去。

人没有摔进湍急的洪流里，而是摔在了河岸上，好在是下半身先着地，这要是头朝下着地，也是九死一生啊！不过，就这样摔下来的老马，还是伤得不轻，乱石滩里，一块尖尖的石头从肛门戳进有一拃深，左脚腕骨折，脚尖从脸前翻到了身后。

老马仰面朝天地躺在了乱石堆里，身子瘫软，一下子昏迷了过去。在基座下接运架杆的同志们扑到近前，只见老马双眼紧闭，面目扭曲。雷石匠用手摸住他的脉搏，又用脸颊贴近他的嘴唇，扭头对几个束手无策的年轻小伙大喊："老马还活着，快快快，把他抬起来赶快送医院。"

此刻，高长春放心不下渡槽工地，也赶来了。眼见此种情况，他拽了一个小伙儿，跑向民工住处，卸下一块门板，扛过来，招呼说："来八个人，快把老马往上遥医院送。"他又吩咐正社村的民兵连长："你赶紧跑步去往县医院打电话，就说是我说的。请求县医院派医生派车来上遥医院参加抢救。"

八个青年抬起老马就往上遥公社医院猛跑。

高长春指着站在身边的常石匠、赵石匠说："你俩一人负责一头，把余下的几根架杆拆走，但必须小心，安全第一。"然后，他又吩咐雷石匠，"你带上两个年轻人到河上游拐弯的地方观察，一有大河头下来，火速通知这里，人员立马全部撤离。"

安顿完后续的事，高长春又跳上一个高台，常喜存知道老高有高血压，大雨天又遇到这种大事，怕他有个闪失，就推了一把站在他身旁的一个年轻人："你快跟住高书记，保证他的安全。"

老高快步流星地把老马抬进了公社医院。由于失血过多，老马已经休克。医生立刻尽全力展开施救。

这时，一辆吉普车飞速冲到公社医院门前。车停门开，外科大夫潘克明带着两名护士，抱着急救器材，跳下吉普车，跑进了急救室。

按说，县医院离上遥公社有几十里路，再快，这个时间点也赶不到的。原来，修建"三五红旗渠"的指挥部此时已经移驻西柏峪村，潘克明大夫是县医院派驻渠上的医生。县医院接到电话，来不及派急救车和医生，就一个电话打到了"三五红旗渠"指挥部。

柏峪公社和上遥公社虽然仅仅是一河之隔，但过往路途需要经观音汕、大寺，绕道才能到达。即使是这样，也比县城近很多。而时间就是生命。特别是意外伤害的抢救，一分一秒的时间，对于被急救者来说都是宝贵的，有可能就是阴阳两重天。

潘克明大夫一听大漳南渠这里出事，就带着两个护士，坐上指挥部的吉普车，冒着风雨，急速赶来了。而此时，医院派出的救护车也在赶往上遥公社的路上。

潘克明是天津人，1937年生，1961年毕业于山西医学院，被分配到黎城县人民医院。此时，他虽然年龄还不到四十岁，但已是县医院的头牌外科医生。修建"三五红旗渠"是黎城县的重点大工程，征山战水，伤亡事故较多，县医院也派出最强的骨干支援修渠，潘克明是派驻"三五红旗渠"医疗卫生组组长。

一番检查，潘大夫环视着高书记等一张张紧张、期望的面孔说："伤者左脚踝关节脱位，腰下骨盆骨折，更为严重的是在肛门和直肠，直肠出血不止，造成伤者休克。这种情况，这里的医疗条件恐怕不行，需要立即送到县医院，进行手术。"

"就按潘大夫的意见办，马上转院。"高长春说话间，就听医院外，一辆救护车拉着急促的声响停在医院的门口。潘大夫面露喜色："县医院的救护车到了，快把伤员抬上车，快快快！"

众人动手，迅速把马书升抬上了及时赶来的救护车。潘克明、秦谦德上了救护车亲自护理，高长春坐上"三五红旗渠"的吉普车，急速往县城的方向赶去。

县医院也接到了上遥方面再次打来的电话，术前的准备工作均已提前做好。一刻也没有耽搁，救护车一到，伤者就被立即推进了手术室。长达五个小时的抢救手术让等在手术室外边的高长春等得焦灼不安，站也不是，坐也不是，眼睛直勾勾地盯着手术室的门。

门终于开了，两个护士推着马书升走出了手术室，随后跟着的潘克明大夫一脸疲惫。高长春迎上去，嘴巴翕动着，张开合住。潘大夫理解他急切的心情："手术进行得很顺利，接骨缝伤，直肠和肛门下腹结肠造瘘。不过，伤者入院之前直肠出血过多，又经过这样一次大手术，耗费了他很大的气力，现在还处于昏迷状态，从医学意义上讲，危险期还没有完全过去，还有待医学观察。"看高长春张大的嘴巴和死盯着他的眼神，潘大夫又安慰他说："高书记，你不要太过担心，不出意外的话，老马应该是能挺过这一关的。大家劳累了一天了，你带同志们也去吃点儿饭，休息休息吧。医院这边有我们呢。"

可高长春哪能放得下心。可不放心还能有什么好办法呢？只能等。

一晚上过去了，第二天早上，马书升还没有清醒。

第二天过去了，马书升还在昏迷中。

第三天、第四天、第五天都在大家焦急的等待中过去了，马书升还是没有醒过来。

县里的主要领导也来医院看了好多次，和县医院成立的专门医疗组计议，并提出："如果不行，就请更专业的医院的专家救援或者转院疗救。"

医疗小组经过多次会诊，也和专业医院的专家进行了电话沟通，认为医疗方案是没有问题的，医学观察结果正在向好的方向发展。应该说，马书升的手术是成功的,马书升的伤情是能转危为安的。

就在大家愁绪难解之时,病床上的马书升突然轻轻地呻吟了一声,虽然声调微弱,但也让守在病床边的医护人员和高长春心里一震,脸上露出惊喜的神色。

高长春弯下腰,把脸贴近马书升的耳边,轻轻说:"老马,老马,我是高长春,我在你身边呢。"

马书升的嘴唇轻轻地禽动着,虽然气息还很微弱,但能清楚地感觉到他口腔里呼出的气息。

"老马,你喝水吗?来,我给你喂水。"老高从床头柜上拧开一个罐头瓶,从里面挖出一勺白糖放进一个茶缸里,又从暖壶里倒了半茶缸水。怕水烫,一边用嘴吹,一边用勺子搅。觉得温度适宜了,就俯身扶起老马,把一勺白糖水轻轻地喂进老马的嘴里。一勺、两勺、三勺,老马的喉头嚅动,脸色开始泛起红晕,眼睛慢慢地睁开了。

"老马,老马,你可算是醒过来了。你能认出我是谁吗?我是高长春。"

"高——书记。"老马的语音虽然很低,但对满屋子的人来说,不啻为福音。

"我这是在哪儿?"看着那些凑近他的穿白褂戴白帽子的医生护士,"是在医院里?"

"这是医院。"潘大夫也满脸喜色,"高书记和大家都已经守了你好几天了。"

马书升挺了挺身子,有坐起来说话的意思。高长春赶快让护士拿来一床被子,垫在老马的背下,让他靠着。

马书升半躺着,脸朝着高书记说:"架杆拆完了没有?没有什么事吧?你看我,这老胳膊老腿的,没把领导交给我的任务完成好,还添乱。"他挪动了一下身子,感觉到疼痛,知道自己伤得不轻,就又自责地说:"高书记,你交给我的渡槽任务还没完成,我就进了医院。咳,我对不住你啊!"

"架杆一根没少,渡槽也好好的,你放心吧。"高长春用手给马书升掖了掖盖着的被子,"老马,你已经做得够好了。你安心养伤,养好伤有你用武之地。"

马书升知道高书记是在安慰他:"高书记,渠上还有那么多的事儿在等着你呢,你赶快去忙吧,不要为我耽误了大事。让我家那位和二小子来医院照看着就行了,让大家都赶快回渠上吧。"

下午,在返回公社之前,高长春又来到马书升的病房。马书升这时的精神已经比前晌好了许多。说了几句安抚的话,高长春正要离开,马书升拉住老高的手说:"你回渠上告诉常老虎,渠上垒渠槽的时候,先用料场东边那一堆料石,那是我挑出来的上好的料石,也给大家捎个话,不要来看我,耽误做活儿。我在医院过几天就回去了。"

在这样严重的伤痛折磨下,他心里还想的是修渠的事。这就是一位老共产党员高尚的情操和人格的光辉。高长春紧紧地握了握马书升的手,动情地说:"老马,你就安心养伤吧。我会把你的话一字不差地传给大家的。你要听潘大夫和其他医护人员的话,安安心心地配合治疗。你养好伤,是大伙儿的心愿,这也是你对修渠的一大贡献。"

马书升点点头。潘大夫把高长春送出医院,看着他骑上自行车飞奔而去。

89

医院精心治疗,马书升积极配合,他的伤口愈合得很快。造瘘封闭。离床着地。两个多月后,他就能由两个人搀扶着在病房里转圈了。转了几天圈,他的心思就开始盘算着出院。他知道直接开口,医护人员肯定不会同意。可是,在医生和护士的眼皮底下,偷跑是不可能的。他走路必须要有人搀扶,还不能行走自如。

那怎么办?老汉心情有些沮丧。

老马的情绪波动,医生和护士是看在眼里的。平常的言里言外,老汉不止一次流露出想出院的想法。可目前的这个状况,出院不易。过早出院,一旦骨盆固定不好,二次治疗更是麻烦多多。

这不,他让二小子拉来了一辆小平车,一上午和医护人员闹了三次。不让他出院,他就不输液,不配合治疗。

"医闹"惊动了医院院长,院长来到病房劝老马。可这老汉是铁了心了。

"领导对我很关怀,医生护士对我很照顾,我都很感谢。我忘不了我的这条命是谁给的！你们就放我走吧，我回家小心点儿，你们说如何注意，我就如何注意，只要让我出院就行。"

一旁的潘大夫说："老马，不是我们不让你出院，你这个情况确实让人不放心。我们放你出院了，高书记和上遥公社那边我们也没法交代，你这不是在难为我们吗？"

"是啊，你这不是难为我们吗？"此刻，搬出高书记，看你老汉怎么应付。

这倒是个理儿，老马低下头，一时没有吭声。大家认为把老汉说得回心转意了，可不想老汉慢慢地抬起头来，眼里噙着泪水："你们不要用高书记来压我了。高书记为了修这条渠，把心都操碎了。我是个共产党员，不能让他再为我分心啊！我这在医院躺着，他想来看我，得跑几十里路，我回了家，暂时不到渠上出力，离渠上也就十来里路，他就想瞧瞧我也不耽误多大工夫。"

得，这老汉的强词夺理还真让人哑口无言。

没办法，只好给他办了出院手续。潘大夫一边给他写医嘱开药，一边对他说："老马，你今天出院，我明天也上'三五红旗渠'，指挥部离你家不远，我从柏峪走钢丝桥，半个小时就到了。我隔几天给你检查一次。你临时有什么情况，就让村里打电话到'三五红旗渠'指挥部。"

老马听说自己能出院，高兴得像个小孩子，满脸的皱纹都开了花，连连应承。

一切手续办妥，医院要派救护车去送他，马书升拉住医院领导的手说："快不用了，我这住院，已经花了公家不少钱了，心里已经觉得过意不去了。再说，二小子已经把车拉来了，庄户人，坐平车无非是多用点儿时间，可不要再给公家添麻烦了。"

说着，他就爬上了二小子拉着的小平车，护士把抱着的铺盖行李放在平车上。告别医院领导和医生护士，马书升就坐着二小子拉的小平车上了路。走在半路，迎面遇见骑着自行车的上遥公社副书记王龙宽。

王龙宽是黎城县南关人，今年刚从"三五红旗渠"指挥部调任上遥公社副书记。高书记在长治学习，接到医院电话，知道了老马"闹"出院的事，他就骑了一辆自行车赶往县城了。

323

王龙宽把自行车给了老马的二小子："你先回家告诉你妈，安顿安顿，我给咱往回拉你大。"说着，他接过小平车，就拉着老马继续往前走。

回到家歇了几天，潘大夫和上遥公社卫生院的医生护士也来家给他检查了两次，渡槽工地上也派雷石匠代表大家带着凑份子买的5斤挂面、10斤鸡蛋专门上门慰问他。他见了雷石匠，话题始终离不开渡槽工地上的事儿。雷石匠告诉他，工地一切正常，让他安心休息，可他却说："老伙计，你还不知道我这个人，能不操心吗？"雷石匠知道多说无益，就没接他的话茬，只是起身告辞，临走嘱咐他："好好养养身体，把身体养好了，再来渠上。有羊不愁赶到坡上，不要急，这修渠的活儿多着呢，有你用力的地方。"

雷石匠走了，老马半天不声不语，只是闷头抽烟。老婆给他做了他爱吃的酸菜抿圪斗，他也茶饭不思，吃了一碗就把碗撂下说："不吃了。"要是在平时，这吃食，这老汉最少也得吃满满两大碗。

老汉心里有事。这事儿就是渡槽上的事儿。老伴心里也清楚，但她不能说，说了，这老东西只会就坡下驴。她心疼老汉，才不给他这个台阶下呢。

你不给就能让老汉偃旗息鼓吗？

这天夜里，躺在土炕上，老马辗转反侧，自个儿折腾到半夜还是睡不着，就爬起来，推了推老婆："孩他妈，我想和你说个事儿。"老伴假装睡着了，没吭声。老汉又使劲推了两下，说："孩他妈，你醒醒，我给你说事哩！""说吧，我听着呢。"老伴的话里透着呛音。

老汉"嘿嘿"两声，口气软和："高书记和同志们对我这么关心，我的心就越发不得劲。我也当了二十多年干部了，没给党丢脸，可也没有为群众做过多少大事。修大漳南渠，这是为群众、为子孙后代造福的大事，我在有生之年赶上了，你说我这心能放得下吗？"

"你个伤病人，放不下心又能咋？"老伴没有翻身，可是语气已经没有刚才那么生硬了。

"这两天，我心里一直琢磨着，想去渠上看看，能不能找点活儿干。就算不能添斤，添个两，也比在家坐着强。"

老伴缓缓把身子侧过来："唉，我就知道你想甚。自打你入了党，你就把自己给忘了。我也从没有拖过你后腿。可这回不同以往。大道理我不是不懂，你现在这个伤势，我能放心吗？我怕你到渠上，帮不了甚忙，反而添乱。"

老伴还是老伴，既明了他的心思，又通情达理，他就接着紧锣密鼓地做工作："我还是去得对。我的上半身并没有伤，那么大的一条渠，还发愁找不到我干的一点点活儿，你要不放心，就让二小子跟着我。孩子也长大了，也该上渠做事了。"

得，没有说过老头子，把二小子也搭进去了。"睡吧，你是个党员，应该事事往前站，我不拦着你就是了。"

老伴开了绿灯，老马心里甚是高兴。

这一夜，马书升睡得很香甜。

第二天，老伴到队里抱回些玉米穗皮，用一天的时间编成一条条的辫子，又到供销社买了几尺新布，量了量老马的屁股给老马纳了个八寸高的坐垫。老马试坐了一下，四周绵软，中间镂空，可好保护了肛门上的伤口，还挺熨帖。

老马很高兴，夸了老婆两句："你还挺会的。有了这东西，你不就更放心了。"

老伴嗔怪着说："不要给我灌迷魂汤了，你到了渠上不要逞能，自己小心些，让我不要惦记，这比甚都好。"边说边把坐垫拿过来，又往上缝了条背带，这样使用起来更方便些。

次日一早，二小子就用小平车拉着老马来到了渡槽工地。

老马在渡槽工地的出现，让大家很惊异。老马让二小子从平车上把他搀扶下来，在工地上转了转，最后来到锻石场，他对着雷中生说："老伙计，我给你当个徒弟，你可不要嫌弃我啊！"老雷看着老马行动不便，就说："你啊，不知道说你甚好。就你这脾气，谁也拿你没法，不过你可不要耍赖讹住我，我也一把年纪了，你不能给我头上扣个屎盆子，让我没头没脸。"

"我不讹你讹谁？"老马和老雷戏谑着说。

从这一天起，老马就在这锻石场的石窝里，一手拿锤，一手提錾，锻石料。二儿子也拿起锤錾，在他边上，学着锻石头。每天上下工，二小子就背着他来往于锻石场和工棚。

父子俩就这样在工地上一块进进出出，一起劳动。

第三十二章　击掌"三皇垴"

90

1973年对于黎城来说，注定是一个不寻常的年份。

这一年，茶安岭之前，两大隧洞必须挖通；茶安岭之下，要完成新开渠线20多公里的任务；新开的渠线上，要跨沟建设上庄渡槽和阳南河渡槽；要过沟填坝，有南头沟大坝、三连坝、港东大坝等13个过沟回填大坝。县委审时度势，在春节之前召开了一次县委扩大会议，向全县人民发出了动员令，要"坚决实现县委1973年'粮过河，棉达纲'的目标，解冻前大战二十天，调动劳力一万三，'国庆通水东阳关，保浇面积达六万'。"各公社领受了土方完成任务和上劳力人数，决定正月初六，在25公里的渠线上，全面开花。

三皇垴是黎城盆地的一个高点，位于县城北。站在这里，居高临下，黎城盆地尽收眼底。这盆地里，生活着黎城近二分之一的人口，耕种着黎城近一半的土地。大渠过茶安岭之后，过西山，在阳南河一拐弯，沿北山而行，到东阳关，就进入东山，盘旋而行，到范家庄。漳河水七转八绕，又回到了漳河。

可这一转一绕啊，就不得了了，一条大渠就把黎城盆地的这十多万亩耕地掌控于股掌之间。干渠里引来的漳河水，就能顺支毛斗渠，顺流而下，顺势而进每一块生长作物的耕地，人畜饮水的困窘和尴尬也一扫而光。

这三皇垴因一座三皇庙而得名。这三皇分别是上古时期的三位华夏先祖：燧人（燧皇）、伏羲（羲皇）、神农（农皇），分别被尊称为天皇、地皇、人皇。三皇垴是白岩山的一个高点。"山不在高，有仙则名。"这白岩山，最高点虽然海拔只有1068米，却"青史有名"。《金史·地理志》："黎城有白岩山"，清乾隆《潞安府志》："白岩山，在县北十五里，高一里，周三里，北连信山，有白岩寺，山半有朱啄岩，岩有穴，穴口绛色。齐神武帝与尔朱荣率众北望，神武指岩曰：'此是天蟒口，启绛色，主杀人，可塞之'。居人涂以垩，遂名白岩。"白岩山由此得名。"白岩晓烟"为黎城古八景之一。清代康熙年间贡生、黎城名士李芳黄有诗一首《白岩晓烟》：

　　山环云抱郁崔嵬，
　　晓散青烟古寺开。
　　松开梵宫钟磬寂，
　　名花自有异香来。

这白岩山，山势高耸，山顶有三皇庙，山坳有白岩寺。这白岩寺是唐代李世民所建，白岩寺里的牡丹最为人称道，同为康熙年间"一门三进士"的清代黎城人李题黄也有一首咏白岩寺牡丹诗：

　　峨峨岩石古，
　　朵朵槛花新。
　　但得春常在，
　　何须慕太真。

白岩寺已经不存在，只留在人们的口口相传里，但山间半腰的"穴洞"是有的。我是1985年中师毕业，被分配到这白岩山脚下的一个叫北社的地方教书，曾经在春日时分，带领学生有过一次春游，曾经爬上半山腰，亲眼见识了"穴洞"，我还和几个胆大的学生，费了些周折，爬进石洞内。石洞不大，但有石鼓、石凳、石桌。

登高望远，洞察全局，上三皇垴是最佳的地方。

91

1973年正月十六,一行穿着黄色军大衣的八九个人,从山的北面上了三皇垴。

一棵苍劲的松树旁,他们驻足而立,俯瞰黎城大地。此时,山顶的寒风虽然还是不减一点儿霸势,但这一行人全然不理会这冷风寒气的侵袭,依然兴致盎然,谈笑风生。

站在三皇垴,一览无余。看着山下渠线红旗招展、热火朝天的劳动景象,李旺先情绪激昂。他挥舞大手,指着山下车来人往的修渠工地:"毛主席说,人民群众是真正的英雄,正在我们黎城大地上实践着。这干劲,这阵势,我们提出的国庆通水东阳关毫无悬念、绝无问题。我看呢,提前通水也大有可能啊!"说着,他左右看了看和他并排站着的张仁祥、王文贵,眼神放光,似乎有另外的含义。王文贵笑了笑,张仁祥习惯性地用手摩挲着肚皮,把头转向意气风发的李旺先:"李书记,提前通水东阳关,应该没问题。眼下,这通水的关键不在这里。"

"哪里?"李旺先略作沉吟,"我知道了,这通水的关键不在沟,而在洞,是吗?"

"是。"

"那好,你负责全面,我重点负责打洞。"

县委书记负责打洞?县革委副主任负责全面?大家一时不明白。

李旺先见大家发愣,哈哈大笑,拉住张仁祥的手说:"对,我负责点,你负责面。你是修渠的总指挥,我也是你领导下修渠的一个兵,我去点上抓挖洞,保证在6月10日前完成任务。"

书记说的是这个意思,大家不禁会心一笑。

"不过,张总指挥,我代表县委和全县人民,对你提出挑战,不知你敢不敢应战?"李旺先虽然一脸笑意,但话中有话,暗藏机锋。

"这有什么不敢的,我张仁祥就是把这把老骨头砸碎,也不会啦蹲(方言:退缩)。"和李旺先相处不到两年,李旺先只争朝夕的脾性,他已领略；李旺先敢为人先的胆略，他已深知。他隐隐约约感觉到，李书记葫芦里卖的什么药。

这军令状立马就要在这三皇垴上立下了。

"君无戏言，说话算话？"李旺先一脸严肃，明亮的眼睛坚定地盯着他治下的黎城大地。

大家的目光都聚焦在李、张二人身上。

"提前三个月通水，七一通水东阳关！"李旺先举起右手，大手从西往东一挥。

大手划破空气，定格在山顶的最高处。

山高人为峰。

人大气如虹。

"保证七一通水东阳关！"张仁祥下意识地举起右手，手势朝西与李旺先书记的大手直迎相击。两掌力道雄劲，撞得空气为之大大一震，气韵颇是深厚。

"好。"

人们异口同声地叫"好"。随着这双掌合击，一片掌声响起，完全是自然而然、发自肺腑的。

这掌声惊飞了旁边树林里的一群鸟儿。

鸟儿并没有飞远，而是在这一群人的头顶盘旋着。似乎看这些人对它们并无叨扰的意思，甚至沉浸在自我的兴奋点上，无暇他顾，它们也就陆陆续续又回归到一棵棵树的树枝上。

这天中午下山，在城南村的"三五红旗渠"指挥部，大家每人吃了满满两大碗肉扯面。用张仁祥的话来说就是："吃了这顿肉扯面，咱们就都铆足劲干吧！"

第二天一大早，李旺先书记就带着秘书王春荣，骑着自行车，一路直奔前庄隧洞工地。

张仁祥坐镇指挥部，召开了一个短会。之后，他就和指挥部的成员各奔东西，靠前指挥，带头劳动。

张仁祥挑着一担空桶，走出城南的指挥部，在一处井台上，用辘轳从井里提水，把两桶水盛满，又从路边揪了一把野草，撒在水面上。担杖往两只水桶的铁圈上一钩，粗壮的大个子往起一挺，迈开大步，挑着满满的一担水，大步流星地朝北而去。

半个小时后，他的身影出现在阳南河渡槽工地。

其他县委常委、县级领导及指挥部的成员，也都不约而同地出现在各个修渠工地上。放眼望去，只见他们还真是泥巴裹满裤腿，汗水湿透衣背，一幅热火朝天的劳动图景跃然眼前。

第三十三章　洞中岁月

92

1973年春节过后，自我加压，李旺先和张仁祥在三皇垴击掌而定，要提前三个月，"七一通水东阳关。"

本来，"十一通水东阳关"这压力就够大的了，而现如今，要"七一通水东阳关"，这能行吗？

"三五红旗渠"第三期工程就是指从茶安岭到东阳关。渠线过了石板，就由北山倒向了东山，标志是过一条大沟，用渡槽连接，这就是石板——东坡渡槽。从石板跨过一条大河沟，渠线进入东山，按浊漳河的流向来说，是漳东北，与同期修建的大漳南渠隔河相望。茶安岭是"三五红旗渠"的一个拐点，渠线在这里拐了一个大弯，进入黎城盆地。大寺——六洞隧洞、前庄——渠村隧洞和东波渡槽在茶安岭之前，上庄渡槽和阳南河渡槽在茶安岭之后，过沟大坝也主要在茶安岭之后，填筑大坝不仅仅是要渠线过水，还有一个很重要的目的，就是"长藤结瓜式"地建8座水库，以利于调节旱涝之时的水资源。

两大隧洞能否挖通，是渠水流淌、渠线通畅的关键。

大寺——六洞隧洞，是要穿透大碾垴山麓的隧洞，隧洞总长2 316米，是"三五红旗渠"最长的隧洞，是全渠第一大岩体隧洞。

渠村——前庄隧洞是要穿透马鞍山的，是全渠第二大的岩石隧洞。全长1 316米，两洞过水断面底宽3.6米，直墙高2.2米，中心高2.7米，顶部呈四分之一拱度的圆弧拱，纵坡为两千分之一，过水流量为7立方米每秒。

大寺——六洞隧洞主要由水总施工，该工程于1970年11月和1971年10月分别从大寺、六洞两洞口对向施工。指挥部派李庄公社民兵营和东崖底公社民兵营分别在大寺和六洞两边协助施工，坐镇指挥的是副总指挥李芳园。

渠村——前庄隧洞，1971年10月动工。最初是由西仵公社民兵营组织民工施工作业。指挥部派驻这里指挥凿洞的是指挥部领导成员杨长欣。

这两大隧洞在开凿期间，遇到的困难难以想象。

李方圆带着测量队的技术员披荆斩棘，足足走了一个半小时，才来到测量点。灰蒙蒙的天，灰蒙蒙的山，周边只有一蓬蓬的衰草在冷风中瑟缩。要在大山里安营扎寨，凿通这2 000余米的隧道，何其难哉！

凿洞的技术主力是省水利总队的师傅们。施工地点荆棘丛生，石壁陡峭，在施工地就近修建临时住处是不可能的。水总的工人师傅的食宿选定在大寺村。上下班路途来回也有八九里远，虽然没有专车接送，但每天往来工地，有一辆运送物资的大卡车可解一时之需。能乘坐一辆大卡车上下班，是当时全渠施工队伍的最高待遇。

历经几百万年地震和岁月侵蚀的坚硬岩石而无丝毫的撼动，而今要给它们"开膛破肚"，这还了得，这不是轻举妄动吗？这不是在太岁面前舞刀弄棒吗？

两大石洞开掘过程中的艰难困苦难以详述，一份由"三五红旗渠"指挥部向县委发出的请示报告，让我们窥一斑而知全貌：

中共黎城县委：

  大寺——六洞2 000米隧洞是三五红旗渠的第一个"卡脖子"工程，也是由水总工人协助建设的重点工程。自隧洞开工以来，在重重困难的情况下，战斗在隧洞上的工人、民工，坚持"自力更生、艰苦奋斗"的革命精神，从六洞口已经掘进了178米，但是在前进中遇到了电压不足的问题，直接影响工程进度。4月份稍有电压不足的现象，被工人同志们用革命化的精神克服了，但5月以来，由上午电压不足延续到下午，有时整天不足，电压下降到350V以下，开动空压机，电压需上升到380V以上才能开钻。5月份二十天中除了两个假日，有十八个有效工日，每天两班，应上36个班次，除了出渣、停电、支撑影响5个班次外，31个班次中就有18个班次因电压不足造成停工，占应投工的60%，致使5月份只钻了18米。省水总的工人们意见纷纷.民工生产积极性也很低落。为此问题，我们曾多次反映请示，派人赴专，答复过了20日后保证好转，结果21日仍然是一天两次电压不足，严重造成了窝工浪费的问题。所以请示县革命委员会领导解决电压不足问题，以保证隧洞正常施工。我们建议从以下四个方面请领导紧急处理：

一、急电向地区领导请示，增加电压，或给指定规划电压升高时间，以便施工。

二、由县供电所向西坡变电所接洽规划时间，保证工地供电，并要求县供电所派一名电工常驻工地负责电力供应。

三、请县领导直接邀请省水总工人代表、领导座谈解决，调整施工班次，利用夜间施工，并解决夜间施工方面的具体问题。

四、能否急速解决300马力以上的动力问题，代替电压不足的动力设备。

以上问题妥否，请县领导批示！

在县里千方百计的协调下，困扰施工的电压不足问题得到初步解决。但施工中的问题仍是层出不穷。

93

樊乃贤是在大寺隧洞口干活的东崖底公社的一名民工。1970年冬季，他再次被派往渠道做工。

这次做工是在大寺山上开挖渠线，他和几个民工就住在1958年修吴家庄水库时在荒郊野外挖的一个临时窑洞里。小窑只有一个进口，没有窗户和门。进口不大，里面不透光，黑咕隆咚的，只有掀开进出口的草帘时才能透进一线光亮。这不大的地方，打地铺住着7个民工。7个民工都睡地铺，下面铺的是从山上割来的白草。为了给铺盖和枕头有个安放处，在地铺边上挡了一根长木杆。用墨水瓶做的煤油灯挂在墙上。他们用石头在一进窑口的地方垒了个火圪洞，下工回来时，把路边或者工地上刨出来的荆棘根捡回来，有时也上树扒些干柴，夜里烘火取暖。窑洞口外面挡的是玉茭秆，钻进钻出，犹如土拨鼠一般。

开凿大寺隧洞，前期准备工作正在紧张进行。施工洞口相应需要配备一名电工，大寺洞口医生刘有庆是樊乃贤上完小时的同学，知道他这方面略为通晓，就牵线搭桥，推荐他去担当此任。

樊乃贤被抽调到大寺洞口当电工时，省水总队还没有来人，洞口还没开工。省水总队来人后将住在大寺村，生活用电需安装一台变压器。他因没有独当一面的经验，做起活来，瞻前顾后，小心翼翼，甚至有些唯唯诺诺，生怕一丝丝的差错会给自身带来灾祸。后来洞口领导李方圆看出了他的心事就说："你放心大胆干，有了成绩是你的，有了错误是我的，即使干坏了，咱从头来，重干。干任何一项工作哪能一帆风顺，要怕失败，只有不干工作。"经老李这么一说，他的思想顾虑才有所消除。

樊乃贤在时隔近五十年之后，回忆自己在大寺凿洞的这段经历：

"为了这台变压器的安装，我去城里供电局找到在黎城县工业学校的同学霍树长、康见龙、宇文守廷说明来意，他们也都鼓励我大胆去干，有困难的地方，他们一定会帮助解决。有了他们的口头允诺，在城里我购买了安装变压器所需的材料和器材，回来后就动工安装。民工们挥汗如雨打坑栽杆，拼命地干。洞口的铁匠、木工也是通力合作，加工巴钉。李方圆亲自在安装工地参加劳动，终于顺利完成了变压器安装工作。"

"通电那天，我真担心出差错。直等推上跌落下来的电闸后，变压器运行正常，这下子，我心里高兴透了。"

"通电以后，他便开始负责安装水泵往洞口送水。"

"我们先开始埋抽水钢管，水路大约1 000米长，钢管只有500米。500米往上压力小一些，就用钢丝橡胶高压管替代。钢管是全部挖壕下埋，有个别地方外露一段。每根钢管的接头都是用法兰盘连接，中间垫胶垫，用六条螺栓连接固定。"

"抽水管道铺好后，接下来是盖抽水房，安装三联泵。原本指望指挥部调派技术人员来安装,可左等右等就是等不来技术人员。省水总队马上就要进入工地,时间不等人,必须马上开工。"

抽不上水,直接影响省水总不能按时开工,急得洞口领导李方圆团团转,没驴的情况下只好使牛。他便对樊乃贤说:"你能不能先给咱干起来,等有了技术人员再交给他。"其实,当时指挥部就没有这方面的技术人员,根本没有人会安装。当时老李对樊乃贤也没有抱多大希望。俗话说,没吃过猪肉,还没听过猪哼哼。还真是,樊乃贤别说没有亲自动手安装过水泵,他连见都没见过别人干过这活儿。

接受安装水泵任务后,樊乃贤先去看了一下水泵,是山西绛县南赞机械厂生产的往复式三联泵。水泵的转速每分钟180转,动力用的是7 000瓦二极电动机,转速每分钟2 900多转。电动机和水泵的转速必须匹配,就意味着要把电动机的2 900转变成180转,这就需要一套变速轮。他把这套变速轮图纸画好,标上尺寸,送给李副总指挥。李方圆接到图纸后对他说:"其他人也不懂,还是你一手去办吧。"这样他就带着绘制好的图纸,乘车去县城加工变速轮。

樊乃贤带着图纸来到县城农机厂加工变速轮。到厂后又没有同样大小的模型,需要另做模型。做好模型后,又进行了刷蜡处理。装好后,化铁水浇铸,在车床上进行加工。这两个变速轮加工好后,电机上的皮带轮是三角皮带轮,直径小,很容易脱模,找上毛坯进行加工。中间的轴承架有现成的模型和铸件,在机床上进行加工后使用。

变速轮加工好后,还不知道能用不能用,效果好不好?

加工好变速轮,樊乃贤便又回到大寺洞口,马不停蹄地进行安装。对每一个零部件进行检查,确认无误后进行空车运转。空车运转没问题,开始上水试车。樊乃贤在水泵跟前看着水泵上的压力表,从零开始,指针慢慢往上升,一直上升到10个大气压,水泵的速度稍微有些沉重,运转声音也加重了。皮带运转中不时上下晃动和打滑,这是水泵负荷加重的现象,就马上在皮带上抹皮带油进行缓解。水泵运转渐渐正常平稳,这说明变速轮设计合理。

洞口领导李方圆一直在安装水泵的工作现场盯着。从他焦灼不安的神情上,可以觉察出李总指挥的焦虑和期望。安装好水泵后,他又不放心水路,亲自爬坡上岭到千米之外的洞口水池边。看着清凌凌的河水从水管流到水池里，这才松了一口气，悬着的心也落到了肚子里。

一次试车成功，李方圆和樊乃贤情不自禁地来了一次深深的拥抱。

省水总的施工人员陆续进入工地，进行机械设备安装，樊乃贤受命配合山西省水利工程总队进行机械设备的安装。

空气压缩机是钻洞的重要机械设备。这是一套1958年以前的老设备，无论是空气压缩机机体还是其他配套机械，都很笨重。空压机机体几乎是生铁一块，空压机的运转飞轮直径大约2米，全是生铁铸成的。储存压缩空气的储气罐两个，直径都在2米左右，高低也有3米高，储气罐都是用10毫米的钢板焊接而成，储气罐上都安装了压力表。两台75千瓦的4极电机机体很大，也很笨重。当时启动空压机用的是空气开关和酸性液体水阻器。安装水阻器时，水阻器的插片因被酸性液体腐蚀严重，每一片都得把锈迹磨掉，再组装起来才可以使用。

空气压缩机的机座和电机机座全部都是钢筋水泥预制的。水泥基座凝固好后，便开始进行安装，先安装空气压缩机的机体，然后安装75千瓦的电动机。把两个储气罐安装在空压机工房的外面，甚是气派。

两个立式储气罐上都安有压力表。每个罐储存到10个大气压时，空压机的大型飞轮便自动空转了。从机工房配电盘上的电流表上看，指针回到零位，空转时的声音几乎听不到。如果储存罐内压力降低，空压机便自动加压，运转时发出了沉重的咚咚声，电流表上的指针上升到70安。

洞内四五台风钻在不停地运转，储存罐内的压力却在下降。风钻所用的钻杆都是空心六棱钢钻杆，以便打钻时及时供水，清除打钻时的岩石粉末。冲击式的风钻头在死硬的岩石上钻孔，就把合金钢锋利的钻头磨成了秃头脑，这时需另换一根备用钻杆，把退下来的钻杆重新焊接钻头或者打磨后才能使用。

进洞打风钻要用风钻动力高压管，放炮后排烟尘却要用排风筒，这些附件全部挂在了隧洞的右边，再者是洞内照明，为了不影响洞内正常工作，安装路灯需要带电作业。路灯安在隧洞的顶部，先用风钻在洞顶上打眼，钉进木橛，然后在木橛上安电线、灯口、灯泡。

风钻工作面新安装的探照灯，第一次放炮后，上面的玻璃就碎了。起初以为是放炮时飞出的石头将玻璃打碎的。在进洞300多米时，为了工作方便，要在隧洞左面打一个拐洞，在拐洞里面安装近磨钻头，一般修理风钻等小事就不出洞，后来又新买了探照灯，樊乃贤想看看到底是什么原因崩坏了玻璃，因此放炮时，他就和协助安装的两位民工一起躲在了拐洞里观察。

点响炮后，震耳欲聋的炮声伴随着一股股白色气浪冲向洞口。原来是放炮时的冲击波把探照灯的玻璃震碎了。

放过炮后，TNT炸药所产生的烟雾让人透不过气来，可是，为了赶进度，不等排完毒烟，民工们就要进洞出渣，有的进到半截不得不又退出来。随着洞的深度加深，排烟越来越困难，出渣民工苦不堪言。

水总队的风钻工全部穿的是防水工作服和高腰水靴，穿在身上不透一点儿气，浑身不舒服。他们头顶戴的安全帽，嘴上戴着防毒口罩。洞内施工比较热，即使在冬季，洞里也显得闷热，加上这些穿戴，工作起来浑身是汗，呼吸困难。那时候打风钻，都是人扛着风钻施工。钻孔工作面分为上下两层。先打上层，上层高度有两米左右，这样的高度便于打钻，人员在下层工作，不用支架。进深一段后，在洞顶中间打上安灯孔，孔里钉上木橛，再在上面安灯。在洞的右边，边进深边打挂风筒的孔。水管、高压风管都安放在洞的右下方，然后便开始切留下的台阶，把台阶切平后，便于清渣和工作人员行走。这样一段接一段地进行，洞深循序渐进。

进洞施工最大的事是安全。为此，省水总队专门配备了安全员。在每班放炮后，排完毒烟，安全员头戴安全帽和防毒面具先进洞清理活石。遇有塌方地段，由支架工支护好后，才允许清渣人员进洞。清渣人员进洞后，先清理进深工作面，这样便于打钻。在打钻的同时，民工们同时进行清渣，打钻、清渣两不误。

大山，外表看起来是一块石头，其实山体内部结构复杂，随时有可能发生事故。洞深进了一段后，出现了裂缝，裂缝里全是碎石和沙土。在这样的地段施工，很不安全，民工们有一次进洞，就遇到了冒顶。洞顶上一直往下掉落石头和沙土，挡住了出路，又不敢硬往外走，只好在里面等待。那时心里在想，今天能不能活着出去都很难说，几个民工在洞里默不作声，只有求生的目光互相对视。好在有惊无险，只是落了一大堆碎石和沙土，用了一个小时就清理完了。

风钻在岩石上打洞，石粉四处弥漫，天长日久，人们容易得硅肺病。风钻的钻杆都是空心六棱钢钻杆。开钻打孔时，水顺着钻杆的空心流到钻头上，钻孔时岩石的粉尘随着钻头里的水流流到钻孔外，所以整个工作面上只有微微的岩石粉尘，还有一波一波的水雾。压缩空气作为风钻的动力，通过高压风管输送到工作面的风钻。空压机运转压缩空气时，为了减少气缸和活塞间的磨损，要添加机油进行润滑。空压机运转时，润滑油的细微油雾也随着压缩空气进入储气罐，进而顺着高压风管进到钻头里。在钻孔时，从钻孔里喷出来的气体都带有油性，混合着水和岩石粉尘，工作面上弥漫着一片油腻的雾气。两三个小时下来，钻工们从洞内出来时，溅得满身满脸都是带油腻的泥水。

大寺洞口钻洞期间，除了水总队的风钻工外，又从连队里配备了民工进洞扛风钻。抽调的风钻工一开始顶不住那巨大的震动力，震得心慌意乱，震得汗流满面，上气不接下气，但他们还是咬紧牙根，硬硬地扛住了。

随着一天天掘进，洞内温度也慢慢增高，空气也渐趋稀薄，多亏了鼓风机源源不断地把洞外的新鲜空气输送到洞内。

洞内钻孔也不都是直孔。在洞内整个工作面上，正中间打几个直孔，在直孔的周围要打有一定斜度的钻孔，这称为"角差"。然后在工作面四周打直孔，把洞壁打整齐，最后打洞顶的路灯孔、挂排风筒的木橛孔，并把多余的台阶打孔炸平，便于工作人员行走和出渣车来往运行。

风钻工打好孔后，炮工装炮是关键。中间的直孔和有一定角度的斜孔用药量要大些，所有炮口都必须填满并捣实。电雷管的连接线要前后分开，放炮时要先放洞中间的直孔，然后再放直孔四周的斜孔，最后才能放洞壁四周的直孔和台阶多余部分。装炮时，每一根炸药外面都要包上一层防水套，如果没有专业的防水套，就用避孕套代替。

隧洞掘进到500米左右时，为了修理风钻的方便和躲炮，在隧洞的左面打了一个拐洞，在拐洞里安装了修理风钻的工作台和一台砂轮机。

随着炮声的消失，躲在拐洞里的人员须马上撤离。放炮时所产生的TNT

毒烟，在鼓风机强大的压力吹动下，毒烟从洞底向洞口推进。毒烟弥漫，呛得嗓子眼干得直咳嗽，两眼直流泪，只好捂住鼻子快步向洞外跑，跑到洞外喘了半天气，还缓不过劲来。也有中毒昏迷的，随队医生立即进行紧急救治。

洞内放过炮后，因放炮时产生巨大的冲击波，震动洞顶和洞两边的活石。安全工就进洞用细一些的六棱钢钎处理放炮时被震动的活石。凡是能看到的活石都被钢钎撬了下来，保证了进洞工作人员的安全。

紧接着是支架工上手操作。根据裂缝高低，支架工一层一层往上支，用木材实挨实地排列，挡住落石和落土。支架工支好架后，民工们就进洞清理路障，往洞外抢运石碴。洞内清理完石碴后，测量工开始进洞测量，测量的数据和位置应十分精确，不能有丝毫差错，正所谓差之毫厘失之千里，确认无误后用红油漆标好炮位，才能进行下一步工作。

大寺——六洞的开掘工作艰难地进行着。

94

前庄——渠村隧洞的开凿，最初是由西仵公社民兵营承担的，工程举步维艰。开始担负这项任务的只有西仵公社的12个青年民兵。凿洞的任务非常艰巨，真是困难重重，一是没有机械设备，二是又不懂开山凿洞的技术，开始只能采用人工一钎一锤的原始方式干。先将洞脸的地方用手工打锤的方式切下一个平面，又采取打平眼的方法开始凿洞。所以，工程进展得非常缓慢。民工们愁锁眉头：也不知要凿到何年何月才能凿通这个长1 316米的隧洞啊！后来，大家就商议说，咱们不能光靠苦干，能不能想个巧法找一台小机器来试一试？

在指挥部的联系下，从晋城矿务局搞来3台内燃机风钻，没想到前庄洞的石质是红砂岩，坚硬得很，那几把内燃机风钻是用来凿煤的，根本凿不动这儿的红砂岩。一筹莫展，怎么办呢？能否找一台空气压缩机和几把风钻呢？民工申伟北就到县里东找西问，终于打听到原来县糖厂有一台3立方米的破旧空气压缩机，由于太旧了，已被扔在废铁堆里了。

第二天大家就去县糖厂的废铁堆里找到了这台废机器，又在废铁库房里找到了4把30号破风钻。把这些"宝贝"用车拉回来后，又请来柏峪村懂机械的李板江师傅。他带领大家经过七修八配，终于把这台破机器修好了，安装进机房里，又把那4把30号老风钻也修好了。虽然设备老旧，但总比用钢钎和铁锤打炮眼强许多。

有了机器了，原来的人手就不够用了。于是打洞专业队就向营里要求增加民工，分三班作业。张步亨就是这时候报名参加了"打洞专业队"。

民工分为三个作业小组，张步亨分在第一小组，由王长锁任组长。当领到全套工作服装备起来后，大家互相看了看，竟然谁也不认识谁：全身雨衣雨裤，高腰水靴，头上戴着安全帽，嘴上还捂着防尘口罩。尽管这防尘口罩只是一小片薄薄的劣质海绵做的，根本起不了多大的防尘作用，但配上这样一身服装，却把他们打扮得全身只露出一双眼睛了。所以，人与人之间只能通过眼睛去辨认对方是谁。

第一次进洞打钻，新去的人都不会使用风钻，就完全听从组长王长锁的指挥。因为是落后的30号老式风钻，全靠人力支撑，前面一人用肩扛着风钻，两边还有两人扛着风钻的把手，后面还有两人用手向前推着风钻的尾部，最前面还有一人握着钻杆，等钻眼开好后才能撒手。谁知这风钻开动起来，声音在这四面都是石头的石壁中，回音震耳欲聋，一下子就什么也听不见了，满耳都是"轰隆隆"的风钻声，相互之间的交流只能靠打手势了。久而久之，像换钻头、添机油等事情，都像哑巴一样，靠手势来进行交流。

按照操作规程要求，打风钻是要求用水的，可当时洞上连机器的冷却用水都是用牲口车在前庄村里的水井里拉来的，而且还供不应求，哪能顾得上用水打眼呢？所以就只能打干眼、干打眼。钻一会儿就要打开风门往出吹一下炮眼里的石粉，那石头的粉末被风钻从钻眼里吹出来，飘在空中，灰蒙蒙的一片，谁也看不清谁；而最难受的还不是这些，风钻扛在肩上，那剧烈的震动力量非常大，让你觉得五脏六腑都快震得要掉出来了。若是打低一些的炮眼，则要求用肚子抵在风钻上。这时候的感觉和扛在肩上又不一样了，风钻震得人感觉像要急于大小便一般，可是等你解下裤子去排解时，却又什么都没有，弄得人哭笑不得。再加上这个隧道全是红色砂岩，非常坚硬。有时一个炮眼还未打成，钻头已经磨钝了，就需要换钻头，所以还需要一个人专门去修理房更换重新打磨好的钻头。

一组组长王长锁同志，中等个子，腰粗膀圆，非常结实。因为他最早来到洞上，所以让他带班。他工作起来倒是毫不惜力，总是身先士卒，抢着重活儿干，像扛风钻的重活儿一般都是他来干，对于身体单薄的后生他还有些看不起。只可惜他不懂得吸进肺里那些石头粉尘会得矽肺病。虽然民工们戴的防尘口罩质量低劣，只是用一块薄薄的小海绵做成的，可它毕竟多多少少也能阻挡一些粉尘啊！王长锁为了工作方便，索性连这口罩也不戴，任由粉尘往肺里吸，而且还横眉怒目地呵斥那些戴口罩的同志："戴那个东西，生怕不能活了咋的？不戴那东西，立刻会死吗？"当然，大家虽然劝不了他戴口罩，但也不听他的话，依然戴着那简陋而又低劣的防尘口罩。后来，王长锁终因吸进肺里的石粉过多，得了矽肺病。虽经几次住院治疗，但最后还是回天无力，早早地去世了。张步亨在这个洞里只打了一个多月的风钻，身体也多多少少受到了损害，每到冬天，就出现呼吸困难的症状，喉咙里的痰怎么也咳不完，黑夜里不停咳嗽，不能入睡。有时候，还得坐起来咳上好大一阵子，才能躺下睡觉。这都是那个时候落下的病根儿。

下班后，大家都成了"白人"了，全身上下都是石头面，脸上还沾着从风钻里喷出来的黑黑的机油。他从喉咙里吐出一口又一口浓浓的白痰，那痰里全是石头面啊！鼻孔里可以挖出一块块的石粉团子，耳朵里还是"嗡嗡嗡"的响声，只见对方张嘴，却听不见话音，原来耳膜都被震坏了。所以，再一次进洞时，就都用一个棉花团把耳朵塞上，这样的办法，对保护耳膜多少能顶点儿事。那时，更不会有洗澡的地方和设备，下班后只是每人打上一盆水，用肥皂把头、脸和脚洗一下，就下工了。

在这一段打洞的日子里，打炮眼、装炮、放炮，张步亨还学到了好多从前不知道的知识。遇到洞内放炮，人还没走出洞口时，炸药爆炸产生的空气推动力从人的背后突然袭来，感觉像有人突然在后面猛推了一把似的，跟跄着不由自主地向前扑去，胸腔里也像被重物猛击了一下。所以，为防止意外，最好是在炮响期间，把身子紧紧贴住崖壁，立定脚跟，避免冲击波。在四面都是石头的空间里，那震耳欲聋的炮声更使人难以忍受，炮响时就得用双手死死捂着双耳，只有这样才能避免炮声对耳朵的损害。

在洞里突然停电，若是白天还好说，只需照着洞口的光亮朝前走，即可走出来；但如果是黑夜，那就麻烦了，人就难以顺顺当当地走出来。有人会说，洞不是笔直的吗？走直路还走不好？错了，你想的是不错，可人在黑暗中还就是不会走直路，走着走着就拐到旁边的管道上了。

这些都是小事，无须烦恼。让人烦恼的是那台又破又旧的空压机。

毕竟这是一台当作废铁抛弃了的破机器，时常出故障，修机器已经成了家常便饭，为了对机器进行及时修理，李板江师傅干脆住在工地的工棚里。

有一天，天还没亮，那台破旧的老空压机像一个患哮喘病的老头，"空嚓、空嚓"地喘了几声后，就又不能运转了。李板江师傅立即和同志们投入了紧张的修理之中，几个人把机器拆了开来，有的用汽油擦洗零件，有的给活塞换密封圈，大家都忙得满头大汗，虽然满身都是油腻，但也不能用手擦一下汗。已经过了吃早饭的时候了，李板江师傅也顾不上回村里的食堂吃饭，就让一个民工回食堂去取饭。可是，回去后，食堂的伙夫却说："李星禄扣了这几个民工的饭了。"原来技术员李星禄还以为工人们睡过头了，就下令食堂把这几个民工的早饭撤了。之后李星禄听说工人们在连夜修机器，心里很惭愧，就亲自带上谷乱，给大家送到了机修点。

李星禄到了机修点后，大家听说是他扣了灶不让吃饭，也没人理他，他也觉得讪讪的，很不好意思，就自己蹲在那里，掏出一根烟来准备抽。擦着火点着烟，他把火柴棒往地上一扔，抬起脚想踩灭它，没想到，只听"轰"的一声，满地都起了火。因为修机器，地上残留了很多油渍。火起突然，大家慌慌忙忙地跑过来灭火。李板江师傅和另外几个人的身上、手上也都着了火，虽然有几个人抢先跑出了火圈，但身上燃烧的火焰一下子扑不灭，大家一时慌了神，不知是谁喊了一声："快跳进水池！"这一声喊，提醒了大家，这才都跳进水池里，把身上的火扑灭了。李板江师傅手上残留的汽油最多，伤得最厉害，以至于他伤愈后，脸上手上还遗留着伤疤，白一块、黑一块的。机房里的火，也被闻讯赶来的其他民工用土扑灭了。

这一场火灾令人刻骨铭心，这一场意外差点儿酿成大祸。人虽然被火灾造成不同程度的皮肉之伤，但好在机器安然无恙，这是不幸中的万幸。

要是把这台虽然破旧但也是工地上的"宝贝疙瘩"烧毁了，那可就闯了大祸了。

经过指挥部的请求，解放军南委泉驻军海军部队某部派来了20多名指战员支援前庄隧洞的开掘。大家听后，无不欢欣鼓舞。这天一大早，民工们在工地上张贴了许多欢迎解放军的标语。上午9点多钟，只见从前庄沟口那里开来辆军车，车上有20多个年轻英俊的战士，一律身穿蔚蓝色的海军服装，英姿勃发。军车后面还拖挂了一台内燃式的空气压缩机。解放军来后，前庄隧洞的开掘就开始使用内燃式空气压缩机，从此，那台破旧的老式空气压缩机才退役了。

解放军的到来，给了全体民工极大的鼓舞和力量，再也不用为那台破旧的老掉牙的压缩机头疼了，再也不用半夜三更地修理那台破机器了。解放军指战员中，不仅有机工、钻工，而且有电工、炮工，还有修理工。解放军不但带来了较为先进的空气压缩机，而且还带来了6台先进的25号风钻，还有和25号风钻相配套的钻头、钻杆，还有大型号的鼓风机。因为这25号风钻是军工用品，在当时是最先进的风钻，它带有气腿，工作起来既省力，又省工，一个人就能操作。只要支好角度，可以短时间放手让它自行工作，只需要在吹风、喷水或移动位置时，对它进行必要操作，比起原来的全靠人力操作的又老又破的30号风钻先进多了。为能在短时间内让民工们掌握25号风钻的操作技术，部队上的武班长把所有的钻工召集起来，亲自手把手地教大家学习新风钻的操作技术。解放军战士不仅教给了大家使用新式风钻的技术，还教给大家修理新风钻的技术，在断面上怎样合理布局安排炮眼的技术，以及内燃机空气压缩机的操作技术等。进入打洞工作面，战士们工作起来，雷厉风行手脚麻利，个个灵活异常，重活脏活抢着干，从开工前的拉风绳，到收工后的盘风绳、盖钢板，都做得一丝不苟。

战士张建华，熟悉风钻，吃苦耐劳，踏实肯干。钻洞刚开始，洞内还没送上水，只能干钻，粉尘四溅，张建华全然不顾。他手握风钻，眼盯断面，精心打钻。他钻的孔，深度、角度好，爆破效果好。解放军带来的风钻，民兵们不摸脾气，张建华为了使民兵尽快掌握技术，不顾劳累，一人看着三把钻，手把手地教民兵怎样使用风钻。七一晚上张建华上夜班，突然停电。怎么办？张建华坚定地表示，停电不停钻。洞内一片漆黑，加上不能送风，烟尘较大。张建华吊起马灯，熟练地开动风钻，继续钻眼。

张建华常常是歇班不歇人，一门心思用在打洞上。一天，有一把风钻的活塞出了毛病，让一位民兵修理。这位民兵摆弄了半天，都没有修好。这事被正在歇班的张建华知道了，他立刻赶到洞上，接过活塞，用机油煮过，不顾滚烫就开始修理。活塞修好后，他还不放心，又进到洞里，把活塞接到风钻上，亲自试过，看看没问题，才放心地交给他人使用。

战士张灵儿和民兵杨孝斌刚刚钻好炮眼，帮助炮手装好了炮。炮手熟练地点燃了一根根导火索，可是有一根导火索湿了，点了几次都没有点着，战士小张和民兵小杨见此情况也很着急。其他导火索在咝咝作响地迅速燃烧，民兵小杨正要上前帮助，只见小张一个箭步跳上前拦住了他，大声喊着："这很危险，我来点，你们赶快出洞！"只见他很快用嘴咬下一截湿了的导火索并迅速点着炮捻，他还没有跑到洞口，炮就"轰轰"地响了。

解放军带来的技术让凿洞的效率大为提高，仅仅是炮眼的分布就让张步亨大开眼界。整个工作面要布18个炮眼，4个小扒心眼布在工作面的竖中线的两边，依次再往两边是6个大扒心眼，然后在上下左右均匀排列8个炮眼，小扒心眼的角度要和工作面形成大约30度的角，其余的炮眼基本和工作面垂直。爆破的顺序是，先爆破小扒心眼，要装1号雷管；再爆破大扒心眼，装2号雷管；左右两边的炮眼，各装3号雷管；上面的炮眼，装4号雷管；最后才是底眼，装5号雷管。在解放军战士手把手的指导下，民工们不仅在短时间内掌握了25号风钻的技术，而且掌握了炮眼的布局技术。采用先进的装炮、引爆技术，使凿洞的进度大大加快了，创造了月进87米的新纪录。

张步亨在洞里和解放军同志们并肩战斗了一个多月，由于工作调整，他又从洞里出来干修理工了。这修理风钻的工作也够复杂的，因为这25号风钻性能先进，里面的零件非常复杂，单是大大小小的密封圈就很多，每班收工时都要把风钻全部拆开，将所有的零部件在柴油里进行全面清洗，然后再检查有无损坏的零件。检查配备完毕，给油泵加好机油，再全部组装好，这才算完成当日对风钻的维护工作。

修理工的工作也很危险，危险主要是在打磨钻头和钻杆，因为打磨钻头和钻杆要在砂轮机上进行，而这砂轮机又不能安装防护罩，因为有防护罩就会影响打磨时的观察视线。有一次，东旺村的王兰亭在打磨钻头时，在砂轮下放置钻头时用力太猛，一下子将砂轮击碎成了好几块，其中一块砂轮片直接从工棚的房顶冲破了个洞，直朝天空飞了上去。另一块砂轮直接砸在王兰亭的安全帽檐边上，王兰亭的安全帽的帽檐被砸出一个半寸深的缺口。好险啊，若是再往里走半厘米，王兰亭的小命就休矣！

修理工要将下一个班次所要使用的钻头、钻杆全部打磨好、修整好，这才算完成了任务，才可以下班。每天在柴油里洗风钻，两只手被柴油腐蚀得又蜕皮又干燥。夏天还好，冬天就受罪了，两只手背上都是裂纹，疼得钻心。

这段时间的修理工作，倒是锻炼和提高了张步亨修理风钻的技术，使他对25号风钻的结构和性能有了更清楚的了解。后来解放军撤走后，由于25号风钻的长期使用，好多零部件损坏后配不上零件。上级领导知道这一情况后，经过和部队联系，部队同意渠上派人到他们涉县的仓库，从他们退役下来的旧风钻上拆卸下一些还能用的零部件，作为风钻的备用零件。张步亨和当时的采购员李满河去部队的仓库拆卸了好大一包风钻的零部件，直到全部凿通前庄——渠村隧道，还用25号风钻钻通了皇后岭隧道和东山沟隧道。

解放军同志和民工们并肩战斗了整整一个冬天，才离开前庄洞口。后来为纪念和感谢解放军对渠村至前庄隧洞的大力支援，就把渠村至前庄隧洞命名为"军民团结"隧洞。

天气一天天地冷了，那台解放军带来的空气压缩机由于在空旷的野外作业，气温太低，发动时有些困难，有时就需要给它加加热才能发动起来。有一天，李保臣等几个机工在给空气压缩机加热时，不小心引燃了机器，机器旁正好有一桶汽油，也被引燃了，整个机器瞬间冒起了冲天大火。大家七手八脚地费了好大的劲儿才将大火扑灭，可机器却完全报废了。内燃式空气压缩机的烧毁，直接影响了隧道工程的施工。无奈，指挥部又采购回一台10立方米的立式空气压缩机，张步亨等将这台空气压缩机安装好以后，发现它因为是电动的，需要一台75千瓦的电机带动它。启动这台75千瓦的电机，需要一个巨大的空气自动控制器，用电量相当大。启动时，所有的灯都暗了下来，自动控制器里那3个铜触点冒着电火花，最多一周时间，3个铜触点就被激起的电火花烧得伤痕累累，就得打磨更换，或者去城里水泵厂让氧焊工给加厚铜料，再打磨光滑。那时，张步亨又担负了经常去城里给机器修配零件的工作。

想尽快打通这个石洞，民工们连着两个春节都没有回家过年。尽管春节是一年中最大的全家团圆的节日，一年再苦再累也要回家团聚，尽情享受那温馨时光，可为了完成凿洞任务，民工们只能牺牲与家人的团聚时光。

为了大家上下班方便，灶房和仓库都搬到了工地，人员住进临时盖的工棚。这些工棚都是用耙片搭建起来的，然后再在上面抹上泥巴作为墙壁的房子。洞口领导组又对各个工种做了较大调整，这时候张步亨又被分到了机房，干起了机工。

机工的活儿较钻工从体力上讲是轻了不少，但机工的责任更重、更大，而且启动机器时也存在着很大危险。尽管那个空气压缩机的操作台是一个木架子，上面还铺了一块厚厚的绝缘板，可启动时，那6个触点一接触，会喷射出极强的火花，令人胆战心惊。机器运转起来后，还要集中注意力，细心观察气压表、电压表、油压表、温度计的指数是否正常，还要不时地用改锥抵在空压机的缸体上，用耳朵听活塞运转的声音是否正常。一旦发现异常，就要及时停机检查和维修。电机的运转温度，接线头的温度，以及压缩机废油的排放，电机和空压机连接皮带的松紧度是否恰当等等，都是比较精细的工作，要做到眼勤手勤，丝毫马虎不得。每个班次停机后，还要做好运转情况的值班记录。

还有两项工作也是属于机工职责范围内的：一是上班前的抽水，水池边有一台4寸的离心水泵，上班前，机工要负责给山坡上的蓄水池补足水源，以保证空压机的冷却用水和洞里风钻的用水，如果水泵出现故障，还要及时修理。另一项工作则是要在洞里的炮响以后，负责打开鼓风机向洞里排风，从而把洞里的炮烟赶出来，这样出渣的民工才好进去工作，这项工作需要一个多小时。就是说，机工要比钻工和炮工等工种的人早上半小时、迟下一个小时。

95

　　隧洞工程是县委李旺先书记包干联系的"一号工程"。为保证能在1973年7月1日前通水，他要求四个开掘洞口的领导组每晚都要用电话直接向他汇报当天的进度。各个工种齐心协力，互相协调，一天三班倒，每班的上下班时间抓得非常紧，每班都要在规定的时间里完成规定的工作，一分钟也不敢松懈。往往是这个班还没到下班时间，下一班的人就来上班了。出渣的民工也都是争分夺秒，装车的个个满头大汗，挥舞铁锨飞快地往车上装石料，拉车的无论来回都是一溜烟小跑。每月的进度都在一百米以上。

　　意外不时发生。有一次夜间，天下着倾盆大雨，突然停电了。李俊杰和张联北几个电工急忙冒雨前去查线。到了前庄沟口的青羊场，才发现那里变压器的保险掉下来了。尽管有绝缘杆，但在大雨中处理跌落保险，带电作业的危险性是非常大的，而且也是违反电工操作规范的。可如果不处理跌落保险，电就无法传输，就会影响工程的进度。为了节省时间，几个电工最后还是冒着生命危险，在雨中处理了跌落保险，保证了正常的施工用电。

　　县委书记李旺先在三皇垴和张仁祥击掌而定，要提前3个月通水东阳关，还把大寺、前庄隧洞作为他的工作联系点。1973年3月9日这天，李旺先书记带着秘书王春荣，亲自骑着自行车从县城出发，一路上不辞辛苦，来到了前庄隧洞。一到工地，李书记不顾长途骑行劳累，放下自行车就直奔洞里，洞口的领导杨长欣同志赶忙陪同李书记进了洞。当时正是出渣的时间，李书记从一个民工手里拿过一把铁锨和民工一起往车上装石碴。出碴的民工知道了这是县委书记亲自和他们一起出碴，大家非常感动，精神备受鼓舞，好像一下子焕发了无穷的力量。李书记和民工们一起装运了两个多小时的石碴，才擦着汗水走出了隧洞。出了洞口，李旺先书记又到工棚、机房和民工宿舍向民工们嘘寒问暖，并倾听意见。晚上又召开座谈会，和大寺、前庄两个隧洞的负责人、省水总的同志、出碴队的领导共商施工大计。与大家一起提建议、想办法、定措施、表决心，之后，李书记语重心长地说，修渠引水是"头等大事"，"三五红旗渠"直接关系到全县的农业发展和粮食生产，早一天通水，就能早一天受益，就能早一天夺取粮棉大丰收，这是全县12万人民的期望。大寺、前庄隧洞是全渠通水的关键工程，任务艰巨，时间紧迫。我们必须抢时间、争速度，加快施工进度。全体干部和民工一定要认真总结经验，开展"三高一安全"竞赛活动，确保隧洞通水、全渠通水。

李书记的讲话给了大寺、前庄两个隧洞全体指战员极大的鼓舞和力量，大家纷纷表示，要克服一切困难，排除障碍，加快速度，早日把洞钻通，"七一"通水东阳关，为全县人民立新功。

李旺先书记和秘书王春荣当天并没有走，而是住了下来。每天他都要随一班民工进洞干活，这一干就是八天。大寺、六洞、前庄、渠村4个开掘的洞口，他都进去察看并参加劳动。民工实行"三班倒"，一个班八个小时，他坚持以一个普通民工的身份，与民工们同吃同住同劳动。这八天的进洞劳动，给予民工的温暖和鼓劲是不言而喻的。有民工眼里噙着泪水，对着李书记说出了自己的肺腑之言："李书记，你这么大的官，这么大一把年纪了，还和我们一起干这么重的活儿。你回县里吧，还有很多大事儿等着你去办呢。你放心，我们一定要拼死拼活地加油干。没电了就点马灯干，机器坏了手工干，想尽办法不停班，保证七一通水东阳关。"

李旺先书记要离开隧洞口了，他站在洞口，与每一位进洞劳动的民工握手，叮嘱他们要注意安全。你说，在这样一位县委书记的感召和带动下，你能不被深深地感动吗？你能不拼死拼活地干吗？

凿洞工作进行得如火如荼，人们每天的关注重点和议论的中心议题，也就是今天这个班掘进了多少，那个班掘进了多少。每个班出完石碴后，就轮到测量员常根山等几个人进洞工作了。他们先测量并记录下这个班的进度。因为那时每个班的工分是要和进度挂钩的。对整个隧洞的方向做精确的测量，再在工作面的石壁上用红漆标出中心点，以及上下左右的边缘点，这样才能保证隧道的开凿不至于偏离正确的方向。因为前庄洞口和大山那边的渠村洞口是相对凿进的，一旦发生失误偏离，那造成的损失可就大了。

为了鼓励同志们的士气，进一步发挥大家的战斗力，鼓励大家争分夺秒抢进度，洞口的领导杨长欣主任还在民工们休班的余暇，组织几个能写会画的同志，经常办墙报，随时表彰那些不怕苦、不怕累、工作表现好的同志。

1973年5月1日这天夜间，张步亨值夜班。等钻工们打完炮眼，炮工装好炮正准备出洞时，突然停电了。几个钻工和炮工苏乃珍（看后村人）拉着装炮的工具车，用手电筒照着往洞外走，大概离开工作面有50米的样子，青年炮工苏乃珍说他将手钳忘记在工地上了，要返回去拿手钳，几个人还劝他不要回去拿了，他却说不能丢了手钳，就独自一人返回去了。就在他刚返回去不久，电来了。其他人赶紧呼唤他："电来了，快出来吧！"苏乃珍也没有听，因为他心里有底。那时用的是电雷管，而控制爆破的电闸是安装在隧洞半腰的一个拐洞里。拐洞的栅栏门上面有锁锁着，电闸放在一个木箱子里，木箱子也锁着，而且这两把锁的钥匙都是苏乃珍自己保管的，他认为别人是打不开那两把锁的。可是谁知道这时候省水总队的一位姓王的师傅一看电来了，他也不知道苏乃珍返回去取手钳了，为能及时爆破，不影响下一班的工作，竟然用一把手钳拧开了栅栏门上的锁和电闸箱上的锁，把电闸合了上去。只听"轰隆"一声，洞里的炮响了，几个知道苏乃珍去取手钳的同志一下子慌乱了，大家呼喊着苏乃珍的名字，跑向工作面去救他，一个人跑出洞来报告说："乃珍出事故了！"

　　一听洞里跑出来的钻工说乃珍出事了，张步亨拔腿就要进洞，县武装部派往洞口的周参谋一把拉住了他。原来他听说出了事故，马上就向指挥部拨通了电话，要求赶快派车来接伤员，电话那边询问了具体情况。周参谋是河北人，有一口外地口音，指挥部那边怎么也听不懂他的方言。无奈，周参谋拉住了张步亨，让他接电话，了解情况。指挥部行动迅速，马上派车来接。刚挂完电话，众人已把苏乃珍抬了出来。凿洞专业队的刘有庆医生马上解开了乃珍的衣服，准备给他包扎。张步亨在一旁看见苏乃珍前胸和肚子上有好几处伤口，差不多都有核桃那么大，石块已深深陷进肉里；左耳边有约一寸长的伤口，一大块红红的血肉耷拉了下来；腿肚子已经被炸成了肉酱一样，满身都是血淋淋的伤口。刘有庆医生是个乡村医生，处理擦破碰破的伤口也许还行，但遇见这种情况也是束手无策。领导们一见这情况，立即命令大家把乃珍放在担架上，抬着他往前庄沟口赶，去半路上接应指挥部来抢救的汽车。

　　一行十来个人抬着乃珍往前赶路，乃珍躺在担架上，疼痛难忍，好几次用力把盖着的被子掀开。大家担心深夜风大，怕影响他的伤情，几次给他盖好被子，但他几次把被子掀了起来，后来他就一动不动了。王长锁同志年纪大了，没抬担架，一路跟着。他俯下身子把耳朵贴在苏乃珍的胸口上听了听说："我老了，耳朵不灵，听不见。"张步亨说："你来抬着，我听一下。"张步亨将担架的一头交给王长锁。他把耳朵紧紧贴在乃珍的嘴边，也没感受到他的呼吸。刘有庆医生说："停下来，我检查一下吧。"大家放下担架，刘有庆医生用手电照着，拨开他的眼皮看了看，说："瞳孔已经放大了，我再给他注射强心针吧。"两支强心针注射进去了，可他一点儿反应也没有。这时，大家的心都提得高高的，都在为乃珍的生死捏着一把汗。刘有庆医生说："我们还是抬着他继续往前走吧。"

一行人刚下了一个大坡，指挥部的大卡车就来了。车上跳下来几个人，其中一个是指挥部安全保卫组的杨秀清主任，还有县医院的欧阳林医生。杨秀清主任一听说人已经死了，马上发火批评起来："只知道生产生产，不顾安全。"一同赶来的欧阳林医师说："既然来了，就索性验一下尸吧。"杨秀清主任让张步亨等把乃珍的尸体抬到路边的一块地里，开始验尸。"某某处致命伤一处，几厘米乘几厘米；某某处致命伤一处，几厘米乘几厘米……"这时，现场的民工感到一阵凄惨，心里冰冷悲痛至极，再也没有勇气去看一眼这个和他们日夜战斗的战友的惨状。

返回洞上，下一班的民工已经投入紧张的出碴工作。

真是争分夺秒啊。

尽管发生了这么大的事故，但工程的进度丝毫没有受到影响，同志们仍然干劲十足地投入战斗。实现"三五红旗渠""七一"通水东阳关的奋斗目标，每个人都时时刻刻记在心里啊！洞口领导组又在工作间隙分别对各个作业小组重点进行了安全教育，要求一定要在思想上绷紧安全生产这根弦，一定要吸取教训，做到警钟长鸣。在工作中对安全生产的重要性认识更深了，一切工作程序都严格按照规范操作，凿洞工作按部就班地高速运转起来。

1973年5月26日，是钻洞专业队永远难忘的日子。这一天的凌晨，一阵轰隆隆的炮声响过之后，前庄——渠村的隧道全线贯通了。因为隧道在即将贯通之前，为了安全起见，前庄口和对面渠村口凿洞的兄弟专业队事先约定，要同时上下班，同时放炮。所以在最后那个钻工班时，当钻那个中心的顶眼时，两面的钻杆竟然丝毫不差地钻在了一个点上。

大家日思夜盼的这一天终于到来了。从1971年10月开始开凿隧道，经过了500多个日日夜夜的奋战，克服了重重困难，终于把这个长1 316米的隧洞凿通了。洞口领导组赶忙将这特大喜讯通过电话报告给渠指挥部和李旺先书记。李旺先书记和"三五红旗渠"指挥部第一时间和民工共同分享了这一特大的喜悦。

根据两大隧洞施工人员的施工情况，"三五红旗渠"指挥部报请黎城县委，决定将大寺——六洞隧洞命名为"工农联盟隧洞"，将渠村——前庄隧洞命名为"军民团结隧洞"。

第三十四章 快马加鞭

96

快马加鞭未下鞍。渡槽专业队转战上庄渡槽已经是1973年的春天了。

上庄渡槽是"三五红旗渠"八座钢筋混凝土大渡槽中最长的一座,横跨上庄和孟家庄两条深沟。

老刘的老寒腿实在是疼得不行了,姚凤鸣和温本红以及其他人都劝他回家休养休养,他硬是不听劝,拄着一根榆树枝做的土拐棍,往来于驻地和工地之间。驻地和工地虽然不太远,也不过两里地,可就这两里路,对于刘全鼐来说,每一步都是艰难地挪着行走,每走一步都是彻骨的疼痛,走一趟下来,大汗淋漓,汗水湿透了前胸后背,衣衫湿漉漉的,还往下滴水呢。

老刘的老寒腿也不是一朝一夕的事了。他这老寒腿,是在朝鲜战场上落下的。转业后来到黎城,修大漳北渠,迎着漳河河谷刺骨的寒风,他带领青年突击队,鏖战在观音沏;修钻马山公路,隆冬季节,他在西井到花儿垴之间一条直立爬升的沟里,上下攀行。如今,修"三五红旗渠",从测设到开工建设,已有八个年头了。征山战水,老刘难得回家一趟,每次都是匆匆忙忙,没有在家好好待上两天。妻子程姣娥给他生下了4个儿子,孩子们对这个爸爸的面孔是陌生的,似乎这个"爸爸"不存在。妻子一个人养育多个孩子,工作、生活难以兼顾,无奈,她只好辞了工作。过去几年,他在渠上,离家远,难得回一趟家。而今,上庄工地离县城的那个"家"——河下街租住了一所房子,不过七八里,可他一如既往,与民工们一起起居一起劳动。

可这次,他疼得龇牙咧嘴,让人看了十分难受,怎么劝他都不顶事。姚凤鸣书记就专门跑了一趟城南村——"三五红旗渠"指挥部所在地。张仁祥听了姚凤鸣书记的汇报，苦笑着摇了摇头："这个老刘啊，军人出身，从修大漳北渠我们就在一起，他的脾性我知道。对他不采取硬性措施，他是不会听劝的。这样吧，我以指挥部的名义下命令，命令他回家休息一个月。"

张仁祥亲自来到上庄渡槽工地，勒令刘全鼐服从组织决定，立即回家休息一个月，否则，将请示县委，将他调离"三五红旗渠"工地。

张总指挥黑着脸下达的"命令"顶用了，老刘暂时离开了上庄渡槽工地。

据刘全鼐的爱人程姣娥回忆，这是刘全鼐和她结婚以来唯一一次卧床休息。她回忆说："程联哲医生用粗粗的注射器从他的关节里抽取积液，那些黄黄的黏稠液体，肉眼可见有一丝一丝的东西，抽了好几管。医生说，都成这样了，老刘还能扛得住？"程医生给老刘开了药，他却不按照医嘱服药，而是自行加大药量。姣娥说："他天天吃'保泰松'和'泼尼松'，都是激素，吃得眼皮都浮肿了。"

这一次居家将养了十来天，刘全鼐就一瘸一拐地回到了渡槽工地。姣娥知道他的心思，临走给他多装了10块钱，让他在村里买些鸡蛋，每天吃一个，补充一下营养。

在刘全鼐居家将养期间，张仁祥和指挥部的同志来看过他一次。时过将近五十个年头了，程姣娥对张总指挥说过的这样一段话仍记忆犹新。

张总指挥说了什么话呢？

"等咱修成渠了，咱得拉上咱的家属们坐上车，看看咱修的这一条大渠。"

这段话，我在采访何宝珠的爱人时，也听过这样的话。也是在何宝珠胃病发作坚持不下去，回到老家柏官庄休养时，张仁祥去家里看何宝珠，对何宝珠的爱人说过的一段话。

我相信，张仁祥"等咱修成渠了，咱得拉上咱的家属们坐上车，看看咱修的这一条大渠"的这句话，不仅仅对刘全鼐的爱人和何宝珠的爱人说过，也对其他家属说过，包括对自己的爱人也说过。

体谅我们的张总指挥同志吧。面对刘全鼐、何宝珠以及许许多多的手下干将，以及同样在后方撑起一片天的家属们，他内心感慨良多。他能说什么呢？也许只有这一句话方能释放他心中的块垒，方是他对站在无数个组织者和民工背后的家庭的一种承诺和慰藉吧。

一切的付出和牺牲，都是为了修成这条大渠；而修成这一条大渠，又是为了谁？

97

渠线进入黎城盆地之后，沟沟壑壑的丘陵地形，使得填土筑坝的工程量巨大。大家的头脑里，可能有这样的疑问：这填土筑坝的活儿难道比横空架渡槽、凿石钻隧洞还难吗？是的，这活儿一点儿也不轻松。千里之堤，溃于蚁穴。"不能让大坝溃于一个小小的蚁穴"，填土筑坝，你说，这活儿的精细程度，是不是也很难。

指挥部把填坝的活儿称为"绣花"。

13个填沟大坝中，工程量最大、坝体最长的莫过于"三连坝"，连接坝、连接库。这坝这库在乔家庄村上，由港沟、赛南沟、乔家庄沟三条大沟回填而成3个连接的大坝，各个坝内筑有水库，库与库之间有200米长的两个土洞沟通，3个水库明面上相对独立，却是"款曲相通"，连环而成一库。一体三库，总库存量为132万立方米。

这连环坝、连环库，在全渠具有典型意义。它是建渠"长藤结瓜"构想的翘楚，涝时蓄水排洪，旱时放水灌田，真乃水利也。

城关公社民兵营第二期工程在港沟大坝施工，偷工减料，违反操作规则，削坡不够，收坡太快，比设计坝坡减少8米，利用干土块、冻土块、石头填坝，特别是南关大队，两个人用一辆平车推一个冻土块填在坝中，埋下了定时炸弹。坝面坑洼不平，不能很好地衔接。用拖拉机进行碾压，也不遵守操作规程，不顾碾压质量，有的坝面只碾压一次，就让民工填两次土，指挥部对其进行了严肃处理。

南头沟大坝是采用机械碾压法施工的。负责施工的是程家山公社民兵营。削坡清基时，他们不怕沟深坡陡，系着绳子下到半崖削坡。挖土填坝，他们以飞车运土，质量至上。

一天黑夜，大坝工地上，人来人往，热气腾腾。突然，碾压大坝的拖拉机发生了故障。正在值班的拖拉机组靳兰芳师傅心里十分着急。他想，这拖拉机一停，将给大坝施工带来很大影响。自己得赶快想办法修好。他赶快和忠奇仔细检查，发现机头的一个主要部件坏了。这时，已是晚上10点多了。怎么办？老靳二话没说，抬腿就往城里走，赶到城里，没有这种配件，便一大早乘车赶到长治，买上配件，又连夜赶回大坝，可回来一试，配件不合适，还是不能用。于是，靳师傅又一次连夜进城，在农机厂对零件进行了加工，回头又急匆匆地赶回工地。当拖拉机再次发出轰鸣声时，天色已经大亮。

筑坝不易。几十米上百米高的大坝，一层土不超3厘米，每覆盖一层土，有条件的，用拖拉机碾压，更多的是用人力夯实。这打夯既是个力气活，也是个技术活：取土，干土难以粘结，要保持垫土湿润，才能夯打结实；抬夯要高，落夯要重。每一夯关键在于4个小撅人和2个挑梢人。6人必须互相协调，吃劲均匀。抬高全在挑梢人用力高撑，落得重全在人用力往下按，这样才能保证将夯直送空中，狠狠落地；硬撑不如两起一落。不要一次抬起硪就放下，这样硪就不可能抬得够高，放下的力度不够大。抬硪时第一起举到人之耳朵高，而后全体抬硪的人一换气再用力往上一起，举展手臂，硪就升入高空，而后，掌小撅的人用力下按，这样硪的重力就特别加大了。挑梢人必须选择个子大、气力壮的人员。这种人员支持力量强，第二起高送时，全在两个挑梢人吃劲儿。同时，挑梢人用力高举，整个拓杆人才能躲身，保证不出事故。另外，挑梢人要注意摆样，一方面要把杆摆正，防止摔折硪杆；另一方面，防止意外地有人躲避不及，挑梢人就要摆转方向，避免事故发生；喊夯人必须注意指挥，调动挑高民工情绪。打夯的速度全在喊夯人掌控，在不影响民工健康和安全的前提下，必须加快速度，速度和质量并举。

98

整个渠线快马加鞭，大干快上，张仁祥带着工程处的王江发、测量处的何宝珠、技术员常兆祥来到渠首大坝。

春寒料峭，渠首大坝一片狼藉。

开渠之时，渠首大坝就作为全渠的重点工程开工建设。平头公社和城关公社的民工历时一冬一春，在龙王山前全力施工，最终建成坝体雏形。然而，因雨季漳河河水泛滥，汹涌的洪水冲毁了坝体。致使围堰出现长235米，深6.9米的缺口。此次重修，工程队决定采用下半部为浆砌石、上半部为铅丝笼块石的护坡方案。

通水东阳关，渠首重建迫在眉睫。在临来这里之前，张仁祥和技术员常兆祥深谈过几次，让他重点考虑渠首大坝的重建设计，这一次是对常兆祥的设计方案进行现场的再一次勘测。

渠首回来，他就以指挥部的名义向地区水利局递上了一份请示报告。

地区专署水利局也是高度重视，胡多文工程师组织专家技术人员会诊之后，迅速形成文件，向省水利厅报告。

省地两级水利部门从方案确定到物资调拨都一切到位之时，已进入汛期。汛期施工，更是困难重重。但为了保证通水，刻不容缓。指挥部未雨绸缪，在这之前做了一些基础工作，上级部门一批准，指挥部就派出精兵强将，决战渠首大坝。

施工正值雨季，漳河流量大增，水位上涨，指挥部想方设法调来了几十台柴油机和水泵，日夜不停地抽水，但还是不太理想。指挥部又搞来了一台轴流泵，它的特点是扬程低流量大，出水量能顶工地所有水泵的三分之一，但它的功率是38千瓦，工地的变压器是30千瓦，发电机启动不了它。

眼看着水面不断上涨，如不尽快控制水势，这施工就面临停工的境况。一群人围着一台大水泵，束手无策，急得像热锅上的蚂蚁。火烧眉毛，这时，王锐北开车送水泥刚进渠首工地。工地负责人杨辑一看到王锐北从驾驶室跳下来，眼前一亮，病急乱投医，就喊他："快快快过来，你在漳河渡槽管理使用过这台发电机，给咱来摆弄摆弄，想想办法让它工作起来。"王锐北看着眼前的这台发电机，是从申家垴水中倒土大坝工程结束后调到漳河渡槽工地备用发电的，他和齐爱国、董苏令、范联廷、范三龙是一个组，共同负责管理使用这台发电机。如今，再次面对自己的"老伙计"，他心中油然而生几分亲热。这亲热很快就被理智战胜。他清醒地知道，要启动这轴流泵，发电机就得超负荷运转，瞬间大电流的冲击，有可能"鱼死网破"，可他又想，如果采取一些特殊的措施，也许可行。说是冒险也可，孤注一掷也罢，面对水流波涛造成坝体工程停工的情况，只有背水一战。他往四周看了看，几个老伙计齐爱国、范联廷、董苏令也在，有他们在，他心里的底气又增加了几分。他们几个围拢在一起，计议了几分钟，就开始了惊心动魄的行动。

发电机有自动保护装置。如果负荷的加大超过了额定范围，空气开关就会自动跳闸，励磁机的电压也会自动降低，以减轻发电机的负荷，让发电机安全运行。如果按照常规操作，肯定是不行的。根据几个人之前的建议，爱国掌握发动机油门，苏令控制配电盘空气开关，联廷负责给操作水泵的电工申志芹发送信号，王锐北亲自控制励磁机电压自动调节装置。大家配合默契，发电机发出了一阵低沉的轰鸣声，几秒钟后，38千瓦的轴流泵启动了，喷出了巨大的水柱。正当大家一扫笼罩多日的阴霾一起欢呼之时，发电机房突然起火了。原来发电机房是因陋就简用高粱秆捆绑做成的，由于发电机排气管温度过高引燃了高粱秆。大家惊愕之下，赶紧救火，火很快被扑灭了，总算是有惊无险。几十分钟后，工地的积水被抽干了，民工们迅速跳进了满是泥浆的基坑里，热火朝天地干了起来。

99

"七一通水东阳关"似乎已无悬念。

5月17日上午，李旺先书记带领县委常委来到阳南河工地进行慰问检查。中午在指挥部听取了汇报。"全渠总动员，克服松劲情绪，打好扫尾战，安排好下段工程任务，积极完成全年包工任务，决心做'七一'通水东阳关的促进派，完成全年包工任务的先锋队。"

指挥部在5月28日、29日两天对全渠线进行大验收，县委决定6月10日左右，用两天时间从决心桩到杨家庄进行大验收。6月20日试通水，各家送各家。县里送水工作由张仁祥带领指挥部成员、团营负责同志和评比出的模范代表负责；县委包社队的领导带领各社党委书记、受益大队代表接水。

在正式通水之前，从6月20日开始，张仁祥就领着指挥部的一干人、团营选出的模范代表，扛着红旗，从襄垣西营渠首开始，一站一站地往下送水。

这水送得兴高采烈，这水送得顺心畅意，这水送得扬眉吐气。县委包社队领导，各个公社和大队的领导成员在自家的交界处接水，并跟着渠水直到送出地界，交给同样在两界相交处接水的下家。这水接得手舞足蹈，这水接得眉开眼笑，这水接得心花怒放。可在送水接水的过程中却出现了很多意外。

其实，严格说起来，并不意外。修渠之初的浅层目的是通水。除了渡槽工程建设一步到位，其他渠线仅有少部分石渠化，渠底也大多毛底子，也就是没有用水泥灌注，出现渗漏情况就是理所当然的了。渗漏严重就导致有些渠岸垮塌。最为典型的是过沟大坝，都是民工用土一层层垫起来的，虽然也进行了机械碾压或者人工夯实，但水一过，这坝体就有可能下陷。个别大坝在施工过程中，民工偷懒耍滑，偷工减料，不排除为了赶工期，标准和质量就降低了。凡此种种，都给渠线通水埋下了隐患，临时的工程抢险在短时间内显得突出而紧迫。

这不，张步亨刚刚随前庄凿洞的队伍撤下来，还没顾上休整，就接到指挥部的通知，要他们去抢修石板村对面被冲毁的一处土坝。赶到石板村，放下铺盖行李，他们就拿着工具直奔村东沟的土坝。上去一看，土坝已经被冲开了一个很大的豁口。大坝底层的土层很松软，就知道是打夯不实造成的后患。抢险队迅速投入战斗，他们把底层的土全部挖起，重新一层层填土，又用石夯一层层夯实。

这个时段的天气炎热，好多年轻人都是光着膀子干活。特别是打石夯的十几个人，活儿最重。四个人一盘夯，共有三盘夯。大家把石夯抬举得高高的，齐声喊着号子，然后用力砸下去，一会儿工夫就满头满身的汗水。虽然每人肩头搭了一条毛巾，一把一把地擦汗，汗水把毛巾濡得透透的，两手一拧，哗哗哗地流下一地水。有一帮人专管从土崖上劈土装土，用手推车运到坝体上，打一层，铺一层；铺一层，打一层，一层一层的土坝高起来。

土坝接近完工。指挥部通知，各处的抢修工作也基本完成，指挥部决定要进行一次试通水。这天早上，石板土坝抢险队的负责人杨锐安排，为了配合试通水，需要将东坡的泄水闸关闭，这个任务交给了吕振会，其他民工继续完成土坝的扫尾工作。

民工们在土坝上进行坝面的平整，才干了一会儿，就见渠水顺渠道流了下来。大家的目光被潺潺的渠水所吸引。这时，一顶帽子顺流而来。不知是谁惊讶地喊了一声："这不是振会戴的那顶帽子吗？"大家的目光不约而同地聚焦在流水里的那顶帽子上。"是的，是振会的帽子。""振会怎么把帽子掉进渠里了？"民工王守良顾不得脱鞋挽裤就跳进了渠水里，把帽子捞了起来，嘴里说道："要让振会这小子用一个谷乱赎回帽子。"还没等大家和他打趣，就见从渠上边走过来一个本地人，他告诉坝上站着的民工们："你们的那个人死了，就在泄水闸那边。""是振会出事了？"民工们都顾不上干活了，丢下工具，就沿大路往东坡泄水闸的方向跑。到了东坡泄水闸，振会的尸体已经被打捞起来，湿淋淋地躺在地上。东坡村的一位目击者向他们讲述了事故的经过：早上，东坡村的几个村民蹲在路边吃早饭，看振会走来走去地关泄水闸的启闭机。只见他将摇把套在启闭机上，转动摇把，一下一下地将泄水的闸门关闭。水已经随着泄水闸门的下关流进渠里了。吕振会稍歇片刻，坐在渠台上抽了一支烟，站起来后又去继续转动摇把往下关启闭机。实际上闸门已经到底了，不能再关了，可是，振会看见闸门下面还往外喷水，以为没有将闸门关紧，就继续摇动摇把。就在这时，在已经到了渠底的闸门的支撑下，启闭机以及固定它的两根硕大的水泥柱就悬在空中了。水泥梁和启闭机失去了平衡，打了个转就倒了下来，振会也就在水泥梁转动时被扫进渠水里，他被压在一吨多重的水泥梁下，瞬间毙命。

吕振会就这样在大渠试通水的一个小小环节上死去了。

这个修了多年渠的民工，多想看一眼渠水流进黎城大地，亲手捧起一捧渠水，洗去脸上的污垢。可是，已经不能了，他永远闭上了自己的双眼。

不只是他，还有38位民工与吕振会一样，为了这一条大渠，鞠躬尽瘁，死而后已。

斯人已逝，他们虽都是一些小人物，但他们的精神光照千秋。

哀哉！痛哉！我们应该在渠水流过的地方，为他们，为修渠的前辈，树起一座高高的丰碑！当然，要是有一座纪念馆就更好了。让我们永远铭记黎城人民前赴后继、激流勇进、修筑"一河五渠"的历史。这是永远闪耀着共产党领导劳苦大众创造出的一页红色光辉的历史。

完成了石板沟的抢险，张步亨所在的抢险队又转战到港北沟去抢修渠坝。

欢天喜地迎水来　郭雅敏/图

由于事发突然，抢险队匆忙赶到时天色已晚，未来得及在港北村号房，他们这几十号民工只好暂住在阳南河水库边的一处破房子里。夏伏天，天气闷热，蚊子又多，人多拥挤，难以入睡，好多人就拖着席子，抱着铺盖，跑到屋子外边找一处地儿安睡。第二天早晨，他们发现自己竟然睡在一片坟地里。

第二天，抢险队一门心思上土坝去抢险，压根儿没有顾得上去村里看房子。下午，一场瓢泼大雨倾盆而下，地上泥泞不堪。不能睡进村里，他们就只好寻觅后沟里几个"逃反窑"栖身。这几个小窑敞着口，没门窗，很低，人进去不能站立，只能低着头；地上也很潮湿，就铺了一些空的炸药箱。夜里睡下，炸药箱上那些木条的棱角支得人浑身疼痛，翻来覆去地睡不着，这时成群的蚊子又来"偷袭"侵扰，把这伙民工好是叮咬。没办法，有人到外面找来一些麦糠，点着熏蚊子，滚滚浓烟把窑洞罩得严严实实的。蚊子没熏成，倒把民工们熏得两眼流泪，咳嗽不止。折腾了一夜，好不容易熬到天明，他们迷瞪着又投入了紧张的抢险劳动之中。

好在大大小小的十几处险情被及时排除，渠水从襄垣西营，顺着弯弯曲曲的渠道，跨沟盘山流进了黎城盆地，逶迤而进，清冽的渠水直逼东阳关。

"七一通水东阳关"，这一天终于要到来了！

第三十五章　通水东阳关

100

去年埋下决心桩，今年通水东阳关。这一天，终于到来了。

一场规模宏大、振奋人心的通水庆典活动，庄严的在三连坝上盛大举行。山西省的重要领导，包括省革委会副主任王庭栋同志，受山西省委、省革命委员会的委托，莅临现场；同时，全国知名的劳动模范李顺达也特地赶来参加。此外，来自省级机关及地区的主要领导，偕同各县区、地区直属单位的领导，齐聚一堂。

此次庆典，标志着黎城县自1944年11月在黎城南委泉村成功举办太行区第一届杀敌英雄和劳动英雄大会（历史上著名的"太行首届群英会"）以来，再次迎来了具有历史意义的重大活动。当年的大会，是太行区军民英勇杀敌、共同抗战的英雄盛会；而今的庆典，则是黎城老区人民不忘初心、坚定信念，以愚公移山的精神再创新辉煌的壮举。

庆典现场，来自四面八方的黎民百姓络绎不绝地前往庆典工地。他们满怀期待，渴望亲眼见证漳河水清澈流淌的壮观景象，让这生命之水流经自己的家门，滋润这片红色的土地。

王庭栋同志站在主席台之上，凝视着漳河水自远方奔流而来，野流被驯服，漳河水悠然上山，穿山越岭。他的内心充满了激动与欣慰，频频颔首以示赞赏。

李顺达，这位太行首届群英会上的资深劳动模范，对黎城所展开的这项宏大的工程同样给予深切的关怀与坚定的支持。在过去的八年时光里，他三度亲临工程的施工现场，亲眼见证了黎城儿女们于襄垣之地的顽强搏斗，以及在崇山峻岭间所展现出的英勇身姿。此刻，他的心情如同翻涌的波涛，难以平息，双手不由自主地挥舞着，以表达他内心的激动与敬佩之情。

武天明站在主席台之上，他心潮澎湃，与黎城万民的情感共鸣着激昂的旋律。这条蜿蜒巨渠的竣工，不仅是水利史上的辉煌篇章，更是他身为晋东南地区党委书记、军分区政委的骄傲资本，让他有足够的底气，在这片黎城热土上，挺直腰板，自信地发声。

省水利总队能够加入渡槽建设的壮丽征程，正是他力排众议、亲力亲为的结果，他如同红娘般穿针引线，促成这段佳话。而在前庄隧洞施工陷入绝境之时，他更是挺身而出，以卓越的协调能力，调动地方驻军的力量，如同及时雨般给予项目最坚实的支撑。

他不仅运筹帷幄，更数次亲临建渠现场，与工人们并肩作战，用他那充满力量的话语，为每一个疲惫的身影注入无尽的斗志与希望。他对黎城兴水工程的深情厚谊，如同涓涓细流，滋养着这片土地，也温暖着每一个参与者的心房。

此刻，这位曾在太行山上与侵略者英勇抗争的老八路，身姿挺拔如松，双手交叠于腰际，眼神中闪烁着不屈的光芒，仿佛又回到了那个烽火连天的岁月。他昂首挺胸，不仅是对过往辉煌的致敬，更是对黎城美好蓝图的坚定信心与期待。

一颗红心两只手，牵住龙王上山走。

张仁祥，作为指挥部和建渠大军的杰出代表，以昂扬的姿态迈向主席台，他的步伐透露出无比的坚定与自豪。在人群密集、水泄不通的现场，他展现出了非凡的气度，以洪亮的声音，开始了他那振奋人心的汇报。

这篇汇报，是在那激动人心的通水竣工大会上诞生的，如今，它静静地躺在黎城县档案馆的深处，纸张虽已泛黄，却依旧承载着历史的重量。而张仁祥的孙子张泽民，正是在这片承载着家族荣耀与历史记忆的土地上工作，他守护着这份凝聚了老人无数心血与智慧的宝贵遗产。

这仅仅四页、三千余字的汇报，虽简短却铿锵有力，字里行间充满了鲜明的时代烙印。它不仅是对过去那段艰苦奋斗岁月的真实记录，更是历史长河中一座不可磨灭的丰碑。这力透纸背的四页，见证了无数人的辛勤付出与不懈努力；这艰苦奋斗的四页，是先辈们用汗水与泪水浇灌出的希望之花；这创业艰难的四页，记录了他们面对重重困难时的坚韧与不屈；这浴血奋战的四页，是他们用生命与热血捍卫信念的见证；这冲天干劲的四页，则是他们勇于开拓、敢于创新的生动写照；这开创未来、创造幸福的四页，更是他们为后人留下的宝贵财富与无尽启示。

这一连串震撼人心的数字，犹如泰山般沉甸甸地压在心头，既令人咋舌不已，又激发出一股气冲霄汉的豪迈之情，使人意气风发，扬眉吐气。这一条大渠，干渠总长102 000米，本县境内76 000米，境外施工26 000米，展现出跨越山河的雄伟气势。设计之初，最大流量可达7立方米每秒，这足以见证人类智慧与自然力量的完美融合。目前，通水东阳关已经完成85 000米，干渠总控制面积为139 995亩，其中自流109 995亩，高灌30 000亩。这项壮举的背后，是无数劳动者的辛勤汗水与智慧结晶。总计投工高达1 100万个，搬运了900万立方米的土石方，每一铲、每一车都凝聚着对美好生活的向往与追求。渠道的设计精妙绝伦，底部宽度达4.3米，高度则为2.5米，纵坡比精心设置为四千分之一，既保证了水流的顺畅，又彰显了工程的精细与严谨。

建设过程中，面对重重困难与挑战，建设者们勇往直前。他们劈开了7处险峻的大陡崖，盘绕过180座巍峨的山头，凿通了总计8 980米长的土隧洞与6 590米长的石头隧洞，每一条隧洞的贯通都是对意志与勇气的极限考验。此外，还架设了32座石拱渡槽与8座钢筋混凝土渡槽，总长分别达到1 232米和1 050米，为水流搭建了坚实的通道。更为壮观的是，还建设了包括渠首枢纽工程、围堰大坝、防止塌山流沙的石拱洞、过沟大坝、水库等在内的众多水利设施，总库容高达1 500万立方米。同时，还配套兴建了涵洞、涵管、公路桥、拖拉机桥、人行桥、泄水闸、排洪渡槽等大小建筑物共计460

件，形成了一套完善的水利系统。

然而，这所有的辉煌与成就并非轻易得来的。总投资额高达5 905.76万元的资金中，仅有不到三分之一即1 529万元来自国家的补助与支持；而剩余的三分之二资金则是来自这个仅有十多万人口的山区小县的百姓们共同努力。他们咬紧牙关、省吃俭用，从牙缝里挤出每一分钱来支持这项利国利民的事业；他们自力更生、自主经营、自我发展，"抓挖"出了这片希望的田野与未来的蓝图。请注意，我在这里用了"抓挖"这个词。这是黎城土话里的特有方言。不难理解，这一抓一挖，动感十足。"剜到篮里就是菜"，这是黎城的一句地方俗语，它准确地阐释了黎城人精打细算、物尽其用的理念。黎城在上党地区被称为"小黎城"，人口少，是小，这只是明面上的"小"，可这个"小"的背后，有揶揄之义，是小气、抠门之义。

但正是这样一座看似不起眼的"小黎城"，却成就了一番"大事业"。在资源有限、条件艰苦的环境下，黎城人民不得不学会精打细算，不小气、不抠门又怎能维持生计？正如我们所知的阎锡山修建窄轨铁路的故事，那背后的艰辛与无奈，曾让无数人为之动容。然而，正是这条同蒲铁路，最终成为山西的骄傲与辉煌，见证了黎城人民不屈不挠、勇于开拓的精神风貌。

即使放眼全国，我们亦能自豪而不夸张地说：此渠足以与河南林县的红旗渠并驾齐驱。且让我为你列举几个关键数据：河南林县的红旗渠，其干渠总长达70 000米，然而我们的这条渠，其干渠总长竟达到了惊人的102 000米。更令人惊叹的是，两县之间的人口差异巨大：红旗渠动工之时，林县拥有58万人口，而黎城县仅有10.8万人口，却在这短短一年内，同时启动了两条蜿蜒于太行山脉的宏伟大渠——大漳南渠与"三五红旗渠"。哦，对了，我方才似乎遗忘了大漳南渠的壮举，将其32 000米的长度纳入考量，则大渠干渠的总长度达到了134 000米，几乎是红旗渠的两倍之长。

黎城人民是山神一样的存在。

黎城儿女是愚公一样的高大。

打住，我们还是把目光转回到这人声鼎沸的庆典现场吧。

我们敬爱的建渠第三任县委书记李旺先登场了。通水庆典，省、市、地区来了上百位领导，接待和汇报就让他精疲力竭。秘书王春荣给他准备的讲话稿,他却根本无暇看上一眼。

其实,这讲话稿不看也罢。这一条大渠的脉络,他一清二楚,这一条大渠是他到任黎城之后的"头等大事",所有的细枝末节他都了如指掌、胸有成竹。

他悠然起身,自座位上缓缓站起,踏上了前往主席台前正中那话筒的征途。他的步伐稳健而自信,面容上洋溢着从容不迫、气定神闲的气度。那些细心观察的人们不禁心生诧异,注意到他两手空空,竟然未带任何讲稿,这份自信与从容,无疑是对自己能力的极致信任。

此情此景,让在场的每一个人,无论是台前的观众还是幕后的工作人员,都不由自主地为他捏了一把汗。

很快,全场都为这位个子不高的县委书记的讲话而折服:他首先介绍了这一条大渠的规模和概况,诸如从襄垣西营引水7个流量,流经两县13个公社,总长102 000米,历时八载,终于水通东阳关。接下来,他介绍了修渠的过程和经验。

他深情地描绘了几任书记与数届政府携手并肩、心往一处想、劲往一处使的壮丽图景。他们面对重重困难和外界干扰,始终坚定不移,犹如咬定青山般执着,一代接一代地不懈努力,致力于修建这条意义非凡的水渠。

他生动地讲述了全县人民如何以惊人的毅力和决心,咬紧牙关,即便是在最艰难的时刻也不轻言放弃;他们勒紧裤带,省吃俭用,展现出自力更生的顽强精神;在奋斗的路上,他们艰苦奋斗,含辛茹苦,却从未有过丝毫怨言;更有甚者,他们舍生忘死,将个人的安危置之度外,只为了那共同的目标;在冲锋闯关的征途中,他们以实际行动诠释了"干"字的真谛——大干硬干拼命干,苦干巧干连续干;天寒地冻干,酷暑炎夏干;晴天干雨天干,顶风干雪天干;白天干搭黑干,早起干搭晌干;淌着泪干,流着血干;摞着膀子干,硬着头皮干;饿着肚子干,捂着伤口干;爬上高山干,跳进深沟干。干,干,干,削平了山,填平了沟,累弯了腰,早折了寿,成就了伟业,开创了未来。特别是县革委会副主任、修渠总指挥张仁祥,年过半百,忍辱负重,始终以拓荒牛的姿态和形象战斗在渠线上;教育局副局长、渡槽专业队队长刘全鼐以渠为家,靠前指挥,带病上阵,屡立战功;青年突击队的杨其廷，带头下崖，测量打点，凌空作业，开山放炮、抢险排险；铁姑娘梁国娥，巾帼不让须眉等等。

他深情地描绘了全县各界人士，包括各行各业、驻黎部队以及省水利总队如何齐心协力，共筑坚固的防线。他详细回忆了在前庄隧道内的所见所感，特别是当他踏入解放军的厨房与临时储藏间时，那份震撼与感动难以言表。那里的一切生活必需品与施工工具，均来自人民子弟兵的无私援助。尽管地方政府与民众纷纷送来米面粮油与蔬菜，但都坚决婉拒，这份高风亮节让他当场热泪盈眶，感动得说不出话来。

他满怀敬意地表示，自己曾试图进入隧道深处，亲眼看看那些英勇的战士们。尽管部队首长以安全为由极力劝阻，但他仍坚持己见，最终得以入内。洞内，尘土飞扬，硝烟弥漫，展现出一幅幅紧张而激烈的施工画面。战士们为了赶进度，不惜采用二十分钟一倒班的极限作业方式，那些原本生龙活虎的小伙子，出来后都仿佛被泥土重新塑造了一般。爆破之后，不等烟尘散尽，下一班的战士与民工便又毫不犹豫地冲上前去，他们的坚韧与毅力令人动容。

在昏暗的电灯光下，洞内一片灰蒙，人影难辨，只有铁锤与钻机的轰鸣声此起彼伏，却未曾听闻一句怨言。他的讲述充满了深情与力量，既有理论的高度，又有实践的深度；既有翔实的数据支撑，又有生动的事例佐证；既有身临其境的现场感，又有切身感悟的深刻性。

当他提及那30多名在修渠工地上英勇牺牲的民工以及上百名重伤致残的同胞时，他的情绪再也无法控制，泪水夺眶而出，几度哽咽难言。他神色凝重地整理了自己的衣装，然后大步走到主席台的中央，面向渠水奔流的方向，深深地鞠了三个躬。这一鞠躬，不仅是对逝去英灵的深切缅怀与哀悼，更是对全体参与修渠建设的勇士们所展现出的无畏精神与牺牲精神的崇高敬意。

身姿挺拔，言辞滔滔。他轻咳一声，洪亮地宣告："同志们，在这里，我再给大家宣布三个大好消息。我们在今天为这一条大渠举行庆典，这一条大渠，我们原先叫它'三五红旗渠'，昨天给王庭栋副主任汇报建渠情况后，他深为我们黎城人民坚持三十多年修渠不动摇，激流勇进的精神所感动，建议我们把新建的这一条大渠的名字更名为'勇进渠'，我们县委常委扩大会议认真研究了这个建议，认为这个名字很好，很贴切，很响亮，很能代表我们黎城人民战天斗地征山战水的精神,现在,我代表中共黎城县委向全县人民郑重宣布,我们这一条大渠正式定名为'勇进渠'。"

勇进!

勇进!

勇进!

激流勇进!

拼搏奋进!

哇,好响亮的名字!

几秒钟的沉寂之后,会场的掌声雷鸣般地响起。

在这个偏远的山区小县,尽管其人口不过区区十万,却敢于与坐拥近六十万人口、石匠技艺更是闻名遐迩的林县一较高下。他们毅然决然地踏上了修建一条与红旗渠相媲美的大型水渠的征途,这份勇气与决心,正是源自黎城人民那无畏的勇进精神。这不仅仅是一种精神面貌的展现,更是对太行精神深邃神韵与核心精髓的生动诠释。

勇进是黎城的文脉,是黎城干部群众的精神写照,是黎城人民世代不灭的精神灯盏。

淙淙的渠水翻着浪花欢快地奔流着。

"同志们,我还要宣布第二条大好消息:也是在1966年开工的另一条32 000米长的大渠——大漳南渠也已全面竣工通水,我们已经确定在今年的8月1日在上遥镇的"五一"渡槽举行大漳南渠的通水仪式。这是我们历经八年取得的另一个伟大胜利。"

七一,"三五红旗渠",不,勇进渠通水东阳关;

八一,大漳南渠全线竣工通水。

迎难而上,同一年上马两条大渠;历经八年,两条大渠同一年通水。

一个10多万人的山区小县,不可思议,创造了人间奇迹。

会场气氛热烈,泪水如雨,掌声和欢呼声响彻云霄。

黎城人民有理由狂欢。

黎城人民有资格欢笑。

这时,大会主席台上,一个洪亮的声音再次响起:"同志们,我也代表中共黎城县委在这里宣布：7月8日，我们中共黎城县委代表全县人民，要在范家庄的山巅上，第二次竖起决心桩，明年7月1日，干渠全线通水范家庄"。

明年"七一"通水范家庄，这意味着102公里的这一条大渠——勇进渠，久久为功，大功告成。

黎城人民注定是梦想成真了！

"勇进渠"已正式通水，这标志着引水工程迈出了坚实而稳健的第一步。然而，要使渠水真正转化为推动生产力发展的源泉，成为粮食丰收的保障，成为驱动发展的强劲动力，并在黎城这片沟壑纵横的土地上发挥出最大的效益，尚需我们付出诸多努力。

正如人体的生理机制，虽然主动脉已经畅通无阻，但要让体内的血液循环达到最佳状态，还需依赖于支血管与毛细血管的紧密连接与顺畅流通来实现。同样地，"勇进渠"的通水只是起点，后续的配套工程、农田平整、渠道网络的构建、田地的规范划分，以及山水田林路综合治理等一系列措施，都需要我们将其从规划蓝图转化为实际行动，逐一落实。

这是一项系统工程，需要我们以高度的责任感和使命感，精心组织、周密部署、扎实工作，确保每一项措施都能落到实处、见到实效。只有这样，"勇进渠"才能真正成为推动发展、惠及民生的"生命之渠"。

激流勇进上太行，一河五渠，特别是勇进渠和大漳南渠，在特殊的年代里，黎城人民改天换地，创造了让天地动容的人间奇迹。

　　父辈高大，父辈威武。
　　引渠上岸，历史传承。
　　苦尽甘来，父辈河渠。
　　激流勇进，精神丰碑。
　　古黎大地，光彩独照。
　　古黎人民，扬眉吐气。

"问渠那得清如许，为有源头活水来。"

有一位名唤古炜的诗人，他驻足于巍峨的太行山麓，流连于蜿蜒的漳水之畔。目之所及，渠水如织，环绕着黎城这片广袤的大地，呈现出一派生机盎然的景象，令人心醉神迷；而更令古炜折服的，是黎城儿女那不畏艰难险阻，勇于征山战水，重新规划并装点这片河山的豪情壮举。情之所至，兴之所来，有诗行在他的心里汩汩而流：

  巍巍太行山，滚滚漳河水，苍苍青松耸入云，江山多娇迷人醉。
  渡槽河上跨，人在山腰飞，黎城人民多壮志，劈开太行引漳水。
  铁锤叮当响，开山炮如雷，千军万马摆战场，黄崖洞前树新碑。
  激流唱凯歌，勇进胜天威，条条银河山腰系，今日太行景更美。

2021年5月15日 完成第一稿
2021年12月7日完成第二稿
2023年12月23日完成第三稿
2024年2月16日定稿于黎城